HEYNE HARDCORE

Zum Buch

Nick ist Bodybuilder und Ex-Knacki und haust in einem heruntergekommenen Wohnheim am Stadtrand Kopenhagens. Er trainiert hart und trinkt viel. Die nächtlichen Albträume vertreibt er mit lieblosem Gelegenheitssex. Sein älterer Bruder ist alleinerziehender Vater und Heroin-Junkie. Er lebt in ständiger Angst, seinen Sohn zu verlieren oder die Drogen aufgeben zu müssen. Als ihre Mutter stirbt, begegnen sie sich nach langer Zeit wieder und beschließen einen Neuanfang. Doch bald holt das Leben sie ein ...

Submarino ist packender, kompromissloser Realismus. Wer dieses Buch liest, ist nachher ein anderer Mensch.

Zum Autor

Jonas T. Bengtsson, geboren 1976, lebt in Kopenhagen. 2005 wurde er mit dem Dänischen Debütantenpreis für *Aminas Briefe* ausgezeichnet. *Submarino* ist sein zweiter Roman, der von Thomas Vinterberg *(Das Fest)* verfilmt wurde.

JONAS T. BENGTSSON

SUBMARINO

ROMAN

Aus dem Dänischen
von Günther Frauenlob

WILHELM HEYNE VERLAG
MÜNCHEN

Die dänische Originalausgabe SUBMARINO erschien 2007
bei People's Press, Kopenhagen

FSC
Mix
Produktgruppe aus vorbildlich
bewirtschafteten Wäldern und
anderen kontrollierten Herkünften

Zert.-Nr. SGS-COC-001940
www.fsc.org
© 1996 Forest Stewardship Council

Verlagsgruppe Random House FSC-DEU-0100
Das für dieses Buch verwendete FSC-zertifizierte Papier
Holmen Book Cream liefert Holmen Paper, Hallstavik, Schweden.

Vollständige deutsche Taschenbuchausgabe 11/2010

Printed in Germany 2010
Umschlagfoto: © Per Arnesen
Umschlaggestaltung: Nele Schütz Design, München
Druck und Bindung: GGP Media GmbH, Pößneck
Printed in Germany 2010

ISBN: 978-3-453-67595-7
www.heyne-hardcore.de

Für Youssef

Submarino: Foltermethode, bei der der Kopf einer Person bis zur Erstickungsgrenze unter Wasser gedrückt wird.

PROLOG

Als wir heute aufwachten, war er ganz still.
Als wir heute aufwachten, war er ganz still.
Als wir alle heute wach wurden und Mutter aus dem Zimmer kam, in dem sie die ganze Nacht geschlafen hatte,
lag er einfach nur still da.
In seinem Kinderwagen, im Flur.
Total weiß.
Mutter hatte die ganze Nacht geschlafen, aber sie hatte nichts gehört.
Es gab ja auch nichts zu hören.
Er war vollkommen still.
Mutter bekam einen Schock, als sie ihn fand.
Saß vollkommen still da und hatte einen Schock.
Viele Stunden lang.
Dann riefen wir an. Mutter konnte nicht.
Aber das muss man. Man muss doch anrufen.
Mutter saß da und versuchte, ihm die Brust zu geben, obwohl er ganz still war.
Mutter hatte ja einen Schock.
Als wir heute aufwachten …

Wir sitzen im Zug. Der Mann heißt John. Wir könnten Vater und Sohn sein, Freunde. Aber die, die an uns vorbeigehen, halten uns bestimmt für zwei Fremde, die sich gegenübersitzen.
Vor dem Einsteigen hat John zu mir gesagt:
»Du machst doch keinen Scheiß. Du machst doch keinen Scheiß, oder?«
Ich habe ihm zugenickt. Meine Zigarette ausgedrückt.
Dann sind wir eingestiegen. Seitdem haben wir die Klappe gehalten.
John ist um die fünfzig, hat einen Vollbart mit grauen Strähnen. John arbeitet.
Ich sehe in die Zeitung, die neben mir liegt. John sieht aus dem Fenster.
Beobachtet mich aus den Augenwinkeln.

John ist schuld daran, dass ich hier bin. Er hat die Papiere gefunden.
Ich bin mir fast sicher.
Aber gesagt hat er nichts davon.

Am Hauptbahnhof steigen wir aus. John geht neben mir. Ganz dicht.
Wir warten auf den Bus. Stehen nebeneinander. Beim Einsteigen stempelt John beide Fahrkarten. Wieder sitzen wir uns gegenüber.
Es hat geregnet.

Wir gehen durch das Friedhofstor. An den Gräberreihen entlang.
Ein paar neue, viele alte. Aus einem Betonsockel neben einer Metallgießkanne ragt ein Wasserhahn empor. Daneben steht ein kleiner Rechen.

Wir gehen zu den Gemeinschaftsgräbern. Ein grünes Viereck, umrahmt von niedrigen Büschen.
»Und hier liegt er?«, fragt John. Ich nicke.
Das Gras ist ungepflegt, an ein paar Stellen vergilbt. Ich schließe die Augen, versuche mich zu erinnern, wo sie ihn beerdigt haben. Ich war seit damals nicht mehr hier. Hab nicht einmal mehr an ihn gedacht. Nicht oft. Richtig kennengelernt habe ich ihn nie. Das antwortete ich jedenfalls auf die Fragen des Gefängnispfarrers. Als sie die Papiere gefunden hatten. Als sie mich einen Lügner genannt hatten, der sich Freigang verschaffen wollte. Als sie mir ein bisschen, ein ganz klein bisschen verziehen hatten.

Ich dachte nicht oft an ihn. Sah sein Gesicht vor mir, wenn ich sehr müde war. Sonst nicht. Sonst nie.
Vor dem Loch.

Das Loch. So nennen sie es. Draußen heißt es Isolationszelle. Da sitzt man, wenn man auf seinen Prozess wartet und wenn man verurteilt wurde und Scheiße gebaut hat. Drogen oder Gewalt. Eines von beiden. Es war mein zweites Mal dort. In Schuhen ohne Schnürsenkel und mit einem Fenster so hoch oben, dass ich es nicht erreichen konnte. Die Sonne schien jeden Tag eine halbe Stunde lang in die Zelle, wenn sie auf der anderen Seite des Hofes über der Mauer stand. Ich glaube, es war eine halbe Stunde. Schätzungsweise. Vielleicht war es auch länger. Eine Uhr hatte ich da drin ja nicht. Zu viele Leute haben versucht, sich mit dem kleinen Metalldorn des Verschlusses die Pulsadern aufzukratzen.
Morgens um acht wurde ich geweckt. Frühstück auf einem Tablett. Um zwölf kam die Wache wieder. Mittagessen auf einem Tablett und um sechs Abendbrot, wieder auf einem Tablett. Den Rest der Zeit schätzte ich. Ich hätte den Alarm drücken können. Meinen Finger auf dem Knopf lassen und nach der Uhrzeit fragen. Ich hätte es tun können.

Doch dann hätten sie das Abendbrot vergessen. Das haben sie mir klargemacht, bevor ich ins Loch gesteckt wurde.
Das Loch. Zuerst Ana. Tagsüber und nachts. Ihr Gesicht. Dann mein Bruder. Von der Decke.
Ich muss nicht mehr schlafen, um ihn zu sehen.
So klein.
So klein.

Ich habe zwei Brüder. Einen mit einem Namen, den ich nicht mehr in den Mund nehme.
Und einen, der nie einen Namen bekommen hat.

/

»Liegt er hier?«, fragt John. Ich spüre seinen Blick auf mir.
Wühle in meinen Taschen, suche nach einer Zigarette. Das kleine gräserne Viereck vor mir ist uneben. Ist viele Male aufgegraben worden. Rechts, ein paar Meter vom Rand. Dann erinnere ich mich. Suche die Streichhölzer, bis John mir ein Feuerzeug entgegenstreckt. Ich nehme einen tiefen Zug von der Zigarette.

Erst spüre ich die Feuchtigkeit des Bodens durch meine Hose, dann den Baumstamm an meinem Rücken. Ich öffne die Augen. Um mich herum ist es grün, mein Mund schmeckt nach Erde. John hockt neben mir.
»Du … du bist einfach umgefallen.«
Ich komme langsam auf die Beine. John reicht mir seine Hand. Ich nehme sie nicht.
Wir gehen zum Ausgang. Das Schloss gibt einen metallischen Laut von sich, als sich das Tor hinter uns schließt.
Im Bus spricht keiner von uns ein Wort und am Bahnhof sieht John auf seine Uhr. Sagt, dass es blöd sei, vor der Zeit zurückzufahren.
Wir sitzen in einem Café am Bahnhof und trinken Kaffee. Die Leute

um uns herum stopfen schnell ein Sandwich in sich hinein. Oder lesen Zeitung. Zwei ältere Damen essen Sahnetorte.

»Ich gehe nur kurz zum Tresen.«

John sieht mich an. Dann nickt er.

Ich frage das Mädchen hinter dem Tresen, ob sie ein Telefonbuch hat. Ein neues. Sie nimmt ein Stück Quiche aus dem kleinen Ofen, der in die Wand eingelassen ist, klatscht einen Löffel Crème fraîche daneben und stellt den Teller auf den Tresen, dann sieht sie mich an. Ich frage noch einmal. Nachdem sie eine Weile unter dem Tresen herumgekramt hat, reicht sie mir ein Telefonbuch. Es ist von diesem Jahr, auf der Titelseite ist Ketchup.

»Ich bringe es gleich zurück.«

Ich setze mich neben John und beginne zu blättern.

»Sieht gut aus, diese Quiche«, sagt er. »Möchtest du ein Stück?«

Ana. Nicht Anna. Der Nachname ist ausländisch. Keiner, der in der Menge verschwindet.

Ich fahre die Spalte entlang nach unten.

»Ich glaube, ich hole mir ein Stück. Willst du auch?«

Vielleicht habe ich den Namen falsch in Erinnerung. Irre mich bei einem Buchstaben des Nachnamens. Einem einzigen. Ich weiß genau, dass es sinnlos ist, blättere aber trotzdem zur nächsten Seite.

»Du solltest auch eins essen.«

Als John mit zwei Stücken Quiche zurückkommt, habe ich das Telefonbuch zur Seite gelegt. Ich habe nach ihr gesucht, nach ihrer Mutter, ihrem kleinen Bruder Ivan. Habe niemanden gefunden. Niemanden mit ihrem Namen.

John sitzt mir gegenüber im Abteil. Kratzt sich am Knie. Entspannter jetzt.

Sieht, dass ich nicht weglaufen will. Keinen Ort habe, an den ich gehen könnte.

»Wenn du reden möchtest …« Er beugt sich vor, spricht leise. John ist in Ordnung, sagen sie. Er ist einer der Aufseher, der am längsten da ist. John macht die Razzien, die er machen muss, aber nicht mehr und nicht immer bei den gleichen Häftlingen, nur weil er sie nicht leiden kann. John hält sich an die Regeln. Er legt sie nicht für oder gegen dich aus. John spricht anständig mit dir.

Trotzdem habe ich ihn nie so menschlich erlebt wie jetzt, mit zu mir vorgebeugtem Oberkörper und einem Blick, der dazu einlädt, sich zu öffnen. Ich sehe in eine Landschaft, die schnell an uns vorbeizieht. Bäume, Büsche, Industriebauten aus rotem Backstein. Keine Städte, eine Häuserreihe, die gleich wieder verschwindet.

IVAN

1

Das Fitnesscenter liegt im ersten Stock eines alten Fabrikgebäudes. Die Tür geht auf, er kommt die Treppe herunter und sieht sich mit abwesendem Blick um. Nichts auf der Welt kann diesen Mann jemals aus der Ruhe bringen.
Er ist groß, hat dicke Muskeln und sehr wenig Fett. Durch sein weißes Netzhemd sieht man die Tätowierung, die fast seinen ganzen Oberkörper bedeckt. Ein Spinnennetz, das sich am Hals bis in seine kurzen blonden Haare emporzieht.
Er kratzt sich die Tätowierung im Nacken, bleibt neben mir stehen und blickt zu Boden.
»Was?«, fragt er.
Nicht, wo oder wie sollen wir es erledigen, sondern bloß: was. Er blickt nicht auf. Beim Stoff gibt es nur die Welt der Dealer. Und die führen sich auf, wie sie wollen. Er ist Dealer, ich bin Kunde. Verschwunden ist die Höflichkeit von vorhin, als wir im Umkleideraum Kontakt aufgenommen haben. Jetzt zählt nur noch, dass er das hat, was ich haben will. Ich deute mit der Hand an, dass er mir folgen soll. Er geht hinter mir und ich höre, wie er auf den Boden spuckt.
Wir gehen um das Gebäude herum. Die Tür der Fabrikhalle steht offen. Das Licht fällt durch die dreckigen Fenster. Auf dem Boden stehen die großen verdreckten Maschinen, die zurückgelassen worden sind, und rostiges Eisen.
»Willst du jetzt was kaufen?«
Dann entdeckt er Kamal hinter der Tür. Neben Kamal steht einer der Ringer aus dem Center oben. Der Typ mit der Tätowierung wirft mir

einen Blick zu. Dann richtet er seine Aufmerksamkeit auf Kamal. Will etwas sagen, als Kamal das Wort ergreift.
»Bei mir wird nichts verkauft.«
Der Tätowierte nickt langsam und fährt mit der Hand in seine Sporttasche. Kamal macht einen Schritt nach vorn und tritt ihm in den Bauch. Der Typ klappt zusammen und geht zu Boden. Kamal hebt die Tasche auf und wirft sie dem Ringer zu. Sammi, auch so ein muskulöser Typ, der sich mit Steroiden auskennt. Er sieht furchteinflößend aus, aber ich weiß, dass er nur für die Optik dabei ist. Kamal war nordischer Meister im Thaiboxen. Er hat seinen Titel ein paar Jahre lang verteidigt und dann den Spaß an der Sache verloren. Ich kenne niemanden, der so schnell ist.
Kamal ist wieder total ruhig.
»Du sollst hier nicht dealen, ist das klar? So einfach ist das.«
Er spricht, als frage er jemanden nach Zucker für seinen Kaffee.
Kamal weiß ganz genau, dass in seinem Studio Steroide genommen werden. Man sieht das den Leuten an, ihren Muskeln und manchmal auch ihren Augen, wenn sie sie nicht mehr unter Kontrolle haben. Es wurden schon Leute rausgeschmissen, die wegen nichts und wieder nichts Amok gelaufen sind. Weil sie nicht sofort ihre Gewichte kriegten, stand ihnen plötzlich Schaum vor dem Mund. Kamal weiß, wer etwas nimmt, wer etwas verkauft und was. Er muss es irgendwann akzeptieren, so ist das einfach. Schließlich kriegt er sogar etwas Provision, weil er die Räumlichkeiten zur Verfügung stellt. Aber das heißt noch lange nicht, dass er dem ganzen Markt Tür und Tor öffnet.
Der Tätowierte erhebt sich vom Betonboden. Er nickt langsam, hat verstanden.
»Dann sehen wir dich hier nicht mehr?«
»Nein, ist in Ordnung, nein …«
Der Typ kratzt sich über die kurzen Stoppeln und streichelt die Spinne in seinem Nacken.
»Kann ich jetzt gehen?«

»Nein.«
»Nein?«
»Ich muss sicher sein, dass du das wirklich kapiert hast.«
Kamal geht langsam auf den Mann zu. Der Ringer rührt sich nicht, sondern bleibt neben der Tür stehen. Ich nicke ihm im Vorbeigehen zu.
»Wir sehen uns.«
Das Sonnenlicht sticht. Ich durchwühle meine Taschen und krame eine zerkratzte Sonnenbrille heraus.
Ich kann die ersten Schläge aus der Fabrikhalle hören. Das dumpfe Klatschen, das von den Wänden des leeren Raums zurückhallt.

Ich gehe in den Supermarkt an der Hochbahn, gebe die leeren Flaschen zurück und schlendere dann nach hinten zum Bier. Ich nehme fünf Flaschen. Nach dem Bezahlen verschwinden sie in der Tasche, das Handtuch darüber, schön vorsichtig, damit nichts klirrt.
In einem Imbiss kaufe ich zwei Schawarma. Hinter mir wird laut gelacht. Wo gehen wir hin? Was machen wir? Junge Leute in Trainingsanzügen und mit Silberketten, zu allem bereit.
Sie bemerken mich nicht. Ich wohne schon so lange hier, dass ich keine Schatten mehr werfe.
Ich esse und blättere eine alte Zeitung durch. Ein junger Pakistani, frischgebackener Vater und Kioskbesitzer, ist in Amager Opfer eines Säureangriffs geworden. Ich kaufe mir noch ein Schawarma und würge es hinunter. Hunger habe ich selten, eigentlich fast nie.
Dann gehe ich zurück in die Pension. Der Rückweg ist immer länger. Die Muskeln sind dann müde und schwer. Ein gutes Gefühl, als hätte ich etwas getan.

Jeden Tag sehe ich dieselben Menschen.
Die dicke Frau mit dem perfekten Make-up, die immer wirkt, als hätte sie gerade in diesem Moment eine Gehirnblutung bekommen,

starrt vor sich hin. Mit leeren Augen und einer selbstrauchenden Zigarette zwischen den Fingern oder im Mundwinkel. Manchmal begegne ich ihr, wenn sie in Bewegung ist und ihre vielen Kilos über die Straße schleppt. Doch heute steht sie.

Die Pension ist ein roter, rechteckiger Backsteinblock, schon von weitem erkennbar.
Eigentlich ist das gar keine Pension, sondern ein Wohnheim, ein Wohn-Asyl. Eine vorübergehende Bleibe für alle, die sonst nirgendwo hinkönnen. Ein Asyl. Eigentlich ein positives Wort. Ein Asyl zum Wohnen. Vorübergehend. Alles hier ist kurzlebig. Auch die Einrichtung. Kein Ort, um lange zu bleiben. Ausgelegt für eine möglichst geringe Anzahl Menschen auf dem Weg zu einem anderen Ort. Die Zimmer haben möglichst wenig Quadratmeter, die Betten möglichst wenig Komfort und die Küchen nur zwei Kochplatten und einen Kühlschrank.
Ich wohne jetzt seit anderthalb Jahren hier. Laufe die Treppe hoch und trage die Tasche mit ausgestrecktem Arm, damit die Flaschen nicht klirren. Schleiche über den Flur und schließe meine Tür auf. So leise ich kann.
Ich nehme das Bier aus der Tasche und eine Schachtel Zigaretten aus der Stange, die unter dem Bett liegt. Ich habe sie aus dem Kofferraum eines Autos gekauft. Kamal stand damals grinsend daneben; er hatte recht gehabt, der Verkäufer machte mir wirklich einen »special price«. Ein Däne, Mitte dreißig mit beginnender Glatze. Ein kleiner, gedrungener Kerl, der gut in eine Bar gepasst hätte. Sein Wagen stand auf dem Kiesplatz vor dem Studio, mit laufendem Motor, den Kofferraum voller polnischer Zigaretten.

Ich sitze im Fensterrahmen und trinke lauwarmes Bier. Habe elf rote Autos gezählt, sieben Alkoholiker, vier Junkies und zwei Fahrräder mit Kindersitz. Dann kommt er, der Höhepunkt des Abends.

Mit seinem Kinderwagen.
Ein lächerlicher Anblick.
In engen Leopardenleggings und einer Jacke aus falschem Pelz.
So lächerlich, dass man erst zu lachen aufhört, wenn er hinten im Garten bei den Mülltonnen ein Kind gefickt hat.
Aber er ist doch harmlos.
Ein Weihnachtsmann, ein Maskottchen.
Er tut nichts, lasst ihn in Frieden.
Keiner von uns ist harmlos. Einige haben nur nicht mehr die Chance, anderen zu schaden.
Dafür braucht es Vertrauen. Dafür braucht es Antrieb. Dafür braucht es Möglichkeiten.
Und so wie er jetzt da draußen rumläuft, alt und verwirrt wie ein abgehalfterter Zirkusclown, sind seine Möglichkeiten zweifellos begrenzt. Er ist ein Obdachloser mit einem Obdach, einer jener Glücklichen, die einen Platz zugewiesen bekamen, als die Stadt noch etwas zuweisen konnte. Er sammelt Müll. Manchmal ist er nur zwanzig Minuten weg, manchmal viele Stunden, das hängt davon ab, wie weit er laufen muss, um einen guten Fang zu machen. Ich habe ihn schon mit zerbeulten Vogelkäfigen gesehen, mit Gartenzwergen ohne Kopf, Sonnenschirmen, Regenschirmen, Schuhen, alten Zeitungen und ausgestopften Tieren, denen die Füllung aus dem Bauch hing. Ich habe Lust, ihm etwas nachzubrüllen, weil er so verrückt aussieht, weil es Grenzen gibt, wie verrückt man sich anstellen darf, und sogar Rennpferde erschossen werden, wenn sie sich die Beine gebrochen haben. Doch unser Zirkusclown versucht gerade, eine kaputte Kloschüssel in seinem Kinderwagen wegzuschaffen. Das weiße Porzellan ist herausgebrochen worden und an den Rändern klebt noch alter Zement. Die Klobrille fehlt und das Wasser aus dem Becken ist über die Seite des Kinderwagens gelaufen. Er verschwindet nach drinnen.

2

Als ich verurteilt wurde, kam es mir vor, als wäre ich gerade irgendwie aufgewacht. Ich wusste genau, was geschehen war, aber es fühlte sich an, als hätte es nichts mit mir zu tun.
Der Typ, den ich in die Mangel genommen hatte, hieß Jon. Das habe ich während des Verfahrens gehört. Er war ein paar Jahre jünger als ich. Sie wollten wissen, warum ich ihn geschlagen hätte. Ob er mich angemotzt und irgendwie herausgefordert habe. Wie meine Version des Tathergangs laute. Ich sagte ihnen, ich könne mich nicht erinnern.
Als die Polizei mich holte, lehnte ich an einem Baum und schlief. Dann saß ich mit schmerzenden Fingerknöcheln im Streifenwagen, bis ich in der Zelle weiterschlief. Gut.

Ana hatte Schluss gemacht.
Eine ganze Woche lange schmeckte ich kein Salz. Was ich auch aß, überall fehlte Salz. Total. Als würde man Watte oder Sägemehl essen. Ich trank viel, damals. Manchmal allein, dann schrie ich mich selbst an. Manchmal in der Stadt.

Sie zeigten mir Bilder von Jon. Bilder davon, was ich mit ihm gemacht hatte. Ein junger Mann mit überraschend wenig Zähnen im Gesicht und überall Blut. Während des Verfahrens redete er leise, er brachte kaum einen Laut aus seinem mit Stahldraht zusammengehaltenen Kiefer. Er sagte, dass er bis jetzt nur Suppe essen könne und dafür den Kopf in den Nacken legen und alles einschlürfen müsse. Sein Auge zuckte, wenn er mich ansah. Als ich schuldig gesprochen wurde, lächelte er mit seinen neuen, weißen Zähnen, doch als er hörte, dass ich bloß 18 Monate bekam, wurde das Zucken an seinem Auge stärker.

3

Ich wache früh auf, weil draußen auf dem Flur eine Tür schlägt. Liege auf dem Rücken und beobachte, wie das Licht ins Zimmer fällt, wie es die Decke erhellt, sehe die kleinen Risse, die sie wie Striche durchziehen. Das Haus muss gearbeitet haben. Ich habe das bis jetzt nicht bemerkt. Habe gedacht, dass ich auf alles geachtet hätte. Dieses Zimmer ist so klein, so unendlich winzig. Geht man hinein, fühlt es sich an, als würde man einen Mantel überstreifen.
Wenn ich im Halbschlaf hier liege, kann ich seinem Gesicht kaum ausweichen. Seinem winzigen Kopf, den Augen, die sich umsehen und die meinen suchen.
Ein kleines Gesicht mit großen Augen. Die blaue Decke in der Wiege.
Und es ist fast unmöglich, nicht auch sie zu sehen.
Einen halben Schritt vor mir auf der Straße. Das Klackern ihrer Absätze.
Sie dreht sich zu mir um. Lächelt sie?
Ja, das ist ganz sicher ein Lächeln.

Ich lege die leeren Flaschen oben auf das Handtuch in meiner Sporttasche, decke sie mit der Trainingshose ab und ziehe den Reißverschluss zu. Schließe meine Zimmertür ab.
Die Wände des Flurs sind hellgrün und fleckig, auf dem Boden liegt dunkelgrüner Nadelfilz. Aus einem der anderen Zimmer höre ich einen Fernseher, lautes, künstliches Lachen.
Ich bin dicht bei der Treppe, als Tove die Tür mit dem Fuß aufdrückt. Sie sieht mich an und hustet in ihre Hand. Es ist Toves Asyl. Es gehört ihr nicht, sie verwaltet es nur. Trotzdem lässt sie keinen Zweifel daran aufkommen, wer hier das Sagen hat. Sie ist Mitte 60. Die roten Flecken auf ihrem Gesicht könnten ein kräftiges Ekzem sein, doch wer hier wohnt, weiß, dass es Krebs ist. Kommt man ihr nah genug,

kann man dem süßlichen Gestank der toten Haut nicht ausweichen. Ich lächle sie an, sie reagiert überhaupt nicht darauf. Ich denke, sie sollte ein Nudelholz in der Hand halten, ein schweres Bügeleisen, irgendeine Requisite aus dem vorigen Jahrhundert.
»Haben Sie diesen Krach gemacht?«
Ich glaube nicht, dass sie die Flaschen in meiner Tasche gehört haben kann.
»Da hat einer einen Fernseher laufen ...«
»Nein, gestern, letzte Nacht. Ich bin immer wieder aufgewacht. Jemand hat laut geredet und gelacht.«
»Ich nicht.«
»Nein, das hab ich mir schon gedacht. Haben Sie eine Ahnung, wer das gewesen sein kann? Vielleicht die Nummer sieben?«
»Ich schlafe ziemlich fest, ich ...«
»Aber lassen Sie es mich wissen, wenn Sie mal etwas hören.«
Ich gehe und trage die Tasche mit ausgestrecktem Arm, um keinen Krach zu machen.

Es ist ein warmer, schwüler Sommertag. Vor kurzem hat es geregnet und die Wolken sind grau. Ich gehe von Bispebjerg aus in Richtung Stadt. Unterwegs treffen mich immer wieder einzelne Sonnenstrahlen.

Ernst sagt, dass ich müde aussehe. Er befestigt Gewichte an der Stange.
Ernst ist Mitte fünfzig und trägt einen Gewichthebergürtel. Seine Beinmuskulatur hat sich abgebaut, aber sein Oberkörper ist gewaltig. Er trägt eine dicke, viereckige Brille und sein Adamsapfel ist so groß wie ein Tennisball.
Er sagt: »Nick, du musst dich mal ausschlafen und anständig essen, sonst wächst du nicht. Iss und schlaf.«
Ernst sollte keine Ratschläge geben. Vor allem keine gesundheitlichen.

Er hat ein großes Herz. Nicht, weil er so freundlich ist und sich immer Sorgen um andere macht.
Sondern weil er wirklich ein Herz hat, das seine ganze Brust ausfüllt. Er war einer der Bodybuilding-Pioniere. Anfang der 70er. Noch vor dem Schwarzenegger-Film *Pumping Iron*. Er nahm an Treffen und Wettbewerben teil, stemmte schwere, sehr schwere Gewichte und stopfte so viele Steroide in sich hinein, wie er bekommen konnte. Damals nahm man die noch nicht in zeitlich genau abgestimmten, kleinen Dosen, sondern immer gleich alles. Außerdem war es zu der Zeit ja beinahe legal. Ernst hat richtige Zitzen und einen Hängebauch. Nicht, weil er so dick ist, sondern weil seine Bauchmuskeln kaputt sind. Ernst wird irgendwann daran sterben, er hat ein großes Herz und kein Geld für teure Operationen. Aber er trainiert noch immer hart, damit er etwas zu tun hat und damit sein Körper nicht vollends aus dem Leim geht. Steroide nimmt er keine mehr, schon eine Kopfschmerztablette könnte ihn umbringen. Ich sehe ihm nie zu, wenn er pumpt, ich will ihn nicht auf der Bank sterben sehen.
Er sagt: »Schlaf, Nick. Du schläfst nicht. Das sehe ich dir an. Du schläfst nicht.«

Ich kaufe Bier. Esse Schawarma. Gehe zurück in mein Asyl.
Jeden Tag sehe ich dieselben Menschen.
Die Säufer vor dem Kiosk. Den Rücken an die rote Backsteinmauer gelehnt. Immer dieselben. Nur der Grönländer ist heute nicht hier. Aber die Frau ohne kleinen Finger. Die beiden früheren Handwerker, der eine mit der Maurermütze und der andere mit dem Hund, der immer frei herumläuft und an leeren Flaschen schnuppert. Er heißt Grundtvig. So hat er ihn einmal gerufen.
Ich habe versucht, ein Muster zu finden. Ich sehe sie jeden Tag und wollte ausrechnen, wann der Grönländer dabei ist und ob die Frau ohne kleinen Finger gleichzeitig mit dem Hund oder dem Mann mit der Maurermütze da ist. Ich habe nie darüber nachgedacht, ob sie

vielleicht etwas Besseres zu tun haben oder vor anderen Kiosken abhängen. Auf bestimmten Bänken. Für mich war das wie eine Gleichung. Chaostheorie. Ich beschäftigte meinen Kopf damit, bis mir klar wurde, dass ich das niemals herausfinden würde, selbst wenn es ein Muster gäbe.

Als ich die Treppe im Wohnheim nach oben gehe, trage ich die Tasche mit ausgestrecktem Arm.

Tove bleibt mir erspart, jetzt laufen die Fernsehserien, und die lässt sie sich nicht entgehen. Vielleicht bügelt sie dabei, sie bügelt ziemlich oft. Raucht, sieht fern und bügelt.

Ich stecke den Schlüssel ins Schloss und will ihn gerade umdrehen, lasse es dann aber bleiben. Die Tür am Ende des Ganges. »Kristian Madsen« steht auf einem kleinen Namensschild, das er selbst angebracht hat. Es ist das Knallen dieser Tür, das mich jeden Morgen weckt; seine Schritte auf dem Flur.

Ich klopfe an. Klopfe, so laut wie möglich, ohne dass Tove es hört und auf den Flur kommt.

»Er kommt immer erst spät nach Hause.«

Sofies Stimme hinter mir. Ich habe nicht gehört, wie sich ihre Tür geöffnet hat.

»Wann?«

»Keine Ahnung, spät halt.«

»Du achtest auf die Schritte auf dem Flur, nicht wahr?«

Sie schweigt und lächelt.

»Kennst du alle?«

»Nicht alle …«

Sie lächelt breiter.

»Willst du mit reinkommen, Nick?«

Sofie ist ein paar Jahre älter als ich, Anfang dreißig. Man sieht ihr das aber nicht an, sie ist sehr dünn, hat kleine, feste Brüste unter dem Sommerkleid, ohne BH. Ihr Haar ist schulterlang, fast schwarz.

Ich gehe die fünf Schritte bis in ihr Zimmer. Sie sieht über den Flur, versichert sich, dass Tove nicht guckt, und schließt die Tür. Sofies Zimmer sieht genauso aus wie meines, die gleichen 12–13 Quadratmeter, nur spiegelverkehrt. Trotzdem wirkt es vollkommen anders. Sie hat Bilder an den Wänden, gerahmte Plakate mit Wasserlilien und badenden Kindern. Eine dunkelrote Decke auf einem kleinen Esstisch. Auf dem Bett liegen kleine Kissen und eine Fransendecke. Darüber Kinderzeichnungen, die sie mit Tesafilm angeklebt hat.

»Hast du Lust auf ein Glas Weißwein?«

Lächelnd nimmt sie zwei Gläser und holt eine mit Alufolie verschlossene Flasche aus dem Kühlschrank.

Gießt mir ein und lächelt weiter.

Ich nehme das Glas und setze mich in den Plüschsessel neben dem Bett. Mache den Fernseher an. Sie nimmt auf dem Bett Platz und fährt mit den Fingern über meine Haarstoppeln.

»Wolltest du sie nicht wachsen lassen? Ich glaube, das würde dir wirklich stehen …«

Dann zieht sie ihre Hand weg. Sie kennt mich gut.

Trinkt einen Schluck und blickt zu Boden.

»Sie sagen, dass ich Tobias jetzt bald sehen darf … vielleicht …«

Er muss jetzt fünf Jahre alt sein. Ihr Mann hat das Sorgerecht bekommen. Sofie darf sich nicht mehr um ihren Sohn kümmern. Sie hat irgendeine Polizeiauflage, nach der ich sie nicht fragen will.

Sie streckt mir das Glas entgegen und wir stoßen an.

Sitzen eine Weile da, ohne etwas zu sagen, und trinken.

Dann stellt sie ihr Glas weg, steht auf, streicht das Kleid glatt und kniet sich vor mir hin.

Ich brauche ihr mit dem Reißverschluss nicht zu helfen. Schalte auf einen anderen Fernsehkanal um. Morgen soll es Sonne geben, vielleicht ein paar Schauer. Ich trinke einen Schluck Weißwein, lege meine Hände in ihren Nacken.

Sie hustet, bekommt Tränen in die Augen, sieht zu mir hoch und versucht zu lächeln. Mit roten Augen.
»Ich habe mich bloß verschluckt.«
Dann macht sie weiter.
Ich schalte noch einmal um, finde ein Quiz. Zünde mir eine Zigarette an und asche in eine halbleere Kaffeetasse.
Nachdem ich gekommen bin, geht sie ins Bad, spuckt ein paarmal aus und wäscht sich den Mund aus. Dann umarmt sie mich und sagt: »Komm bald wieder.«

4

Die Tür fällt ins Schloss und ich höre seine Schritte auf dem Flur. Bin wach. Kneife die Augen zu, aber ohne Erfolg. Drehe mich zur Wand. Auf den Rücken. Suche an der Decke nach ihren Gesichtern. Früh am Morgen.
Ana.
Mein Bruder.
Aber ich sehe sie nicht. Stattdessen fällt mir etwas graue Farbe auf, die abbröckeln will. Ich starre sie an.
Eines Nachts wird sie herunterkommen, eines Nachts, wenn ich schlafe. Wird herabsegeln und sich auf meine Stirn legen, auf meinen Mund, vielleicht werde ich sie verschlucken oder durch die Nase einatmen. Ich halte das Stückchen Putz mit den Augen fest, bis ich wieder einschlafe.

Alle Gewichte sind vergeben, also muss ich heute an die Geräte. Den Schlaf aus dem Körper trainieren. Die Geräte des Studios sind alt und abgenutzt, weder Technogym noch Nautilus. Nur ältere Modelle, mit abblätterndem Lack. An den Handgriffen ist längst kein

Gummi mehr. Aber sie funktionieren, sind gut geschmiert und halten größere Gewichte aus als alle anderen Geräte in der Stadt. Das ist das Typische an Kamals Studio. Die Duschköpfe im Waschraum sind verkalkt, funktionieren aber. Der Teppich ist abgetreten, zerrissen und zeigt Spuren von Gewichten, Öl, Maschinen und Zigaretten. Auf einer Tafel an der Wand steht, dass Talkum verboten ist. Ein Hinweis für die Gewichtheber. Die wirklich starken Leute, die aus ihren eigenen Clubs rausgeflogen sind, weil sie zu offensichtlich gedopt waren. Ihre Körper sind so aufgeblasen, dass jede andere Erklärung versagt. Wenn sie nicht ohnehin in der Umkleidekabine erwischt wurden, mit der Kanüle im Oberschenkel, als sie sich vor dem Training noch schnell einen Schuss setzen mussten, weil die Wirkung dann am besten ist. Trotzdem haben sie das Gewichtheben nicht aufgegeben. Stemmen große Gewichte, reißen so viel wie möglich. Adrenalin, sagen sie, wenn man sie fragt. Scheiß Adrenalin. Es ist eine Sucht. Der Rausch des Unmöglichen, man glaubt, der Rücken knackt und der Kopf zerspringt, aber trotzdem geht die Stange über den Kopf. Bei Kamal ist auch für diese Leute Platz. Sie kommen morgens, wenn es die Leute nicht stört, dass sie beim Reißen brüllen.

Ich warte, der ältere Mann hinter dem Tresen bedient einen anderen Kunden. Empfiehlt einen Wein, der Kunde nimmt gleich zwei Flaschen und lässt sie sich in einer Schachtel als Geschenk verpacken. Dann nimmt er mein Leergut entgegen, meine Billigbierflaschen, und stellt es neben Flaschen aus Frankreich, Belgien und Irland. Ich kaufe einen guten Wodka, heute mal nicht den billigsten.
Und dann gehe ich, die Flasche in rotes Papier eingewickelt.

Ich kaufe eine Zeitung und fahre mit dem Bus in die Stadt. Komme an den wie an einer Schnur aufgereihten Schawarmabuden in der Nørrebrogade vorbei, an der Friedhofsmauer mit den Graffiti: Fuck

U.S., Eat the Rich, und einem neuen: Iran Trorist. Nicht Terrorist, sondern Trorist. Und noch ein neues fällt mir auf: Liebe! Große, rote Buchstaben. Ein Befehl.

Der Blick des Mädchens hinter dem Tresen klebt einen Augenblick zu lange an meinen Trainingsklamotten. Ich könnte ihr sagen, dass ich schon vor ihr hier war und sicher auch noch kommen werde, wenn sie sich mit einem besseren Job etwas zum Studium dazuverdient. Ich bestelle eine Kanne Kaffee. Setze mich in dieselbe Ecke wie damals. Das Café ist nicht weit vom Wasser entfernt. Als ich noch hier in der Gegend wohnte, war ich oft hier.

Ich nehme die Zeitung heraus und lese den ersten Artikel. Weiß nicht, wie lange ich sitze. Die Zeitung ist dick und in der Tasche wartet ein guter Wodka auf mich. Außerdem habe ich nichts vor, muss nirgendwo hin. Ich bestelle eine zweite Kanne Kaffee und lese den nächsten Artikel.

Ich beuge mich über den Tisch, um mir eine Zigarette zu nehmen, und drehe ich den Kopf.

Ein Blick auf die Straße, Zigarette anzünden, ein Schluck Kaffee und wieder zurück zur Zeitung.

Aber mein Blick bleibt hängen. Auf der anderen Straßenseite steht ein junger Mann. Seine Kleider sind verdreckt, das Haar ist dunkel und strähnig. Er wühlt mit der Hand in einem Mülleimer und fischt etwas heraus. Hebt eine Weinflasche hoch und lässt sie wieder fallen. Er sieht konzentriert aus, taucht tiefer, seine Schulter verschwindet. Einen Moment lang kommt er mir bekannt vor. Ivan, mit seinen Mathehausaufgaben, am kleinen Tisch in der Wohnung seiner Mutter, einen Kugelschreiber in der Hand. Ich stehe auf, gehe zur Tür und sehe, wie sein Rücken verschwindet.

Ich gieße mir noch Kaffee ein. Denke, dass ich mich bestimmt geirrt habe. Es ist lange her, dass ich Ivan das letzte Mal gesehen habe. Zu der Zeit ging er noch aufs Gymnasium und hatte nur gute Noten. Sie

war sehr stolz auf ihn, Ana. Ivan hatte in Rekordzeit Dänisch gelernt und dann mit Deutsch und Englisch angefangen.
Aber ich bin mir nicht sicher, ob er es tatsächlich war. Ich versuche in meine Zeitung zurückzufinden. Lese dieselbe Zeile wieder und wieder. Zünde mir eine Zigarette an.
Ana.
Sie waren Anfang der 90er vom Balkan hierhergekommen.
Ana, ihr Bruder Ivan und ihre Mutter. Der Vater sollte später nachkommen. Wollte noch etwas regeln, die Wohnung verkaufen und sich von den Großeltern verabschieden. Sie haben ihn nie wiedergesehen. Sie meinten, er sei sicher in ein Lager gekommen, haben aber nichts mehr von ihm gehört.

Ich habe den Schlüssel noch nicht im Schloss, als ich höre, wie sich hinter mir eine Tür öffnet, Sofie. Sie steht da, starrt auf meinen Rücken und wird mich gleich ansprechen. Sie lauscht auf meine Schritte im Flur. Wie Indianer auf Bisons, den Kopf auf dem Boden.
»Herzlichen Glückwunsch zum Geburtstag.«
Sie spricht mit meinem Rücken. Ich konzentriere mich auf den Schlüssel, drehe ihn, das Schloss springt auf, und ich schiebe die Tür mit dem Fuß auf.
»Alles Gute, Nick.«
Als ich mich umdrehe, lächelt sie mich breit an.
Ihr Haar ist noch nass und der Duft ihres Parfüms überdeckt fast den Schnapsgeruch, der an warmen Tagen aus dem Teppichboden steigt.
Ich sehe sie anscheinend fragend an.
»Dein Geburtstag, Nick, alles Gute.«
»Heute ist nicht …«
»Bist du sicher? Ich habe im Kalender nachgesehen, und da …«
»Klar bin ich mir sicher.«
»Hast du nicht Lust, mit zu mir zu kommen?«

Ich gehe in mein Zimmer und ziehe die Tür hinter mir zu. Sie steht noch immer draußen.
Ich nehme den Wodka aus der Tasche. Hole mir ein Wasserglas, spüle es in der Toilette aus und trockne es ab. Ich setze mich in den Fensterrahmen, öffne die Flasche, rieche daran und gieße mir etwas ein. Heute bin ich der Dreißig ein Stückchen näher gekommen. Ich zünde mir eine meiner polnischen Zigaretten an. Trinke und rauche, während der Fernseher läuft, ohne Ton. Ich sehe auf die Straße, zähle acht rote Autos und bleibe sitzen, bis die Sonne untergeht.
Ich trinke weiter. Fülle immer wieder nach, das Glas darf nicht leer werden.
Zuerst traue ich meinen Augen nicht. Ich halte mich am Fensterrahmen fest und lehne mich nach draußen. Der verrückte Alte kommt von einer Expedition zurück. Als er unter der Laterne vorbeigeht, fällt das Licht auf Haut. Helle, nackte Haut. Kleine Arme und Beine hängen über den Rand. Er hat seinen Einkaufswagen mit toten Säuglingen vollgeladen.
Die Schmerzen wecken mich, die Zigarette hat mir die Finger verbrannt. Ich blinzle, reibe mir die Augen, die Straße unter mir ist leer. Der Fernseher läuft noch. Ein Mann saugt mit einem Handstaubsauger ein Sandkorn von einem Esstisch.
Ich schenke mir nach.

5

Ana hatte Albträume.
Sie riss mich nachts aus dem Schlaf. Schrie. Mehrmals in den Jahren, in denen wir zusammen waren. Ich wusste bald, was ich zu tun hatte. Licht einschalten, meine Arme um sie legen, bis sie zu zittern aufhörte, sie, so fest ich konnte, an mich drücken, so hart, dass es ihr

bestimmt weh tat, sie saß dabei in ihrer noch warmen Pisse. Dann mit ihr ins Bad gehen, ihr beim Ausziehen helfen, bei ihr bleiben, bis ihre Augen wieder klarer waren, und zuletzt Laken wechseln, Matratzenschoner in die Wäsche und das Bett neu beziehen.
All das, ohne zu sprechen. Sie konnte oder wollte nicht reden und ich hätte nicht gewusst, was ich sagen sollte. Dann legten wir uns hin, ich nahm sie in den Arm, und wir schliefen beide wieder ein.
Am nächsten Morgen tat sie so, als wüsste sie nicht, was geschehen war. Sie signalisierte mir ganz deutlich, dass es nichts zu reden gab. Jetzt war jetzt und was vergangene Nacht geschehen war, konnte ich ebenso gut geträumt haben. Wenn ich aufwachte, kreisten die vollgepisste Wäsche und der Matratzenschoner bereits in der Waschmaschine im Keller. Sie hatte frisches Brot besorgt und brachte mir ein Glas Saft ans Bett. Jetzt zählte nur noch der heutige Tag. Der Tag und das Licht, in dem alles, was im Dunkel geschieht, unvorstellbar ist.

Als ich Ana sagte, dass ich sie verstehe, glaubte sie mir nicht. Woher wollte ich wissen, was es bedeutete, Flüchtling zu sein, alles zu verlieren und kein Zuhause zu haben.
Ich habe ihr nie von den Heimen und Einrichtungen erzählt.
Von meiner Mutter, die uns zusammenbrachte, selbst aber verschwand.
Von meinen Brüdern, dem, der einen Namen hat, den ich selten benutze, und dem, der nie einen Namen bekam.

6

Kamal wühlt in seiner Tüte und reicht mir einen Proteinshake mit Bananengeschmack. Ich lehne ab, aber er beharrt darauf, dass ich etwas esse.

Wir sitzen oben, auf dem Dach des Studios. In den Strandliegen, die Kamal hier hingestellt hat. Haben eine gute Aussicht über den Nordwesten. Verfallene Betriebe, Schrottplätze, Wohnblöcke aus rotem Backstein, zugeknallt mit Parabolantennen. Ich schraube den Deckel ab und nehme einen Schluck.
»Scheiße, Mann, das schmeckt ja wie dieses Fluor, das sie uns als Kinder auf die Zähne geschmiert haben.«
»Ja, man wird richtig nostalgisch.«
»Und sonst so, was läuft? Probleme?«
»Nein, nein.«
Er grinst.
»Oder kommt darauf an ...«
Er lehnt sich zurück, verschränkt die Hände hinter dem Kopf und streckt die Beine aus.
»Ich dachte nur daran, es ein bisschen ruhiger ...«
»Ja?«
»Ach, eigentlich nicht so wichtig ...«
Er dreht sich um und sieht mich an.
»Du siehst verdammt müde aus, Nick.«
»Danke.«
»Schläfst du zu wenig?«
»Das ist der Nachbar ... und anderes. Aber sag schon, was hast du gedacht?«
Er starrt vor sich hin und senkt die Stimme, als ginge es um etwas Verbotenes.
»Ich denke darüber nach zu heiraten.«
»Was?«
»Wirklich, ja.«
Ich zünde eine Zigarette an, kratze meinen Kopf und weiß nicht, ob ich ihm gratulieren oder lachen soll.
»Und, was meinst du?«
»Ich versuche mir das gerade vorzustellen.«

Ich nehme einen Zug von der Zigarette und atme den Rauch langsam aus. Kamal rutscht unruhig in seinem Liegestuhl herum.
»Also, was meinst du?«
»Ich kann es mir nicht …«
»Was?«
»Ich kann es mir nicht vorstellen.«
Kamal grinst und nimmt eine Zigarette aus meinem Päckchen, das zwischen uns liegt. Kamal kümmert sich selbst um die Rechnungen. Sowohl die des Studios als auch die derjenigen, die das Studio am Leben erhalten. Aber in dem Viertel, in dem wir uns bewegen, ist es besser, nicht mit Klugheit zu prahlen. Wenn er die jungen Kerle unten im Studio anschnauzt, spricht er mit starkem arabischem Akzent, doch wenn er später am Telefon Leasingverträge und Umschuldung verhandelt, spricht er ein Dänisch, das ich selbst nicht so über die Lippen bringen würde.
»Ich habe mir in letzter Zeit wirklich Gedanken darüber gemacht. Bin herumgelaufen und habe …«
»Das meine ich nicht … Du solltest jemand anderen fragen. Ich bin da nicht der Richtige.«
»Aber genau deshalb frage ich ja dich. Du kennst die Leute unten im Studio, die haben doch nur Muskeln im Kopf. Du weißt doch, die werden sagen, heirate und stell einen Kindersitz in deinen Civic. Werde ein richtiger arabischer Familienvater, mit einem Haufen Kinder. Geld kannst du ja immer irgendwie auf die Seite schaffen … Nein, wenn ich etwas mache, dann will ich es auch richtig machen.«
Ich versuche, ihm eine vernünftige Antwort zu geben. Aber ich werde nicht so oft um Rat gefragt.
»Warum?«
»Warum?«
»Ja, warum? Ist sie so hübsch oder was?«
»Heh, Mann, wir reden hier über meine Cousine, also ein bisschen Respekt bitte.«

»Ja, natürlich … Eine hübsche Cousine?«
»Heh! Na ja, das ist nicht wirklich meine Cousine, jetzt reiß dich mal zusammen, Mann.«
»Ist sie jetzt hübsch oder nicht?«
»Natürlich ist sie hübsch, was denkst du denn?«
»Und sie ist nicht deine Cousine?«
»Nein, verdammt, jetzt hör mit diesem Cousinengerede auf. Was hast du denn ständig mit Cousinen? Du machst mich noch ganz nervös.«
Ich trinke meinen Proteinshake aus. Er schmeckt noch immer scheußlich. Kamal gibt mir eine Flasche Wasser zum Nachspülen.
»Meine Familie hat unten in Tunis ein paar Nachbarn, kapiert?«
»Ja.«
»Es geht also um die Nachbarstochter. Oder besser gesagt die Tochter der Nachbarn der Nachbarn, aber, du weißt ja, da unten sind alle irgendwie Nachbarn. Das ganze Viertel.«
»Und die willst du …?«
»Ja …«
»Bist du verliebt?«
Er dreht sich auf seinem Liegestuhl um und sieht mich an.
»Heh, Mann, wie kommst du denn darauf? So was kannst du doch nicht einfach fragen.«
Er schiebt sich den Schirm seiner Mütze zurecht, damit die Nachmittagssonne ihn nicht blendet.
»Ich kenne sie erst seit ein paar Monaten. Das heißt, eigentlich kenne ich sie von ganz früher, als wir beide noch Kinder waren. Wenn wir da unten in den Ferien waren. Sie hatte Zöpfe und sammelte diese Porzellanpüppchen. Damals hat sie mich gehasst. Ich habe ihren Puppen immer die Köpfe abgebrochen oder sie mit meiner Schleuder zerschossen.«
Er denkt kurz nach und schnippt die Zigarette in hohem Bogen über den Rand des Daches weg.

»Ich habe sie … schon ein bisschen liebgewonnen. Ja, doch …«
»Und deshalb willst du sie heiraten?«
»Das weiß ich ja nicht. Ich weiß nicht, ob ich heiraten will. Ich glaube schon, aber … deshalb frage ich dich ja.«
Wir bleiben noch eine Weile sitzen, ohne etwas zu sagen. Sein Handy klingelt, er sieht aufs Display und schaltet es aus.
»Das ist aber auch, weil …«
»Ja?«
»Ich weiß ja, dass das bescheuert klingt. Aber ich bin so müde. Bin das leid, das Ganze. Am Sonntag, zum Beispiel, da war ich in Bellevue am Strand. Aber meinst du, ich könnte mich erinnern, ob ich da mit Maria oder mit Lina war?«
»Das ist aber dumm.«
»Ja, oder?«
»Sehr.«
»Ich höre mich wie ein Idiot an. Stimmt's?«
Ich lache über ihn, sage aber nichts. Kamal und ich lügen uns nicht an.
»Ich will bloß meine Ruhe haben.«
»Ich finde, du solltest das machen, wozu du Lust hast. Egal was ich denke oder einer der Hohlköpfe da unten.«
»Ja … wahrscheinlich schon … Aber wenn ich etwas tue, dann auch richtig. Dann wird sich einiges ändern. Vielleicht sehen sie mich dann sogar mal wieder in der Moschee. Mann, die werden einen Schock kriegen.«
»Her mit dem Kalb, der verlorene Sohn kommt nach Hause.«
»Ja, oder so ähnlich. Aber es wird wohl eher ein Lamm sein.«

Wir klappen die Liegestühle zusammen und gehen gemeinsam nach unten ins Studio. Kamal muss noch die Kasse machen. Er brüllt quer durchs Studio: »Noch zwanzig Minuten!« Ich grüße ein paar Leute, die gekommen sind, als wir auf dem Dach waren. Oder besser: Sie grüßen mich. So ist es, seit ich aus dem Gefängnis entlassen worden bin. Brauche ich einen Satz Gewichte, kriege ich ihn auch. Gibt es nur noch einen Spind, bekomme ich ihn. »Mach dir keine Gedanken, Nick, ich brauch den nicht.«

Leute, die ich noch nie gesehen habe, kaufen mir eine Cola. Weil ich Kamals Freund bin. Weil ich gesessen hab. Seit ich wieder draußen bin, sehen mich die Leute anders. Als hätte ich irgendetwas durchgemacht. Wer dasselbe erlebt hat, behandelt mich wie Familie, und die Teenager bewundern mich. Ich habe mein Diplom, mein Urteil. Meine Zeit hinter Schloss und Riegel. Auf dem Weg nach unten begegnen wir noch anderen. Sie grüßen oder nicken uns zu.

Ich würde ihnen gerne sagen: Es war einfach, es war nichts.

Ich habe eingesessen wegen Körperverletzung, ein besonders schwerer Fall. Ein anständiges, gutes Verbrechen, eines, das man akzeptieren kann. Wie bewaffneter Raub und nicht so eine Scheiße wie Vergewaltigung oder Kindesmissbrauch. Es war nicht schwer, die 18 Monate abzusitzen. Im Gefängnis gab es die gleiche Regelmäßigkeit wie in den Einrichtungen, in denen ich als Kind war, bevor meine Mutter uns zusammenbringen wollte. Gefängnisse sind nur dann schlimm, wenn sie dich von etwas wegzerren, von jemandem. Dann wird die Zeit lang. Aber für mich gab es keinen Ort, an dem ich sein wollte. Vielleicht hätte ich der Strafe sogar ganz entgehen können. Es gab widersprüchliche Zeugenaussagen. Einer der Zeugen war sich sogar sicher, dass ich es nicht gewesen bin, der Täter sei viel größer gewesen und habe eine Mütze getragen. Aber das war nach meinem Geständnis. Ich habe nichts geleugnet. Von einem anderen Häftling habe ich später erfahren, dass Kamal mir Zeugen hätte besorgen können. Wenn ich rauswollte, würde er zehn, zwölf Leute finden, die Stein und Bein schwörten, dass der andere zuerst geschlagen habe, dass sie alles gesehen hätten, von Anfang an. Oder dass der andere bloß unglücklich gefallen ist oder ich gar nicht da war, sondern in Odense, Århus, Ishøj.

Als ich aus dem Gefängnis kam, war meine Wohnung weg. Meine wenigen Sachen hatten in einem Karton Platz. Ich wohnte im Männerheim, bis das Sozialamt am folgenden Montag öffnete. Dann bekam ich den Platz im Wohnheim. Vorübergehend natürlich. Ich wohne da seit anderthalb Jahren.
Ich kaufe Bier im Supermarkt an der Hochbahn. Esse Schawarma.
Jeden Tag sehe ich dieselben Menschen.

7

Der Krankenwagen steht mit geöffneter Klappe halb auf dem Bürgersteig, ein Sanitäter steht rauchend daneben. Ich gehe an ihm vorbei in das Wohnheim. Auf der Treppe kommen mir Tove und ein weiterer Sanitäter entgegen. Er hat eine Hand sanft um ihren Arm gelegt, die andere stützt ihren Rücken, um sie halten zu können, sollte etwas passieren. Sie gehen ein paar Schritte weiter, als sie sich plötzlich losreißt.
»Ich kann gut selber gehen, mit meinen Beinen ist ja alles in Ordnung.«
Sie ist so wütend, dass sie die Treppe hinunterstolpert und sich am Geländer festhalten muss. Der Sanitäter ist sofort zur Stelle und stützt sie. Sie protestiert.
»Wer bezahlt Sie dafür? Lassen Sie das …«
Auf dem Treppenabsatz beugt sich Sofie über das Geländer, um alles mitzubekommen.
»Du hättest hören sollen, wie sie rumgeschrien hat, als die sie geholt haben, Nick. Ich glaube, ich habe noch nie so viele üble Schimpfworte gehört. Nicht von einer so alten Person …«
Ich gehe an ihr vorbei und suche in meiner Tasche nach dem Zimmerschlüssel.

»Nick.«
Ich lasse sie ein paarmal rufen, bis ich mich umdrehe. Sie lächelt.
»Ich möchte dir gerne etwas zeigen.«
Ich würde mich wohler fühlen, wenn ich einfach ins Zimmer gehen und mir selbst einen runterholen könnte. Ich schiebe ihre Tür auf. Sie schließt sie hinter mir und lächelt mich an, als hätte ich ihr Blumen gebracht.
»Sie sind hier oben.«
An der Wand kleben drei neue Kinderzeichnungen.
»Sind sie nicht schön?«
Ich reagiere überhaupt nicht. Drei Zeichnungen. Auf der ersten ist etwas, das wie ein Baum mit großen lila Blättern aussieht, und vielleicht ein kleiner Junge, auf der zweiten ein Feuerwehrauto, und auf der letzten kann ich gar nichts erkennen, vielleicht eine Sonne in verschiedenen Farben, oder jemand ist bloß mit seinem Farbkasten Amok gelaufen.
»Siehst du nicht, wie begabt er ist? Nicht viele Kinder in seinem Alter können so gut malen.«
»Doch, er macht das sehr gut. Wie alt ist er denn jetzt?«
»Fünf. Im Mai ist er fünf geworden.«
»Und woher hast du die Bilder?«
Sie blickt zu Boden, sucht den Teppich ab, hört mich nicht.
»Hast du was zu trinken?«
Sie nimmt sofort eine Flasche Wein aus dem Kühlschrank und holt zwei Gläser. Klemmt die Flasche zwischen die Beine und kämpft mit dem Korken.
Ich zünde mir eine Zigarette an und blase den Rauch zur Decke.
Sie füllt ein Glas bis fast zum Rand und reicht es mir. »Prost«, sagt sie und lächelt wieder.
»Woher hast du die Bilder?«
Sie nimmt einen tiefen Zug von der Zigarette und antwortet dann so beiläufig wie nur möglich, während sie sich selbst eingießt:

»Aus dem Kindergarten.«
»Ich dachte, du dürftest dort nicht hin ...«
»Darf ich auch nicht ...«
»Und wie hast du die dann gekriegt?«
Sie lächelt nicht mehr, sondern trinkt und beugt sich zum Kühlschrank vor.
»Darf ich auch nicht, darf ich auch nicht.«
Sie fasst sich an den Mund, als wollte sie etwas Unsichtbares wegwischen.
»Ich war im Kindergarten. Ich musste ihn sehen. Ich weiß ja, dass ich das nicht darf, aber ich konnte nicht anders.«
Sie gerät ins Stocken und sucht ihre Sätze wieder auf dem Boden.
»Ich bin einfach hingegangen und im Flur hat mich eine Kindergärtnerin aufgehalten. Ich glaube, sie heißt Marianne. Früher war die richtig nett, wenn ich ihn gebracht habe. Aber heute war sie total ernst. Sagte, dass ich gehen muss. Ich habe ihr gesagt, dass ich ihn doch nur sehen und nicht mitnehmen will. Nur grüßen, ich bin doch seine Mutter. Aber sie hat mir gesagt, dass ich das nicht darf. Ich habe gefragt, ob ich nicht wenigstens von weitem durch die Tür sehen kann, das würde doch niemand merken. Aber sie hat nur gemeint, ich sollte jetzt endlich aufhören, Probleme zu machen ...«
Ich sage nichts, nicke nur. Aber das reicht, damit sie weiterspricht. Ich schließe die Augen und versuche, die Innenseite meiner Lider zu sehen.
»Dann kam einer der Praktikanten, ein junger Rothaariger, er heißt Asger. Und der hat sich mir so in den Weg gestellt, dass ich nicht an ihm vorbeikonnte. Jetzt gehen Sie doch, hat er gesagt. Ich habe versucht, ihm zu erklären, dass der Kleine doch mein Kind ist, mein Junge. Dass ich es war, die ihn geboren hat. Aber er hat mir nicht zugehört, also habe ich probiert, an ihm vorbeizukommen. Ein paarmal habe ich das versucht, aber immer ohne Erfolg. Dann ... dann bin ich ... dann bin ich gegangen ... Auf der Treppe hat mich diese

Marianne eingeholt. Sie hat mir die Bilder gebracht, die Tobias gemalt hat.«

Wir sitzen eine Weile da, trinken Wein und schweigen. Dann stellt sie das Glas auf das Nachtschränkchen und kniet sich vor mir hin. Macht meine Hose auf.

Ich sehe nach unten auf ihr Gesicht, während sie dabei ist. Ich will sie schlagen. Immer wieder. Sie blickt zu mir auf, mein Glied hängt schlaff in ihrem Mund.

»Stimmt was nicht …?«

Ich stecke es zurück in die Hose und mache den Reißverschluss zu. Auf dem Weg nach draußen höre ich sie hinter mir.

»Das macht doch nichts, wirklich …«

Ich sitze auf meinem Bett. Habe beim Hereinkommen das Licht nicht angemacht. Habe das Bier auch im Licht der Straßenlaterne gefunden. Ich rauche, asche auf den Boden. Nach zwei Bier stehe ich auf. Öffne ein drittes, trinke es halb und stelle die Flasche auf den Fernseher.

Ich gehe ans Ende des Flures und klopfe an Kristian Madsens Tür, die Tür des Mannes, der mich morgens weckt. Ich kann so laut klopfen, wie ich will; Tove ist nicht da und die anderen bleiben sowieso in ihren Zimmern. Ich klopfe weiter. Werde klopfen, bis sich die Tür öffnet oder ich keine Haut mehr an den Fingern habe.

Als er die Tür aufmacht, sehe ich nur ein winziges Auge, das mich durch einen Spalt anblickt. Dahinter ist es dunkel.

»Was willst du?«

»Mit dir reden.«

»Ich habe keine …«

Er will die Tür wieder schließen, aber ich habe meinen Fuß im Türspalt, drücke auf und trete zu ihm ins Zimmer.

Als sich meine Augen ans Dunkel gewöhnt haben, sehe ich, dass er aufs Bett gefallen ist. Er richtet sich langsam auf und presst die Handflächen gegen die Matratze.

»Was willst du?«
»Mit dir reden.«
»Ja?«
»Du musst aufhören, morgens so einen Lärm zu machen. Hör auf, die Tür zu knallen.«
Ich kann jetzt mehr sehen, das Licht, das durch das Fenster hereinfällt, färbt alles grün. Das Zimmer ist sehr ordentlich, er trägt noch seinen Anzug, nur der Schlips liegt zusammengefaltet auf dem Tisch.
»Ich muss früh raus.«
Er kratzt sich im Nacken und sieht dann zu seinem Aktenkoffer neben dem Schlips hinüber.
»Ich muss zur Arbeit.«
»Das ist mir vollkommen egal.«
»Es ist doch nicht mein Problem, wenn du so einen leichten Schlaf ...«
Ich schließe die Tür hinter mir. Sage:
»Ich habe mich wie ein zivilisierter Mensch aufgeführt, ich habe bei dir angeklopft ...«
»Du hast gegen meine Tür gehämmert.«
Er hat sich seine Brille abgenommen und putzt sie sich mit seinem Hemdzipfel.
Ich stelle mich vor ihn hin, so dicht, dass sein Kopf beinahe meinen Schritt berührt.
»Ich habe an deine Tür geklopft und bin jetzt hier und rede mit dir. Ich bitte dich um etwas ganz Einfaches.«
»Wenn du Probleme mit meinem ...«
»Ich habe dich nicht ins Badezimmer gestoßen, dein Gesicht nicht ins Waschbecken geknallt. Dich nicht im Nacken gepackt und deinen Mund gegen den Waschbeckenrand gehämmert. Ich habe dir nicht deine Arme gebrochen. Habe dir nicht in den Mund gefickt, weder Zähne noch Blut als Gleitmittel genutzt und dir auch nicht in den Arsch gefickt, bis die Scheiße von alleine rauskommt.«

Er starrt vor sich hin. Seine Brille ist auf den Boden gefallen. Seine Hände liegen im Schoß, die Handflächen nach oben, als wären sie zu schwer, um angehoben zu werden. Bleiche Fleischlappen.
Ich trete einen Schritt zurück. Er starrt vor sich hin.
»Das alles habe ich nicht getan. Ich habe dich freundlich gebeten, in der Früh keinen Krach zu machen. Von Nachbar zu Nachbar. Du machst morgens keinen Lärm. Du brauchst mir jetzt nicht zu antworten.«
Er starrt noch immer vor sich hin. Ich glaube, er hält die Luft an.
»Du machst morgens keinen Lärm.«
Ich gehe aus dem Zimmer und ziehe die Tür hinter mir zu.

8

Nicht ich habe Ana erobert. Ana hat sich selbst entschieden. Warum für mich, war mir egal.
Damals.
Wir haben gemeinsam in einem Club gefeiert. Kamals Geburtstagsparty.
Ana und ich gingen Hand in Hand. Das Fest würde noch ein paar Stunden dauern, aber nicht für uns.
Wir waren beide voll und müde. Sie wirkte glücklich, lachte, pisste zwischen zwei geparkte Autos. Als wir fast bei ihrer kleinen Wohnung angekommen waren, sagte sie, es sei schön gewesen. Aber dass ich es vielleicht besser bei Maria probieren sollte. Sie habe uns zusammen gesehen und wir passten so gut zueinander. Dass das für sie in Ordnung sei. Verdammt, wir waren doch erst ein paar Wochen zusammen. Ich starrte sie an, ihre Lippen, die diese Worte formten. Ich nahm einen Zug von der Zigarette und drückte sie auf meinem Arm aus. Sie sah mich an, nahm meine Hand und ging mit mir weiter

die Straße entlang. Wir redeten nicht mehr darüber und am nächsten Morgen küsste sie die Wunde auf meinem Arm.

Es gab viel, worüber Ana nicht redete. Den Krieg. Das Leben als Flüchtling. Und wie sie nach Dänemark gekommen war, bloß mit ihrem Bruder und ihrer Mutter. Sie lernte schnell Dänisch und ihr leichter Akzent wirkte nur bezaubernd. Die wenigen Wörter, die sie immer verwechselte. Gefeiert. Als sie zwanzig Teller bei ihrem Job als Kellnerin fallen ließ, wurde sie gefeiert, nicht gefeuert. Kannte man sie, konnte man sie sich nicht anders vorstellen.
Nach Dänemark ziehen, seinen Vater verlieren, wieder von vorne anfangen, bei ihr hörte sich das alles nach einer freien Entscheidung an.

9

In jeder Hand halte ich eine 17-Kilo-Hantel. Hebe ich die eine, lasse ich die andere sinken und drehe gleichzeitig das Handgelenk, um den Muskel anzuspannen. Ich stehe vor dem großen Wandspiegel, um sicherzugehen, dass ich die Schultern nicht zu sehr anspanne und mich nicht zu einer Seite neige. Ich achte nur auf meine Schultern.
Vor mir liegen zwei Hantelsets. Das mit 17 und eines mit 22 Kilo. Das schwerere liegt vor mir auf dem Boden. Ich wechsle und mache einen langsamen Durchgang damit, jeweils fünfmal, und bevor sich die Muskeln entspannen, noch einmal zehn mit den leichteren. Als ich angefangen habe, hier im Studio zu trainieren, haben mir die alten Hasen sehr geholfen. Nachdem sie mich einen Monat lang jeden Tag gesehen hatten, kamen sie von selbst zu mir und sagten mir, was ich tun sollte. Verrieten mir, welcher Bankwinkel den Unterschied macht, wie man die oberen oder die unteren Brustmuskeln trainiert. Wie

man es vermeiden kann, die Schultern einzusetzen, wenn man den Bizeps trainiert, und dass man sich nie auf ein Trainingsprogramm versteifen darf, sondern die Muskeln immer wieder überraschen muss, damit sie wachsen. »Und vor dem Schlafengehen etwas essen, das gibt Energie für die Muskeln.« Sie ließen mich glücklich an ihrem Wissen teilhaben, das sonst niemanden interessierte.

Als ich aus dem Studio komme, regnet es.
Große, warme Tropfen. Der Himmel hat endlich zu atmen begonnen. Ich mache einen Umweg nach Hause, um den Regen auf der Kopfhaut zu spüren. Die Menschen huschen an den Hauswänden entlang und suchen Schutz unter den Markisen der Geschäfte. Ich habe die Straße für mich allein. Komme an einem Waschsalon vorbei, aus dem grelles, gelbes Licht auf die Straße fällt. Eine einzelne Gestalt sitzt vornübergebeugt im Laden und starrt in eine Waschmaschine. Gefangen im Regen, oder sie wartet auf ihre Sachen. Beim Weitergehen wird mir bewusst, dass das Ivan ist.
Ich gehe in den Waschsalon, aber er reagiert nicht. Hat anscheinend weder die Tür noch meine Schritte gehört. Wüsste ich es nicht besser, würde ich glauben, er ist taub.
Ich stelle mich neben die Waschmaschine, in die er starrt. Sein Kopf bewegt sich eine Spur nach oben zu mir. Dann wenden seine Augen sich wieder der Wäsche zu, die im Schaum herumgeschleudert wird.
Er sieht übel aus. Fettige, dunkle Haare. Zu kurze Hose und Schuhe ohne Strümpfe. Schwarzer Stoppelbart mit großen Löchern, durch die man seine blasse Haut sehen kann.
»Ist das dein zweiter Satz Kleider da drinnen? Dein Sonntagsanzug?«
Er sieht mich an, starrt in die Maschine.
»Ivan.«
Starrt in die Maschine.
»Heh!«

Ich schnippe mit den Fingern vor seinem Gesicht. Noch immer keine Reaktion.
Ich rauche und sehe ihn an. Wie einen Film über Tiere in ihrer natürlichen Umgebung oder wie ich dem Alten mit dem Kinderwagen nachblicke. Ich könnte ihn die ganze Zeit beobachten. Er rutscht etwas hin und her. Ist nervös. Starrt aber noch immer in die Maschine. Ich bin nicht da.
»Siehst du da drin etwas, was wir anderen nicht sehen können?«
Die Augen auf der Maschine. Ich bin nicht da.
»Ich rede mit dir, verdammt!«
Ich puste ihm Rauch ins Gesicht. Er blinzelt ein paarmal und als er dann den Mund aufmacht, spricht er leise mit deutlichem Akzent.
»Kannst du mich nicht endlich in Ruhe lassen?«
»Was ist so spannend da drin?«
»Kannst du mich nicht endlich in Ruhe lassen? Ich finde das nicht witzig.«
Seine Stimme klingt monoton, mit seltsamen Pausen, verschobenen Wörtern.
»Wenn ich nicht reingekommen wäre, würdest du dir hier jetzt noch einen runterholen. Ist dir eigentlich klar, wie krank das ist?«
Er steht auf und brüllt mich mit offenem Mund und verzerrtem Gesicht an.
»Kannst du nicht einfach die Klappe halten und mich in Ruhe lassen?«
Ich presse ihn an die Wand, die Hand an seiner Kehle, er steht auf Zehenspitzen.
»So redest du nicht mit mir, so nicht, verdammt noch mal, nicht mit mir, du kleines Arschloch!«
Er ist der kleine Bruder meiner Exfreundin. Ich habe mit ihm bei seiner Mutter Tee getrunken und selbstgebackenen jugoslawischen Kuchen gegessen.
Ich lasse ihn los, trete ein paar Schritte zurück und hätte mich bei-

nahe entschuldigt. Dann sehe ich die Delle in seiner Jacke, in Form einer Pistole, und bin mir einen Moment lang sicher, in der Klemme zu stecken. Die Jugos machen verdammte Scheiße, aber wie kann man so blöd sein, Ivan eine Knarre zu geben …?
Dann sehe ich den Flaschenhals. Ich stoße ihm hart gegen die Brust, so dass er ein paar Schritte nach hinten taumelt und sich an einem Wäschetrockner festhält, um nicht umzufallen. Die Flasche rutscht aus seiner Jacke und knallt auf den Boden, Glassplitter und brauner Kakao. Cocio.
Tränen rinnen ihm aus den Augen und sein Blick flackert zwischen der Flasche am Boden und mir hin und her. Seine Arme und Hände zittern. Dann stößt er ein lautes kehliges Geräusch aus, wie ich es noch nie von einem Menschen gehört habe. Ich ramme ihm die Faust in den Magen und er sackt auf dem Boden zusammen. Dann nehme ich meine Tasche und gehe.

10

»Hallo, Nick, ich bin in zwei Minuten so weit. Warte kurz …«
Kamal zählt das Bündel in seiner Hand fertig und macht ein Häkchen auf dem Blatt, das vor ihm liegt. Es ist später Nachmittag, das Studio ist fast leer. Auf dem Tisch vor Kamal liegen ein Haufen Hunderter und ein kleiner Berg Münzen. Die Proteinshakes und die deutsche Dosencola bringen ihm am meisten ein. Er beeilt sich nicht, das Geld wieder in die Kasse zu stecken, es macht ihm keine Sorgen, es vor sich liegen zu haben. Gnade Gott demjenigen, der versuchen sollte, Kamal etwas zu klauen. Gnade ihm Gott. Schon Kamal selbst wäre ein Problem und dann erst die Typen oben bei den Gewichten, die immer am längsten bleiben und rausgeschmissen werden müssen. Das hier ist wirklich ihr Zuhause. Ich weiß, wie sie denken. Du hast

hier bei uns daheim nichts verloren. Nun versuch bloß nicht, uns etwas wegzunehmen. Hier wird nicht geklaut, nicht mal eine Hantelscheibe. Kamals Studio ist der sicherste Ort der Stadt. Ein paar Jugendliche haben vor ein paar Jahren mal etwas versucht. Einer von ihnen hatte ein Springmesser. Ich war selbst nicht da, aber sie erzählten mir alles und lachten ziemlich über dieses Springmesser. Über das Klicken, mit dem die Klinge herausgesprungen war. Über die Dramatik. Sie hatten erst gelacht und dann ernst gemacht.
Kamal blickt vom Geld auf.
»Du hast heute gut trainiert, was?«
Dann zählt er weiter.
»Ja?«
»Ja, wirklich, ich habe dich beobachtet. Hast dich richtig reingehängt.«
»Ja.«
»Und lang.«
Er wickelt ein Gummi um ein Geldbündel und steckt es in seine Innentasche.
»Hast du Lust, mit zu mir zu kommen? Wir könnten uns ein paar Filme angucken.«
Er beginnt, das Kleingeld zu zählen. 10- und 20-Kronen-Münzen. Kann gleichzeitig zählen und reden.
»Es kommen ein paar Leute, die meisten kennst du. Wir rauchen ein bisschen und sehen uns richtig gute Action an.«
»Ach, ich weiß nicht, heute ist nicht …«
»Jetzt komm schon, Nick. Wir wollen uns nur ein paar Filme anschauen, nichts Besonderes.«

Kamal telefoniert ein bisschen, lacht und brüllt in den Hörer. Nach zehn Minuten kommt Malouf aus der Tür. Lächelt breit und setzt sich auf die Rückbank.
»Sorry, aber es gab *Tagine*. Wie läuft's, Nick? Lange nicht gesehen.«
»Alles in Ordnung. Und bei dir?«

»Alles okay, nein, gut, ich verkauf jetzt Staubsauger. Hat Kamal dir das nicht erzählt? Ich bin verdammt gut.«
Kamal lacht. Sucht einen Sender im Radio.
»Das stimmt, er ist der König der Staubsaugerverkäufer.«
»Letzten Monat habe ich 35 verdient. Verdammt, Mann, 35! Das ist mehr, als ich vorher jemals gemacht habe. Na ja, fast. Und die Polizei kann einen nicht verknacken, weil man zu viele Staubsauger verkauft.«
Als ich Malouf das erste Mal gesehen habe, war er ein bekannter Schläger. Gab es einen Kampf im Viertel, konnte man sich sicher sein, dass er daran beteiligt war. Wie auch bei der Riesenprügelei zwischen Typen aus Nørrebro und Amager. Ich habe ihn über Kamal kennengelernt, ich hatte nie etwas gegen Malouf. Kamal sagt, man könne ihm vertrauen, außerdem gibt er nicht so an wie die meisten anderen im Viertel.
Wir fahren aus der Stadt. Kamal wohnt in Høje Gladsaxe. Unterwegs halten wir an einem Kiosk. Malouf steigt aus, kauft Zigaretten und Cola und für mich Bier.
Als wir ankommen, warten die anderen bereits auf dem Parkplatz vor dem Hochhaus. Ich erkenne Nabil, die anderen kenne ich vom Sehen, weiß aber nicht, wie sie heißen. Nabil gibt mir die Hand.
»Hei, Nick, lange her. Warum hast du mir nicht gesagt, dass er kommt, Kamal? Dann wird ja wohl nichts aus meinem Plan, die ganze Nacht lang alte Adel-Imam-Filme zu gucken.«
Kamal grinst.
»Wenn ich eins nicht sehen will, dann Adel-Imam-Filme … Hast du was Gutes mitgebracht?«
»Die Sachen sind okay. Du weißt schon, ein bisschen Slasher, ein bisschen Horror. Nicht zu wild für die Jungs.«
Nabil hält meine Hand noch immer gedrückt, eine arabische Sitte, an die ich mich einfach nicht gewöhnen kann.
»Ich habe mal versucht, ihnen *La Haine* zu zeigen, kennst du den? Ein französischer Film. Ich dachte, die wären begeistert, du weißt schon,

Kanaken mit Pistolen und so. Aber weißt du was? Kaum haben die gesehen, dass der Film schwarz-weiß ist, fragen die mich, ob ich nicht was mit Dolph Lundgren hätte.«

Der Fahrstuhl ist komplett vollgetagt, Kamal wohnt ganz oben, so hat man Zeit, alles zu lesen. Liebe! Wieder mit großen, dicken Buchstaben. Kamal kratzt sich im Nacken.

»Dass sie hier drin sprayen, ist mir egal, wenn sie nur woanders pissen würden … Hast du das Piece, Malouf?«

»Heh, was?«

»Du solltest Dope mitbringen!«

»Nein, ich doch nicht.«

»Willst du mich verarschen?«

»Ja, ja, warum nicht immer den Marokkaner das Dope beschaffen lassen? Scheißrassist, meinst du, wir wären alle …«

»Dann hast du es doch?«

»Na klar.«

Die Möbel in Kamals Wohnung sind eine Mischung aus schweren arabischen Teilen, einem Ecksofa, Sesseln und Ikea. Er ist nur selten hier und wenn, dann entweder mit Freunden zum PlayStation-Spielen und Kiffen oder mit einem Mädchen. Deshalb ist das Schlafzimmer auch der Raum, der am meisten hermacht.

Ein Joint macht die Runde, während wir einen Film sehen. Jackie Chan. Nabil erzählt, wann sich Jackie Chan das Schlüsselbein und die Hüfte gebrochen und seine Milz lädiert hat. Lädiert? »Okay, ruiniert, Mann, aber jetzt haltet die Klappe, das müsst ihr euch angucken.«

Kamal fragt, ob ich zum Rauchen mit nach draußen komme. Eine seltsame Frage, wenn die ganze Wohnung nach Hasch stinkt. Dann sitzen wir draußen auf seinem kleinen Balkon auf weißen Plastikstühlen. Ich zünde zwei Zigaretten an und reiche Kamal eine davon. Er zieht daran, atmet aus und sieht mich an.

»Was ist eigentlich los mit dir?«
Ich antworte nicht. Die Autobahn ist von hier aus nur noch als leises Brummen zu hören.
»Ich habe dich heute trainieren sehen. Du warst wie ein Wahnsinniger. Besessen. Was ist denn los mit dir? Wenn du dich unbedingt umbringen willst, kannst du das dann nicht in einem anderen Studio machen?«
Ich sehe ihn an und trinke einen Schluck Bier.
»Könnte ich schon, könnte ich wirklich ...«
»Verdammt, Nick, du weißt, was ich meine. Ich sehe es dir doch an. So habe ich dich nicht mehr gesehen seit ...«
»Was?«
»Ach halt die Klappe ... Du kannst doch mit mir reden, wenn was ist. Mehr will ich dir ja gar nicht sagen.«
Ich nicke. Wir sitzen eine Weile rauchend da und sagen kein Wort. Vom Balkon aus kann man weit über die Grünflächen von Tingbjerg gucken. Und über die Stadt. Die Hochhäuser in Bellahøj. Den Chinesischen Turm im Zoo.
»Was bedeutet eigentlich Iran Trorist?«
»Terrorist?«
»Nein, Trorist. Ich hab das irgendwo gesehen.«
»Ach du Scheiße. Hast du das noch nicht gehört?«
»Nein.«
»Also, der Typ wurde eines Abends bei der Hochbahn geschnappt. Er sah ein bisschen merkwürdig aus, war Kanake, so dass die Bullen ihn einfach so ohne konkreten Grund überprüft haben. Aber da haben sie eine Spraydose bei ihm gefunden. Er hat behauptet, bloß nach Hause zu wollen, um sein Fahrrad zu spritzen. Sie haben ihm aber nicht geglaubt und ihn mit auf die Wache genommen.«
»Weil er eine Spraydose dabeihatte?«
»Er war Kanake, habe ich doch schon gesagt. Du weißt ja, dass ich diese Bullenschweine nicht mag, aber diese Geschichte hier ist wirk-

lich witzig. Sie haben ihn in einen Verhörraum gesteckt und immer wieder gefragt, was er mit der Spraydose will.«
»Und er wollte nach Hause und sein Fahrrad spritzen?«
»Ja, ja, er wollte nur nach Hause zu seinem Fahrrad. Es war inzwischen vier Uhr nachts, da haben sie ihm Papier und Bleistift gegeben und ihn aufgefordert, doch einmal ›Iran Terrorist‹ aufzuschreiben. Rate mal, was er geschrieben hat?«
»Iran Trorist?«
»Genau!«
»Und was bedeutet das?«
»Na ja, Iran-Terrorist, natürlich, aber was er damit sagen will ... Okay, er scheint den Iran nicht sonderlich zu mögen. Aber heh, weißt du, ich versuche, mich aus alldem da rauszuhalten. Nicht alle Moslems sind Terroristen und nicht alle katholischen Pfarrer Kinderficker, mehr muss ich eigentlich nicht wissen. Sollen wir wieder reingehen?«

Wir sehen uns einen japanischen Slasherfilm an. Die meisten von Kamals Kumpels finden ihn ziemlich eklig. Aber Nabil faucht, sie sollen die Klappe halten, er fiebert der Szene mit der Säge entgegen, die so irre ist, dass er sie allen zeigen muss. Ich trinke meine Biere und ziehe ein paarmal am kreisenden Joint. Einige sind bereits viel zu fertig zum Gucken, sie liegen auf dem Boden und schlafen.
Sammi bringt mich nach Hause. Auf der Fahrt erzählt er mir vom Boxen. Dass seine Trainer Pläne mit ihm haben und dass Kamal mich mal zu einem seiner Kämpfe mitnehmen soll. Dass sein Trainer will, dass er aufhört zu rauchen. Anscheinend spürt er das Dope nicht, dabei bin ich mir sicher, den Joint immer wieder auch in seiner Hand gesehen zu haben.
Als wir auf die Autobahn kommen, gibt er Gas. »Ich hab die Karre gerade erst gekauft. Sollen wir mal sehen, wie viel die macht?«
Ich spüre das Tempo im Bauch, als er auf das Gaspedal tritt.
»Schneller.«

»Schneller?«
Er gibt noch mehr Gas und der Motor heult auf.
»Gut so? Man spürt, wie willig die Karre ist, nicht wahr?«
Wir haben die Straße für uns. Die Laternenpfähle rasen vorbei.
»Fahr mal da rüber!«
»Wohin?«
»Na, auf die andere Seite.«
»Red keinen Quatsch, Mann. «
»Jetzt komm schon, fahr doch mal auf die andere Straßenseite, nur kurz, komm schon.«
»Verdammt, Nick, was willst du?«
»Traust du dich nicht?«
»Du bist doch verrückt. Weißt du das?«
Er lächelt, wird langsamer und dreht das Radio lauter, ich lächle auch, es war nur ein Witz, okay, es war nur ein Witz.

11

Ich stemme die Stange zur Decke. 110 Kilo, ich bin knapp davor, meinen eigenen Rekord zu brechen. Spüre, wie die Bank unter mir schwankt, spüre, dass meine Arme zittern. Ich kneife die Augen zusammen, es fehlen nur noch ein paar Zentimeter.
Ivan.
In diesem Moment sehe ich ihn vor mir. Die dunklen Augen, das fettige dunkle Haar, die gebeugte Gestalt auf dem Boden des Waschsalons. Kamal packt die Stange, damit mein Brustkorb nicht eingedrückt wird.

Ich stehe unter der Dusche. Versuche, nicht zu denken, höre nur auf das Wasser, spüre es auf den Schultern.

Ich habe Kamal ausgelacht und anschließend den Bizeps trainiert, bin aber trotzdem wütend.
Ich denke nicht mehr an meine Familie.
Meine Mutter, ihre Männer, ihren Tod.
Ich denke nicht an meinen Bruder, der nicht so allein ist wie ich.
Er hat seinen Sohn und sein Heroin.
Als er bei unserer Mutter in der Klinik war, schnurrten seine Augen in seinem Kopf herum und suchten jeden Zentimeter des Krankenhauszimmers ab; er wollte nur ungern mit leeren Händen nach Hause gehen.
Ich denke nicht an meinen kleinen Bruder ohne Namen.
Und dann kommt plötzlich Ivan.
Ausgerechnet ihn sehe ich. Ivan.
Als stünde er im Studio neben mir.
Ich reiße die Seifenschale aus der Wand. Sie klirrt laut und metallisch, als sie auf die Fliesen knallt. Das Blut, das aus meiner Hand sickert, mischt sich mit dem Wasser. Läuft wie dünner Saft in den Abfluss.
Ich gebe die Seifenschale am Empfang ab. Kamal sieht mich an, sagt aber nichts.

Auf dem Weg nach oben klirrt es in meiner Tasche, ich habe mehr gekauft als sonst.
Die Tür fällt hinter mir ins Schloss, ich hole die Bierflaschen aus der Tasche. Klemme die erste zwischen die Oberschenkel, um sie mit der linken Hand zu öffnen. Es geht nicht leicht und als ich endlich den Kronkorken runterhab, verschütte ich fast das Bier. Ich setze die Flasche an die Lippen und trinke sie halb leer. Öffne dann die zweite und lasse sie auf der Kommode auf mich warten.
Ich gehe in die Toilette und wickle das T-Shirt von meiner Hand. Die Wunde klebt am Stoff. Ich wasche die Hand mit kaltem Wasser, trockne sie mit einem einigermaßen sauberen Handtuch ab und kippe Jod drüber.

12

Ich kann mir gut vorstellen, dein gewalttätiger Exmann zu sein, sagte ich zu Ana. Eine kurze, heiße Affäre und wir heiraten. Später streiten wir uns eines Tages, ich trete dich, und du fliegst die Treppe nach unten. Du bist so ein Mädchen, bei dem ich einen richterlichen Beschluss gar nicht so abwegig finde.
Richterlicher Beschluss?, fragte sie.
Dass die Polizei sagt, dass ich mich dir nicht … Ach egal.
Ihr Gesicht leuchtete auf, ah, sagte sie und dann fügte sie noch etwas in ihrer Sprache hinzu, das ich nicht verstand. Sie grinste und sagte: Wenn du mich die Treppe runterschmeißt, schlage ich dich tot, wenn du schläfst. Das verspreche ich dir.
Ich glaube, sie konnte mich gut leiden, weil ich mir nicht anmerken ließ, dass sie wahnsinnig gut aussah. Ich hatte keine Chance, das wusste ich. Warum sollte ich also um sie herumschleichen wie die anderen Jungs? Sie war einfach nur schön, dachte ich. Ein ungewöhnlich schönes Mädchen, aber wenn schon. Doch kurz nachdem sie sich für mich entschieden hatte, dachte ich nicht mehr so. Da hätte ich alles getan. Aber das ist eine andere Geschichte. Eine Geschichte über das, was ich getan hätte. Gib mir das Taschenmesser.

13

Es klopft an meiner Tür. Ich weiß nicht, wie lange ich schon hier sitze, aber ich kann mich selbst im Raum riechen. Der Fernseher läuft ohne Ton, ein Zeichentrickfilm. Wieder klopft es. Meine Augen kleben am Bildschirm. Der Hund im Fernsehen schießt mit seiner Laserpistole mehreren Tintenfischen in Raumanzügen die Arme ab. Auch ohne Ton sehe ich, dass sie höhnisch über ihn lachen, sie haben ja noch

massenhaft Arme, mit denen sie ihre Waffen jonglieren. Eine Hündin mit kurzem Röckchen hängt gefesselt an der Antenne des Raumschiffs. Wieder ein Klopfen an der Tür. Ich stehe auf und öffne. Sofie steht auf dem Flur. Sie trägt ein Sommerkleid, mit dünnen Trägern und freiem Blick auf die Oberseite ihrer sonnengebräunten Brüste. Sie würde sich freuen, wenn ich ein Wort dazu sagen würde; wenn ich überhaupt etwas sagen würde. Ich setze mich wieder vor den Fernseher. Aus der Türöffnung beobachtet sie mich aufmerksam. Und beginnt dann zu sprechen, ganz leise.
»Du hast mich … du hast mich lange nicht mehr besucht.«
Der Hund mit dem Raumanzug und der Laserpistole kämpft weiter, jetzt sind nur noch drei Tintenfische übrig. Sie sehen nicht mehr so selbstsicher aus. Ich trinke einen Schluck Bier.
»Deshalb dachte ich, ich frage mal …«
Sie tritt einen Schritt vor, kommt aber nicht ganz über die Türschwelle. Ich sehe sie an, blicke knapp an ihr vorbei.
»Du darfst hier …«
»Ja.«
Sie würde alles tun, ist zu allem bereit. Was ich auch sage. Meine Stimme ist rauh. Es ist schon ein paar Tage her, dass ich zuletzt gesprochen habe. Hab nur mein Bier gekauft und das Geld, ohne etwas zu sagen, auf den Tresen gelegt.
»Du darfst hier nicht rein.«
»Nick …?«
»Du sollst hier einfach nicht rein … Du sollst nicht.«
»Nick, ich habe mich gefragt, ob es dir … ob es dir …«
»Du gehst keinen Schritt weiter, du gehst keinen Schritt weiter. Das machst du nicht.«
»Nick. Deine Hand … Was ist denn mit deiner Hand?«
»Wenn du einen Schritt weitergehst …«
Sie schließt die Tür hinter sich, leise. Ich nehme noch ein Bier aus dem Kühlschrank. Der Hund im Fernsehen kämpft jetzt mit dem

größten Tintenfisch, dem Anführer. Für jeden Arm, den er ihm abschießt, wachsen zwei neue.

Die Wunde an meiner Hand will nicht heilen. Sie eitert und hat rote Ränder.
Ich war im Studio, habe mir alte Boxbandagen straff um die Hand gewickelt, doch schon nach einem Trainingsdurchgang musste ich aufgeben. Meine Hand war nass. Seither laufe ich. Viele Stunden jeden Tag. Kann aber trotzdem nicht schlafen, wenn ich nach Hause komme. Ich decke mich nur mit dem Bezug zu. Seit fast einer Woche scheint jetzt schon die Sonne, die Luft wird immer stiller und drückender und die Menschen unruhig und aggressiv. Ich habe gesehen, wie ein Mann seinen Hund getreten hat. Das war an einer roten Ampel und der Hund wollte nicht Sitz machen. Der Mann schrie ihn an, aber der Hund stand einfach nur da und wedelte mit dem Schwanz. Als der Mann sich heiser geschrien hatte und der Hund noch immer mit hängender Zunge dastand, begann der Mann ihn zu treten. Er hielt die Leine fest, damit er nicht weglaufen konnte, und trat ihm in die Seite. Der Hund hätte ihn bestimmt beißen können, große Hunde, große Zähne. Er hätte ihn fressen können, stand aber einfach nur da.

Die Menschen machen merkwürdige Sachen und hupen viel öfter. In der Zeitung lese ich, dass sich ein Taxifahrer mit einem Kunden geprügelt hat, der nicht zahlen wollte. Am Ende hat er ihn aus dem Auto geschmissen und ihm einen Schraubenzieher in die Lunge gerammt. Ich kann meine Hand nicht spüren.
Laufe über die Nørrebrogade, es ist bald Nacht. Die Stadt ist noch wach, überall sind Menschen, vor den Kebabbuden, sie sitzen auf Schemeln und Holzkisten. Es riecht nach Pisse, verfaultem Gemüse und Frittierfett. Ich laufe die Straße auf und ab, dann die Querstraße runter und wieder zur Nørrebrogade. Ich laufe. Und starre. Starre den jungen Männern in die Augen, je größer die Gruppen sind,

desto intensiver. Bin kurz davor, die dunkelhaarigen Mädchen als Huren zu beschimpfen, mich hinzusetzen und auf ihre Brüder zu warten. Ich brauche jetzt echt eine Schlägerei. Ich muss ja nicht gewinnen. Auf einen Typen in Fubu-Klamotten einprügeln, bis sein Kopf platzt. Ich habe nur eine gute Hand, egal, ich muss ja nicht gewinnen.

Ich kann meine Hand nicht spüren.

Ich habe eine Telefonnummer in der Tasche, weiß aber nicht, von wem. Da ist nur die Nummer. Vielleicht habe ich sie selbst aufgeschrieben. Ich stecke Münzen in den Automaten und rufe an.

Er sagt: Wissen Sie eigentlich, wie spät es ist?

Ich antworte: Nein.

Vor drei Tagen habe ich meine Uhr ausgezogen und zertreten. Ins Wasser geworfen.

Ich sage, dass ich an der Ecke Nørrebrogade, Jagtvej stehe. In einer Telefonzelle.

Er fragt, mit wem er spricht.

Ich sage: Komm einfach vorbei, und bring eine leere Flasche mit.

Er fragt, mit wem er spricht.

Ich sage: Hau sie mir auf dem Schädel kaputt. Bier- oder Weinflasche, das kannst du entscheiden.

Er sagt: Ich glaube nicht …

Schlag den Boden aus der Flasche und stich sie mir in den Bauch.

Er sagt: Sie haben sich bestimmt verwählt …

Ich frage: Hast du ein Fubu-Hemd? Zieh es an und komm. Ich habe Geld, du kriegst mein Geld, ich brauche es nicht mehr.

Ich spreche in den Hörer, rede mit hektischer, hoher Stimme, wiederhole mich immer wieder.

Ich gehe zum Wohnheim zurück. Mein Körper ist voll Bier. Randvoll. Habe die Flaschen auf die Straße geschmissen und tausend Scherben gesehen.

Ich spüre meine Hand nicht mehr. Ist das gut? Sollte ich meine Hand nicht spüren? Fasse ich etwas an, tut es weh, aber sonst ist sie einfach nicht da und fühlt sich an, als schliefe sie. Ich bin total besoffen, doch meine Beine tragen mich nach Hause. Hänge vornüber, doch meine Beine tragen mich nach Hause. Ich denke: Sieh mal, der da, der sieht aber fertig aus, knall ihm doch eine. Jetzt, hier, mitten auf der Straße, gib ihm eine Abreibung, gib es ihm.
Ich liege auf dem Rücken im Bett und das Kino an der Decke beginnt. Man kann sich weder selbst kitzeln noch ausschalten. Es funktioniert nicht, ich habe es versucht.
Ich spüre meine Hand nicht mehr.

Für die Abende, an denen ich zu Hause bleibe, kaufe ich so viel Bier, dass ich mich in den Schlaf trinken kann. Tove ist noch nicht aus der Klinik zurück. In meinen Träumen sehe ich Abtreibungen und tote Tiere.

Ein paarmal glaube ich, Ivan zu sehen. Auf der anderen Straßenseite. Im Gewühl. Seinen Rücken. Seine fettiges dunkles Haar. Aber ich bin mir nicht sicher. Denke, dass er vielleicht tot ist, dass ich vielleicht so fest zugeschlagen habe, dass etwas in ihm kaputtgegangen ist.
Wenn ich schlafe, drehe ich mich zur Wand und dann liegt er da, direkt vor mir, mit seinem toten Gesicht. Ich weiß ganz genau, dass das nicht stimmt, aber ich wage trotzdem nicht, meinen Arm auszustrecken, um nachzufühlen. Habe Angst, kalte Haut an den Fingerkuppen zu spüren.
Ich weiß nicht, was ich sagen soll, wenn ich ihn wiedersehe. Vielleicht Entschuldigung. Vielleicht schlage ich ihn auch einfach wieder nieder. Oder ich schreie ihn an wie der Mann seinen Hund. Ich habe meine Ruhe verloren und das ist seine Schuld. Ich will, dass er sie mir wiedergibt.

14

Kamal sitzt zurückgelehnt hinter dem Tresen und liest Zeitung. Die Maschinen lärmen. Ich stehe da und glotze.
Bin ein paar Wochen nicht hier gewesen. Verdammt lang, wenn man sonst jeden Tag kommt. Mit meiner kaputten Hand gehöre ich aber nicht mehr hier hin.
Kamal blickt auf.
»Verdammt, Nick, sag doch was!«
»Wie läuft's?«
»Wo warst du denn die ganze Zeit? Ich habe mir langsam Sorgen gemacht.«
Ich hebe meine verbundene Hand an.
»Fuck, deswegen kannst du doch trotzdem kommen.«
Er lehnt sich zurück, greift in den Kühlschrank und stellt mir eine Dose Cola hin.
»Kamal?«
»Ja.«
»Dieser Typ mit den Kippen …«
»Wer?«
»Dieser Typ mit den Kippen, du kennst den doch.«
»Ich kenne ihn sicher nicht, aber ja, was ist mit dem?«
»Ich habe mich gefragt, ob du irgendwo seine Nummer hast.«
Kamal macht die Cola auf und drückt mir die Dose in die gesunde Hand.
»Heh, verstehe ich das richtig? Du kommst hierher, in ein Fitnessstudio, weil du Zigaretten brauchst? Habe ich das richtig verstanden, ja? Warst du vielleicht auch schon in einer Apotheke?«
»Hast du jetzt seine Nummer?«
»Ja, irgendwo liegt die.«
Kamal wirft einen Blick auf die Zettel, die vor ihm liegen, öffnet eine Schublade und schließt sie wieder.

»Es dauert bestimmt eine Weile, bis ich die gefunden habe. Warte doch, bis ich dichtmache. Anderthalb Stunden, dann habe ich die Nummer.«

»Ich komme dann wieder.«

»Nein, verdammt. Setz dich auf ein Fahrrad. Oder trainiere deine Bauchmuskeln, arbeite ein bisschen für dein Sixpack. Du wirst langsam fett.«

»Und dann soll ich auch noch ins Solarium und mir die Augenbrauen zupfen?«

»Ja, langsam kapierst du's. Sonst wirst du nie beliebt im Gefängnis.«

»Ich komme wieder.«

Ich nehme die Cola und setze mich unten auf dem Platz vor dem Studio auf einen alten Autoreifen. Trinke langsam und starre vor mich hin. Beobachte, wie sich das Studio langsam leert, einige nicken mir zu.

Als ich wieder oben bin, ist es fast leer. Dampf kommt aus den Umkleidekabinen. Kamal ruft:

»Henning, jetzt mach schon! Ich hab keinen Bock, das noch mal zu sagen!«

Henning ist ein gewaltiger Brocken, er arbeitet als Rausschmeißer in einer Disko in der Stadt. Er legt die Gewichte weg. Nimmt seine Tasche und geht zur Tür.

»Bis morgen dann.«

Kamal antwortet nicht, er zählt Münzen.

»Hast du die Nummer gefunden?«

»Zwei Minuten. Nimm dir noch eine Cola.«

Ich nehme keine Cola, sondern bleibe einfach stehen. Kamal blickt mit einem breiten Lächeln auf.

»Weißt du, was du von mir kriegst?«

»Die Telefonnummer?«

»Vergiss es.«

»Aber du hast sie?«

»Ja, ja, natürlich.«
»Und du hast sie die ganze Zeit gehabt, oder?«
»Ja.«
»Dann hast du gelogen. Du musstest sie gar nicht suchen.«
»Ja.«
»Und warum?«
»Weil ich ganz genau weiß, was du brauchst.«
»Und das wäre?«
»Einen richtigen Männerabend, Nick. Schawarma und Hasch. Die Wauwaus oder ein Rennen. Oder wenn du willst, können wir auch einfach wen plattmachen.«
Wauwaus sind Hundekämpfe irgendwo weit draußen in Amager hinter einem Schrottplatz. Als wir das letzte Mal da waren, brüllte Kamal: »Fuck, jetzt bringt doch mal ein paar Hunde an, die man wirklich hassen kann, und nicht solche Teppichpisser oder Lassiedoubles!« Die Rennen sind illegale Autorennen irgendwo in der Stadt. Kurz vorher gehen da immer SMS rum, und dann fahren sich junge Typen in frisierten Dieseln und aufgemotzten Civics um Kopf und Kragen.
»Gibt's heute Abend einen Hundekampf?«
»Das kann ich sicher rausfinden, wenn du gerne ein bisschen Blut sehen willst. Egal was, Nick. Sollen wir zu den Wauwaus?«
Ich schüttle den Kopf.
»Was dann, Nick? Lass uns irgendwo hinfahren. Ein paar Bier trinken. Du kannst kiffen, bis du nicht mehr weißt, wie du heißt.«
»Ich hab keine …«
»Und ich verspreche dir, ich stecke den Kopf aus dem Fenster und schreie ganz laut ›Luder!‹, wenn wir ein paar wirklich nette dänische Mädchen sehen, okay? Dir zuliebe.«
»Ein andermal, Kamal. Heute Abend habe ich keine …«
»Sag einfach Bescheid, Nick, du weißt, wo du mich findest.«
Er schiebt mir den Zettel mit der Telefonnummer rüber. Schaut dann wieder auf das Geld und tut so, als müsse er es noch immer zählen.

15

Das letzte Mal, als wir alle drei zusammen waren, mein Bruder, meine Mutter und ich.

Das letzte Mal, als wir alle drei zusammen waren, war, direkt nachdem sie in ihr Haus gezogen war. Vorher hatte sie eine Zeit lang als Bedienung gearbeitet. War mal über längere Zeit klar gewesen. Das Haus hat sie sich von dem Geld der Arbeitsunfähigkeitsversicherung gekauft. Der Rücken.

Sie war total stolz. Mein Bruder und ich waren damals Anfang zwanzig und tranken Kaffee mit ihr.

Keiner von uns hat über ihn gesprochen. Nicht eine Silbe. Niemand fragte: Fehlt hier nicht einer? Niemand.

Wir saßen da und tranken Kaffee, und unsere Mutter lachte und schob Kekse über den Tisch, als wären wir plötzlich eine kleine Familie. Sollten eine sein. Versuchsweise. Es war doch nie zu spät. Wir sollten uns anlächeln, lachen. Auch wenn uns das früher nicht geglückt war. Vielleicht klappte es jetzt ja, jetzt, da sie ein Haus hatte.

Sie führte uns herum. Zeigte uns das Wohnzimmer, die Schlafzimmer. Das kleine Gästezimmer. Kommt doch einfach zu Besuch, und wenn ihr jemanden mitbringen wollt, ihr wisst ja, ich schlafe tief.

Dann saßen wir wieder auf dem Sofa. Der Kaffee war inzwischen kalt, aber wir tranken ihn.

Und wie läuft es mit der Arbeit, Nick? Und wie geht es deiner netten Freundin?

Mein Bruder saß schwitzend daneben. Nahm immer wieder einen Schluck von der Cola, die er mitgebracht hatte; er trug etwas Langärmeliges, obwohl Sommer war. War dünn geworden, musste in den letzten Monaten zehn Kilo abgenommen haben. Sein Gesicht war grau, er fragte Mutter, ob sie ihm etwas Geld leihen könne.

Wir wurden im Garten herumgeführt. Klein und ungepflegt. Der Rasen voll mit Unkraut, die Bäume miteinander verwachsen.

Hinter dem Haus sagte sie:
Hier will ich Tomaten anpflanzen.
Hier soll Petersilie wachsen.
Hier werde ich Kartoffeln in die Erde legen.
Vielleicht einen Zierkürbis?

Wie sie früher gesagt hatte:
Hier werden wir zusammen wohnen. Eine kleine Familie sein. Jetzt sind wir zusammen.

Anschließend fuhr ich zurück zu Ana. Wartete auf den Bus, bis ich die Geduld verlor und ein Taxi nahm. Eigentlich hätte ich zu mir nach Hause fahren sollen. Das war so abgemacht. Schlafen. Ich musste am nächsten Tag früh zur Arbeit. Bei Ana schliefen wir nie viel. Ana machte die Augen nicht gern zu.

Ana wohnte in einer kleinen Dachwohnung, in einer, die in keinem Telefonbuch stand. Eine kleine Notunterkunft. Ich musste bei den anderen Hausbewohnern klingeln, bis mir einer die Tür aufmachte, und dann ganz nach oben gehen. Ihr Zimmer war klein und niedrig. Nur in der Mitte konnte ich aufrecht stehen.

Ana öffnete die Tür in T-Shirt und Slip. Sie sah mich an. Dann nahm sie meine Hände und küsste meinen Nacken. Ich hatte nichts zu sagen. Sie gab mir Knäckebrot, Sahnekäse und starken Tee. Ich aß an ihrem kleinen Klapptisch.

Ich habe ihr nie etwas erzählt. Manche Sachen werden nicht besser, wenn man darüber redet. Manche Sachen werden überhaupt nicht besser. Nachts lag ich auf ihrem Rücken, meine Arme um sie geschlungen. Sie konnte nicht aufstehen, auch nicht, wenn sie gewollt hätte. Wir lagen so, bis die Sonne aufging. Es musste ihr weh getan haben, aber sie sagte nichts.

16

Er sitzt auf einer Treppenstufe in einer Seitenstraße der Nørrebrogade. Ivan. In einer hellen Sommernacht. Vor ein paar Tagen hätte ich ihn getreten, bis sein Schädel geplatzt wäre.
Er blickt zu Boden, hält sich die Hand vor den Mund. Unter ihm wächst ein Fleck aus Rotz und Blut. Ein roter Schleimfaden hängt aus seiner Nase. Ich setze mich neben ihn. Bin den ganzen Tag gelaufen. Die Muskeln an meinem Oberkörper verschwinden, aber meine Beine sind stärker denn je.
»Hei Ivan.«
Er dreht den Kopf und sieht mich an. Es dauert einen Moment, bis er richtig fokussiert, dann reißt er die Augen auf. Hyperventiliert. Will aufstehen. Ich lege ihm die Hand auf die Schulter, er ist nur noch Haut und Knochen. Er wehrt sich nicht, selbst wenn, hätte ich das sicher kaum gemerkt. Er ist verprügelt worden. Er ist einer von denen, die man ohne jedes Risiko plattmachen kann. Ist irgendwie prädestiniert, sieht wie eine Einladung zu Gewalt aus. Die jungen Kerle haben es auf solche wie Ivan abgesehen. Was? Wie hast du meine Freundin genannt? Hure? Warum soll man ihn dann nicht schlagen? Warum nicht? Hinterher geht es einem doch viel besser, schließlich ist man ein Mann.
Er sieht mich mit seinen großen Augen an, wägt seine Möglichkeiten ab, gibt auf und starrt wieder auf den Blutfleck.
»Was ist passiert, Ivan?«
Er antwortet nicht, blutet bloß weiter den Bürgersteig voll.
»Du musst den Kopf in den Nacken legen, wenn du willst, dass es aufhört.«
Er sieht mich an, vertraut mir aber nicht. Dann lehnt er den Kopf nach hinten an die Tür.
Ich rauche. Ivan holt durch den Mund Luft, es rasselt.
Ein junger Mann mit Umhängetasche und halblangem blonden Haar

stellt sein Fahrrad neben uns an die Wand. Als ich nach oben sehe, weicht er meinem Blick aus und kramt die Schlüssel hervor. Ich bleibe sitzen, so dass er sich an uns vorbeischieben muss, um ins Haus zu kommen.
Ich gebe Ivan eine Zigarette und zünde sie für ihn an. Er hat getrocknetes Blut an den Händen.
»Was ist passiert?«
»... das war dieser Typ.«
»Ja.«
»Ich habe mir bloß sein Auto angeguckt ...«
Ivan erzählt mir, er habe das Modell nicht gekannt. Ein älterer BMW, aber er hat weder Baujahr noch Modell erkennen können. Es war irgendwie verändert, umgebaut. Dann ist ein Typ mit Dürümrolle aufgetaucht. Ein großer Typ mit dicken Muskeln, gebleichtem Haar und Tätowierungen. Er hat Ivan angebrüllt, dass er sein Auto klauen wolle.
»Hast du versucht, es zu klauen?«
Ivan sieht mich an.
»Ich hab mir das bloß angeguckt.«
»Du hast nicht versucht, es zu knacken?«
»Ich hab doch noch nicht mal einen Führerschein, was soll ich denn dann ...?«
»Und warum hast du es dir angeguckt?«
Er sagt es ganz leise:
»Ich mag Autos.«
»Du magst Autos?«
Er antwortet nicht, lehnt bloß den Kopf wieder nach hinten; wieder folgt sein rasselndes Atmen. Nach einer Weile richtet er den Kopf wieder auf.
»Ich würde gerne Autos machen ...«
»Mechaniker?«
»Nein, nein, ich würde die gerne zeichnen, mir ausdenken, wie sie

aussehen sollen. Unten in Italien, in Mailand, da gibt es Leute, die entwerfen Autos, für alle großen Marken. Egal ob japanisch, französisch oder deutsch, da unten werden die gezeichnet.«

»Und das würdest du gerne machen? Autos designen?«

»Ja … Glaubst du mir?«

Ich kaufe Ivan einen Hotdog. Der Mann in der Würstchenbude ist müde und schlecht gelaunt; hat die ganze Nacht mit Besoffenen geredet. Ivan will einen mit allem. Wirklich allem. Frische und geröstete Zwiebeln, Ketchup, Senf, und zwar französischen und süßen, und Remoulade. Er schlingt den Hotdog in drei Bissen hinunter und leckt sich die Finger. Ich kaufe ihm noch einen. Dann gehen wir ans Wasser, die Enten liegen mit den Schnäbeln im Gefieder und geschlossenen Augen am Ufer. Wir setzen uns auf eine Bank.

Ich trinke aus einer halbvollen Schnapsflasche. Der Alkohol trifft den kleinen schmerzenden Punkt in meinem Nacken, der immer feucht gehalten werden muss.

Ivan trinkt gierig aus der Cocio-Flasche, die ich ihm gekauft habe, und redet. Ich verstehe ihn mehrmals nicht, normalerweise ist sein Dänisch sehr gut, aber jetzt muss ich ihn bitten, ein bisschen langsamer zu reden. Die Worte wollen schneller aus seinem Kopf, als die Lippen sich bewegen können. Er erzählt mir von den Mädchen. Den Mädchen auf der Straße, in den Bussen. Den Mädchen mit ihren kurzen Kleidern und knappen Tops, ihrem Geruch, dem Duft des Parfüms. Ihrem Geruch. Wenn sie die Beine übereinanderschlagen und man nah genug danebensteht; ihre Haare. So viel Haut, Fleisch, Haare und Düfte.

Er würde sich gerne mit ihnen unterhalten, kann es aber nicht. Weil er ein Penner ist und keinen Platz hat, an dem er wohnen kann. Weil er keine Sprache mehr hat. Er sagt: Ich habe meine Sprache vergessen und kann nur noch dieses holprige, komische Dänisch. Und das nicht einmal gut. Es gibt nur Chaos, wenn ich nachdenke, alles verknotet sich, denn ich denke auf Dänisch und auf Kroatisch. In Bruchstücken.

Die Gedanken verfilzen sich wie Wolle. Er sagt, er habe seine Sprache verloren. Dass er keine mehr habe. Nur einzelne Wörter, einzelne kroatische Wörter, zum Beispiel Flüche oder Schimpfworte. Er weiß noch, wie die Großmutter sie genannt hat, wenn sie etwas getan haben, was sie nicht durften. Wenn sie in die Gewürztöpfe gepinkelt haben. Wobei er das meistens alleine gemacht hat. Ana wäre nie auf eine solche Idee gekommen. Das hübsche kleine Mädchen mit dem gebügelten Kleidchen und den Spangen im Haar. Mit ihren feinen Schuhen. Sie hat immer nur die Blumen gepflückt, die sie durfte. Er erinnert sich an die Schimpfworte. Das ist immer das Erste, was man von einer neuen Sprache lernt. Und anscheinend auch das Letzte, was man vergisst.

Pička.

Kurva.

Kuja.

Jebo ti pas mater.

Er sagt, es sei egal, dass er niemanden zum Reden habe. Er redet mit sich selbst, sucht sich seine eigene, ganz persönliche Sprache. Man braucht eine Sprache, um denken zu können, eine Sprache, um seine Gedanken zu formulieren. Und dann sagt er, dass er nicht mehr die richtigen Worte finde und seine Gedanken ins Stocken geraten seien. Stottern.

Er erzählt mir von Ana. Ich will nichts hören, bitte ihn aber trotzdem, weiterzureden.

Sie wolle ihn nicht mehr sehen. Er hatte einmal abends auf sie gewartet. Ein paar Stunden in ihrem Treppenhaus gesessen. Und als sie endlich kam, war sie ganz seltsam zu ihm. So kalt. Er wollte sie nur umarmen, sie nur kurz in den Arm nehmen, weil sie doch seine Schwester war, seine einzige Familie. Doch sie hatte gebrüllt, nur gebrüllt, dabei wollte er sie doch nur in den Arm nehmen. Er wollte sie festhalten, doch sie zerkratzte ihm das Gesicht. Siehst du die Narben? Siehst du sie? Und ich sage ja, obwohl da viel zu viel Dreck ist.

17

Ich stecke ein paar Kronen in das Münztelefon auf der Straße, blicke auf den kleinen, zerknitterten Zettel in meiner Hand und wähle die Nummer.

Hallo, höre ich durch den Hörer, kein Name, nur hallo.

Seine Stimme ist heiser, möglich, dass ich ihn geweckt habe, vielleicht hat er aber auch nur zu viele von seinen Zigaretten geraucht.

Ich brauche was Polnisches, sage ich. Er nennt mir eine Adresse in Amager und fragt, wann ich vorbeikommen wolle. Im Laufe der nächsten Stunden, sage ich. Damit ist das Gespräch beendet.

Ich gehe aus der Telefonzelle. Es ist ein verdammt weiter Weg bis Amager, aber ich habe ja sonst nichts zu tun, außerdem kaufe ich mir statt eines Bustickets lieber drei Bier.

Ich klingle, mehrmals. Dann öffnet sich ein Fenster in der dritten Etage und ein Typ sieht nach draußen und mustert mich. Schließlich brummt der Türöffner.

Er wartet an der Wohnungstür auf mich. Versperrt einem kleinen Boxerwelpen mit dem Fuß den Weg. Der Hund versucht immer wieder nach draußen zu springen, wird aber jedes Mal zurückgeschoben.

Der Mann gibt mir die Hand, er wirkt gestresst. Als wir in die Wohnung gehen, weiß ich, wieso.

Drinnen steht ein Thaimädchen. Auf den ersten Blick sieht sie sehr jung aus. Trägt Kleider wie eine Teenagerin, aber die Falten um Augen und Mund weisen darauf hin, dass sie um die dreißig ist.

Mich beachtet sie nicht, ihn lässt sie aber nicht aus den Augen. Es liegt eine Spannung in der Luft, die ich zu Beginn kaum ausmachen kann.

Doch dann geht es los und sie schreit ihn in schlechtem Englisch an. Macht da weiter, wo sie vor meinem Kommen aufgehört hat. Das einzige Wort, das ich verstehe, ist money.

»Das kannst du verdammt noch mal vergessen!«

Sie schreit noch einmal denselben Satz, dieses Mal noch lauter.
»Verdammt, jetzt halt dein Maul.«
Sie wedelt mit der Hand vor seinem Gesicht. Reibt zwei Finger aneinander. Das internationale Zeichen für Geld. Er schreit:
»Shut up! Shut the fuck up, bitch!«
Sie lässt sich nicht einschüchtern, sondern macht weiter und wiederholt den gleichen Satz immer wieder. Dann reißt sie zwei Stangen Zigaretten vom Sofatisch und schmeißt eine dritte schreiend an die Wand. Er packt ihren Arm. Sie ist sehr klein, er kann sie leicht festhalten. Als er sie hinter sich her ins Schlafzimmer zieht, folgt ihm der kleine Boxer bellend und schwanzwedelnd. Er freut sich, dass etwas passiert.
Der Mann öffnet den Schrank und schiebt sie hinein. Drückt die Tür zu und stemmt den Fuß dagegen. Sie brüllt ihn jetzt auf Thai an. Hat den Versuch, englisch mit ihm zu reden, vollkommen aufgegeben und hämmert nur noch wie eine Geisteskranke von innen gegen die Tür, die sich jedoch kaum bewegt.
»Heh, Meister, reichen Sie mir mal den da.«
Er deutet in Richtung Schlafzimmertür. Ich weiß nicht, was er meint.
»Den da.«
Ich trete einen Schritt vor und entdecke einen Besen neben der Tür.
»Ja, den.«
Ich tue, was er will.
Er schiebt den Besenstiel durch die Griffe der Schranktür. Sie hämmert noch immer gegen das Holz, hat aber etwas von ihrer Energie verloren. Ich glaube, sie kennt den Schrank sehr gut.
»Ja, ja, Muschi, Muschi. Hier ficken oder lieber mit nach Hause gehen.«
Er dreht den Radiowecker neben dem Bett voll auf. Ich folge ihm ins Wohnzimmer. Er lächelt mich entschuldigend an.

»Egal wie viel ich verdiene, immer schickt sie alles nach Thailand zu ihrem schlitzäugigen Bastard.«
»Warum schmeißen Sie sie nicht raus?«
»Haben Sie jemals eine Thai gehabt?«
Ich schüttle den Kopf.
»Die treiben es verdammt wild. Wissen wirklich, wie man einen Mann befriedigt. Aber heute ist sie wohl nicht ganz in Stimmung. Sie sollten mal vorbeikommen und es ausprobieren. Ich kann dann mit dem Hund eine Runde drehen.«
Er krault den Welpen hinter dem Ohr. Er bellt und beißt ihm verspielt in die Hand.
»Ach ja, Sie wollten ja was zum Rauchen.«
Er hebt die Stangen vom Boden auf und legt sie auf den Tisch. Holt dann eine Sporttasche, zieht noch mehr Stangen heraus und wirft sie aufs Sofa.
»Ich habe im Moment keine große Auswahl. Von den polnischen habe ich auch nicht mehr viele …«
»Was haben Sie?«
»Prince. Aber das sind Kopien.«
»Kopien?«
»Ja, die stammen aus einer Fabrik in Estland. Die sehen genau wie die echten Prince aus, man sieht überhaupt keinen Unterschied, schmeckt ihn aber.«
»Schmecken die scheiße?«
»Ich finde schon, aber die Leute kaufen sie trotzdem. Ich sage Ihnen das nur, weil Sie Kamal kennen.«
»Was haben Sie sonst noch?«
»Ein paar griechische. Gute starke Kippen.«
»Kann man die rauchen?«
»Das ist wirklich Qualitätsware. Die Königin raucht die auch. Und ich. Die Königin und ich.«
Er bietet mir eine aus dem Päckchen an, das auf dem Tisch liegt.

Ich mache ein paar rasche Züge. Habe seit letzter Nacht keine mehr geraucht, so dass der Tabak an meiner Lunge zerrt und einen bitteren Geschmack auf der Zunge hinterlässt. Ich kaufe zwei Stangen.
»Hier ist meine neue Nummer.«
Er nimmt einen kleinen Zettel und schreibt sie auf.
»Das Telefon hier wird bald abgeschaltet.«
Er bindet den Welpen an die Leine und begleitet mich nach draußen.
»Wir zwei machen jetzt einen langen Spaziergang«, sagt er zu dem Hund. Drinnen wird noch immer gegen die Schranktür gehämmert.

18

Der Waschsalon ist rund um die Uhr geöffnet. Unter der Decke hängt eine Kamera, die langsam hin und her schwenkt. Falls es Schlägereien gibt, Vergewaltigungen oder Messerstechereien. Oder um Junkies abzuschrecken, damit sie den Raum nicht als Fixerstübchen nutzen. Dabei wäre er eigentlich perfekt, hell und mit fließendem Wasser. Um Ivan kümmert man sich anscheinend nicht, vielleicht ist er ihnen egal, vielleicht sieht er in Schwarz-Weiß aber auch nicht so fertig aus, so heimatlos und kaputt. Wahrscheinlicher ist aber, dass ohnehin nie jemand dieses Band überprüft. Außer natürlich, es ist etwas kaputtgegangen oder Blut auf dem Boden.
Ich setze mich neben ihm auf die Bank. Bin den ganzen Tag gelaufen. Jetzt ist es später Abend. Draußen vor dem Waschsalon wusste ich plötzlich, dass ich die ganze Zeit hierher unterwegs war. Dass ich hier sein wollte und nicht bloß meine Beine schuld daran sind, dass ich hier gelandet bin.
Ivan sieht mich an, als würde ich ihn wieder schlagen wollen. Als hätte unser letztes Treffen keine Bedeutung. Unser Gespräch unten auf der Bank am See. Als müsse er hier im Waschsalon Prügel beziehen.

Besondere Orte, besondere Regeln. Still sein in der Bibliothek, prügeln im Waschsalon. Eine unklare Logik, die ihn bisher auf der Straße am Leben erhalten hat.
Erst als ich Augenkontakt zu ihm bekommen und »Hei, Ivan!« gesagt habe – so leise, wie das bei dem Gedröhne der Wäschetrockner geht –, holt er wieder Luft. Ich habe mich mit Abstand auf die Bank gesetzt. In ein paar Wochen wird er mir aus der Hand fressen, in ein paar Wochen werden die Affen mich als einen der ihren betrachten.
»Hast du Lust auf einen kleinen Spaziergang?«
Er nickt und steht auf.
»Willst du nicht auf deine Sachen warten?«
Für einen Moment ist auf seinen Lippen so etwas wie ein Lächeln zu erkennen.
»Die passen schon auf sich selbst auf.«
Er geht mit mir auf die Straße.
»Du könntest ins Männerheim gehen. Wenn du nicht zu stoned oder besoffen bist, haben die immer ein Bett für dich. Das weiß ich.«
»Ich habe einen Ort, an dem ich wohnen kann.«
»Du sitzt in einem Waschsalon.«
»Nein, nein, ich habe wirklich einen Platz.«
Wir kaufen eine Pizza und Ivan sieht zu, wie sie belegt wird. Schinken, Käse, Champignons – ihm entgeht keine Bewegung.
Er nimmt ein Stück aus der Schachtel und isst es, während wir die Straße überqueren. Er zeigt mir den Weg.

Dann streckt er den Arm aus und lächelt.
»Hier ist es.«
Ein zweistöckiges Haus, das einmal ein Teil eines Industriegeländes gewesen sein muss, bevor es ausgebrannt ist. Wir sind am Rand von Nørrebro oder schon im Nordwesten, in einer Seitenstraße einer Seitenstraße, weit weg von der Nørrebrogade und dem immerwährenden Verkehr. Hier ist es so still, dass man keine Lust hat, nachts

hier herumzulaufen. Nicht, wenn man ein Mädchen ist. Wir gehen am Zaun entlang, bis wir an ein Tor kommen. Ivan nimmt vorsichtig das Vorhängeschloss von der Kette. Ich bemerke Hammerspuren. Er behauptet, alles so vorgefunden zu haben. Drückt das Tor auf und wir gehen hinein. Dann schiebt er seine dünnen Arme durch das Gitter und schließt die Kette wieder. Von der Straße aus sieht man nicht, dass es aufgebrochen wurde. Unkraut sprießt zwischen den Platten auf dem kleinen Platz vor dem Gebäude, ein Baum streckt seine Zweige durch zersplitterte Fensterscheiben. Eine doppelte Tür und ein mit schwarzer Farbe übersprühtes Schild.

»Hier lang«, sagt Ivan. Wir gehen um das Haus herum bis zu einer kleineren weißen Tür, von der die Farbe abblättert. Am Schloss sind deutlich die Spuren eines Schraubenziehers zu erkennen. Er stemmt sich gegen die Tür, sie öffnet sich. Wir laufen durch einen dunklen Flur. Es stinkt nach Rauch. Der Geruch wird stärker, als wir in einen großen Raum kommen. Es muss mal so etwas wie der Empfang mit einem dahinterliegenden Großraumbüro gewesen sein. Die meisten Möbel sind verbrannt, ein Telefon auf dem Tisch geschmolzen, auf dem Boden darunter graue Plastikflecken. Ein Bürostuhl ist vollkommen zerflossen. Die Wände sind total verrußt, ganz oben kann man erkennen, dass sie einmal lachsfarben gewesen sein müssen. Abgestürzte Bilderrahmen liegen zersplittert auf dem Boden. Auf einem der Schreibtische steht ein Metallrahmen, das Foto ist fast komplett verbrannt, man erkennt nur noch die Hälfte eines Teenagergesichts und einen Arm auf der Schulter.

Es stinkt nach kaltem Rauch, Urin und Scheiße.

Ein offener Karton steht auf dem Boden. Er ist an den Seiten verrußt, sieht aber sonst ganz intakt aus. Alles um ihn herum ist vollkommen verkohlt, jemand muss ihn hergeholt und dort stehen gelassen haben. Vielleicht hat er eingesehen, dass es sinnlos ist, etwas retten zu wollen. Der Karton ist voller Postkarten.

Die obersten sind vollkommen verbrannt. Ich grabe ein bisschen, bis ich das Motiv sehe. Ein blonder Junge im Konfirmandenalter mit einem Skateboard über der Schulter, am Gürtel einen Walkman. Er lächelt. Ein gesunder, junger Mann. Ein richtig gesunder junger Mann, der mich voller Vertrauen in sich und die Zukunft ansieht. In seinen Augen ist kein Trotz, er ist nett zu seinen Großeltern und nimmt keine Drogen, bis er daran krepiert, schnüffelt keinen Klebstoff. Vielversprechend, das ist das Wort, nach dem ich suche. Er ist jetzt sicher in meinem Alter, ich hoffe, es geht ihm dreckig und dass er jetzt Aids hat, im Endstadium.

»So Zeugs haben die gemacht«, sagt Ivan. »Glückwunschkarten. Du weißt schon. Papier.« Er grinst und ich glaube zu verstehen, was er meint. Eine Druckerei, ein Ort, an dem mit so viel Papier hantiert wird, muss eines Tages niederbrennen.

»Komm mit«, sagt er. Wir gehen durch das Büro und über einen schmalen Flur zu einer Treppe. Sie knackt, als wir nach oben gehen, das Geländer klebt schwarz an den Handflächen.

»Die hält schon.«

Ivan grinst mich an.

»Hoffentlich.«

Der obere Stock ist vom Feuer weniger verwüstet worden, dafür hat einer hier alles kurz und klein geschlagen. Ein großer Raum mit schrägen Wänden und hohen Tischen. Vermutlich Zeichentische, doch das ist jetzt, da alles kaputt ist, nur noch schwer zu erkennen. Wer auch immer das Schloss geknackt hat, ist hier Amok gelaufen. Die Wände sind mit der gleichen schwarzen Farbe vollgesprüht wie das Schild und die Mauer draußen. Aus mehreren Löchern in der Wand hängt das graue Dämmmaterial heraus. Auch hier stinkt es unglaublich nach Pisse. An der Wand steht »LIEBE« in großen, schwarzen Buchstaben.

Draußen geht die Sonne unter. Ivan zündet eine Kerze an. Wir haben sie zwischen uns gestellt. Ich sitze auf einer Holzkiste und er auf einem alten, zerschlissenen Schlafsack. Die Scheiben sind kaputt, die

Flamme flackert. Hier hat er die letzten drei, vier Wochen geschlafen. Davor in einem leeren Zug in der Nähe des Bahnhofs.
Ivan isst den Rest seiner Pizza. Voll konzentriert, er blickt nicht einmal auf. Als er fertig ist, klebt kein einziger Krümel mehr am Karton.
Dann beginnt er wieder zu reden, sein Dänisch klingt sicherer als beim letzten Mal. Er trinkt Cocio, ich Jahrgangsbier.
»Weißt du eigentlich, dass Kaninchen ihre eigene Scheiße fressen?«
Die Frage kommt ohne jede Einleitung oder Erklärung. Wie ein Schwall von Wörtern, der überläuft, ein Eimer. Ich schüttle den Kopf.
»Kaninchen fressen ihre eigene Scheiße. Nur so werden sie satt.«
Ich würde gerne Interesse zeigen, sehe ihn aber nur an.
»Die fressen und dann kacken sie, und dann fressen sie wieder. Also zweimal. Erst fressen, dann kacken und dann wieder fressen.«
Ich nicke, habe verstanden. Dann wieder fressen.
»Scheiße Nummer zwei fressen sie dann aber nicht mehr, da ist dann nichts mehr drin.«
»Und woher wissen sie, dass es Scheiße Nummer zwei ist?«
Ivan sieht mich an.
»Das weiß ich auch nicht …«
Es ist hier drinnen so dunkel geworden, dass das Weiße in seinen Augen aufblitzt.
»Das weiß ich auch nicht, verdammt, das muss ich … vergessen haben.«
Während Ivan redet, zerreißt er den Pizzakarton und stapelt die Schnipsel übereinander.
Er sagt: In den letzten Monaten vor unserer Flucht haben wir von Brötchen aus Mehl, Öl und Wasser gelebt. Wir waren froh, überhaupt etwas zu essen zu haben.
Das Mehl hatten wir aus der Bäckerei meines Onkels, er war ein paar

Monate vorher mit einem Bus gekommen. Das Öl hatte Vater auf dem Schwarzmarkt getauscht. Für fünf Liter hat er seine Uhr, seinen Mantel und ein Paar handgenähte italienische Schuhe geben müssen. Dabei war es kein gutes Öl, die ganze Wohnung roch sauer, wenn Mama diese Brötchen machte. Sie schmeckten pappig und schwer und machten Bauchweh, und als wir kein Salz mehr hatten, war es noch schwerer, sie hinunterzubekommen.
Eines Tages hat Vater dann seine Schallplatten zusammengesammelt. Vor allem Jazz, schwarze Männer mit Trompeten und Saxophon, Schwarz-Weiß-Fotos auf den Covern, die man sich nur dann anschauen durfte, wenn Vater auch auf dem Sofa saß. Selbst aus dem Regal holen durften wir die nie. Ein paar kroatische Jazzplatten. Ana und ich haben uns die gerne angehört. *Summertime* hört sich echt toll an, wenn man es auf einer Gusla spielt, das ist ein balkanisches Streichinstrument. Vater suchte also seine Platten zusammen, viele, und keiner von uns sagte was. Er war total konzentriert, und dann ist er gegangen.
Ivan kratzt sich über den Handrücken, an seinen Fingern sind Reste von Tomatensoße. Er ist nicht hier. Sieht nicht mich, sondern starrt in das Wohnzimmer einer Wohnung, die es nicht mehr gibt.
Das Schlimmste waren die Streitereien, sagte er. Wenn Vater vom Markt zurückkam, roch Mutter immer an seinen Händen. Dann brüllte sie, für diese Zigarette hättest du Äpfel kaufen können. Äpfel für die Kinder. Pfirsiche, vielleicht eine Apfelsine. Ich habe seit mehr als einem Jahr keine Apfelsine mehr gegessen, schimpfte sie. Wir hätten sie uns teilen können. Vater brüllte zurück. Argumentierte nicht, sondern brüllte einfach. Früher hatte er sie nie so streiten gehört.
Wenn Ivan erzählt, ist er ein kleiner Junge, der sich im Flur hinter den Mänteln versteckt.

Die Schwarzmarktpreise stiegen jede Woche. Für seine Plattensammlung bekam Vater einen Karton Eier. Mutter mischte die Eier mit Mehl und Öl und briet sie in der Pfanne. Im letzten Ei lag ein kleines Küken. Ein toter Vogel mit winzigen Federn. Den Kopf mit dem kleinen Schnabel unter den Flügel gesteckt. Vater hatte am Küchentisch gesessen und dieses kleine Wesen wortlos angestarrt.
Ich habe die Federn aus den winzigen Flügeln gezupft, die nicht mehr wachsen würden, und dann hat Ana gefragt, ob wir den nicht essen könnten, wir hätten doch so lange kein Fleisch mehr gehabt. Vater saß nur still am Tisch und weinte. Dicke Tränen, die sich an seinem Kinn gesammelt haben und von dort auf den Tisch getropft sind.
Mutter ist dann mit dem Küken verschwunden. Ich glaube, wir haben beim Essen nichts gesagt.
Am nächsten Tag haben wir die Katzen im Hof mit dem toten Vogel spielen sehen. Sie schlugen ihre Krallen hinein, rissen Fetzen aus dem winzigen Körper und stritten sich darum. Auch sie hatten Hunger.

Als ich in der Nacht meine Biere ausgetrunken habe und Ivan in seinem dreckigen Schlafsack liegt und schläft, neben sich die leere Cocio-Flasche, mache ich mich auf unsicheren Beinen davon. Gehe nach unten und laufe durch das ausgebrannte Büro. Nur mit Mühe kriege ich das Vorhängeschloss von der Kette. Ich schwanke, als ich daran herumfummle.
In dieser Nacht schlafe ich so gut wie lange nicht mehr.

19

Ich gehe. Jeden Tag. Du brauchst einen Rhythmus, sagen sie im Gefängnis. Einen Alltag.
Wer rauskommt, kauft sich als Erstes Sex. Wer niemanden hat, der

auf einen wartet, keine Frau oder Geliebte, der redet in den letzten Wochen nur von Sex. Redet davon, wie er in die Stadt geht und sich eine Frau sucht. Zum Bankautomaten läuft und Geld holt. Für alles, das ganze Programm, griechisch, französisch, schwedisch, einmal um die Welt ficken. Sitzt in der Zelle und sagt: In Østerbro sind die Nutten echt scharf, verdammt, sind die scharf. Da laufen ein paar echt geile Tussen rum.

Als ich draußen war, dachte ich: Und jetzt?

Du brauchst einen Rhythmus, sagen sie. Jetzt gehe ich. Den ganzen Tag. Heute bin ich dem Alten nachgelaufen. Dem Verrückten, der über mir wohnt. Seine Augen huschen von Mülleimer zu Mülleimer und an jeder Straßenecke habe ich gesehen, wie er den Hals reckt. Steht hier nicht irgendwo eine Mulde, habe ich heute Glück? Sobald er etwas entdeckt, ist er nicht mehr aufzuhalten. Dann rennt er über die Straße, die Augen starr auf den Container gerichtet. Voll Schrott, den niemand außer ihm brauchen kann. Ein paar Stunden lang bin ich ihm nachgelaufen. Bis die Sonne hoch genug am Himmel stand und ich mir das erste Bier kaufen konnte. Ein neuer Rhythmus.

Ich komme früher als sonst nach Hause, es ist noch nicht einmal dunkel. Der Regen war schuld.

Ich stand eine ganze Weile in einem Hauseingang, bis mir das zu blöd wurde und ich in den Regen ging und ihm seinen Willen ließ.

Mache kleine Pfützen auf den Treppenstufen. Wenig überraschend, öffnet sich Sofies Tür.

Sie lockt mich mit der Hand und lächelt, es soll wohl frech wirken. Ich habe Lust, ihr ins Gesicht zu schlagen. Bin aber müde und durchnässt. Sie schließt die Tür hinter uns.

»Du bist aber nass.«

Ich nicke. Sie lächelt und wirft einen besorgten Blick auf meine Hand.

»Warst du damit beim Arzt?«

»Ja«, lüge ich. Ich weiß nicht, warum. Man lügt doch nur Leute an, die einem wichtig sind.
»Zieh doch die Klamotten aus. Ich hole dir ein Handtuch.«
Ich lasse mich in den Sessel fallen, der Fernseher läuft stumm. *Die Straßen von San Francisco* mit Karl Malden und einem sehr jungen Michael Douglas. Ich glaube, das ist die Folge mit den chinesischen Gangs.
Sie steigt auf den Stuhl am Esstisch, um an die sauberen Handtücher ganz oben im Schrank zu kommen. Ich möchte mich zwar eigentlich nicht vor ihr ausziehen, finde es aber auch dumm, vollkommen durchnässt hier rumzusitzen. Ich streife die Schuhe ab, lasse die Hose runter und ziehe mir mit der gesunden Hand das T-Shirt über den Kopf.
Sie legt das Handtuch über meine Schultern, ein großes, hellgrünes Frotteetuch, das nach Waschpulver riecht. Dann geht sie ins Badezimmer. Ich nehme eine von ihren Zigaretten vom Tisch, eine lange Look 100. Die ist trocken. Sie kommt mit einem Morgenmantel wieder ins Zimmer.
»Steh auf.«
Sie zieht ihn mir vorsichtig an. Rosa und viel zu klein, eine Minnie Mouse auf der Brusttasche, aber ich bin schon lange nicht mehr eitel.
Sie setzt sich auf das Bett und nimmt sich auch eine Look.
»Frierst du? Ich könnte dir einen warmen Kakao machen, ich habe einen Wasserkocher.«
Ich kann nicht anders, ich muss einfach grinsen. Wir sitzen eine Weile da und sehen uns Michael Douglas an, der in einem großen amerikanischen Wagen schnell über die steilen Straßen fährt, so dass die Karre bei jedem Buckel abhebt. Karl Malden ruft ihm irgendetwas zu.
Sie zieht die Beine unter sich aufs Bett, sieht klein aus.
»Darf ich lauter stellen?«
Sie fragt ganz leise. Ich werfe ihr die Fernbedienung zu und sie stellt den Ton an. Michael Douglas hat das Auto jetzt verlassen und tritt eine Tür ein. Sie schiebt sich eine Locke hinter das Ohr.
»Warum siehst du mich an?«

Ich antworte nicht. Habe immer das Gefühl, sie noch nie gesehen zu haben. Sie blickt geniert zu Boden. Dann springt sie auf.
»Ich will dir was zeigen.«
»Wenn es um diese Zeichnungen geht …«
»Nein, nein.«
Sie nimmt eine Mappe aus dem Regal. Blättert sie durch, nimmt einen Brief heraus und reicht ihn mir stolz. Es ist ein Schreiben von der Stadt, an sie adressiert. Hochoffiziell, ich bin zu müde, das zu lesen, mache eine fragende Handbewegung und lege den Brief weg.
»Ich darf Tobias sehen.«
Sie strahlt über das ganze Gesicht. Ich glaube, ich habe sie noch nie so glücklich erlebt.
»In vierzehn Tagen darf ich ihn sehen. Zwar nur eine halbe Stunde und auch nicht allein. Aber immerhin. Ich darf ihn sehen.«
»Glückwunsch, Sofie.«
»Ist das nicht fantastisch?«
»Doch.«
Sie lehnt sich zurück, die Beine unter sich verschränkt. Lächelt noch immer. Lässt die Haare über die Schulter fallen. So wie sie jetzt dasitzt, sieht sie noch jünger aus. Ein großer Teenager.
Ich setze mich neben sie. Küsse ihren Hals. Sie lehnt sich zurück.
Als ich in sie eindringe, ist sie sehr feucht. Sie klammert sich an mich. Hat die Arme um meinen Rücken geschlungen und hält mich mit einer Kraft fest, die ich ihr nicht zugetraut hätte. Sie fickt, als würde sie ertrinken.
Ich bleibe bei ihr liegen, bis sie eingeschlafen ist. Es dauert nicht lange. Dann gehe ich zu mir, leise, ich will sie nicht wecken.
Öffne ein Bier und lege mich aufs Bett. Kann noch immer nicht schlafen. Brauche es gar nicht erst zu versuchen. Schließlich hole ich den Schuhkarton unter dem Bett hervor. Meine Papiere. Verfahren, Gefängnis, Sozialamt. Das Erbe, das ich ausgeschlagen habe. Die Nummer eines Anwalts und noch weiter unten die meines Bruders.

Draußen auf dem Flur stecke ich die Münzen in den alten Fernsprecher und wähle die Nummer meines Bruders. Ich lasse es viermal klingeln, dann lege ich auf.
Gehe zurück in mein Zimmer und sehe fern. Zuerst ohne Ton. Es ist mir egal, was sie sagen. Der Fernseher beleuchtet mein Zimmer. Als das Testbild kommt, setze ich mich ans Fenster und blicke hinaus. Rauche viele polnische Zigaretten und lasse die Kippen auf den Bürgersteig regnen.

Der Alte geht unten auf der Straße an mir vorbei. Trägt Schnabelschuhe und eine Pelzmütze. Es ist einfach unglaublich, dass der noch nie verprügelt wurde.
Im Licht der Straßenlaterne erkenne ich die Beute der Nacht. Einen Kinderwagen voller toter Tiere. Überfahrene Katzen, Hunde und Vögel, die im Kampf gegen Fensterglas unterlegen waren.

20

Das letzte Mal, dass ich Ana gesehen habe, war auf dem Friedhof. Assistens Kirkegård. Es war Sommer, und wir tranken Kaffee in Pappbechern, aus dem 7-Eleven. Sie hatte gesagt, es sei wichtig. Das war nicht ungewöhnlich. Ana war gerne dramatisch, Langeweile gab es bei ihr nicht, egal, worum es ging. Für sie zählte immer nur das Hier und Jetzt. Das hatte ich längst gelernt. Anas Geschichte begann mit unserer ersten Begegnung. Unsere Geschichte. Jetzt wollte sie mit mir sprechen. Sie redete nicht lange herum, zog nicht erst tausendmal an ihrer Zigarette und hatte kaum einen Schluck Kaffee getrunken, als sie sagte, dass jetzt Schluss sein müsse. Dass sie nachgedacht habe, wir es gut gehabt hätten zusammen, aber dass jetzt Schluss sei. Es war ein paar Tage, nachdem sie mir die beiden Striche auf dem

Schwangerschaftstest gezeigt hatte. »Lass es uns behalten«, hatte ich gesagt. Es war wohl das Falsche gewesen. Ich war nicht weggelaufen, hatte mich hingesetzt, mir eine Zigarette angezündet und gesagt: »Lass es uns behalten.«

Ich rief Kamal an. Er holte mich ab und wir fuhren den ganzen Nachmittag in seinem Auto herum.
Er redete, sagte, so sei das Leben, redete weiter, ich saß da und starrte sein Autoradio an, die viereckigen, blauen Buchstaben, die anzeigten, welcher Sender und welches Lied gerade liefen. Abends sahen wir uns einen Actionfilm im Kino an. Kamal kaufte die Karten, Süßigkeiten und Popcorn und ich stopfte alles in mich hinein, ohne etwas zu schmecken.
Ich dachte, ich müsste sterben.
War auch kurz davor. Mein Magen wurde ausgepumpt und ich danach wieder nach Hause geschickt. Schließlich war es ja nur Schnaps, nichts Ernstes. Er hat nur ein bisschen zu heftig gefeiert, junge Männer machen das schon mal so. Wären es Schlaftabletten gewesen, hätte die Sache anders ausgesehen.

21

Weggetreten liegt er da, fast bewusstlos, man könnte alles mit ihm machen. Sobald er wach wird, ist es zu spät. Ich könnte ihm ins Gesicht pissen.
Der Gedanke verleitet mich, ich fingere am Gummi meiner Trainingshose herum. Es ist später Nachmittag und er liegt da, die Arme um seinen Bauch geschlungen. Hat weder gehört, wie ich mich unten mit der Tür abgerackert habe, noch dass ich die Treppe heraufgekommen bin. Es ist mir ganz schön schwergefallen, den Weg zu finden,

ich hatte nicht geglaubt, dass ich noch einmal hierherkommen würde. Aber jetzt stehe ich hier und stoße ihn mit dem Fuß an.
Erst stöhnt er nur, ist weit weg. Ein Tritt mit der Schuhspitze in seine Rippen und er richtet sich abrupt auf, ein Reflex des Lebens auf der Straße, bereit für alles, bereit, jederzeit das Weite zu suchen. Er sieht mich an und reibt sich mit dreckigen Händen die Augen. Dann lächelt er und sagt: »Ich muss dir etwas zeigen.«
Er sagt es so, als wäre es ganz normal, dass ich hier bin, als hätte er mich erwartet. Er durchsucht einen alten Wollmantel, der ihn wie einen Exhibitionisten aussehen lassen würde, wäre er älter, holt etwas hervor und präsentiert es mir wie ein Zauberkünstler. Langsam öffnet er seine Faust. In seiner Hand liegt ein weißer Toilettenspülknopf. Er dreht ihn so, dass ich die Marke lesen kann: Gustavsberg.
»So einen habe ich lange gesucht«, sagt er. »Echt überall. Die werden seit zwanzig Jahren nicht mehr hergestellt.«
»Du sammelst die?«
»Hm, warte mal.«
Er steht auf, geht zur Wand hinüber und zieht zwei Plastiktüten unter einer rot-grün karierten Decke hervor. Sie zerreißen fast, als er sie hochhebt. Er leert den Inhalt der einen auf seinem Schlafsack aus. Toilettenspülknöpfe. Viele verschiedene, ein paar alte, vergilbte, andere sehen neu aus. Er breitet sie aus, damit ich den Anblick genießen kann. Dann kippt er die zweite Tüte aus. Unter den Toilettenknöpfen liegen ein paar zerknitterte Dokumente, sein Pass und ein paar Embleme mit Hammer und Sichel.
»Ich sammle schon seit ein paar Jahren«, sagt er. »Ich habe fast alle von Gustavsberg, mir fehlen nur noch ganz wenige. Den von heute habe ich schon total lange gesucht.«
»Und wo findest du die?«
»Ach, überall. Aber … jetzt habe ich schon so viele, jetzt ist das gar nicht mehr so leicht. Museen. Ab und zu kommt man da zusammen mit Schulklassen rein.«

»Ich habe mich immer gefragt, wer die klaut. Du bist das also …«
»Ich bin aber nicht der Einzige.«
»Nein.«
»Manchmal ist mir schon jemand zuvorgekommen.«
»Warum?«
Er zuckt mit den Schultern.
»Die meisten von Gustavsberg habe ich und auch ein paar von Ifö …«
Er sucht seine Toilettenknöpfe sorgsam zusammen und packt sie wieder in die Tüten. Ich nehme seinen Pass. Ausgestellt von einem Land, das nicht mehr existiert. Ein Stempel aus Italien fällt mir auf, dann einer vom Flughafen in Kopenhagen. Ich sehe mir das Bild an. Ein Junge, der sich noch nicht rasiert und dem man gesagt hat, dass er lächeln soll. Dunkles Haar, Mittelscheitel. Ein großer Junge beim Fotografen. Ana steht sicher irgendwo außerhalb des Blickfeldes.
Er hat die Tüten wieder unter der Decke verstaut. Ich sehe ihn an.
»Gehen wir oder willst du erst noch ins Bad?«

Wenn ich mit Ivan zusammen bin, redet immer er. Über den Krieg, ohne zu fragen, ob ich das überhaupt hören will. Versucht nicht einmal, irgendwie beiläufig auf dieses Thema zu stoßen. Er erzählt mir, wie es ist, Angst zu haben, wenn man auf der Straße ist. Wenn man sich andauernd nach Heckenschützen umblickt, als warte man darauf, dass sie einem zuwinken. Und wie einem alles irgendwann scheißegal ist und man sich nicht einmal mehr beeilt.
Ivan bleibt stehen und sieht sich um.
»Wo sind wir?«
»Emdrup Torv, gleich gibt es Pommes.«
»Aber … es gibt doch McDonald's und Pommesbuden am …«
»Richtige …«
Vielleicht mache ich das, weil Ivan die ganze Zeit über seine Kindheit redet und ich Lust auf diese großen, fettigen Pommes bekommen

habe, die sich mein Bruder und ich als Kind immer geteilt haben. Dick wie die Finger eines ausgewachsenen Mannes mit grobkörnigem Salz und gelblicher, glänzender Remoulade. Ich kann das Schild schon sehen. Ich nehme Ivans Arm und ziehe ihn weiter. Heute soll er richtige Pommes bekommen. Dabei war ich mir gar nicht sicher, ob diese Imbissbude überhaupt noch existierte.

Ich bestelle zwei große Portionen Pommes mit extra Remoulade. Nur Chinesen verstehen sich auf so etwas. Während wir essen, trinkt Ivan sein Cocio, die Hähnchen drehen sich am Spieß und der Flipper macht Krach, und Ivan erzählt mir, wie seine Mutter den Fernseher verkauft hat. Für einen Korb Apfelsinen. Sein Vater war zuerst nur sauer und hat die Mutter angeschrien, bis sie immer wieder sagte: Aber das sind doch alles nur Lügen, das sind nur Lügen, sie erzählen nur Lügen, nur Lügen! Willst du wirklich, dass deine Kinder auf solche Lügen hören? Sein Vater musste ihr recht geben.

Bald war klar, dass es ein guter Handel gewesen war, denn es gab keinen Strom mehr. Manchmal kam er wieder, kurz, aber die meiste Zeit mussten sie ohne auskommen. Abends saß Vater im Sessel und las bei Kerzenlicht alte Zeitungen. Ana und Ivan saßen daneben und starrten ihn an, sie waren das Fernsehen gewöhnt, das Licht, die Wärme. Sie spielten Karten. Und stritten immer. Es fehlten drei Karten im Blatt, so wusste man nie, wer gewonnen hätte, wären diese Karten da gewesen.

Ivan versucht gerade, sich eine besonders dicke Fritte mit reichlich Remoulade in den Mund zu schieben. Er schafft es und lächelt mich stolz an.

Er kaut lange, wischt sich den Mund mit dem Handrücken ab und erzählt weiter. Von den wenigen glücklichen Stunden, in denen sie Strom hatten, bevor die Kabel wieder kaputt waren. Davon, dass sein Vater den Filmprojektor herausgeholt hatte. Vor dem Krieg hatte er eine kleine Filmgesellschaft gehabt. Wenn es Strom gab, sahen sie sich Vaters Filme an. Vor allem Filme für das Schulfernsehen, Informationssendungen und kurze Zeichentrickfilme über Verhütung und Geschlechtskrankheiten. Über Alkoholismus, mit rosa Elefanten, die um einen Mann mit dicker, roter Nase kurvten. Die Mutter wollte nicht, dass sie sich das anschauten. Sie meinte, die Kinder wären nicht alt genug.

Aber Ivans Vater war anderer Meinung. Wenn sie in dieser Stadt wohnten, meinte er, in diesem Krieg, in dem Menschen auf der Straße starben und man ständig Tote sah, durften sie sich ruhig einen Film angucken, in dem eine Filzlaus ein kleiner Troll mit drei Augen war, der sich in den Schamhaaren eines Seemannes versteckte, oder einen, in dem die Syphilis Hosenträger trug und einen hohen Hut und Schmerzen beim Wasserlassen und Ausschlag auf dem Schwanz verursachte.

22

Ich wache in Sofies Bett auf. Es dauert einen Moment, bis ich kapiere, wo ich bin, wieso der Raum spiegelverkehrt ist und anders riecht. Noch nie war ich so früh in Sofies Zimmer, so nüchtern, unvernebelt.

Auf dem kleinen Esstisch liegt ein Zettel für mich. »Ich bin ins Krankenhaus gefahren, besuche Tove. Sehen wir uns heute Abend?« Ein winziges Herzchen und ihr Name.

Ich habe ihre Handschrift noch nie gesehen. Ich bin öfter in ihrem Mund gekommen, als ich zählen kann, sie weiß wirklich, wie mein Samen schmeckt. Aber niemals zuvor habe ich gesehen, wie sich ihre Buchstaben nach rechts neigen oder dass der i-Punkt eher ein Bogen ist.

Ich war noch nie in ihrem Zimmer allein. Mein erster Gedanke ist, es zu durchstöbern, nach Geld oder irgendetwas anderem zu suchen.

Jeder hat doch irgendwo etwas versteckt, Pornohefte, Briefmarken oder alte Liebesbriefe.
Neben ihrem Fernseher steht ein Regal, kaum einen Meter breit, für mehr ist hier nicht Platz. Tonfiguren, die ihr Sohn gemacht hat, eine Lampe, zwei Reihen Bücher, alle vom selben Buchclub. Ich nehme eines heraus, sie hat ihren Namen und das Datum hineingeschrieben. Vielleicht hatte sie es mal an eine Freundin verliehen. Zwischen zwei Büchern steckt der Umschlag eines Fotogeschäftes. Ich muss ihn einfach aus dem Regal ziehen, die Bilder herausnehmen und sie mir ansehen. Es sind Fotos aus einem anderen Leben: ein Mann in einem dicken Pullover, ihr Sohn im Superman-Kostüm, sie selbst in Jeans und cremefarbener Strickjacke neben einem dunkelblauen Kombi in einer Wohnstraße. Sie lächelt in die Kamera. Das nächste Bild ist ein Faschingsfoto, der Junge schlägt die Katze aus der Tonne und sein Stock ist fast größer als er selbst. Dann Weihnachtsbilder. Sie sitzen am Tisch, essen Ente und trinken Rotwein, sehen glücklich aus. Eine ältere Frau küsst den kleinen Knirps auf die Stirn, der sich lachend abwendet. Auf dem letzten Bild packt er ein ferngesteuertes Auto aus. Ich versuche, den Umschlag genau wie vorher zurückzustecken.

Es ist kurz nach eins. Ich sitze auf einer Bank vor der Glyptotek. Ivan hat keine Uhr, hat aber auf dieser Zeit bestanden. Sagte, er werde schon da sein, schließlich gebe es überall Uhren. Fünf Minuten später kommt er schwitzend angelaufen, mit einer kleinen Tasche über der Schulter, die ich noch nie gesehen habe. Sie ist rot und als er sie absetzt, erkenne ich ein kleines Eichhörnchen mit roter Schleife.
»Bin ich viel zu spät?«, fragt er noch ganz außer Atem.
Ich sehe ihn bloß an.
»Wir müssen uns beeilen.«
Er geht auf den Eingang der Glyptotek zu. Sehr zielstrebig, ein Mann, der weiß, was er will. Das Eichhörnchen auf der kleinen roten Tasche knabbert an einer Nuss.

Wir stellen uns gemeinsam mit zwei Schulklassen in eine Schlange. Die haben gratis Eintritt. Die Frau am Eingang sagt, Ivan dürfe seine Tasche nicht mit hineinnehmen. Er müsse sie in einem Schließfach einschließen. Ich gebe ihm einen Zehner. Er legt die Tasche in eines der untersten Schließfächer, beugt sich nach vorn, zieht etwas aus der Tasche und stopft es sich vorne in die Hose.

Wir laufen durch die Glyptotek, vorbei am armlosen Meeresgott Poseidon, Ivan spricht leise mit mir, so, als wollte er mir Staatsgeheimnisse anvertrauen, aber weit gefehlt. Er redet von der gerade abgeschlossenen Renovierung, sagt, dass er deshalb schon seit ein paar Jahren nicht mehr hier gewesen sei. Die ganze untere Etage war verriegelt.

Und unten sind die Toiletten. Jungfräuliche Toiletten. Vielleicht haben sie ganz neue Becken eingebaut. Möglicherweise auch diese Ökotoiletten ohne Spülknöpfe. Wer kann das wissen, vielleicht haben wir Glück.

Ivan tut erst so, als interessierten ihn die Skulpturen. Er deutet auf einige von ihnen, sagt aber nichts. Läuft einmal herum, geht hin und her. Erst als wir die Treppe erreichen, wird er schneller. Ich folge ihm. Unten ist es dunkler; in den hell erleuchteten Glasvitrinen liegen Mumien. Wir laufen durch zwei Räume bis ganz nach hinten. Das WC-Schild über der Tür ist kaum erkennbar. Ivan dreht sich nach allen Seiten um, bevor er hineingeht. Noch ehe ich die Tür hinter mir geschlossen habe, höre ich seine Stimme aus einer Kabine. »Ja, Mann, verdammt, ja!«

Ich gehe zu ihm hinein und schließe die Tür. Für mich ist das bloß eine alte Toilette aus weißem Porzellan. Aber Ivan strahlt.

»Ja«, wiederholt er, dieses Mal leiser.

Dann greift er sich unter den Bund seiner dreckigen Jeans und fingert in seinem Schritt herum. Er zieht etwas heraus und reicht es mir. Es ist eine Zange.

»Halt die mal.«
»Von wegen.«
»Mensch, die hat meinen Schwanz nicht mal berührt.«
»Ivan, verdammt ...«
Er klemmt die Zange in den Mund und zieht ein grünes Stück Stoff aus der Hosentasche. Zeigt mir stolz seine Technik. Er zieht den Spülknopf ganz hoch, er sitzt auf einer dünnen Metallstange, die im Spülkasten verschwindet und die er mit der Zange festklemmt, während er den Stoff oben um den Spülknopf wickelt. »Sonst ist der zu glatt«, sagt er. Er dreht mit den Fingern und stöhnt vor Anstrengung. »Das ist nicht wie bei diesen neuen Toiletten, die sie jetzt überall einbauen, diesen Ökodingern, das hier ist echte Qualität.«
Sobald er den Knopf heruntergedreht hat, verschwindet der in seiner Hosentasche und die Zange wieder in seinem Schritt. Er geht aus der Toilette, ohne sich umzusehen. Auf dem Weg nach draußen nimmt er sich nicht mehr die Zeit, Tourist zu spielen, sein Coup ist geglückt und jetzt müssen wir raus, ehe der Alarm losgeht.

Ich schlage Ivan vor, ans Wasser zu gehen. Aber er möchte lieber direkt nach Hause. Ich begleite ihn. Oben setzt er sich schnell auf seinen Schlafsack, holt eine Flasche Brennspiritus und einen Putzlappen heraus. Legt den Spülknopf in den Putzlappen, gießt Spiritus darüber und beginnt vorsichtig zu reiben. Kreisende Bewegungen. Dann hält er den Knopf gegen das Licht, das durch die zersplitterte Scheibe hereinfällt. Erst als er dasitzt und seine Beute betrachtet, fällt ihm ein, dass ich noch da bin. Er beginnt zu reden, den Knopf noch immer in der Hand. Die Trophäe. Es klingt so, als wollte er mir etwas erklären. »Ifö«, sagt er – aus den Siebzigern. »Beachte die Kegelform. Den haben sie nur ein paar Jahre lang produziert. Davon gibt es nicht mehr viele.« Ich nehme einen Schluck Bier, setze mich hin und lehne mich an die verrußte Wand. Ivan starrt auf den Spülknopf in seiner Hand. Spricht mit ihm oder mir.

Er sagt: »Viele Leute glauben, dass wir nur osteuropäische Toiletten hatten. Nur alte jugoslawische oder chinesische Marken. Dabei hatten wir die alle. All die bedeutenden Marken. Wir hatten gute Toiletten.«
Er legt den Toilettenknopf vorsichtig auf den Putzlappen und zieht dann ein altes, ziemlich zerlesenes Buch unter dem Schlafsack hervor und überreicht es mir feierlich. »Pass gut darauf auf.« Auf dem Cover ist ein Logo mit einer Schrift, die ich nicht lesen kann. Ich blättere darin, es ist ein dicker Katalog für Badezimmereinrichtung. Für Großkunden und Zwischenhändler, mit allen Details. Toiletten in verschiedensten Farben. Runde, viereckige, dreieckige Waschbecken. Es gab nicht so viel zu lesen und die Bücher, die sie nicht verkauft haben, haben sie verheizt. Schließlich war nur noch dieses hier da. Sein Onkel hatte es mitgebracht und bei ihnen vergessen, es lag die ganze Zeit unter dem Bett. Er hätte es zurückbekommen. Natürlich nicht mehr nach diesem Kopfschuss. Ivan gab das Buch anschließend nicht mehr her, niemand durfte daraus Zigaretten drehen oder damit den Ofen anfeuern. Er brauchte doch etwas zum Angucken.
Etwa in der Mitte des Buches schlagen sich die Seiten von selbst auf. Toilettenspülknöpfe. Viele. Mit Jahreszahlen, Lieferzeiten und Preisen, schätze ich. Marke und Modell. »Da siehst du's«, sagt er. »Da sind sie alle. Auch Ifö und Gustavsberg. Das hättest du nicht gedacht, oder?«

23

Eine kleine Promenadenmischung rennt hinter einer Schäferhündin her und versucht, sie von hinten zu lecken. Die Besitzer stehen daneben, reden miteinander und bemerken nicht, was ihre Hunde treiben. Ich sitze im Nørrebropark. Ein Streifen Gras, eingerahmt von hohen Bäumen. Ein Stückchen Grün, das übrigblieb, als sie die Eisenbahntrasse umgelegt haben. Sofie lächelt mich an. Ihr kleiner Junge läuft

glücklich zwischen der Hundescheiße auf der Wiese herum. Ich nehme einen Schluck von meinem Elefantenbier.
Letzte Nacht konnte ich nicht schlafen. Ich kam spät heim, saß auf der Bettkante und sah fern. Teleshopping, bis ich irgendwann doch eingenickt bin. Sie hat mich geweckt, an die Tür geklopft. Ich wollte sie anschreien, sie schlagen, ihr die Knochen im Gesicht brechen, aber ihr kleiner Junge hielt ihre Hand und sah mich an.

Tobias kommt zu uns herüber gelaufen, setzt sich zwischen uns auf die Bank und lehnt sich an seine Mutter.
Ich strecke meine Hand zu ihm aus. Er zieht den Kopf ein, als hätte er Angst, ich würde ihn schlagen, aber dann darf ich ihm doch durch das Haar fahren. Eine Spinne läuft über die Bank. Ich will sie mit der Bierflasche zerdrücken, aber er hebt abwehrend die Hand. Ich soll das sein lassen, die tut doch nichts, sagt er, und dass es eine Kreuzspinne ist, die recht häufig ist, und dass er gerne mal eine Raubspinne sehen würde. Die hat er bisher nur in Büchern gesehen, nicht in Wirklichkeit. Dabei hat er immer gut aufgepasst. Er hat einen kleinen Sprachfehler und kriegt die »sp« nicht richtig raus, so dass es wie »Stinne« klingt. Raubstinne.

Als wir ins Wohnheim zurückkommen, fragt mich Sofie, ob ich mit ihnen eine Tasse Kakao trinken möchte. Ich sage, ich hätte noch etwas zu erledigen, verschwinde in meinem Zimmer, ziehe mich aus und gehe ins Bad. Drehe das warme Wasser ganz auf. Es bohrt sich heiß und hart in meine Haut. Meine Stimmung ist ganz merkwürdig, ohne dass ich weiß, warum.
Das Wasser wird immer heißer, ich nehme den Verband ab, sehe mir die Wunde dabei nicht an, sondern halte die Hand unter den Duschkopf und beiße die Zähne zusammen. Schon bald kriege ich vor lauter Dampf kaum mehr Luft. Ich glaube, etwas entfernt jemanden rufen zu hören, aber das Wasser ist so laut, dass ich mir nicht sicher bin.

Ich setze mich mit einem Bier auf das Fensterbrett. Ein Streifenwagen steht auf dem Bürgersteig vor dem Wohnheim. Kurz darauf kommen zwei Polizisten, ein Mann und eine Frau, aus dem Haus. Zwischen ihnen: Sofies Junge. Er wehrt sich. Der Mann öffnet die hintere Wagentür. Dann stürmt Sofie hinter ihnen her. Sie ruft, schreit. Den Mund weit offen. Die Polizistin schubst den Jungen in den Polizeiwagen, während sich der Mann wie ein Torwart mit ausgebreiteten Armen vor Sofie stellt. Sie versucht, an ihm vorbeizukommen, bleibt aber hängen und wird zurückgestoßen. Wieder versucht sie, zu ihrem Sohn im Auto zu gelangen. Er starrt zu ihr nach draußen, sein Mund bewegt sich hinter der Scheibe. Auch er weint jetzt. Der Polizist rennt schnell um das Auto herum und setzt sich auf den Fahrersitz. Das Auto fährt los und Sofie rennt ihm nach. Sie stürzt, bleibt einen Moment liegen, steht dann aber auf und geht zurück zum Wohnheim.
Ich leere mein Bier und trinke noch eins. Dann gehe ich die paar Schritte zu Sofies Zimmer. Die Tür steht offen. Sie liegt auf dem Bett, den Kopf unter den Kissen begraben. Das Kleid ist hochgerutscht, so dass man den unteren Rand ihres schwarzen Slips sehen kann. Ihr Körper zittert, als stünde er unter Strom. Ich setze mich neben ihr aufs Bett, weiß nicht, warum, aber als Erstes ziehe ich ihr Kleid nach unten und decke sie zu. Sie schluchzt. Als ich sie berühre, wird es nur noch schlimmer. Unkontrolliert und stoßweise. Nach einer Weile ist es nur noch ein leises Beben unter meiner Hand, das aber lange anhält.

24

Auf der Straße hat Geld einen anderen Wert, erzählt Ivan, als wir nebeneinander im Bus sitzen. Zehn Kronen sind nicht zehn Kronen, sondern eine Bratwurst mit Brötchen oder ein gutes Bier. Zehn Kronen sind ein Abendessen und etwas Wärme im Körper. Flaschen sind wahre Geldquellen. Große Anderthalbliterflaschen sind am besten, da sie am meisten Pfand bringen, sind aber auch am schwersten zu finden und verdammt blöd zu schleppen. Am attraktivsten sind eindeutig die Halbliter-PET-Flaschen. Sie brauchen nicht viel Platz, sind nicht so schwer wie Glas und gehen vor allem nicht kaputt.

Der Bus fährt durch die ganze Stadt, vom Nordwesten durch das Zentrum, vorbei an den Schaufenstern, der Fußgängerzone und dem Tivoli. Und nach Amager, über die Amagerbrogade mit den jungen Typen in den Türen der Internetcafés, Pizza- und Kebabbuden, den Joint gut in der Hand versteckt.

Stofftaschen sind auch beliebt, sagt Ivan. Wer lange auf der Straße gelebt hat, benutzt keine Plastiktüten. Der schwört auf Stofftaschen. Eine gute Stofftasche geht nicht so schnell kaputt und hält bis zu dreißig leere Bierflaschen aus. Oder zwanzig leere Halblitercolaflaschen. Eine gute Stofftasche entscheidet vielleicht darüber, ob man bloß etwas zu trinken kriegt oder noch einen Happen zu essen. Eine gute Stofftasche kann ihren Besitzer sogar überleben und weitervererbt werden. Dann pressen sich, noch lange nachdem der erste Besitzer im Gemeinschaftsgrab beigesetzt worden ist, die leeren Flaschen von innen gegen das kleine Irma-Supermarkt-Mädchen.

Der Bus hat die Endhaltestelle erreicht, wir steigen aus. Hier sieht es nicht mehr aus wie in einer Stadt, die Häuser sind klein und es gibt auch nur kleine Betriebe, Autolackierereien.

Ivan weiß, wo er hinwill. Wir gehen in eine Imbissbude, ein niedriges, rotes Holzhaus. Keine Pizza, nichts Exotischeres als Pommes. Die von Wind und Wetter mitgenommenen Schilder draußen zeigen Würstchen in allen Größen und die Innendeko aus Modellfliegern in verschiedenen Farben verblasst langsam. Es riecht feucht. Die Teenagerin, die uns bedient, hat wasserstoffblondes Haar. Ich könnte eine Niere von Ivan darauf wetten, dass sie nach Feierabend von einem

Typen auf einem Mofa abgeholt wird, und die andere darauf, dass dieses Mofa frisiert ist.
Wir bestellen Hotdogs. Und was soll drauf? Na alles. Ivan bekommt ein Cocio. Ich nehme ein Elefantenbier für jetzt und zwei für später.
Wir setzen uns auf einen Grashügel unweit der Landebahn. Ivan kennt diesen Platz. Legt man sich auf den Rücken, hört man das Heulen der Flugzeuge, bevor sie über einen hinwegfliegen.
»Wenn jetzt was runterfällt«, sagt Ivan, »was vom Flugzeug. An so einem Flugzeug ist doch viel Metall, oder? Wenn da was abfällt und einen trifft, dann ist man doch auf der Stelle tot, oder?«
»Natürlich ist man das.«
Ich leere mein zweites Bier.

Ivan sagt: »Ich weiß nicht, was passiert ist … Als ich nach Dänemark kam, hierher. Da war alles gut. Alles war gut. Ich vermisste meinen Vater, aber damals glaubten wir ja noch, dass er nachkommen würde. Das haben wir wirklich lange geglaubt. Ich war froh, hier zu sein. Lernte schnell die Sprache. Konnte sie damals besser als heute. Ich habe mich da ziemlich … ja ziemlich dänisch gefühlt. Weil ich wusste, wo ich herkam, und das dort nicht leiden konnte. Ich verkraftete es nicht, an all die Dinge zu denken, die ich da erlebt hatte. Hier war es gut, hier war es warm, es gab Zeichentrickfilme am Morgen, *Tom und Jerry* und *Guldkorn*.
Aber das hat sie dir bestimmt erzählt. Ana, meine ich. Ich war wirklich … wirklich gut, richtig gut. Heute kann ich das kaum glauben, kann mir das nicht mehr vorstellen. Alles ist viel … Wenn ich nachts zum Pissen aufstehe, weiß ich nicht, wer da eigentlich pisst, ich weiß es echt nicht, und wenn ich mich wieder hinlege, kommen die Bilder aus dem Krieg, dann kommt … unser Nachbar.«
Er reißt Grasbüschel aus, als er von seinem Nachbarn erzählt. Ihm war in den Bauch geschossen worden und er hatte es nicht bis zu sich geschafft, sondern lag schreiend auf ihrer Fußmatte. Sie waren allein

zu Hause. Nach Schulschluss. Und hatten ihn gehört. Die immer lauteren Schreie vor ihrer Tür. Sie zogen ihn in den Flur und stopften Socken und T-Shirts in seine Wunde, das hatten sie mal in einem Film von Vater gesehen. Aber er schrie immer weiter. Ein schrecklicher Laut. Zum Schluss wollten sie nur noch, dass dieses Geräusch aufhörte. Sie gingen auf die Toilette und schlossen die Tür. Schlugen mit Pfannen und Töpfen gegen die Rohre und sangen, so laut sie konnten. Aber das Schreien hörte nicht auf, so dass sie ihm irgendwann auch in den Mund Socken stopften. Trotzdem gingen die Geräusche weiter, nur gedämpfter. Sie setzten sich im Wohnzimmer auf den Boden und schlossen die Tür. Spielten Karten. Redeten laut über das Spiel und irgendwann, irgendwann hörten die Geräusche auf.

Ivan sieht in seine Cocio-Flasche, hebt den Blick und senkt ihn wieder. Vor ihm liegt ein kleiner Haufen Gras.
Ich stehe auf und gehe ein paar Meter weg.
Vielleicht, ganz vielleicht, gibt es dort oben jemanden, der durch ein rundes Fenster in dem Flugzeug über uns schaut. Jemanden, der einen ziemlich kleinen Mann im Profil sieht, der auf einem Grashügel steht, eine Hand in die Seite gestemmt, und einen leuchtend klaren Urinstrahl in die untergehende Sonne pinkelt.

25

Ich kaufe eine Flasche Weißwein für Sofie. Habe sie nicht gesehen, seit sie den Jungen geholt haben. Das ist jetzt ein paar Tage her.
Den kleinen Jungen.
Ich klopfe, bis sie die Tür öffnet. Ihre schwarze Wimperntusche klebt wie Teig an ihren Wangen. So, wie sie aussieht, war sie nicht im Bad, seit ich sie das letzte Mal gesehen habe. Ich öffne das Fenster in ihrem

Zimmer und schiebe sie unter die Dusche. Keiner von uns hat bis jetzt auch nur ein Wort gesagt. Ich drehe das kalte Wasser auf, sie holt schockiert Luft, und die Schminke rinnt über ihre Wangen. Dann drehe ich das warme Wasser auf. Sie bleibt eine Weile stehen und zieht schließlich ihr Sommerkleid aus. Ich gehe zurück ins Zimmer, suche einen Korkenzieher, öffne den Wein und hole ein Glas. Als sie aus dem Bad kommt, fokussieren ihre Augen wieder. Sie sieht mich an und nimmt das Glas, das ich ihr entgegenstrecke. Hält es mit beiden Händen und trinkt. Setzt sich aufs Bett und trinkt noch einen Schluck. Ich schenke ihr nach. Sie nimmt die glimmende Zigarette, die ich ihr reiche. Trinkt weiter. Es wird schon wieder, sagt sie. Erst leise, so dass ich es kaum höre, dann mit etwas mehr Überzeugung.
Es wird schon wieder werden. Als wollte sie sich selbst Mut machen. Ich werde ihn zurückbekommen, Nick. Ich werde ihn schon zurückbekommen. Ich fülle ihr Glas wieder auf.
Ich werde ihn schon wiederbekommen.
Als die Flasche leer ist, lebt sie wieder.

26

Ivan sagt: »Ich erinnere mich an die Olympischen Spiele. Irgendwann. Die habe ich im Fernsehen gesehen. Einen Kugelstoßer. Ich kann noch nicht alt gewesen sein.«
Solche Kommentare gibt er immer ohne jede Vorwarnung oder Einleitung ab. Hat vergessen, dass man zum Reden erst eine Einleitung braucht, einen Grund, einen Vorwand. Dass man das Gespräch erst auf den Punkt bringen muss, das Thema langsam einkreisen, bis man schließlich über sich selbst reden kann. Nicht einfach anfangen, nur Geisteskranke verpacken so etwas nicht irgendwie.
Er sagt: »Bei dieser Olympiade gab es einen Kugelstoßer, der sich mit

Tanzschritten ein paarmal um sich selbst gedreht hat, du weißt schon, diese Schritte, die die machen, und die Kugel dann mit lautem Gebrüll weggestoßen hat. Das klang wie ein Schrei, der tief aus dem Innersten durch den Hals nach oben kam. Wenn die Kugel durch die Luft flog, sah man, dass der Kugelstoßer seinen Mund nicht zumachte. Er blieb weit aufgerissen, als würde er immer noch schreien, nur still.«

Wir gehen gemeinsam über die Straße. Ivan und ich. Die Stadt ist warm und ausgebrannt. Gegen Ende des Monats haben die Leute kein Geld mehr und längst vergessen, dass es wieder kalt werden wird. Sie sehen bei offenem Fenster fern und schwitzen sich in den Schlaf. Im Vorbeigehen hören wir aus den Fenstern im Erdgeschoss Bruchstücke von Quizshows, aus dem Zusammenhang gerissene Nachrichten, Verfolgungsjagden und Schusswechsel.

Ivan sagt: »Erst kam ein Linienrichter angelaufen, dann ein Arzt. Der Kiefer des Kugelstoßers hatte sich verhakt.« Das musste es gewesen sein. So erklärte sich Ivan im Nachhinein, was geschehen war. Damals hatte er einen Mann gesehen, der von vielen anderen umringt war, einen Mann, der schrie, ohne Ton. Ivan hatte plötzlich wieder an den Kugelstoßer denken müssen, an den verhakten Kiefer, als er zum ersten Mal Edvard Munchs *Schrei* sah, abgedruckt in einem Schulbuch.

Wir laufen ein Stück weiter und keiner von uns sagt etwas. Ich weiß nicht, was ich erwidern soll. Aber das kennen wir schon. Dann bleibt Ivan plötzlich stehen.

»Das ist es.«

Wir sind auf dem Jagtvej. Das Auto, auf das er zeigt, parkt vor einem Neubau aus Beton.

»Das ist es«, wiederholt Ivan.

»Das ist ein Auto, Ivan.«

»Ja, aber das ist das Auto. Ich bin mir ganz sicher, dass es das Auto ist.«

Das Auto steht mit zwei Rädern auf dem Radweg. Ein älterer BMW, frisch babyblau lackiert, wie ich es diesen Sommer bei mehreren Autos gesehen habe.

»Das ist das Auto, das Auto von dem Typ, der mich verprügelt hat.«
»Bist du sicher?«
»Ja, ja. Guck doch mal hin, da kann man sich doch nicht irren, oder?«
Ich gebe ihm recht, dieser Wagen ist so irre aufgemotzt, dass es schon weh tut. Er hebt sich wirklich von der Menge ab. Irgendein Bastler hat hier viel Zeit und Geld verbraten und protzige Spoiler, Felgen und Schürzen angebracht. Alles keine Originalteile, keine BMW-Accessoires, sondern durchwegs Plunder, um kleinen, sehr blonden Mädchen an die Wäsche zu können.
»Ganz sicher?«
Ivan nickt. Ich überquere die Straße und nehme eines der Baustellenschilder, eine Eisenstange mit schwerem Fuß und einer dreieckigen Eisenplatte. Kann es mit einer Hand kaum halten. Die Windschutzscheibe splittert nicht, sondern biegt sich milchigweiß nach innen. Ivan starrt mich an.
»Jetzt komm schon.«
Ivan rennt über die Straße und holt ein anderes Schild. Die Schürzen verabschieden sich als Erstes. Es geht leicht. Sie sind nicht aus Metall, sondern aus Fiberglas und bloß angeklebt. Sie reißen in großen Stücken ab und fliegen uns um die Ohren. Dann gehen wir auf die Türen los, die Karosserie, verändern ihre Form. Schließlich zerschlagen wir auch die anderen Scheiben. Ivan hämmert auf die Rücklichter ein. Er grinst über das ganze Gesicht, so habe ich ihn noch nie gesehen, und schlägt so lange auf das Wagenheck ein, bis der Kofferraum aufspringt. Wir zerlegen das ganze Auto, alles, was man nur zerlegen kann. Menschen laufen vorbei, ohne anzuhalten. Es ist kein glattes Stück Blech mehr am Auto, als ich Ivan bitte, sich an die Hauswand zu stellen und zu warten, während ich weg bin.
Er nickt und fragt nicht einmal, wo ich hinwill.
Ich gehe zum Kiosk an der Ecke und kaufe eine kleine Flasche Wodka. Eine Schachtel Streichhölzer und eine Flasche Feuerzeugbenzin. Dieses Zeug für Zippos. Als ich zurückkomme, steht Ivan auf der

Kühlerhaube. Er ist viel zu aufgeregt, um zu warten, drischt mit der Eisenstange, das Schild hat sich längst gelöst, auf das Dach ein, flucht auf Kroatisch und lacht laut.
»Komm runter, Ivan.«
Ivan schlägt noch dreimal mit der Eisenstange zu, bevor die Nachricht zu ihm durchdringt. Er kriecht vom Wagen und sieht mich erwartungsvoll an. Ich spritze das Feuerzeugbenzin durch die zersplitterten Scheiben. Leere die Flasche und werfe sie ins Wageninnere. Wie ein Zauberkünstler, der einen besonders schwierigen und vielleicht sogar gefährlichen Trick zeigen will, bedeute ich Ivan, dass er zurücktreten soll. Hole die Streichhölzer heraus. Reiße eines an, entzünde das Päckchen und werfe es durch die Scheibe auf den Fahrersitz.
»Lauf, Ivan, verdammt, lauf!«
Er ist direkt hinter mir. Überholt mich mit seinen dünnen Beinen und ich klopfe ihm im Laufen auf die Schulter. Wir lachen beide wie bescheuert. Das Feuer greift auf das Auto über, und kaum sind wir um die Ecke, hören wir es. Es klingt weniger wie eine Explosion als wie ein tausendfach verstärktes Husten. Wir werden langsamer, sehen uns aber nicht um. Laufen über die Straße. Still und ruhig. Ich zünde mir mit Benzinhänden eine Zigarette an und frage Ivan, ob er auch eine will. Er hat einen Schnitt im Daumen, vom Glas oder Schlagen, er weiß es nicht, beteuert aber, dass es nicht weh tut. Ich trinke Wodka, während wir weiterlaufen, rauchen und das Heulen der Sirenen hören.

27

Wir sitzen in der S-Bahn. Ivan will nach Lyngby. Letzte Nacht hat er gesagt: Komm her, wir müssen morgen nach Lyngby.
Keiner von uns hat ein Ticket gekauft. Ivan redet fast den ganzen Weg über Delfine. Ich weiß nicht, wie er auf dieses Thema gekom-

men ist. Er hat plötzlich damit angefangen. Delfine. Wieder ein Thema, das er einfach so, schwups, aus dem Hut gezaubert hat. Der Zug ist fast voll. Ein Mann Mitte dreißig, mit sonnenverbrannten Beinen in kurzen Hosen, liest den Kulturteil der Zeitung. Er trägt Sandalen. Aber die Zeitung rutscht immer tiefer, Ivan interessiert ihn anscheinend mehr.

Er sagt: »Delfine sind nicht so lieb und putzig und gut, wie alle glauben. Man hat schon beobachtet, wie mehrere Männchen ein Jungtier mit ihren Nasen zu Tode gestoßen haben. Die Nasen sind keine natürlichen Waffen, keine Stacheln oder Klauen. Es gehört also eine gewisse Intelligenz dazu, sich vorzustellen, dass man damit töten kann. Aber trotzdem man hat nie von Delfinen gehört, die Frauen und Kinder in einer Dorfkirche zusammengetrieben, die Türen verschlossen, alles mit Benzin übergossen und angezündet hätten. Oder von Delfinen, die andere Delfine gezwungen hätten, einen Graben auszuheben, sie erschossen und in den Gräben von anderen Delfinen verscharren lassen hätten.«

Der Mann mit den sonnengebräunten Beinen zittert. Ich sehe ihn an, schaue ihm in die Augen und durch ihn hindurch. Plötzlich hat er es mit seiner Zeitung sehr eilig. Er raschelt mit dem Papier, räuspert sich und hält sie sich wieder vor das Gesicht. Ivan sagt, Delfine hätten noch keine Schulen niedergebrannt oder Krankenhäuser besetzt und ganz sicher auch keine Säuglinge mitsamt Brutkästen von den Dächern geworfen.

Wir spazieren die Hauptstraße mit ihren kleinen Boutiquen und Straßencafés entlang. Hohe Bäume stehen auf jeder Seite und die Blätter sehen sogar gesund aus. Zwischen all den Kinderwagen, Irma-Tüten und farblich aufeinander abgestimmten Klamotten könnten wir gar nicht stärker auffallen. Wir setzen uns auf eine Bank. Ich schaffe es gerade noch, eine Zigarette zu rauchen, bis mich meine innere Unruhe zwingt, eine kleine Flasche Wodka für mich und für Ivan ein Cocio zu kaufen. Als ich zurückkomme, sitzt er noch auf der Bank, aber

die Rose ist weg. Ich frage ihn danach. Er streckt die Hand aus und meine Augen folgen seinem Finger zu einem auf der anderen Straßenseite geparkten Auto. Es ist ein dunkelblauer Geländewagen, ein teures, japanisches Teil, die Rose ragt wie ein Strafzettel unter dem Scheibenwischer empor. Er starrt auf den Wagen, als müsse gleich etwas Fantastisches geschehen. Dann beginnt er von Tintenfischen zu sprechen. Aus dem Nichts, natürlich, Tintenfische. Dass Tintenfische zu den intelligentesten Tieren überhaupt gehören, die in Versuchen sogar Gläser aufgeschraubt haben sollen, in denen sie Essen vermuteten. Er fragt, ob ich weiß, dass Tintenfische die einzigen Tiere sind, die die Hoden im Kopf haben. Ich antworte mit Nein und öffne den Wodka. Ivan erzählt mir, dass Tintenfische, wenn sie nur genug Hunger haben, durchaus auf den Gedanken kommen, einen ihrer eigenen Arme zu verspeisen. Menschen seien da natürlich klüger, trotzdem möchte er manchmal tauschen, wenn er mit leerem Magen in seinem ausgebrannten Haus liegt.
Ivan will mir noch mehr über Tintenfische sagen, unter anderem wie sie sich in den Kopf ficken, hält aber plötzlich inne. Seine Augen sind drüben beim Auto. Im Wohnblock dahinter öffnet sich eine Tür und ein Mann kommt heraus. Er trägt eine teure Sonnenbrille und ein kurzärmeliges Hemd. Seine sonnengebräunten Füße stecken in Sandalen. Er drückt auf einen Knopf an seinem Autoschlüssel und die Scheinwerfer leuchten zweimal kurz auf, es piepst kurz, der Wagen ist offen. Er hält die Tür auf. Eine dunkelhaarige Frau tritt aus dem Haus. Auch sie trägt eine Sonnenbrille. Ihre Kleider sind teuer. Sie trägt ein Polohemd und einen Tennisrock. Es ist Ana. Ein paar Sekunden vergehen, bis diese Erkenntnis mein Hirn erreicht. Es ist Ana. Und ich kann verdammt nichts anderes tun, als hier rumsitzen und glotzen. Sie dreht sich zur Seite und schiebt einen Buggy mit einem kleinen dunkelhaarigen Jungen aus dem Haus. Er trägt dunkelblaue kurze Hosen und ein T-Shirt mit einem Raumschiff darauf. Ich sitze einfach nur da und kann nichts tun. Sie schließen die Tür hinter sich.

Alles braucht Zeit. Es dauert Stunden, Monate, bis sie die Tür geschlossen und den Buggy zum Auto geschoben hat. Jahre, und ich sitze bloß da und starre hinüber, glotze, entgeistert, unfähig, etwas zu tun. Sie bleibt vor dem Auto stehen, lässt den Buggy los, der Junge streckt ihr die Arme entgegen, Mama, heb mich hoch, und sie wirft einen Blick auf die Windschutzscheibe, hebt den Scheibenwischer an und nimmt die Rose. Sie betrachtet sie, sieht sich um und betrachtet wieder die Rose.
Ich stehe auf und gehe. Ivan folgt mir. Ich höre seine Schritte hinter mir. Ich gehe, so schnell ich kann.

Im Zug sagt keiner von uns ein Wort. Anas Geburtstag. Kurz nach meinem. Ich wusste das, natürlich wusste ich das, aber bin mir ja nicht mal sicher, ob heute Dienstag oder Mittwoch ist. Ivan schaut mich an, als wolle er sich entschuldigen. Von ganzem Herzen. Ich wünsche mir, jemand würde ihn verprügeln. Jetzt, auf der Stelle. Ich selbst habe nicht die Kraft dazu, aber jemand, irgendjemand hier in diesem Zug kann gerne … Ich will nicht an diesen Buggy denken, will mir nicht den Kopf darüber zerbrechen, will nicht an den Fingern abzählen, wie alt dieser Knirps aussah. Zwei oder drei Jahre? Wie lange es her ist, dass Ana mich auf diesem Friedhof mit einer lauwarmen Tasse Kaffee in einem Pappbecher in der Hand verlassen hat? Ich laufe durch den Zug. Übergebe mich bei den Fahrrädern und kriege Kotze auf die Schuhe. Ivan hält meinen Arm fest, als würde ich sonst abheben.
Beim Aussteigen sage ich ihm Lebewohl. Nur Lebewohl. Keiner von uns hat auch nur ein anderes Wort gesagt, seit wir Ana gesehen haben.

28

Ich sitze auf der Treppe vor dem Wohnheim, mein Kopf ist viel zu breit für mein Zimmer. Tove ist noch immer in der Klinik, trotzdem trinke ich den Wodka aus einer Colaflasche. Viel Wodka, verdammt wenig Cola.

Dreimal hat es heute früh bei mir geklopft. Als ich dann die Tür aufgemacht hab, stand da eine Plastiktüte. Cola, Schmerztabletten und ein kleiner Zettel von Sofie mit einem Herzchen und ihrem Namen, sonst nichts. Sie muss gehört haben, wie ich heute Nacht tischtennisballartig zwischen den Wänden hin und her getaumelt bin.

Ich habe vier Pillen intus, die langsam zu wirken beginnen, und den Wodka natürlich.

Während ich dasitze und mich an mir festzuhalten versuche, kommt ein Mongo die Treppe herunter. Mongos sind die Letzten, die man sehen will, wenn man einen Kater hat. Diese Leute grinsen auch dann noch doof, wenn sie an einem Herzinfarkt krepieren. Aber so ist unser Haus. Im zweiten Stock: wir, mit unseren zwölf Quadratmetern, darunter im ersten Stock die Mongos und ganz unten im Erdgeschoss die Studenten. Die kleinen Zettel, die überall in Bibliotheken und in Supermärkten hängen, sind von ihnen. Sie würden alles tun, um von uns und den Mongos wegzukommen. Alles: Zimmer gesucht, schlag mich, fessle mich, fick mich, zwing mich, Leim zu fressen, Zimmer gesucht.

Der Mongo bleibt kurz stehen, blickt sich um, dann geht er weiter auf die Straße.

Die Tür knallt mir fast in den Rücken, als ein junger Mann nach draußen stürmt und den Mongo aufhält. Er legt ihm den Arm auf die Schulter und führt ihn zurück zur Treppe. Sie bleiben vor mir stehen.

»Könnten Sie mal kurz auf ihn aufpassen? Ich muss nur schnell meine Zigaretten holen.«

»Nein.«
»Nur zwei Minuten.«
»Ich bin besoffen.«
Er sieht zu dem Bekloppten hinüber, dann zu mir.
»Ich bin sofort wieder da.«
Er rennt die Treppe hoch. Der Mongo bleibt mit hängenden Armen stehen. Dann geht er wieder los. Ich nehme einen Schluck aus meiner Flasche.
Als der Betreuer die Treppe herunterkommt, schaut er sich verwirrt nach allen Seiten um. Der Bekloppte ist weg.
»Verdammt, wo ist der hin?«
Ich sage ihm, dass ich es nicht weiß, dass er vielleicht irgendwo hinmusste. Zu einem Termin. Vielleicht sind Mongos auch wie Vögel, vielleicht fliegen die im Sommer nach Süden. Oder war es Norden? Nach Hause, in die Mongolei, das haben die so in sich. Ich hab dir gesagt, dass ich besoffen bin. Vielleicht haben die auch irgendwo einen Friedhof, wie diese Elefanten …
»Seien Sie still. In welche Richtung ist er gegangen?«
Ich zucke mit den Schultern.
»Ich will hier bloß in Ruhe trinken …«
»Verdammt, Mann, ich verliere meinen Job, wenn ich diesen Typ nicht finde.«
»Du kannst noch mehr verlieren, wenn du hier stehen bleibst und wie ein Bekloppter rumschreist.«
Ich sage das fast ohne zu lallen und nehme einen Schluck aus der Flasche. Er sieht mich an. Ich sage:
»Jetzt hau schon ab. Los, verpiss dich!«
Er sieht mich noch kurz an und macht sich dann auf die Suche nach seinem Mongo.

Ich stehe auf dem Flur und kämpfe mit dem Schlüssel, als Sofies Tür aufgeht. Sie kennt das Geräusch meiner Schritte. Ob sie auch die

Schritte der anderen erkennt? Ihr Junge wächst, wird groß, ohne dass sie ihn sieht oder eine Markierung am Türrahmen machen kann, 97 cm. Ob sie sich noch an das Geräusch seiner Schritte erinnert?

Wir ficken im Badezimmer bei laufendem Wasser. Ich stehe schlecht, mein Kopf dröhnt und wir stoßen an den Spiegel, so dass er fast hinunterfällt. Es dauert lange, bis ich komme. Ich ziehe mich aus ihr heraus und stoße an eine zerschlagene grüne Fliese.

Danach liegen wir auf ihrem kleinen Bett, noch immer nackt und schwitzend. Sie richtet sich halb auf und stützt den Kopf in die Hände.

»Du bist süß …«

»Nein.«

»Egal, was du sagst, du bist süß.«

»Könntest du dieses Geschwafel bitte sein lassen? Mir ist noch immer übel, ich bin nicht …«

»Süß oder nicht, ich mag dich jedenfalls sehr …«

Ich höre die Autos unten auf der Straße, eine Klospülung, die irgendwo im Haus betätigt wird, alles weit, weit weg.

»Nick?«

»Hm.«

»Ich hab gedacht, du schläfst.«

»Das ist nett.«

»Nick, wenn es was gibt … wenn es was gibt, was du mal machen möchtest …«

»Ja?«

»Wenn es irgendetwas gibt, was du mal machen möchtest … also im Bett, meine ich …«

»Ja?«

»Du, du musst es bloß sagen …«

Ich greife nach der Flasche, stoße sie fast um, kann sie aber festhalten. Drücke das dünne Plastik ein, hebe den Kopf und leere sie.

»Ich hab's nicht übers Herz gebracht, dich zu wecken«, sagt Sofie. Die Sonne ist untergegangen. »Du hast geschlafen, richtig tief.« Ich gehe ins Bad und spritze mir Wasser ins Gesicht. Habe auf meinem Arm gelegen, er schläft noch immer. Sofie hat den Fernseher eingeschaltet – *Die Straßen von San Francisco* fängt jetzt an.
Sie sitzt mit angewinkelten Beinen auf dem Sofa, die Fernbedienung in der Hand. Lächelt mich an. Jetzt fängt's an. Okay, aber ich brauche erst etwas zu trinken.

Draußen ist alles zu. Ich muss ziemlich weit laufen bis zu einer Pizzeria. Einer ehemaligen. Jetzt ist das nur noch ein Kiosk für Säufer. Und große Hunde, ein oder zwei. Obwohl es schon spät ist, ist es noch warm. Ein paar Leute sitzen draußen auf leeren Kisten und trinken Bier. Der junge Bangladeshi, der hier bedient, steht in der Tür und teilt sich einen Joint mit einem der Stammkunden. Ich gehe rein und kaufe mir mein Bier. Der Besitzer, ein sehr kleiner Mann, wischt sich seine Hände an der Schürze ab und holt das Bier aus dem Kühlschrank. Neben mir wetten zwei Typen, wie weit es bis zum Mond ist. Eine alte Grönländerin sitzt auf einem Stuhl neben der Tür, schwer zu sagen, ob sie schläft oder weint.
Dann sehe ich plötzlich den Mongo. Ganz hinten in der Ecke auf einer alten Holzbank.
Sie waren gut zu ihm. Wie der Obdachlose, der seinem Hund immer zuerst zu essen gibt. Vor ihm stehen eine angebissene Pizza und ein paar leere Flaschen. Er sabbert grinsend, hat Tomatensoße im Mundwinkel.
Es gefällt ihm, es gefällt ihm hier. Trink dein Bier, trink dein Bier, mein kleiner Freund, er grinst und wischt sich über das Gesicht, sein breit grinsendes Gesicht.
Ich frage, wie lange er hier schon sitzt. Lange, sagen sie, der ist einfach hereingekommen, und wir haben nicht gewusst, was wir mit ihm machen sollen, aber es gefällt ihm hier, gefällt ihm wirklich.

Ich bringe ihn auf seine Etage.
Als ich in Sofies Zimmer zurückkomme, fährt gerade ein niedriger amerikanischer Straßenkreuzer um eine scharfe Kurve in San Francisco.

Nachts träume ich, dass ich mit Ana im Keller schlafe. Verrußte Wände, wir liegen auf alten Decken, die feucht nach Schimmel riechen. Draußen hören wir vereinzelte Schüsse und das Bombengedröhn. Es klingt wie in einem Kriegsfilm. Ich liege auf ihr, mein Gesicht an ihren Hals gepresst. Sie hat ihre Beine um meinen Rücken geschlungen. Wenn die Bomben fallen, zittern die Wände und wir mit ihnen. Kurz bevor ich komme, drehe ich den Kopf. Neben uns liegt ein Mann. Er sieht uns an oder an uns vorbei, presst sich die Hände auf den Bauch, Blut sickert durch seine Finger, sein Mund ist offen, wie der von Ana. Vielleicht ist es ihr Vater, vielleicht ihr Nachbar. Ich wache auf, mit zusammengekrümmtem Körper, ins Laken gewickelt, schweißnass.

29

Er hat begonnen, ihr nachzugehen. Er weiß nicht, warum. Wir sitzen auf seinem ausgebrannten Dachboden, als er mir das erzählt, zwischen uns eine Kerze. Er ist in der Nähe des Wassers aus dem Bus gestiegen und hat sie plötzlich vor sich gehabt. Viel zu warm angezogen, in hellem Mantel und dunklen Stiefeln. Alles zusammen sehr feminin, sehr elegant, aber zu warm. Er war zwar nicht nah genug, um ihr Parfüm zu riechen, spürte aber trotzdem etwas in der Luft liegen. Er verwendet nicht diese Worte, aber ich denke weiter, wenn er ins Stocken gerät, ergänze die fehlenden Worte. Ich glaube, dass ich ihn gut verstehe, dass ich weiß, was er sagen will, lasse mir aber nichts anmerken.

Er läuft also hinter ihr her, nicht so nah, dass sie etwas bemerken könnte, aber dicht genug, um ihre Stiefel auf den Platten zu hören, das regelmäßige Klackern harter Absätze. Hört nichts anderes als ihre Stiefel, vergessen sind der Lärm der Autos, die Gespräche der Menschen auf der Straße. Er hört nur noch das Geräusch ihrer Absätze, klack, klack, klack. Wie kann das sein? Er fragt mich, doch ich weiß keine Antwort. Es war aber wirklich das Einzige, was er gehört hat.
Ein Fuß vor dem anderen, klack, klack, klack, sie schwingt die Hüften nicht, nein. So etwas tut sie nicht, so eine ist sie nicht, will nichts mit den Typen in tiefergelegten Autos mit offenen Fenstern zu tun haben.
Sie geht über die Straße, beeilt sich nicht, schlendert am Wasser entlang, Ivan im Schlepptau.
Er ist beinahe glücklich, als er ihr nachläuft, das erzählt er mir, glücklich, hinter ihr herzugehen. Obwohl es auch weh tut, er wäre ihr gerne näher, ganz nah.
Aber das ist in Ordnung, er ist zufrieden.
Sie ist in einem Hausflur verschwunden, und er ist ihr gefolgt, hat die Tür offen gehalten.
Er sagt, er wollte nur mit ihr hochgehen, langsam an ihr vorbeigehen, wenn sie die Tür aufschließt und an ihrem Haar riechen. Er sagt, er wäre weitergegangen, dass er nur langsam an ihr vorbeigehen wollte, während sie ihre Wohnungstür öffnet. Langsam, wie er hoffte. Er wollte an ihr vorbeigehen, so unauffällig wie möglich, nach oben, angeblich, um einen Freund zu besuchen. Zwei Menschen, die auf einer Treppe aneinander vorbeigehen, das ist doch ganz normal. Und auf dem Weg nach oben würde er ihr nah sein, nah genug, um ihre Wärme zu spüren und den Duft ihres Haares einzuatmen.
Vielleicht würde er den Kopf drehen, wenn sie die Tür öffnet, und einen Blick in ihre Wohnung werfen. In eine Mädchenwohnung, in eine Wohnung mit den Dingen, die sie gesammelt hat und die ihr etwas bedeuten. Hat sie Kissen auf dem Sofa? Eine Schublade mit Briefen? Kleine Proben von Parfüms, die sie mag, sich aber nicht leis-

ten kann. Natürlich würde er in diesem kurzen Augenblick vor der Tür nichts zu Gesicht bekommen, aber er würde es gerne spüren, weil das Zuhause eines Menschen ebenso privat ist wie sein Körper. Und weil es lange her ist, dass er selbst ein Zuhause gehabt hat.

Er war also unterwegs nach oben, sagt, »Ich weiß nicht, ich wollte bloß an ihr vorbeigehen, wollte wirklich nur vorbei, ohne dass sie etwas bemerkt, wollte bloß tief Luft holen, im Vorbeigehen. Sonst nichts. Da ist doch nichts Schlimmes dran, oder? Als ich die Treppe hochkomme, schließt sie gerade ihre Tür auf, und ich gehe weiter, wie ich es mir vorgenommen habe, will gerade an ihr vorbei, da dreht sie sich um. Und sieht mich an, direkt in meine Augen und …

Sie beginnt zu schreien, schreit und schreit und schreit, und ich kann es nicht, kann es nicht. Ich schaffe es nicht. Möchte gerne … möchte ihr sagen, ihr erklären, dass ich bloß an ihrem Haar riechen wollte … Aber stattdessen stürze ich die Treppe nach unten, renne, so schnell ich kann. Ich wollte ihr wirklich nichts tun, Nick. Das wollte ich wirklich nicht.«

Ich sehe ihn an. Nick. Er wollte ihr nichts tun. Ich glaube ihm. Und sage ihm das.

Vielleicht wollte er ihr wirklich nichts tun. Was weiß ich, vielleicht, vielleicht wollte er ihr ins Gesicht schlagen, bis sie Blut und Zähne hustet, ihr mit einem Kabel die Hände zusammenbinden, sie an einen Heizkörper fesseln und in alle Körperöffnungen ficken, überall, wo es möglich ist, mit Blut und Zähnen … Er sieht mich an, Entschuldigung, sagt er. Es geht mir in letzter Zeit nicht so gut. Ich schlafe kaum …

Auf dem Rückweg rufe ich meinen Bruder an. Die Telefonzelle stinkt nach Pisse. Ich lasse es achtmal klingeln, dann lege ich auf.

30

Wenn ich bei Sofie bin, haben wir Sex. Immer. Manchmal holt sie mir auch einen runter. Mit der Hand. Das ist einfacher.
Jetzt wischt sie mit einem feuchten Tuch das Sperma von ihrer Hand, meinem Schwanz und meiner Trainingshose.
Ich war keine schlechte Mutter, sagt sie. Wirklich nicht.
Auf dem kleinen Esstisch liegt ein Brief mit blauem Briefkopf. Er ist mir schon beim Hereinkommen aufgefallen, ich wollte aber nicht fragen. Er sieht aus wie einer, den sie mir vor einiger Zeit schon gezeigt hat; der von dem Anwalt, diesem Gratis-Pflichtverteidiger.
Ich war keine schlechte Mutter. Aber wie soll ich denen das jetzt zeigen? Wie soll ich beweisen, dass ich verantwortungsvoll bin? Dass ich ihn liebe? Wenn ich ihn nicht sehen darf? Wie soll ich ihnen denn einen normalen Alltag vorleben? Ihnen zeigen, wie man ihn in den Kindergarten bringt? Seine Kleider wäscht. Gutes, gesundes Essen für ihn kocht, wenn man ihn nicht sehen darf?

Er vergisst mich, sagt sie. Er ist jetzt schon groß … Ein paar Jahre mit einer neuen Mutter. Mit seinem Vater und einer neuen Mutter, und ich bin diese merkwürdige Frau, die mit ihm abgehauen ist. Er darf mich nicht vergessen. Manchmal wünsche ich mir … Ach, ich kann das kaum laut sagen, aber manchmal wünschte ich, dass sein Vater ein schlechter Vater wäre. Ein richtig schlechter. Und seine Stiefmutter böse. Dass sie nicht nett zu Tobias sind und er nachts an mich denkt. Zu seiner Mutter zurückwill. Aber ich weiß ja, dass das verkehrt ist. Dass ich so nicht denken darf und dass es viel besser ist, wenn sie nett zu ihm sind.

Der Anwalt glaubt mir, sagt sie und reicht mir den Brief. Ich halte ihn in den Händen, lese ihn aber nicht. Er wird weiter Briefe an die Stadt schreiben. Er glaubt mir. Meint, dass es lange dauern kann und

dass ich schlecht behandelt worden bin. Aber auch, dass es nicht leichter ist, jetzt, nachdem ich ihn einfach mitgenommen habe. Er behauptet, dass er mich verstehen könne, aber dass es eben nicht leichter geworden sei. Es kann Jahre dauern, sagt er. Wir müssen realistisch sein.
Bis dahin hat er mich vergessen, Nick. Bis dahin hat Tobias mich vergessen.

Sofie geht zum Kühlschrank, holt ihren Weißwein und für mich zwei Flaschen Bier. Sie weiß, dass ich schnell trinke. Öffnet beide Flaschen und setzt sich aufs Bett.
»Ich war im Supermarkt. Bei den Kleidern. Den Kindersachen. Da habe ich diesen kleinen Rucksack gesehen. Und eine Latzhose mit einem Teddy drauf. Ich dachte, das wäre schön für Tobias. Vielleicht auch ein Polohemd. Das würde sich gut zu … Ich habe mich in die Umkleidekabine gesetzt und den Vorhang zugezogen. Da drinnen mit der Latzhose gesessen und sie einfach nur festgehalten. Ich konnte nicht mehr aufhören zu weinen, Nick. Ich hab bloß dagesessen und geheult. Bestimmt zwanzig Minuten lang. Die Latzhose in der Hand und habe Füße und Beine gesehen, die draußen vor dem Vorhang gewartet haben, bis die Leute es irgendwann aufgegeben haben.«

Ich trinke Bier, sie erzählt. Sie blickt auf, lächelt mich an. Legt ihre Finger um mein Glied.
»Kannst du wieder?«

31

Die ältere Frau hinter dem kleinen Tisch mit dem Telefon hat nicht eine Sekunde den Blick von den beiden großen Geldscheinen genommen, seit ich sie aus der Tasche gezogen habe. Sie heißt uns in gebrochenem Dänisch willkommen und beteuert, dass wir schon auf unsere Kosten kämen. Glücklich, sehr glücklich, sagt sie. Sonderbehandlung, *Special Thai*, sehr glücklich. Sie grinst breit.

Aber als das Mädchen aus der Toilette kommt, erstarrt es und sieht uns an, als hätte es Todesangst. Sagt etwas zu seiner Mama, die noch lauter antwortet, sie keifen, schreien sich an. Die Mutter nickt vieldeutig in Richtung der Geldscheine in meiner Hand und schreit weiter. Das Mädchen weint jetzt beinahe. Es geht in sein Zimmer und die Mutter folgt ihm noch immer schreiend. Dann klatscht es, Hand auf Haut. Wir gehen hinaus.

»Denkst du oft daran?«, fragte ich ihn einmal, als wir auf seinem ausgebrannten Dachboden saßen.

Ich hörte mich an wie der Gefängnispfarrer. Sie können mit mir doch über alles reden. Ich bin nur für Sie hier.

Ivan antwortete nicht, nickte nur.

»Oft?«

»Fast immer.«

»Du hast noch nie?«

»Doch, doch, … das schon.

»Du hast noch nie?«

»Nein.«

Er saß lange da und legte seinen neuen Toilettenspülknopf von einer Hand in die andere.

»Glaubst du, man kann davon verrückt werden?«

»Vielleicht … Ich weiß nicht, Ivan.«

Wir saßen lange so da. Ivan redete, wenn auch manchmal nur ein-

zelne Wörter, und studierte den Gustavsberg-Toilettenknopf, den er an jenem Nachmittag in einem teuren Restaurant geklaut hatte.
»Ich werde mir schon was einfallen lassen, Ivan …«
Das sagte ich, nachdem er mir von den Mädchen auf der Straße erzählt hatte. Den Mädchen, denen er nachging und von denen er jetzt wusste, wo sie wohnten. Das sagte ich, nachdem er mir erzählt hatte, dass seine Schwester nicht mehr mit ihm redete, weil er sie beim letzten Mal zu fest umarmt hatte. Ob er sie zu oft umarmt und geküsst hatte? Vermutlich. Auch sie hatte schließlich geschrien.

Jetzt steht er hier. Es ist Abend und ich habe Geld.
Ich könnte ihn zu den Mädchen in Vesterbro bringen, mit den kurzen Röckchen und nässenden Einstichwunden.
Die sagen nicht nein, die ficken deinen Rottweiler, wenn du bezahlst. Für einen Schuss tun die alles, wirklich alles, sie erniedrigen sich grenzenlos. Ich bringe das aber nicht übers Herz. Das erste Mal darf doch nicht auf einem Parkplatz sein.

Wir stehen in einem neuen Keller, in der Nähe der Hochbahn. Hellrote Wände und schlechte Lüftung. Es stinkt nach Sperma, Schweiß und Zigaretten. Ich war noch nie hier, bin aber schon oft an der einsamen roten Lampe vorbeigelaufen, die die Gardinen im Fenster beleuchtet. Die Blondine behauptet, dass keine mehr frei ist, dass alle belegt sind. Ihr Blick sagt, dass sie mich vielleicht ficken würde; es ist Ivan, den sie nicht will. Den dunklen Ivan. Ihre Silikonmöpse sind so straff, man könnte meinen, ein Tier hätte seine Eier hineingelegt und die Jungen müssten jeden Moment schlüpfen.
Wir gehen weiter. Es geht nicht mehr darum, eine Nummer zu schieben, sondern darum, jemanden zu finden, der das Geld nimmt, ohne Ivan anzustarren, als hätte er Tollwut. Ich habe wirklich nicht gedacht, dass es so schwer sein würde. Ich hätte es sonst nicht getan, hätte ihm diese Demütigung erspart. Ich habe ein bisschen mehr Geld

geholt, als man normalerweise braucht, dachte, die Kohle würde schon für sich sprechen und alles regeln.
Ich kannte mal ein Mädchen, das immer von ihrer Mutter im Jugendwohnheim abgeholt wurde. Es war 13 oder 14, die Mutter etwa doppelt so alt. Sie kam immer am Wochenende, die süße Mama, brachte alle Papiere mit, damit sie rausdurfte, Schlickerkram fürs Wochenende und lockte mit einem Samstagsgrillhähnchen. Die Mutter selbst ging auf den Strich. Sie hatte ein paar richtig gute Angebote bekommen. Ein extralukrativer *double act*, eine Mutter-Tochter-Show, die Kleine könne ja erst mal nur mit dem Mund und der Hand arbeiten. Bis sie älter sei. Natürlich nichts Hartes, sie war doch ihre Tochter.
Als ich die Kleine das letzte Mal sah, machte sie alles. Das Weiche, das Harte, alles, für Geld.

Es ist bereits Morgen, als ich Ivan nach Hause zu seinem Schlafsack begleite. Er ist sehr schweigsam. Wir können es noch einmal versuchen, sage ich ihm. An einem anderen Tag. Dann ziehst du dir saubere Klamotten an, wäschst und rasierst dich. Er will nicht, schimpft, dass das alles nur Nutten sind. Ich muss ihm recht geben. Er sagt, dass er mit diesen beschissenen Nutten nichts zu tun haben will.
Ich verstehe ihn gut. Die größte Demütigung ist nicht, Sex zu verkaufen, sondern keinen kriegen zu können, nicht mal für Geld.

32

Ich schlafe neben dir, neben einem ganz kleinen Jungen. Decke dich mit der Steppdecke zu.
Es ist ein Traum, ich weiß das, ein Traum, aber was hilft das schon?
Ich decke dich zu. Wir liegen hier.
Die Decke schützt uns vor der Kälte.

Es ist schön, so zu liegen, wir zwei, wie wir uns unter der Decke warm halten.
Du bist ganz klein. Hast noch nicht mal Augen.
Wo die sein sollten, sind bloß Löcher in deinem Gesicht.
Aber so ist das bei kleinen Kindern, die kommen schon noch.
Ich decke dich mit der Steppdecke zu, ziehe sie dir halb übers Gesicht.
Du bist ja bloß ein Schädel, ohne Augen, mit abblätternder, gelblicher Haut.
Du hast die gleiche Farbe wie getrocknetes Schweinefleisch, das man im Supermarkt für die Hunde kaufen kann.
Du bist ja nur ein kleiner Junge, deine Haut ist noch nicht weich geworden.
Das kommt schon noch.
Du bist nur ein eingetrockneter Schädel, aber das wird sich schon noch auswachsen.
So, wie du mit mir hier unter der Decke liegst, siehst du wirklich nicht sehr nett aus.
Aber so ist das ja bei kleinen Kindern.
Sie kotzen und machen in die Windeln, das ist nicht so toll, macht aber nichts, weil man sie liebt.
Du bist mein kleiner Bruder, aber ein bisschen eklig bist du schon.
Ich schäme mich für meine Gedanken, würde sie dir niemals verraten.
Du bist noch zu klein, um zu verstehen, wärest verletzt.
So etwas sagt man nicht zu einem kleinen Jungen.
Das wächst sich schon aus. Kriegst Augen, Haare und glatte Haut.
Wir liegen unter der Decke.

33

Ich kaufe Pornohefte für Ivan. Denke, dass es besser ist, sich bei Bildern von nackten Frauen einen runterzuholen, als überhaupt keine nackten Frauen zu sehen. Vielleicht hilft das ja.

Ich kaufe Ivan viele Pornohefte. In einem Kiosk. Der Pakistani starrt mich an und kratzt sich die Stirn. Ich kaufe Ivan Pornohefte mit behaarten Frauen, Urin-Sex, Analverkehr, Peitschen, Choke-Sex, Hentai und Bukkake. Alles. Ich kenne ja seinen Geschmack nicht. Stopfe all die Hefte in eine graue Tüte, so eine, die man kriegt, wenn man abends Bier kauft. Sie zerreißt beinahe.

Ivan liegt auf seinem Schlafsack. Ich stelle die Tüte auf ihm ab.

Er richtet sich auf, reibt sich die Augen mit dreckigen Händen.

»Ich habe geschlafen«, sagt er.

»Ja.«

»Ich habe geschlafen.«

»Es ist halb vier nachmittags, Ivan.«

»Ich habe Hunger, da ist es am besten, wenn man schläft.«

»Guck mal in die Tüte, ein kleines Geschenk.«

Er nimmt ein paar Hefte heraus, blättert sie durch und holt die nächsten.

»Warte mit dem Angucken, bis ich weg bin, sonst ist das ein bisschen zu schwul.«

Er nickt, ohne mich anzusehen. Legt die Hefte vorsichtig wieder in die Tüte, seine Augen kleben an den Bildern, den gespreizten Beinen, den Brüsten.

»Lass uns was essen«, sage ich. Er steht schnell auf.

Ivan und ich laufen in Richtung Schawarmabuden. Ich kaufe ihm etwas zu essen. Er kaut und starrt vor sich hin, macht extra Chili darauf. Isst und spült nach. Wischt sich sorgsam den Mund ab und blickt auf. Ich frage, ob wir einen Spaziergang ans Wasser machen sollen.

Ivan läuft hinter mir her, aber nur ein kurzes Stück. Erzählt mir noch, dass der Strauß das einzige Tier ist, dessen Augen größer als sein Hirn sind, und dass alle Eisbären Linkshänder sind, dann sagt er mir, dass er schrecklich müde ist. Wehe Füße hat. Noch was erledigen muss.
Ich weiß, zu Hause wartet die Tüte mit den Pornoheften auf ihn. Ich habe gesehen, wie viele Servietten er sich in die Hosentaschen gestopft hat.

Als ich zurück ins Wohnheim komme, ist die Sporttasche voller Bier, sie ist schwer. Ein paar habe ich schon getrunken.
Oben auf dem Flur höre ich Stimmen. Die Tür zu Toves Zimmer steht auf. Ich stelle die Tasche ab und öffne die Tür. Tove sitzt am Tisch. Ihre Jacke ist schief geknöpft, das Haar ist zerzaust und ihr Blick abwesend. Sofie steht neben ihr. Toves Gesicht ist hochrot, als loderte ein Feuer in ihr. Sie kratzt sich am Kinn, eine Bewegung, die unbewusst aussieht.
»... dann kann ich doch auch hier sterben. Wenn sie sich so sicher sind, dass ich sterbe, und das sind sie jetzt wohl alle. Dann kann ich ebenso gut hier ...«
Toves Stimme klingt rauh, als hätte sie in letzter Zeit viel geschrien.
Sofie legt die Hand auf ihre Schulter. Sie redet leise.
»Die wollen doch nur dein Bestes, Tove. Ich bin mir sicher, dass die das machen, was für dich am besten ist, wirklich.«
»Warum sollen die denn wissen, was gut für mich ist? Woher wollen die das wissen? Mich fragen sie ja nicht. Oder? Nehmen Sie diese Medizin und diese hier. Und trinken Sie das hier nach.«
»Tove, dir will aber doch niemand etwas ...«
Tove schlägt Sofies Hand weg. Sie ruft heiser.
»Verdammt, lass das, du sollst nicht hier rumstehen und ...«
Sofie weicht ein paar Schritte zurück. Erst jetzt bemerke ich weiße

Krankenhauskleider unter Toves Strickjacke. Sofie nimmt einen Stuhl, setzt sich neben Tove und beugt sich zu ihr.
»Tove, du bist doch nicht gesund …«
»Das weiß ich verdammt gut, das musst du mir nicht …«
Tove beginnt in den Taschen ihrer Strickjacke zu wühlen, bis sie ein zerknülltes Päckchen Cecil findet. Sie steckt sich eine verbogene Zigarette in den Mund, schafft es aber nicht, ein Streichholz anzuzünden. Ihre Finger zittern zu sehr. Ich halte ihr das Feuerzeug hin, und sie pafft an der Zigarette, bis sie brennt. Dann sieht sie mich dankbar an.
Sofie steht auf.
»Sollen wir dir eine Tasse Kaffee kochen, Tove?«
Sie nickt und nimmt einen tiefen Zug.
»Die wollen doch nur, dass man da rumliegt und stirbt, damit sie einen endlich abhaken können.« Sie sagt es leise, beinahe zu sich selbst.
Sofie hat Wasser in die Maschine gegossen und sucht im Küchenschrank nach dem Kaffeepulver.
»Da oben.«
Tove hebt zitternd ihre Hand, so dass die Asche auf den Boden fällt.

Tove hält die Kaffeetasse mit beiden Händen und trinkt gierig, als ihre dritte Zigarette im Aschenbecher liegt. Sie starrt ins Leere.
»Die wollen nur, dass man da liegt. Dass man da …«
Wir lassen sie ihren Kaffee austrinken, ohne auf sie einzureden. Sofie schenkt ihr nach und sagt:
»Tove, ich glaube, es ist das Beste, wenn wir ein Taxi rufen …«
Tove ist plötzlich wieder da und ruft so laut, dass man glauben könnte, sie stünde vor einer größeren Menschenmenge:
»Haut doch ab! Geht doch einfach und kümmert euch um euren eigenen Scheiß, euren eigenen …«
»Tove, wir wollen doch nur …« Sofie gerät ins Stocken und sieht mich bittend an.
Ich sage:

»Ich glaube, es ist das Beste, wenn du wieder zurückgehst, Tove. Die können da mehr für dich tun, Tove.«
Versucht man, jemanden zu überzeugen, nennt man ständig seinen Namen. Sagt ihn immer wieder. Um die Person in der Situation festzuhalten. Auch ich mache das jetzt so, genau wie Sofie vorhin. Wir haben es beide versucht, mehr als einmal.
Tove antwortet nicht. Widmet sich wieder ihrem Kaffee. Schluck für Schluck.
Sofie deutet mit dem Kopf zum Telefon an der Wand. Ich rufe die Auskunft an und bekomme die Nummer des Krankenhauses in Bispebjerg. Ich nenne ihnen Toves Namen. Sie wissen sofort, worum es geht.

Sie kommen schnell, diskutieren mit Tove, versuchen zuerst, sie zu überzeugen, tragen sie dann aber doch schreiend und strampelnd nach unten. Nachdem der Krankenwagen gefahren ist, gehe ich mit Sofie in ihr Zimmer. Wir liegen auf ihrem Bett, ihre Hand in meiner Hose. Das ist eine Art Reflex, wie »Guten Tag« sagen.
Ich bin zu müde, um zu reagieren.
Erst glaube ich, sie ist beleidigt, aber dann lächelt sie mich an. Ich schließe die Augen und spüre ihre Hand auf meinen kurzen Haaren. Denke: Hätte ich eine Großmutter gehabt, hätte sie das bestimmt auch gemacht, wenn ich einschlafen sollte. Das Haus hätte nach Keksen und Mehl gerochen und sie hätte eine geblümte Schürze getragen. Ich mag das eigentlich nicht, bin aber schon zu weit weg. Vor dem Einschlafen wünsche ich mir, Sofie könnte meine Träume von mir fernhalten.

34

Amager Strand, wir sitzen im Bus. Ivan fährt ab und zu hierhin. Der Ort erinnert ihn an seine Kindheit. An Eis am Strand, seinen Vater und seine Mutter. An Sandwiches in der Sonne und verschwitzte Würstchen, die einem die Finger gelb färben.
Ivan bleibt so lange am Strand, bis die anderen wieder weg sind. Sucht sich ein schattiges Plätzchen und schläft. Meistens findet er genug Flaschen für ein Busticket. Sonst läuft er einfach und kauft sich für das Geld etwas zu essen.
Wir sitzen im Bus, Ivan sieht mich an und fragt:
»Warum mögen es Frauen eigentlich, eine Flasche in der Scheide zu haben?«
»Ich bin mir nicht so sicher, dass sie das mögen.«
Ivan ist plötzlich wieder abgelenkt. Bestimmt ist draußen irgendwo ein Mädchen zu sehen. Wir kommen zum Strand.
Es hat sich ganz schön verändert, seit ich das letzte Mal hier war. Mit Kamal, er hatte damals gerade sein neues Auto gekauft. Wir waren herumgefahren, um den Motor schnurren zu hören. Damals war das hier ein Hundeklo in einem Industriegebiet gewesen.
Wir ziehen die Schuhe aus und laufen durch den Sand. Jetzt sind viele Familien hier, junge Leute.
Wir setzen uns zu den anderen Menschen. Man sieht Schweden. Die Brücke. Zwanzig Windräder im Wasser. Beim Zählen vergeht die Zeit.
»Wir bleiben hier aber nicht lange, Ivan.«
Ich bin nur mitgekommen, um mein schlechtes Gewissen loszuwerden, das ich immer noch habe, weil ich ihn von Nutte zu Nutte geschleppt habe.
Er hat sein T-Shirt ausgezogen. Sein Oberkörper ist, verglichen mit seinen Armen, blass. Er hat schwarze Haare auf der Brust, den Schultern und Unterarmen. Nicht viele, aber genug, um ihn noch blasser aussehen zu lassen. Fast grau.

Eine rothaarige, krankhaft dünne Frau lässt zwei weiße Kampfhunde am Ufer spielen. Wir sind ja in Amager. Sie ruft: Samson, lass das, Samson. Der Köter schnüffelt interessiert an einem kleinen Mädchen und läuft dann weiter. In einem großen Bogen. Samson, ruft sie.
Die Sonne lässt meinen Verband nach faulem Fleisch stinken.
Ivan kratzt sich am Arm.
»Stimmt es denn, dass Mädchen es mögen, so richtig ...«
»Richtig was?«
»Richtig hart genommen zu werden ... dass es weh tut und sie schreien und so?«
»Warum fragst du mich das, Ivan?«
»Ich dachte nur, weil die da, die in den Heften ...«
»Ja, in den Heften, Ivan. In diesen Pornoheften mögen die Mädchen es, Gemüse in die Scheide zu kriegen. Oder Scheiße zu fressen. Aber das ist nur in den Heften so, da mögen die Mädchen alles.«
Er nickt, blickt auf den Sand, nimmt eine Handvoll und lässt ihn durch die Finger rieseln.
»Wenn ich dir jetzt Geld gebe, kaufst du mir dann ein paar Bier? Und dir eine Limo? Oder drehst du dann durch und haust mit der Kohle ab?«
Er sieht mich an.
»Natürlich komme ich wieder, ist doch klar ... Was für Bier willst du denn?«
Ich gebe ihm einen Schein und rate ihm, bloß nicht mit Lightbier anzukommen, drohe, ihn sonst zu ersäufen.
»Ich meine das ernst, Ivan, ich drücke deinen Kopf unter Wasser, bis du nicht mehr lebst.«
Er läuft durch den Sand. Im Gegenlicht sieht er wie eine der Metallskulpturen aus, die wir in der Glyptotek gesehen haben. Ich lege mich auf den Rücken, die Hände hinter dem Kopf. Schließe die Augen. Die Sonne wärmt. Ich sehe sie sogar mit geschlossenen Augen und mit Sonnenbrille.
Wenig später bin ich weg. Weg vom Strand. Weit weg. Nachts bei

Ana. In ihrem kleinen Zimmer mit den vielen schrägen Wänden. Es ist nicht wichtig, hat sie gesagt. Sieh mich an. Jetzt. Jetzt sind wir hier. Mach dir keine Gedanken, denk nicht an früher. Wir sind hier, wir leben jetzt. Wir waren an jenem Tag am Grab meines kleinen Bruders gewesen. Ein Fleckchen grünes Gras auf der Wiese der Namenlosen. Sie fragte: Was ist mit ihm passiert? Er ist gestorben, antwortete ich. Sie fragte nie wieder. Ich versuchte, an ihre Worte zu denken, als ich in der Isolationszelle saß. Denk nicht daran. Jetzt war ich da. Ein Metallbett mit einer dünnen, gestreiften Matratze. Ein kleiner Fernseher mit zwei Programmen, der nach drei Tagen kaputtging. In der Einzelhaft wurden die Bilder meines kleinen Bruders klarer. Sie kamen wieder, stärker.

Als es plötzlich dunkel wird, blicke ich auf. Vor mir steht Ivan, wirft Schatten auf mich. In der Hand hält er eine graue Plastiktüte. Er setzt sich. Dreht seinen Kakao erst auf, nachdem ich mein Elefantenbier geöffnet habe.

»Du glaubst nicht, was da für eine Schlange war. Alle wollten nur …«

Dann entdeckt er die junge Frau, die sich unweit von uns hingesetzt hat. Sie ist Anfang zwanzig, trägt einen hellbraunen Bikini und einen Ring am kleinen Zeh. Ein kleiner tätowierter Schmetterling flattert aus der Bikinilinie. Sie cremt sich ein. Ivans Mund steht noch auf. Sie nimmt ihr Oberteil ab und legt sich auf den Bauch.

Ivan starrt, ich trinke mein Bier.

Ivan starrt, ich rauche eine Zigarette.

Ivan starrt, ich mache mir noch ein Bier auf.

Sie setzt sich hin, hat seinen Blick gespürt. Schiebt sich die Sonnenbrille zurecht, blickt zu uns herüber, schüttelt leicht den Kopf und legt sich wieder hin. Hartnäckig. Nach einer Weile dreht sie sich auf die Seite und beginnt, eine Frauenzeitschrift zu lesen. Ivan starrt jetzt auf ihren Po.

Ich trinke gerade mein letztes Bier, als ihr Lover kommt. Ein kräftiger Kerl mit großflächigen Tattoos. Ein Handwerker mit kurzen Haaren. Er hat die Autoschlüssel an einem Ring am Finger und das Handy unter den Gummizug seiner Badeshorts gesteckt, die so tief hängt, dass man Schamhaare sehen kann. Er hockt sich neben ihr hin und küsst sie auf den Mund. Sie reden kurz miteinander, dann blickt er zu uns herüber. Ich versuche, die letzten Tropfen aus der Bierflasche zu locken. Sie reden weiter. Dann steht er auf und kommt langsam auf uns zu. Baut sich vor uns auf, die Sonne im Rücken, die Hände in die Hüften gestemmt.

»Was sagt meine Freundin da?«

Ivan richtet sich auf und blickt sich nervös um.

»Ihr Spanner starrt sie die ganze Zeit an?«

»Nein, wir haben nicht, ... habe ich nicht.«

Wenn Ivan nervös ist, klingt sein Akzent wirklich übel.

»Sie sagt aber, ihr hättet sie die ganze Zeit angestarrt.«

Ich stecke die Bierflasche in die Tüte und stehe auf. Ivan tut es mir gleich.

»Ich habe wirklich nicht, vielleicht sah das bei der Sonne ...«

»Sie lügt nicht. Ihr habt sie angestarrt, ... habt hier gesessen und ihr auf den Arsch geglotzt.«

»Habe ich nicht ...«

»Hör auf zu lügen.«

»Habe ich nicht ... Aber wenn sie nicht will, dass man auf ihren Hintern guckt ...«

»Was fällt dir ein, über den Po meiner Freundin zu reden?«

»Nein, ich wollte nur ...«

Er kommt näher.

»Redest du hier tatsächlich über den Po meiner Freundin?«

Ich schlage ihm ins Gesicht. Er kippt nach hinten. Sitzt im Sand und sieht sich um. Die Frau springt auf, rennt zu uns herüber und brüllt, ich sei ein Psychopath. Ihr Lover bleibt im Sand sitzen. Ein Riesen-

psychopath. Ich sehe, dass sie kurz davor ist, mich anzuspucken. Falls sie das tut, verpasse ich ihr eine noch kräftigere als ihrem Kerl. Dann breche ich ihr etwas, das ist klar.
Ihr Lover sitzt noch immer im Sand.
»Wenn ich dich …«
»Was?«
Ich werfe ihm nur einen kurzen, strengen Blick zu, und er bringt seinen Satz nicht zu Ende. Ich nehme die Plastiktüte und wir gehen.

Wir setzen uns in eine Strandbar in der Nähe. Das Mädchen in der Bar sagt, sie hätten gerade erst eröffnet und dürften noch keinen Alkohol ausschenken, nicht mal Bier. Wir sitzen unter einem Bambussonnenschirm, trinken Cola und essen Kartoffelchips. Ivan fragt, ob wir nicht gehen sollen. Ich antworte ihm nicht. Wir sitzen zehn Minuten da, zwanzig, eine halbe Stunde. Fünfundvierzig Minuten. Doch niemand kommt. Keiner seiner großen Freunde. Keine Polizei. Niemand.
Als wir schließlich gehen, frage ich Ivan:
»Und? Wie läuft's mit den Pornoheften?«
Erst sagt er nichts. Ich wiederhole die Frage, seine Hefte haben mich Bier für eine gute Woche gekostet.
Er macht vier, fünf Schritte, dann antwortet er, sehr leise.
»Nicht so gut.«
»Bist du sie schon leid?«
»Nein, … das ist es nicht, aber …«
»Was dann?«
»Ich, … ich habe sie weggeworfen.«
»Was, verdammt, hast du gemacht?«
»Ich bin mit all den … ich bin damit nicht zurechtgekommen.«
»Du musst dich nicht schämen, weil du dir Pornos anguckst.«
»Es ging mir nicht so gut damit.«
»Was?«

Er geht ein paar Schritte, bevor er mir antwortet.
»Im Kopf. Ich bin damit nicht klargekommen.«
»Wie meinst du das?«
»Also, ich habe irgendwie angefangen, … Dinge zu sehen. Wenn mir zum Beispiel eine Schwangere begegnet ist, habe ich plötzlich gesehen, wie sie sich nach vorne beugt und ein großer Schwarzer sie von hinten fickt.«

»Ana«, sagt er. »Ana hat ihren ersten Freund im Luftschutzkeller kennengelernt. Da saßen wir, wenn die Bomben fielen. Dicht an dicht mit Leuten von gegenüber, mit Menschen, die wir noch nie gesehen hatten.«
Ivan redet wieder. Seine Monologe beruhigen mich, er erwartet keine Antwort. Das ist besser als fernsehen, fast echt.
Er sagt: »Es stank da unten. Ein Geruch, den er vorher noch nie gerochen hatte. Aus Feuchtigkeit … und Angst. Menschen dünsten etwas aus, wenn sie sich fürchten.«
»Du erinnerst dich gut«, sage ich ihm. Ivan sitzt auf seinem Schlafsack, ich ihm gegenüber auf einem Bierkasten.
»Ja, ich erinnere mich … an fast alles … Dieser Typ, da in dem Keller …«
Er redet weiter, als beantworte er mir eine Frage.
Dieser Typ. Aus dem Luftschutzkeller. Anas Freund. Er war etwa fünf Jahre älter als sie, hatte immer ein Messer im Stiefel, falls er einem Tschetnik begegnete … Ana war damals noch ziemlich jung, sah aber älter aus. Sie hatte schon damals diese ernsten Augen. Der Krieg ließ sie schneller erwachsen werden.
Im Winter hatte sie mit Ivan in einem Bett geschlafen, wegen der Wärme. Es klingt fast, als wolle er sich dafür entschuldigen. Er spürte, wie sie wuchs … eine Frau wurde. Das alles war so schnell gegangen, in wenigen Monaten, und manchmal hielt ihn das nachts sogar wach. Anas Freund war es, der sie zum Rauchen gebracht hat. Sein Vater

war in der Miliz und bekam Zigaretten. Ana rauchte mit ihm, versteckte aber auch Zigaretten, die sie von ihm bekam, und tauschte sie auf dem Schwarzmarkt gegen Süßigkeiten. Ivan aß die Schokolade und die Bonbons, fühlte sich aber nicht wohl dabei. Er hatte keine Ahnung, was es bedeutete, einen Freund zu haben, war sich aber sicher, dass es irgendwie komisch war.

Ivan spielt an dem Reißverschluss herum. Beim Erzählen ist er weit weg, tief in seinem Kopf, in einem anderen Land.

Er sagt: »Ich erinnere mich an ihre erste Menstruation. Ich dachte, sie müsste sterben. Meine Eltern waren nicht zu Hause, ich weinte und weinte, war mir sicher, sie würde sterben. Dachte, dass man angeschossen worden war, wenn man blutete, und dass man dann starb. Ich hatte doch gesehen, wie die Menschen verbluteten, die von einer Kugel getroffen wurden. Ana sagte nur, ich solle mir die Tränen abwischen und mich nicht wie ein kleines Kind aufführen. Sie stand lange am Waschbecken und wusch ihre Unterhose.«

Ivan hält mitten in einem Satz inne. Macht eine lange Pause. Als ich zu ihm hinübersehe, schläft er.

Ich rufe meinen Bruder aus einer Telefonzelle auf der Straße an. Lasse es lange klingeln.

Ich spüre meine Hand nicht mehr.

Auf dem Flur überlege ich, bei Sofie anzuklopfen, lasse es aber sein. Ich wünsche mir, sie würde von selbst aufmachen.

35

Wir sind an Regalen mit braunen Keramikaschenbechern vorbeigegangen, Holzelefanten und Taschenbüchern wie *Mörderischer Engel*, *Der stumme Mann*, *Mord zu Mittag*.

Ivan zieht den orange geblümten Stuhl der Umkleidekabine zur Seite. Er trägt eine dunkle Anzughose und ein hellblaues Hemd. Wir sind in einem Secondhandladen.
Ich bitte ihn, das Hemd hochzuheben. Ivans Hüftknochen stechen spitz in meine Richtung hervor. Die Hose hängt auf Halbmast und zeigt mehr als die Hälfte seiner dreckigen Unterhose. Ich frage die Verkäuferin, ob sie uns nicht helfen und eine kleinere Größe holen kann. Eine besonders kleine Größe. Sie will nein sagen, will sich wehren, ihr ganzes Gesicht zeigt Abscheu, die halbe Brille an der Schnur, doch dann macht sie kehrt und geht ins Lager. Schließlich kommt sie tatsächlich mit drei Hosen zurück und legt sie mir über den Arm. Ich schicke Ivan in die Kabine zurück. Als er wieder herauskommt, lächelt er, ist glücklich, sie passen. Ich frage mich nicht, was er da trägt. Die Hosen sind wie neu, wurden fast nie getragen. Nur Krebspatienten und Aidskranke brauchen Hosen mit so schmaler Taille. Ein junger Mann in den Kleidern eines Toten. Aber Ivan lächelt und ich kaufe ihm alle drei. Wir bekommen sie in einer großen Plastiktüte mit ein paar Hemden, einem T-Shirt und drei Boxershorts.

Wir sitzen auf einer Bank, Ivan mit der Tüte auf dem Schoß. Er umklammert sie, als könnte gleich jemand aus dem Gebüsch springen und sie ihm klauen.
Er erzählt mir von dem Dorf, in dem sie mehrmals im Jahr waren. Dem Dorf seiner Großeltern, seinem zweiten Zuhause. Ein ganz kleiner Ort, im Garten wurden Kartoffeln angebaut, Zwiebeln und Tomaten. Großmutter mit Schürze und Großvater mit Schnitzmesser und Holzfiguren. Fast jeden Sommer waren sie dort. Dann hatte Vater nicht so viele Aufträge, im Sommer wollten die Leute wohl keine Filme über nässende Fleischwunden, Verbrennungen, Probleme beim Wasserlassen oder das korrekte Reinigen der Gehörgänge von Säuglingen sehen.
Einmal im Jahr, Ivan meint, es sei Ende August gewesen, versammel-

ten sich alle auf den Straßen. Dann gingen sie gemeinsam aus dem Dorf, etwa eine halbe Stunde lang. Alte Menschen, junge Paare, Hand in Hand, und Kinder, viele Kinder. Sie pilgerten zu einem Feld, nicht weit entfernt, auf dem schon Zirkuswagen standen. Eine feste Tradition. Ivan konnte sich nicht daran erinnern, dass es jemals anders gewesen war, solange er in dieses Dorf gekommen war.
Die Menschen gaben dem Schlachter, was sie hatten. Alles Mögliche. Geld, Brot, Wein, Käse, sobald er bekommen hatte, was er brauchte, wenn alle Gaben vor ihm lagen und seine Taschen voll waren, konnte die Vorstellung beginnen. Dann zwirbelte er seinen Schnurrbart, schliff sein Messer, dass den Leuten Schauer über den Rücken liefen, und begann. Dann sollten die Zirkustiere sterben. Die alten, die die Menschen nicht mehr glücklich machten, und die dummen, die den Verstand verloren hatten oder zu blöd waren, neue Tricks zu lernen. Der Seehund, der den Ball nicht auf der Nase balancieren, sondern immer aufessen wollte. Egal wie groß er war, er wollte ihn herunterwürgen. Der Zirkushund, der ständig jeden und alles zu begatten versuchte und die Kinder erschreckte. Das Pferd, das nicht im Kreis laufen konnte, sondern nur geradeaus oder allenfalls im Quadrat, wenn man es mit einem Stock schlug. Viele Tiere, Tiere in allen Farben, Tiere, die man nie zuvor gesehen hatte. An jenem Tag sollten sie sterben. Ich sage ihm: »Ich glaube dir nicht.« Er nickt, blickt zu Boden. Das versteht er gut. Er glaubt sich selbst nicht, ist sich nicht mehr sicher, woran er sich wirklich erinnert und was in all den beißend kalten Nächten er erfunden hat, wenn er halb verhungert in seinem dreckigen Schlafsack lag. Er erinnert sich aber an die Zirkustiere, sagt er. Die Giraffe, der die Kehle durchgeschnitten wurde und die noch einen halben Kreis lief, bevor sie zu Boden ging. Die Leute aßen gesalzene Nüsse und mussten plötzlich um ihr Leben rennen, als das Tier stürzte und sein langer Hals nach unten schnellte. Er erinnert sich an den alten Löwen, der erschossen wurde, und an den Affen, den man erdrosselte. Die roten, in Papier eingepackten Bonbons, die er kaufte.

Sie schmeckten säuerlich, aber er stopfte sie trotzdem in sich hinein, während er zusah, wie fünf Zigeuner einen Elefanten mit langen Spießen abstachen.

36

Wir gehen in das Bad in der Sjællandsgade. Kein Bad mit Schwimmhalle, kein Planschbecken, keine durchtrainierten jungen Männer mit Badekappen und Nasenklemme. Dieses Bad ist einer der wenigen Orte, an dem Obdachlose und Drogenabhängige sich waschen können. Die paar Menschen im Viertel, die keine Dusche in der Wohnung haben, gehen lieber ins Hallenbad, um den Krankheiten aus dem Weg zu gehen, die hier in den Gully fließen.
Drinnen ist alles aus dunklem Holz, die Wände und der Tresen, hinter dem der Bademeister sitzt. Es riecht nach Holz und einem scharfen Reinigungsmittel. Ich lege Geld hin und wir bekommen jeder eine Marke für Schwamm und Seife. Der Mann hinter dem Tresen ist um die fünfzig. Er trägt einen hellblauen Kittel. Er sieht uns an, als glaubte er, wir würden im Bad harten Analsex haben, sagt aber nichts. Ich gebe ihm noch etwas Geld und bekomme zwei Miniflaschen Shampoo und einen Einmalrasierer. Dann gehe ich mit Ivan zu den Badezimmern. Rechts Männer, links Frauen. Ich gebe Ivan die Tüte mit den Waschutensilien.
»Verwende bitte alles«, sage ich ihm.
»Gehst du nicht mit rein?«
»Ich muss dich nicht nackt sehen, Ivan.«
Er sieht sich um und verschwindet dann in eine neue Welt aus Wasser und Seife. Ich bleibe auf dem Flur und warte. Setze mich hin. Zwei deutsche Backpacker kommen herein, ein Mann und eine Frau. Sie haben wirklich eine Dusche nötig.

Nach einer Weile geht die Tür auf und Ivan steckt seinen Kopf heraus.
»Ich brauche deine Hilfe.«
»Ivan, kannst du denn nicht selbst …? Verdammt.«
»Es ist der Rasierer … Der will nicht.«
Ich gehe in den Waschbereich. Drei Spiegel mit Waschbecken und eine Reihe von Duschkabinen mit Vorhängen. Obwohl wir mindestens fünf Schilder mit durchgestrichenen Spritzen gesehen haben, hängt an der Wand ein Metallbehälter für alte Kanülen.
Ivan hat sich das hellblaue Handtuch um die Hüften gewickelt. Er wirkt sauberer. Hat rote Flecken auf dem Oberkörper, er muss kräftig gescheuert haben. Er wiederholt, dass der Rasierer nicht will, und reicht ihn mir, als könnte ich ihn reparieren. Ich frage ihn, ob er sich eingeseift hat, dabei weiß ich, dass er es nicht getan hat. Er schüttelt den Kopf.
»Dann tu das.«
»Aber ich habe doch gar keinen Rasierschaum.«
»Nimm die Seife, Ivan.«
Er drückt so oft auf den Seifenspender an der Wand, bis seine ganze Hand voll hellblauer Seife ist. Dann massiert er sie in seinen ungleichmäßigen Bart auf Wangen und Kinn ein. Ich halte den Rasierer in der Hand, bin ihm viel näher, als ich will, und zeige ihm, wie er sich gegen den Strich rasieren muss. Es klappt nicht, kürzt die Büschel auf seiner Wange nur. Ich gehe zurück zum Bademeister und frage ihn nach einer Schere. Wieder sieht er mich an, als hätte ich Schreckliches damit vor, doch schließlich gibt er mir eine.
Wir schneiden die längsten Haare an Wangen und Kinn. Ivan weicht zurück. Sein Blick flackert, als befürchtete er, ich könnte ihm Nase und Ohren abschneiden.
»Entspann dich, Ivan.«
»Ich bin doch entspannt«, sagt er.
Ich muss mich über ihn beugen, bis die letzten langen Haare ins

Waschbecken fallen. Wieder füllt er die Hand mit Seife. Diesmal geht es besser. Ich lehne an der Wand, sehe ihm zu und gebe ihm Anweisungen. »Jetzt noch unter dem Kinn und ganz dicht bei den Ohren.«

Als Ivan seine neuen Kleider trägt, steht ein anderer Mann neben mir. Wirklich ein Mann, kein verdreckter kleiner Junge. Er geht sogar aufrechter. Lächelt. Nur seine Haare sehen noch immer grausam aus. Wir gehen zu einem arabischen Friseur in der Nørrebrogade.

Der Friseur kehrt Haare zusammen, stellt den Besen zur Seite und bittet Ivan, Platz zu nehmen. Ivan setzt sich in den Friseurstuhl, als würde er das jeden Tag tun. Als hätte er es schon oft getan. Ich weiß, dass ihm seine Mutter die Haare geschnitten hat, als er bei ihr wohnte, dass sie sich mit dem wenigen Geld, das sie als Flüchtlinge bekommen haben, keinen Friseur leisten konnten. Es muss eine Bewegung aus der Kindheit sein, seiner frühen Jugend. Wie Fahrrad fahren oder Schneebälle kneten, etwas, das der Körper nicht vergisst.

Der Friseur fragt:

»Wie soll es denn sein?«

Ivan fährt sich durch die Nackenhaare.

»Also, wenn Sie es nicht zu kurz …«

»Jetzt halt deinen Mund, Ivan. Schneiden Sie einfach so, dass es ordentlich aussieht.«

»Okay, Chef.« Der Friseur grinst mich an.

Ich trinke Kaffee und rauche, während Ivans Haare geschnitten werden. Auf dem Sofatisch vor mir stapeln sich die Zeitungen. An der Wand hängt ein beleuchtetes Bild von Mekka in einem goldenen Plastikrahmen mit eingebauter Uhr. Im Hinterzimmer läuft ein Fernseher. Ein arabischer Sender, ich höre jemanden sprechen.

Der Friseur benutzt Schere und Rasierer mit jener Selbstverständlichkeit, die man nur entwickeln kann, wenn man täglich vielen Leuten die Haare schneidet. Es liegt in den Händen, zwischendurch tritt

er immer wieder einen Schritt zurück und betrachtet Ivan über den Spiegel. Sein Gesicht beginnt Form anzunehmen.
Ich gebe dem Friseur hundert Kronen und sage ihm, dass er den Rest behalten darf. Eine Krone Trinkgeld, er lächelt, bedankt sich und begleitet uns nach draußen. Sagt zu Ivan, dass ihm die Frisur steht. Ein Sommerschnitt.
Ivan ist frisch geschrubbt und frisiert. Auf einmal ist er ein richtiger junger Mann, vielleicht sogar schön. Ich erkenne seine Schwester in ihm, sehe Ana.
»Kannst du nicht ein bisschen langsamer gehen, Nick? Diese Schuhe …«
Ich höre Ivans Lederschuhe auf den Platten hinter mir.

37

So stellt man sich als Kind eine teure Nutte vor. Eine, bei der es keinen Rabatt gibt. Sie empfängt uns persönlich, stellt sich als Cindy vor, obwohl ein anderer Name an der Tür steht.
»Um drei Uhr nachmittags?«, fragt sie und ich nicke. Cindy lächelt professionell wie eine Zahnarzthelferin und führt uns in einen großen Empfangsraum. Ein Spiegel mit Goldrahmen, cremefarbene Wände und zwei Gipsengel. Alle Türen sind geschlossen, es ist schwer zu sagen, ob noch andere Menschen in der Wohnung sind. Eine herrschaftliche Villa in Frederiksberg, den Fenstern nach zu schließen sogar größer als das Wohnheim, in dem ich wohne. »Da wäre dann noch die Frage der Bezahlung«, sagt Cindy. Cindy sieht exakt aus wie die Frau aus den feuchten Träumen eines Fünfzehnjährigen. Über die Jahre habe ich zu unzähligen Cindy-Variationen onaniert. Jung gebliebene Endzwanzigerin. Glattes, blondes, schulterlanges Haar, solariumgebräunt, wenn auch nicht so penetrant wie die Mädchen, die

wir vor ein paar Tagen besucht haben. Cindy trägt ein kurzes, rotes Satinkleid, schwarze Strümpfe und hochhackige Schuhe. Die Brüste hat sie sich gekauft.

Ich gebe Cindy zwei große Scheine und sie verschwindet damit durch eine Tür. Wieder hat man keine Ahnung, wo sie ist und ob jemand auf der anderen Seite der Tür sitzt. Der Teppichboden ist so dick, dass wir nicht einmal ihre Schritte hören, nachdem sie die Tür geschlossen hat. Kurze Zeit später kommt sie zurück.

Cindy lächelt. Und wer von euch will ...? Frederik hier, sage ich und klopfe Ivan auf die Schulter. Er ist noch blasser als sonst.

Ivan hat mich auf dem Weg hierher gefragt, ob er seinen richtigen Namen nennen muss. Das habe ich ihm überlassen. Ihm gesagt, dass Huren auch nicht ihre echten Namen verwenden und dass die teuren manchmal sogar drei oder vier Namen haben. Das weiß ich von einem Kumpel aus dem Studio. Der war Fahrer bei einem Escort-Service, bis seine Freundin herausgefunden hat, dass er sich oft als Bezahlung einen runterholen ließ. Nach der Arbeit war einfach zu oft Sperma in seiner Unterhose. Er erzählte, dass diese Mädchen für ihre festen Kunden vielleicht Lulu hießen. Für Geschäftsleute, einsame Männer aus vornehmen Häusern. Dass sie sich im Krankenhaus Natasha nannten und Lilian, wenn sie wieder neu vorgestellt werden sollten: Lilian hat noch nie bei einem Begleitservice gearbeitet, oder: Sie macht das erst seit zwei Wochen. Lilian serviert erst seit kurzem doppelte Analcocktails.

Cindy sagt, ich könne beim Empfang warten, nimmt Ivan an der Hand und schließt die Tür hinter ihnen.

Ich setze mich auf einen Diwan aus goldgestrichenem Holz und rotem Samt. Neben mir steht ein Tisch mit Löwenfüßen, auch in Gold. Eine kleine, schwarze Schale mit eingepackten Pralinen. Ich packe eine aus, doch die Schokolade verwandelt sich im Mund zu Mehl und schmeckt nach Holz. Ist ein paar Jahre alt. Viel zu alt. Ich lasse mich auf das Sofa sinken. Höre nichts aus dem Zimmer nebenan. Weiß

nicht, wie weit sie sind. Die Wohnung muss verdammt gut geräuschisoliert sein.
Ich zünde mir erst eine Zigarette an, als ich den kleinen, schwarzen Aschenbecher sehe. Grinse. Nebenan kriegen die Leute jetzt irgendwelche Metallgegenstände in den Enddarm gesteckt oder trinken Pisse aus Biergläsern und ich frage mich, ob ich hier rauchen darf. Ich weiß nicht, wie lange ich warte. Habe keine Uhr und auch an den Wänden hängt keine. Aber nach anderthalb Zigaretten kommt Ivan wieder heraus. Jetzt nicht mehr blass, sondern mit hochrotem Kopf. Cindy steht in der Tür.
»Ein andermal, ja? Du kannst es ja ein andermal probieren ...«
Sie klingt verärgert. Begleitet uns nach draußen und schließt die Tür, noch ehe wir auf der Treppe sind.
»Was ist passiert?«
»Das möchte ich eigentlich nicht ...«
»Heh, verdammt, das hat mich zwei Riesen gekostet! Da hätte ich schon gern ein paar Details!«

Erst als wir am Wasser sind, macht er den Mund auf, vorher nuckelt er nur an seinem Kakao. Jogger laufen an uns vorbei. Auf dem Wasser dümpeln Enten. Ivan hat die Hände in den Hosentaschen, als er leise zu reden anfängt:
»Sie war einfach so ... hatte so einen Ton drauf ... Mach dies, mach das, stell dich dahin, stell dich dorthin ... Zieh hier die Hose aus. Und wasch dich da drüben.«
»Ja und?«
»Da konnte ich einfach nicht ...«
Er blickt zu Boden, weiß gut, dass er jetzt angemotzt wird.
Sieh mich an, wenn ich mit dir rede. Ich hätte ihn schlagen können.
»Du hast nichts gekriegt. Scheiße, das ist eine Nutte und wir ... wir haben bezahlt. Du musst doch gar nicht nett zu ihr sein, oder so ...«
»Sie war einfach so ...«

»Was?«
»Kalt. Hat mich immer herumkommandiert. Zieh deine Hose hier aus, wasch deinen …«
»Was hattest du denn erwartet? Warmen Kakao? Sie ist eine Nutte, Ivan! Man kauft einen Fick und man kriegt einen Fick, okay?«
»Ich dachte …«
»Und man kriegt einen guten Fick. Für so viel Geld kriegt man einen verdammt guten Fick, Mann!«
Ivan sitzt mit gesenktem Kopf da und starrt auf seine Schuhe. Der Kies des Uferwegs hat sie staubig werden lassen, er putzt sie mit der Hand. Spricht ganz leise wie zu seinen Schuhen.
»Das tut mir echt leid, wirklich.«
»Ja.«
»Kann sein, dass, wenn du jetzt noch mal hingehst …«
»Mann, wir haben da keinen Gutschein eingelöst, kapier das doch!«
Ich drücke die Zigarette im Kies aus und stehe auf. Ivan blickt auf.
»Du kannst ein paar Bier kaufen und dann können wir …«
»Vorläufig kann ich überhaupt nichts, Ivan. Ich bin echt angepisst, okay? Verdammt, Mann, so eine verfickte Scheiße!«
Ich stehe auf und gehe. Kann nicht mehr. Will mit seinem Scheiß nichts mehr zu tun haben. Habe es versucht. Jetzt gehe ich trinken. Nach Hause zu Sofie.
Denke an Cindy, stelle mir vor, wie ich sie von hinten nehme, trinke Bier.

Ich bin schon ein ganzes Stück auf der Nørrebrogade, als ich sehe, dass er mir nachläuft. Mit hängenden Schultern. War die ganze Zeit hinter mir. Mama, darf ich den behalten? Nein, Schatz, da hängen bestimmt viele Krankheitserreger dran.
Ich warte auf ihn.
»Du bist echt unmöglich, dir kann man die Muschis ja hinterherschmeißen!«

»Sie war einfach so ...«
»Kalt, ja, ich will jetzt nichts mehr davon hören.«

Als Ivan eingeschlafen ist, gehe ich noch einmal in eine Telefonzelle. Lasse es siebenmal klingeln, dann lege ich auf.

38

Vor der Schawarmabude sitzt ein junger Typ im Rollstuhl. Es ist später Nachmittag auf der Nørrebrogade. Eines seiner Beine ist eingegipst und steht steif nach vorne. Jemand zündet ihm eine Zigarette an, ein anderer bringt ihm ein eingewickeltes Schawarma. Erst jetzt erkenne ich, dass es Kamal ist. Eine Nackenstütze ragt hinter dem Kapuzenpulli hervor. Ich bin mir nicht sicher. Zuerst. Dann gehe ich hin. Er packt sein Essen aus und lächelt, als er mich sieht.
»Heh, wie geht's meiner Lieblingskartoffel?«
»Verdammt, was ist denn mit dir passiert?«
»Nur ein kleiner Unfall.«
»Na, das sehe ich.«
»Wenn du mich ein bisschen schiebst, erzähle ich dir, wie's passiert ist.«
Er ruft seinem Kameraden drinnen etwas auf Arabisch zu.
Ich schiebe den Rollstuhl so vorsichtig wie möglich über die Straße und achte darauf, dass sich das Bein nicht bewegt. Er beißt immer wieder in sein Schawarma.
»Wie viele waren es?«
»Sechs oder sieben, und echt, du, ich erzähl dir jetzt keinen Scheiß.«
»Mir ist schon klar, dass das nicht einer allein war. Hast du die Polizei gerufen?«

»Verdammt, nein! Erinnerst du dich an den Tätowierten? Mit dieser Spinne?«
»Ja.«
»Ich dachte, das wäre bloß irgendein Idiot, der nicht weiß, was er tut.«
»Und das war er nicht?«
»Er schon, aber nicht die, die ihn geschickt haben. Die wissen ganz genau, was sie tun.«
»Wer?«
»Ach die Leute, die mit diesen Riesenmaschinen herumfahren. Mit den bestickten Westen. Die haben ihn vorgeschickt, um neues Terrain zu requirieren. Armer Kerl, er hat ziemlich klar zu spüren bekommen, dass bei mir nicht gedealt wird.«
»Und die fanden das gar nicht gut, dass du auf ihrem Freund herumgetrampelt bist.«
»Kann man so sagen, ja.«
»Und was passiert jetzt? Was passiert mit dir?«
»Im Augenblick nicht viel, ich werde wohl eine Weile hier sitzen. Mein Bein ist drei- oder viermal gebrochen. Du hättest meinen Oberkörper sehen sollen. Ich habe immer noch überall blaue Flecken und ein paar gebrochene Rippen.«
»Und das ... das war's dann?«
Er gibt mir ein Zeichen, an einem Mülleimer anzuhalten, schmeißt den Rest seines Schawarmas weg, wischt sich mit der Serviette den Mund ab und wirft auch sie weg. Wir rollen weiter.
»Ich persönlich könnte gut einen Schlussstrich ziehen. Du weißt schon, Auge um Auge. Ich habe ihn ja auch nicht gerade mit Glacéhandschuhen angefasst.«
»Aber ... das wirst du nicht tun?«
»Ach, weißt du, es geht ja nicht nur um mich. Für die Leute, die ich kenne, geht es um das Viertel und darum, wer die dicksten Eier hat. Nächste Woche kommen ein paar Typen aus Odense und bringen

Verstärkung aus Deutschland mit. Mit diesen Leuten spaßt man nicht.«

»Wie?«

»Na ja, die spielen Palästina mit den anderen.«

Ich schiebe ihn weiter, schräg über die Straße. Als Kamal wieder spricht, klingt er nicht mehr so selbstsicher.

Er sagt: »Erinnerst du dich noch an das eine Mal, als du besoffen warst, total besoffen? Als wir in der Stadt waren, in dieser Disko, Ana, du und ich. Erinnerst du dich daran?«

Ich nicke.

»Du warst dicht, also richtig breit. Hast dich total weggeschossen, bis du nur noch auf einer Bank gelegen hast.«

Wieder nicke ich.

»Ich habe mit Ana getanzt, aber ich glaube, das weißt du. Da war ja auch nichts dabei. Sie hat ja auch nicht mit anderen rumgemacht, sie hatte bloß Lust zu tanzen.«

Ich sehe ihn bloß an, dieses Mal nicke ich nicht.

»Also, wir waren auf der Tanzfläche. Und sie kommt näher und sagt etwas, was ich nicht verstehe. Ich habe mein Ohr direkt an ihren Mund gelegt, und … so einiges von dem, was sie da gesagt hat, also … was sie da gesagt hat … verstehst du, … das hätte sie eigentlich nicht sagen dürfen. Nicht zu mir.«

Ich sehe ihn noch immer an. Kamal, der sonst immer so selbstbewusst wirkt, so ganz genau weiß, was er sagen soll. Jetzt ist er ins Stocken geraten, kratzt seine Knöchel mit den vielen kleinen Wunden.

»Ich meine nur, du solltest das wissen. Es ist ja nichts und viele Jahre her, aber ich meine nur …«

Ich antworte nicht, schiebe ihn bloß zurück zu seinen Kumpels vor der Schawarmabude, wo sie ihm in einen alten Mercedes helfen. Kamal grinst mir zu. Und dann sagt er leise:

»Du willst gar nicht wissen, was im Kofferraum liegt.« Ich glaube ihm.

39

Ich trage noch immer das Kondom. Wir liegen im Bett, teilen uns eine Zigarette. Sofie ist dünn. Sie würde sich freuen, wenn ich sie schlank nennen würde. Aber sie ist dünn. Hat einen Körper wie eine Balletttänzerin. Brüste, Scheide, Hüften. Das ist ihr Kapital. Das hat sie gekriegt, sonst nichts. Das ist alles, was sie mir geben kann.

Sie redet, sagt etwas, aber ich höre nur halb zu. Sie erzählt von Tobias, als wäre er bei ihr im Zimmer. Tobias kann dies, Tobias kann das.

Ich taste nach dem Bier, muss ein bisschen suchen, finde es und nehme einen Schluck. Sie hat ihren kleinen Kühlschrank mit Starkbier gefüllt. Mir zuliebe. Ich trinke es, und wenn ich das nächste Mal zu ihr komme, ist der Kühlschrank wieder voll. Wie in diesem Märchen, dessen Namen ich nicht weiß, nicht jetzt, da meine ganze Power in diesem Kondom hängt.

Sie stützt den Kopf auf die Hand und sagt:

»Kannst du schlafen?«

Ich ziehe an der Zigarette und atme aus, da wird mir bewusst, dass sie eine Antwort erwartet.

»Ja, warum?«

»Ich habe Kristian Madsen vor ein paar Tagen auf dem Flur gesehen, ziemlich früh morgens.«

»Ja.«

»Er hatte seine Schuhe in der Hand und schlich auf Zehenspitzen den Flur entlang. Total leise.«

»Gut für ihn.«

»Hast du mit ihm gesprochen?«

»Ich habe ihn gebeten, keinen Lärm mehr zu machen.«

Sie lacht in die Bettdecke. Kichert, als dürfte das niemand hören. Ich sage: »Was macht der eigentlich hier? Der arbeitet doch, verdient Geld …«

Ich nehme ihr die Zigarette ab, rauche. Sehe ihr an, dass sie es weiß. Aber sie spannt mich gerne auf die Folter.
»Erzähl schon.«
»Irgend so eine Geschichte. Seine Frau hat ihn wohl rausgeschmissen, und dann hat er auf der Straße gelebt, obwohl er noch Arbeit hatte. Sah aber immer fertiger aus. Hat nachts unter einer Brücke geschlafen und tagsüber die Buchhaltung gemacht oder was auch immer er macht. Beruflich.«
»Und dann ist er hierhin gekommen?«
»Ich glaube, ja, so war das.«
»Paragraph 94?«
»Ja.«
Ich strecke meinen Arm aus und lasse die Zigarette in die leere Bierflasche fallen, es zischt leise.
»Aber der ist doch noch immer hier. Was verdient der eigentlich? 28 im Monat? Mindestens.«
»Ungefähr. Ein paar Monate bevor du eingezogen bist, wollte die Stadt ihn rausschmeißen. Er hat Briefe gekriegt und all den Scheiß.«
»Hast du mit ihm gesprochen?«
»Tove hat mir das erzählt.«
»Natürlich. Und dann?«
»Ja, also, die wollten ihn raushaben, wollten kommen und ihn vor die Tür setzen. Er hatte eine Frist, den folgenden Dienstag, bis dahin musste er draußen sein, sonst würde die Polizei sein Zimmer räumen. Ich habe ihn dann am Montag gefunden. Ich hörte ein merkwürdiges Geräusch an der Wand und seine Zimmertür stand einen Spalt auf.«
»Neugierig wie immer.«
»Das Geräusch kam von seinem Fuß, der gegen die Wand hämmerte. Er hatte sich erhängt. Ich habe geschrien und um Hilfe gerufen und versucht, seine Beine festzuhalten, bis jemand kam und ihn abgeschnitten hat.«
»Das war dann aber nicht gerade … angenehm.«

»Nein, wirklich nicht ...«
»Hast du dir irgendwas gedacht, damals?«
»Eigentlich nicht. Seltsam, nicht wahr? Ich glaube, ich habe seit damals nicht mehr daran gedacht ... erst jetzt wieder.«

Ich stehe auf, ziehe den Gummi runter und wische meinen Schwanz mit dem T-Shirt ab. Nehme ein Bier aus dem Kühlschrank, trinke die Hälfte und lege mich wieder hin. Sofie schmiegt ihren Kopf an meinen Hals.
Bei all dem Bier, das mir langsam zu Kopf steigt, und mit Sofie an meiner Seite ist es leichter, nicht zu denken.
Meine Augenlider werden schwer. Das kleine Zimmer riecht nach Sex. Ein Geruch, den ich geliebt habe, als ich jünger war, ein erwachsener Geruch, bei dem ich mich lebendig fühlte. Eine Mischung aus Parfüm, Schweiß und gebrauchten Kondomen. Ich habe diesen Geruch vermisst, als Ana mit der Pille angefangen hat. Sofie räuspert sich leise und weckt mich fast.
»Möchtest du irgendetwas? Könntest du dir irgendwas vorstellen?«
Sie fragt ganz leise, als wollte sie die Ruhe nicht stören.
»Ich habe noch Bier.«
Sie grinst, lacht nicht laut, sondern still und leise, ich spüre es an meinem Hals.
»Nein, ich meine ... hättest du Lust, irgendetwas auszuprobieren?«
»Nein.«
»Wirklich gar nichts?«
»Ausprobieren? Was meinst du?«
»Also ... im Bett. Irgendwas, was du noch nie gemacht hast.«
Ich greife nach meinem Bier und trinke es aus. Ich spreche genauso leise wie sie.
»Einen Dreier ... «
Sie wischt sich eine dunkle Locke aus dem Gesicht. Es dauert einen Moment, bis sie antwortet.

»Ich habe eine Freundin, die ich fragen könnte, vielleicht ...«
»Nein, mit einem Mann. Du, ich und ein anderer Mann.«
»Ein Mann?«
»Kein Schwulenkram. Ich stelle es mir einfach schön vor zuzugucken.«
Sie antwortet nicht, legt einfach wieder ihren Kopf an meinen Hals und gibt mir einen flüchtigen Kuss.

Als ich aufwache, weiß ich nicht, wo ich bin. Mein Nacken tut weh, wir haben die ganze Nacht in einem Bett gelegen, das schon für eine Person fast zu klein ist. Sofies Kopf liegt auf meiner Brust. Ich manövriere mich aus dem Bett, halte ihren Kopf hoch und lege ihn so sanft wie möglich wieder auf das Kissen. Sie rollt sich zusammen, zieht die Beine an und stöhnt leise.
Schlafend sieht sie wie ein Mädchen aus, eine große Teenagerin, dann sind die Falten um Mund und Augen irgendwie geglättet. Sie hat ein kleines Lächeln auf den Lippen, vielleicht wegen der Nacht, aber ich glaube nicht. Bestimmt ist sie bei ihrem Sohn. Im Traum sind sie zusammen, vielleicht im Nørrebropark, er mit einem Ball, sie in einem leichten Sommerkleid. Sie fängt den Ball, den er ihr zuwirft. Vielleicht sitze ich auf einer Bank daneben, frisch rasiert und ohne Bier. Ein Mann, der seinen Schritt regelmäßig wäscht. Ein guter Stiefvater, der den Kleinen sonntags mit ins Stadion nimmt.
Obwohl ihr Zimmer nicht kleiner ist als meins, kriege ich plötzlich keine Luft mehr. Ich ziehe mich an, schnell und ohne sie zu wecken. Gehe den Flur entlang und die Treppe hinunter, raus.
Die Sonne brennt scharf und weiß, ich setze meine zerkratzte Sonnenbrille auf und zünde mir eine Zigarette an. Mein Körper ist noch matt, von einer Nacht mit Sex und Bier.

Ich gehe zum nächsten Bäcker, die lokalen Alkis haben bereits vor den Kiosken Stellung bezogen. Viele verkaufen gar keine Zeitungen

mehr, sondern leben von deutschem Dosenbier und einzelnen, losen Zigaretten. Haben einen festen Kundenkreis, der den ganzen Tag draußen an ihrer Mauer herumhängt.
Ich kaufe drei Hörnchen und einen Spandauer. Die Verkäuferin kann nicht älter als sechzehn sein, sie sieht müde aus, hat schlechte Haut und fragt, ob ich sonst noch was will. Ich kaufe Butter, richtige Butter. Soweit ich weiß, hat Sofie außer Joghurt, Lightkäse und meinem Bier nichts im Kühlschrank.
Sie schläft noch immer, als ich zurückkomme. Jetzt mit dem Gesicht zur Wand.
Ich stelle das Frühstück auf den Tisch. Die Butter in den Kühlschrank, vorsichtig, um keinen Krach mit der Tür zu machen.
Sie schläft weiter. Ich weiß nicht, was ich sagen soll, bei Tageslicht.

40

Ich fahre mit dem Bus aus der Stadt. Vorbei am Brønshøj Torv, immer weiter, im Schneckentempo am Utterslev Mose vorbei. Hier gibt es einen Bruch in der Stadt, auf der einen Seite die Villen und Einfamilienhäuser in Brønshøj, auf der anderen Seite Tingbjerg. Der feuchte Traum eines Architekten, der zu einer enormen Ansammlung von arbeitslosen Einwanderern und Alkoholikern geführt hat. Der äußerste Rand der Stadt.
Hier wohnt mein Bruder. Das heißt, hier hat er gewohnt, als ich das letzte Mal hier war. Gleich nach der Geburt von Martin. Der Teddy, den ich für den Kleinen gekauft hatte, wurde damals gleich weggepackt. Mein Bruder erklärte mir, der Teddy habe Glasaugen und die seien erst für Kinder über zwei Jahren geeignet. Vorher könnten Kinder die abreißen und verschlucken. Ich sollte mir die Schuhe ausziehen und die Hände waschen. Der Junge lag in einer Wiege im Wohn-

zimmer, die wie ein Hausaltar aussah. Sie diskutierten darüber, was sie mit den Blumen machen sollten. Seine Freundin wollte sie näher an der Wiege haben, weil das auf den Fotos gut aussehen würde, schließlich hatten sie die ja geschenkt bekommen. Mein Bruder wollte sie lieber in die Küche stellen. Er meinte, sie röchen zu stark. Dem Kleinen zuliebe, er könnte ja allergisch darauf reagieren.
Ich bin damals nicht lange geblieben und seither nicht mehr da gewesen.
Ich steige aus dem Bus und gehe zu Fuß weiter. Vorbei an Supermärkten, Kiosken und Spielhallen. Auf den Bänken sitzen Alkoholiker mit ihren Hunden. Ich gehe den Weg entlang, an einer viereckigen Kirche vorbei, die wie der Kontrollturm eines kleineren Flughafens aussieht, und komme in die Siedlung mit den Mehrfamilienhäusern. Drei Etagen hoch und aus gelbem Backstein. Alle Häuser sehen gleich aus. Erst laufe ich zu weit. Muss zurück, bis ich den Namen meines Bruders auf der Klingel lese. Und stehen bleibe. Es ist nicht einfach, aber jetzt bin ich schon mal hier. Ich drücke auf die Klingel. Erst vorsichtig, dann, als keiner antwortet, noch einmal. Diesmal länger. Nichts.
Ich laufe bis zu einem Kiosk. Habe Lust auf ein Bier. Ein starkes. Begnüge mich aber mit einer Cola.
Als ich zurückkomme, klingle ich noch einmal. Wieder keine Antwort. Trotz des schönen Wetters ist keiner auf der Straße. Ich setze mich auf die Treppe, rauche und trinke Cola.
Weiß nicht, wie lange ich schon da sitze. Zwei zehn- oder elfjährige Jungs fahren auf ihren Mountainbikes an mir vorbei. Mehrmals, sie beobachten mich. Ein Neuer im Viertel. Schließlich liegen etliche Kippen vor mir.
Dann kommt eine ältere Frau die Straße entlang. Ich sehe sie schon von weitem. Die Einkaufstüte ist ihr zu schwer. Alle zehn Meter muss sie sie abstellen, den Rücken gerade machen und sich die Hände reiben. Dann geht sie sichtlich leidend weiter. Als sie zur Tür kommt, sieht sie mich an, sagt aber nichts. Sie stellt die Tüte ab und sucht den

Schlüssel heraus. Ich frage, ob sie weiß, wo mein Bruder steckt. Muss die Frage mehrmals wiederholen, bevor sie reagiert.
»Was wollen Sie von ihm?« Ihre Frage klingt so, als könnte das nichts Gutes sein.
»Er ist mein Bruder …«
Sie mustert mich. Ich frage mich, ob ich statt des Trainingsanzugs etwas Besseres hätte anziehen sollen. Obwohl das hier ein Viertel ist, in dem man besser nicht wie ein Sozialarbeiter rumläuft.
»Er war schon ein paar Wochen nicht mehr hier. Vielleicht drei.«
»Wissen Sie, wo er ist?«
Wieder starrt sie mich an.
»Nein. Er war einfach nicht hier. Nie. Der Junge auch nicht.«
»Woher wissen Sie, dass …?«
»Ich räume die Reklame vor seiner Tür weg, damit da keiner einbricht …«
Sie hustet sich trocken in die Hand. Ich frage, ob ich ihr mit der Einkaufstüte helfen soll. Sie lehnt ab.
Schließt die Tür auf und hebt langsam die Tüte hoch. Durch die Glastür kann ich sehen, dass sie es kaum nach oben schafft. Ein paarmal verliert sie fast das Gleichgewicht.
Ich fahre mit dem Bus in die Stadt zurück.

Als ich im Wohnheim ankomme, liegt ein Zettel von Sofie unter der Tür. Ihre Schrift ist zierlich, sehr feminin: Hei Liebster, wenn es das ist, was du willst … Ich bin bereit …
Ganz unten hat sie ein Herz hingemalt.

41

Sie gehen gemeinsam die Straße entlang. Zwei kleine Jungen, dazwischen eine Tasche. Sie tragen sie gemeinsam. Die Tasche sieht aus wie meine Trainingstasche.
Es muss ein Traum sein, ein Traum, nichts sonst.
Mein Bruder und ich laufen über die Straße. Vielleicht kein Traum, vielleicht habe ich einfach zu viel gesoffen, starre an die Decke und liege jetzt auf meinem Bett. Vielleicht.
Die Jungen schaffen es nicht, die Tasche in den Bus zu kriegen, aber ein freundlicher Mann im Blaumann hebt sie ihnen hinein. Wir haben kein Geld für den Bus, aber der Fahrer lächelt uns an und gibt uns mit der Hand ein Zeichen, uns einfach hinzusetzen. Ich weiß nicht, wohin wir fahren. Wohin die beiden Jungen fahren. Ich erinnere mich an unsere Kleider. Mein Bruder in seinem Spiderman-T-Shirt. Ich in einem dunkelblauen Polohemd, ein paar Nummern zu groß. Wir steigen aus, ich habe keine Ahnung, woher wir wissen, dass wir hier rausmüssen, aber die beiden Jungen wissen es. Die anderen Leute im Bus sehen uns an, nett, wie sie einander helfen. Alle lächeln.
Wir gehen weiter und die Stadt verschwindet hinter uns, die letzten Läden, alte Läden, die entweder schon geschlossen sind oder bald dichtmachen. Die zwei Jungen wissen genau, wo sie hinmüssen, sie halten nicht an, brauchen nicht nach dem Weg zu fragen, achten auf kein Straßenschild. Können sie schon lesen? Vermutlich. Aber sie tun es nicht, sie kennen den Weg. Es wird langsam dunkel, gleich gehen die Laternen an. Wir gehen weiter. Stellen die Tasche auf dem Bürgersteig ab, strecken die Arme, richten uns auf, wechseln die Seiten und gehen weiter. Einmal leuchten uns die Scheinwerfer eines Autos an, aber wir bleiben nicht stehen, wir gehen einfach weiter.
Jetzt sind wir außerhalb der Stadt, in einem Viertel, in dem nur Lagerhäuser stehen. Wir öffnen eine Tür in einem Maschendrahtzaun, sie geht schwer auf, aber wir lassen die Tasche nicht los, laufen über

gestampfte Erde, Ölflecken. Kommen an einem ausgebrannten Auto vorbei.
Wenn ich jetzt aufwachen könnte. Wenn ich jetzt doch aufwachte. Ich würde nicht mehr trinken, mich nie wieder in den Schlaf saufen. Ich würde mit meiner Hand zum Arzt gehen, mich gesund ernähren. Die zwei Jungen laufen an rostigen Fahrrädern vorbei, umgekippten alten Kühlschränken, kaputten Fernsehern. Sie sind auf einer Müllkippe. Wenn ich jetzt etwas riechen könnte, wäre der Gestank sicher kaum auszuhalten. Aber die Jungs lassen sich nichts anmerken. Sie gehen weiter über kleine Schrotthaufen, vorbei an zusammengeknüllten Zeitungen, die im Wind flattern. Ein verlassener Bagger, die Schaufel voll Müll. Sie laufen an Aquarien mit zerbrochenen Scheiben vorbei, Teddys ohne Augen, verdreckten Puppen. Als sie in der Mitte der Müllkippe sind, ringsherum nichts als Abfall, bleiben sie stehen. Sie brauchen nichts zu sagen, sie stehen einfach nur da und stellen die Tasche ab. Die Sonne geht unter. In orangeroten Farben. Es hätte schön sein können. Wie ein Bild an der Wand. Ob da Möwen sind? Ja, bestimmt.
Und dann gehen sie. Gehen weg. Und ich wache auf. Jetzt gehen sie. Mein Bruder bückt sich und will den Reißverschluss öffnen, zieht daran. Etwas hat sich eingeklemmt. Ich helfe ihm. Halte die Tasche fest, während er mit aller Kraft zieht, sein ganzes Gewicht einsetzt. Mit einem lauten Geräusch reißt der Verschluss schließlich auf. Die beiden Jungen bücken sich, es ist kaum zu sehen, was sie tun, was sie in ihren Händen halten, aus der Tasche ziehen. Gemeinsam. Als sie sich zur Seite drehen, kann man auf einmal erkennen, was es ist. Ich habe es die ganze Zeit gewusst. Es hätte ein Kleiderbündel sein können. Ein Fußball in einem Putzlappen. Eine große Puppe. Ich habe es die ganze Zeit gewusst. Die Jungs heben das kleine Kind aus der Tasche. Sehr vorsichtig. Halten es gemeinsam, ein Baby, ein kleiner Junge in einem blauen Strampelanzug. Sind sehr vorsichtig, stützen den kleinen, leblosen Kopf. Es hätte ihnen doch egal sein können. Aber

sie geben sich Mühe. Sehen ernst aus. Kleine, ernste Jungen. Feierlich. Einer der beiden übernimmt die Bürde. Das Kind ist etwas zu schwer für ihn, aber er schwankt nicht, steht ruhig da. Sieht dem Kind ähnlich. Der andere Junge macht ein paar Schritte. Halb von Müll bedeckt, von Zeitungen und Fahrradreifen, liegt eine Tür. Er hebt sie an. Eine weiße Tür, schwer. Stemmt sie hoch. Darunter ist noch mehr Müll. Am Boden eine Mulde. Ein Nest aus Müll. Er kann die Tür kaum halten, seine Arme zittern. Der andere Junge trägt das Baby zu der Vertiefung und legt es vorsichtig hinein. Den kleinen leblosen Körper. Ist er das? Näher heran. Aus der Nähe kann man sehen, dass sich die Augen bewegen. Zu seinen Brüdern aufsehen. Ist das Vertrauen? Er weint nicht. Weinen Babys nicht? Weinen die nicht immer? Er weint nicht. Blickt auf. Sie sehen ihn an. Halten die Tür jetzt gemeinsam. Dann lassen sie sie langsam sinken, die Vertiefung abdecken, das Kind. Sie lassen die Tasche stehen und gehen.

42

Seine Beine tanzen auf und ab, er nippt an einer Dosencola. Ivan sitzt auf einer Bank im Waschsalon und wartet auf mich. Seine Kleider riechen nach dem kräftigen Industriewaschmittel, das sie im Secondhandladen benutzen. Ein scharfer chemischer Geruch nach Blumen, als würde man von einem Engel vergewaltigt.
Ich gebe ihm ein Zeichen, er steht auf, fährt sich mit den Fingern durch die neue Frisur und folgt mir.
Wir gehen, ohne zu reden, er ein bisschen vor mir, ein bisschen schneller, bis er sich selbst bremst, so dass wir nebeneinander laufen. Ich biete ihm eine griechische Zigarette an. Er nimmt einen tiefen Zug und hustet, raucht sie aber weiter.
»Genieße sie, das ist mein letztes Päckchen griechische.«

»Die schmeckt nach Heu.«
»Ja, war aber billig. Sind jugoslawische besser?«
»Keine Ahnung, ich habe damals nicht geraucht.«

Ich lasse ihn auf der Treppe warten. Klopfe dreimal an Toves Tür, um sicherzugehen, dass sie nicht zurückgekommen ist. Als niemand kommt, winke ich Ivan zu. Er folgt mir, vorsichtig, ein paar Schritte hinter mir. Ich klopfe an Sofies Tür und komme gar nicht dazu, noch ein zweites Mal zu klopfen. Sie öffnet sofort. Hat blauen Lidschatten aufgelegt, das Haar hochgesteckt und trägt ein sauberes, gebügeltes Sommerkleid. Ivan geht hinter mir ins Zimmer. Als ich nichts sage, stellt Sofie sich selber vor. Drückt seine Hand. Ivan sagt seinen Namen, doch es ist nur ein Flüstern. Zu dritt wirkt das Zimmer noch kleiner. Ich setze mich in den Sessel, Ivan steht noch nervös herum, bis ich ihm sage, dass er sich aufs Bett setzen kann. Sofie gießt Wein in langstielige Gläser. Sie will etwas sagen, bringt aber kein Wort über die Lippen, also lacht sie nervös und fragt:
»Wie lange kennt ihr euch denn schon?«
»Vier, fünf Jahre. Stimmt doch, Ivan? Oder?«
»Doch, ja. Also damals, da …«
»Doch, ich glaube, das stimmt.«
Sie reicht uns die Gläser. Setzt sich an den kleinen Esstisch. Ivan sitzt steif da und hält das Glas am Stiel. Er weiß nicht, was er damit soll.
Sofie sieht ihn an und sagt:
»Also, wenn dir der Wein nicht schmeckt, dann …«
»Ich mag den nicht besonders …«
Ich sage:
»Ivan, jetzt trink schon.«
»Ja, aber ich vertrag …«
Ich sage:
»Jetzt trink schon …«

Sofie nimmt ihm das Glas aus der Hand.
»Ist doch klar, dass du das nicht trinken musst, wenn du keine Lust hast. Willst du lieber eine Tasse Kaffee?«
Er nickt und starrt auf seine Füße.
»Ich habe nur Löslichen, ich hoffe ...«
»Das ist okay ...«
Sie geht ins Bad, füllt den Wasserkocher mit Wasser und schaltet ihn ein.
»Ich hab sonst auch O'boy.«
»Kakao?«
»Ja, wenn du lieber ...«
»Ich möchte gerne Kakao.«
»Dann kriegst du Kakao.«
Ich nehme die Zigaretten aus der Brusttasche, schnippe eine für mich heraus und biete auch Ivan eine an.
Er steckt sie in den Mund, nimmt sie dann aber wieder heraus und fragt:
»Ist das okay, dass wir hier drinnen rauchen?«
Sie lächelt ihn zustimmend an. Aber klar.
»Nett, dass du fragst. Davon könntest du dir eine Scheibe abschneiden, Nick.«
»Wovon?«
»Na, von den guten Manieren.«
Sie lächelt mich liebevoll an, natürlich darf sie mich ein bisschen aufziehen. Wir sind ja Freunde.
Als das Wasser kocht, gießt sie es in eine Tasse. Löffelt Kakaopulver hinein und rührt sorgsam um, bevor sie Ivan die Tasse reicht.
»Ist noch ein bisschen heiß.«
Er pustet darauf.
»Sag einfach, wenn du noch mehr Kakaopulver willst. Der schmeckt ja nicht, wenn er zu dünn ist.«
»Nein, der ist gut so.«

Er trinkt vorsichtig einen Schluck.
»Wirklich gut.«
»Und, sollen wir loslegen?«
Stille. Keiner sagt was. Irgendwo unten auf der Straße höre ich die quietschenden Reifen einer Vollbremsung.
Für einen Sekundenbruchteil hoffe ich, auch das Krachen eines Zusammenstoßes zu hören. Den Aufprall von Metall auf Metall. Einen Verkehrsunfall. Blut und eine gebrochene Wirbelsäule, eine vierköpfige Familie, die langsam aus dem Wrack geschält wird, Stück für Stück. Wir stehen herum und glotzen. Langsam leert sich das ganze Wohnheim, all die Menschen, die ich so selten sehe. Der Student, der seit zweieinhalb Jahren nicht mehr an der Uni war, aber noch immer behauptet, auf ein Zimmer im Studentenheim zu warten. Kristian Madsen mit gelöstem Schlips, Tove, sie ist im Krankenhaus, steht aber trotzdem da. Irgendwo weiter unten geht die Alarmanlage eines Autos los. Auch der verrückte Alte ist gekommen. Mit seinem Einkaufswagen und den ausgestopften Tieren. Ivan kann das Blut nicht ertragen, hat schon zu viel davon gesehen. Sofie hält sich die Hand vor den Mund, ich lege meinen Arm um sie. Ein neuer Augenblick. Ivan läuft langsam weg, die Straße runter, und wir gehen allein aufs Zimmer. Sofie weint, während ich Dinge sage, wie: Geschwindigkeit kann tödlich sein. Oder: So etwas passiert halt, nicht alles hat einen Sinn.

Das Geräusch von quietschenden Reifen. Ein Auto fährt los. Ich sehe zu Sofie.
»Möchtest du dir nicht das Kleid ausziehen?«
Sie blickt nervös von mir zu Ivan, der an seinem O'boy nippt.
»Komm schon, tu uns den Gefallen, bitte!«
Sie fummelt an den Knöpfen herum.
»Können wir nicht einfach ein bisschen zusammensitzen ...?«
»Zieh es aus.«

Ivan starrt auf seine Füße.
»Nick, wir müssen nicht. Das macht wirklich nichts, wenn …«
»Zieh es doch einfach aus, Schatz.«
Ich lege den Kopf zur Seite. Das Wort Schatz überzeugt sie. So habe ich sie noch nie genannt. Sie öffnet die Knöpfe und lässt das Kleid auf die Hüften gleiten. Trägt einen weißen BH, durch den uns ihre dunklen Brustwarzen anstarren. Ich sehe zu Ivan, er hat den Kakao weggestellt und kann seinen Blick nicht von ihren Brüsten abwenden. Sie öffnet den BH und lässt ihn auf den Boden fallen.
»Geh zu ihr, Ivan.«
Er sieht mich an und ich gebe ihm zu verstehen, dass er wirklich darf, gerne. Er kniet sich vor ihr hin, starrt noch immer auf ihre Brüste.
»Sie hat einen schönen Busen, nicht wahr, Ivan? Findest du nicht?«
Er wendet den Blick nicht ab, antwortet in Stakkato.
»Doch, finde ich auch.«
»Möchtest du sie nicht anfassen?«
»Doch.«
»Dann tu es.«

Er fährt mit seinen Händen langsam nach oben, legt sie wie zwei Schalen um ihre Brüste und lässt sie dort.
»Drück sie ein bisschen. Die halten mehr aus, als du glaubst.«
Er schiebt seine Finger ein bisschen zusammen. Versuchsweise.
Ich betrachte die Glut meiner Zigarette, sie frisst sich langsam in das Papier, das den Tabak umhüllt.
Sofie beugt sich vor, so dass er ihre eine Brust in den Mund nehmen kann. Er saugt vorsichtig an der Brustwarze. Erst an der einen, dann an der anderen.
Die Luft im Zimmer steht. Sie ist schwer. Ich betrachte meine Hände, den dreckigen Verband an der rechten Hand. Dann Sofie, sie sieht mich an.
»Zieh doch die anderen Sachen auch …«

Sie schiebt das Kleid über die Hüften und lässt es auch auf den Boden fallen. Ein kleiner Slip kommt zum Vorschein. Weiß, fast durchsichtig.
Ich ziehe ein Kondom aus der Tasche und werfe es Ivan zu.
»Fühl mal zwischen ihren Beinen.«
Ich drücke die Zigarette aus und schnippe die letzte aus dem Päckchen. Zünde sie an.
»Fühl mal, ob sie feucht ist.«
Er hebt den Arm, zögert, und lässt seine Hand dann zwischen ihre Schenkel gleiten.
Ihre Augen weiten sich für einen kurzen Moment.
»Und? Ist sie feucht?«
Er antwortet so leise, dass man ihn nur mit Mühe hört.
»Ja.«
»Dann solltest auch du die Hose runterlassen.«
Als er sie auszieht, sehe ich, dass er bereit ist.
Ich stehe auf und nehme mir eine Frauenzeitschrift vom Tisch. Schalte den Fernseher ein und drehe den Ton auf. Als ich hinausgehe, sitzen sie auf dem Bett. Sie hilft ihm mit dem Kondom. Sie sind beschäftigt, sehen mich nicht.

43

Ich sitze auf dem Flur, den Rücken zur Wand. Blättere durch die Zeitschrift. Lese über einen kleinen Laden in Østerbro, der seit neuestem luftgetrockneten Schinken von italienischen Schwarzfußschweinen importiert und dass das offenbar etwas ganz Besonderes ist. Ich kann sie hören. Das Bett knirscht.
Ich lasse die Zeitschrift liegen und gehe den Flur entlang und die Treppe nach unten und dann weiter bis zum nächsten Kiosk. Kaufe Zigaretten und Bier.

Ich habe es nicht eilig, wieder ins Zimmer zu kommen. Die Frauenzeitschrift liegt noch da, wo ich sie hingelegt habe. Ich lege das Ohr an die Tür. Höre die Titelmelodie von M.A.S.H., ansonsten ist es still. Mache einen Schritt zurück und blicke auf die geschlossene Tür. Will sie öffnen, lege aber sicherheitshalber noch einmal das Ohr daran. Dann klopfe ich. Als nichts passiert, gehe ich hinein.

Ivan sitzt auf der Bettkante, starrt auf seine Füße. Er ist dünn und nackt, trägt nur seine Strümpfe. Sofie liegt auf dem Rücken, halb unter dem Laken, das Gesicht zur Wand. Die Geräusche des Fernsehers erfüllen den Raum. Ich schalte ihn aus. Sie sind beide still, die Ruhe nach dem Sturm. Ich weiß nicht, was ich erwartet habe. Keiner von beiden hat mich bis jetzt angesehen. Sofie schaut weg, Ivan zu Boden. Das Einzige, was ich höre, ist das Knistern des ausgehenden Fernsehers und Ivans Atem. Ich trete ans Bett und drehe Sofies Kopf zu mir. Ihr Blick ist leer, die Augen weit aufgerissen. Der Mund steht offen, die Zunge hängt im Mundwinkel. Erst jetzt bemerke ich die roten Streifen an ihrem Hals. Ich spüre den gleichen Druck im Kopf, wie wenn ich hundert Kilo stemme. Mein Herz hämmert, trotzdem bin ich erstaunlich ruhig.

»Was hast du gemacht?«

Er sieht mich nicht an, starrt noch immer auf seine Füße.

»Das war nicht …«

Er stockt. Ich knalle ihm eine.

»Verdammt, was hast du gemacht?«

Er blickt weiter zu Boden, unterbricht sich beim Sprechen. Sein Akzent ist jetzt so stark, dass man ihn kaum versteht.

»Ich weiß nicht … Sie hat auf einmal angefangen zu schreien, hat so komische Sachen gesagt. Ich wollte nur, dass sie damit aufhört.«

»Ja, … das ist dir gelungen, Ivan.«

»Ich hatte Angst, ich dachte, wenn uns jemand hört und ins Zimmer kommt. Darum habe ich ihr den Mund zugehalten. Aber da wurde sie nur noch wilder und hat noch lauter geschrien.«

Er schluchzt. Umklammert sich selbst mit den Armen und heult.
»Und dann ist sie plötzlich ganz leise geworden.«
Er hockt da, die Arme um seine Schultern geschlungen und bewegt den Oberkörper mechanisch hin und her, als wollte er sich damit trösten. Ich knalle ihm noch eine, bevor er sich zu sehr in sich selbst zurückzieht. Er sieht mich an. Ich rede so laut ich kann, ohne zu schreien.
»Du bleibst jetzt hier sitzen, hältst die Klappe und fasst nichts an. Du bleibst einfach da sitzen, okay?«
Ich setze mich neben ihn in den Sessel. Zünde eine Zigarette an und versuche nachzudenken. Probiere, wenigstens einen Teil des Blutes aus meinem Kopf wieder in den Körper zu pumpen.
Er starrt mich mit seinen nassen braunen Augen an, ein kleiner Junge.
»Das war nicht … mit Absicht.«
»Was solltest du tun?«
»Die Klappe halten.«
Ich nicke ihm zu. Dann drücke ich die Zigarette aus, nehme die Weingläser und die halbvolle Tasse Kakao. Gehe ins Bad, spüle alles ab und stelle es wieder zurück in den Schrank. In der obersten Kommodenschublade finde ich ein paar Unterhosen von ihr. Vernünftige, weiße Baumwollslips. Damit putze ich die Wohnung. Es ist mir egal, ob man Fingerabdrücke von mir findet, man muss hier nicht lange nachforschen, um herauszufinden, dass ich sie besucht habe. Aber Ivan: Ich frage mich, wo er heute gewesen ist. Hat er beim Hereinkommen den Türrahmen angefasst? Das Nachttischlämpchen? Sein Blick folgt mir. Als Letztes komme ich zum Bett.
»Wo ist das Kondom?«
Er glotzt mich an, als hätte ich ihn gebeten zu fliegen.
»Das Kondom! Wo ist das Kondom?«
Seine Augen sind blank, keine Reaktion. »Das habe ich noch an …«
Ich packe ihn am Arm und ziehe ihn hoch. Dann stecke ich den Baum-

wollslip zwischen seine Beine und ziehe den Gummi ab. Vorsichtig, damit kein Sperma auf den Teppich oder das Bett kommt. Ich packe ihn zu den Unterhosen, sage, dass er sich anziehen soll. Dann gehe ich ins Bad und spüle die Slips und das Kondom ins Klo. Die Toilette wäre fast übergelaufen. Ich muss warten und mehrmals spülen, bis alles weg ist.

Als ich wieder ins Zimmer komme, ist Ivan angezogen. Er steht da und heult ganz leise. Sein T-Shirt ist auf links. Ich ziehe es ihm aus und drehe es um, damit er es wieder anziehen kann. Dann nehme ich seine Hand und führe ihn nach draußen. Der Flur ist leer und wir gehen die Treppe hinunter, ohne jemandem zu begegnen.

»Das war … das war wirklich nicht mit Absicht.«

Er sieht mich an, sieht mir in die Augen. Will, dass ich ihn verstehe, ihm glaube.

»Es ist nicht deine Schuld«, sage ich.

Ich gebe ihm zweihundert Kronen und beobachte ihn, wie er wegläuft. Dann dreht er sich noch einmal um. Ich winke ihm zu. Lauf, Ivan, lauf weiter.

Ich gehe zurück in mein Zimmer. Es ist jetzt vollkommen still. Ich glaube, so still war es noch nie. Irgendeinen Fernseher hört man sonst immer. Jemanden, der ruft oder lacht, eine Toilettenspülung. Aber jetzt ist es vollkommen still. Ich setze mich auf das Bett, öffne ein Bier. Ich kann meine Hand nicht spüren.

MARTIN

1

Ich stehe vor dem Kindergarten. An der Hecke. Meine Hände sind kalt und weiß wie Papier. Sie zittern. Ich mache alles, damit das aufhört. Konzentriere mich. Versuche meine Gesichtsmuskeln zu entspannen. Hole tief Luft. Über die Straße, zum Tor, durch den Garten und dann durch die Tür. Die Treppe hoch … ruhige Schritte … Ich habe es nicht eilig, ich bin nicht nervös, habe keinen Termin, will nur meinen kleinen Jungen holen … Ein paar Kinder spielen auf der Treppe, ein Mädchen mit hellen Zöpfen sagt »Hallo« … und ich antworte ihr. Hallo. Bin ein freundlicher junger Mann, ein ganz normaler Mann, wie dein Vater … Mit einer Arbeit, alles ganz normal. Ein Mann, der seinen kleinen Sohn abholt. Ich gehe, den Kopf gerade über den Schultern, aufrecht. Stelle ein Bein vor das andere. Komme in den Gruppenraum, grün. Mit verschiedenen Tieren an der Garderobe, damit die Kinder ihre Jacken und Gummistiefel an den richtigen Platz hängen.

Die Erzieherinnen grüßen mich lächelnd, zwei Frauen um die vierzig. Ich erwidere ihren Gruß, lächle. Es fühlt sich fast natürlich an. Fast. »Martin ist im Kissenzimmer und spielt mit Gustav.« Ich gehe zu ihnen. Sie bewerfen sich mit runden Polstern, die zu gigantischen Bazookas mutiert sind. »Martin, jetzt geht's nach Hause.« Ich bücke mich und er wirft sich mir an den Hals, so dass ich fast nach hinten kippe. Er lässt mich nicht los, als ich aufstehe. Kein Genörgel, kein »Ich will aber noch bleiben«, kein »Ich will zu Gustav, der hat ein Kaninchen«, kein Heulen, wie bei anderen Kindern. Ich glaube, er weiß ganz genau, wie es seinem Vater geht. So etwas spürt er.

Raus zur Garderobe und die Jacke anziehen, die unter dem Elefanten hängt. Er streckt mir sogar die Arme entgegen. Und dann die Treppe hinunter, Achtung, auf die Kinder aufpassen, die dort spielen, und raus. Wir gehen nebeneinander den Bürgersteig entlang. Seine kleine Hand in meiner. Ich gebe ihm das Stück Schokolade, das ich in der Tasche habe.
»Ich hab Hunger, Papa«, sagt er. »Wir haben das Brot vergessen … Schon wieder, Papa.«
»Hast du denn gar nichts zu essen bekommen?«
»Doch, ich habe ein bisschen was von Gustav gekriegt, ich wollte den Erziehern nichts sagen.«
Ich drücke seine Hand, weiß nicht, was ich sagen soll.
»Aber jetzt habe ich wirklich richtig Hunger, Papa.«
»Wenn wir zu Hause sind, kocht Papa etwas richtig Leckeres für dich. Eine Riesenportion, so viel du willst. Wie wär's mit Pommes? Dann essen wir, bis wir kugelrund sind und durch die Tür rollen müssen.«
Er lacht, ich liebe es, wenn er lacht.
Wir fahren mit dem Bus nach Hause. Er ist proppenvoll, und wir können uns nicht setzen. Kaum sind wir daheim, sagt er wieder:
»Papa, ich habe Hunger, richtig Hunger.«
»Ja, jetzt kocht Papa dir etwas Leckeres.« Ich hole ein paar Sachen aus dem Kühlschrank.
»Aber erst muss Papa mal kurz aufs Klo.«
Ich schalte ihm den Fernseher ein, damit er einen Zeichentrickfilm gucken kann. Er sagt nichts, hält sich aber den Bauch, damit Papa sieht, dass er Hunger hat. Ein Hund in zu großem Anzug redet mit hoher Stimme und zieht dann eine enorme Pistole.
Ich beeile mich, Schatz, ich beeile mich.
Ich denke jetzt nicht an Schnitzel, nicht an Pommes, nicht an Martin auf dem Sofa oder an bewaffnete Hunde. Ich denke nur an das Tütchen in meiner Jackentasche, nehme es vorsichtig heraus. Verstecke es in der Hand, als ich ins Bad gehe. Schließe die Tür hinter mir. Jetzt

ist mein Fest. Mein Geburtstag. Weihnachten. Meine Zeit, Papas Zeit. Jetzt gibt es nur mich und meinen rechten Unterarm. Ich nehme die kleine Schachtel vom Badezimmerschrank. Eine Parfümverpackung, die *sie* mir einmal geschenkt hat. Hole mein Werkzeug heraus. In nichts war ich je so gut wie in dem hier. In keiner Arbeit. Meine Hände wissen genau, was sie tun müssen, sie zittern, arbeiten aber effektiv. Nehmen den Löffel, binden den Gürtel, zünden das Feuerzeug an. Weit weg höre ich den Zeichentrickhund etwas rufen. Aber jetzt kommt meine Zeit. Ich steche ein Loch in die Haut. Und dann beginnt es. Das Fest in meinem Kopf.
Das Feuerwerk.
Die Blumen.
Es ist fantastisch. Ich brauche nichts, ich habe alles. Ich denke nicht mehr an mich, nicht mehr an Martin. An nichts und niemanden. Es gibt überhaupt gar nichts mehr. Für einen Moment glaube ich, sie zu sehen, aber das macht nichts, tut nicht weh, denn alles ist gut, es gibt mich nicht mehr, ich bin ein Ballon, ein Luftballon hoch über der Stadt, ich schwebe.
Und dann verschwinden die Blumen, der Tivoli schließt und bittet alle Gäste zu gehen. Die Farben verdunkeln sich.
Alles wird schwarz.

Schwarz.
Wie schwarz?
Sehr schwarz.
Und wie lange? Ich weiß es nicht. Als ich die Augen wieder öffne, habe ich Kopfschmerzen und kann kaum aufstehen. Ich habe gekotzt, vor allem Wasser, kann mich aber nicht daran erinnern. Die Nadel steckt noch immer wie die Flagge eines Polarforschers in meinem weißen Unterarm.
Ich packe schnell mein Besteck zusammen und lege es wieder auf den Schrank.

Im Wohnzimmer liegt Martin und schläft vor dem Fernseher. Es ist halb eins.
Neben ihm eine halbe Scheibe Toast mit Bissmarken. Die liegt offen auf der Anrichte. Er muss hinaufgeklettert sein. Pommes und Schnitzel liegen in einer Pfütze, aus der es langsam auf das Linoleum tropft. Ich bringe es nicht übers Herz, ihn zu wecken. Trage ihn in mein Bett, gehe ins Bad und putze mir die Zähne. Dann lege ich mich neben ihn. Morgen muss ich früh aufstehen, zum Bäcker gehen und all die Sachen kaufen, die er so gerne mag. Ich liege wach und starre an die Decke, während ich ihn an mich drücke. Es dauert lange, bis ich einschlafe.

2

Er ist ein junger Albaner. Ich mag ihn gern. Er hat mich nie geschlagen oder damit gedroht. Wir gehen die Treppe hoch. Papa muss nur kurz einen Freund besuchen, dann gehen wir in den Spielzeugladen, es dauert nicht lang.
Ich klingle an der Tür. Zweimal, dann öffnet er. Sieht zuerst Martin lange an und dann mich.
»Kommt rein.«

Auf dem Sofa sitzt ein Typ, vielleicht neunzehn oder zwanzig, er raucht.
Der Albaner nickt ihm zu.
»Mein Cousin.«
Der Typ auf dem Sofa lächelt Martin an. »Hallo, Kleiner, wie heißt du denn?«
Ich muss Martins Hand ein bisschen drücken, damit er seinen Namen sagt.

»Hei, Martin.«
Martins Hand wird ganz feucht, er fühlt sich nicht sonderlich wohl unter Menschen, die er nicht kennt.
»Darf ich dir deinen Papa mal kurz entführen? Ihr könnt ja ein bisschen PlayStation spielen«, sagt der Albaner. »Nur einen kleinen Augenblick.«
Martin hält meine Hand fest, er will nicht, dass ich gehe.
»Wir könnten *Tekken* spielen«, sagt der Typ auf dem Sofa und lächelt Martin an.
»Du darfst auch als Erster wählen, versprochen.«
Martin weint beinahe, lässt meine Hand aber trotzdem los, geht zum Sofa und setzt sich hin.
Ich folge dem Albaner in das Zimmer, das wohl das Schlafzimmer gewesen wäre, würde hier wirklich jemand wohnen.
Er schließt die Tür. Nur einen kleinen Moment.
Setzt sich auf die Ecke seines großen Schreibtischs und sieht mich an.
»Bring ihn nicht mit hierher.«
»Er führt sich schon ordentlich auf. Er ist brav.«
»Ich weiß, dass er ein guter Junge ist. Darum geht es nicht. Ich will ihn hier ganz einfach nicht sehen, das ist kein Ort für ihn. Glaubst du etwa, ich nehme meine Kinder mit hierher? Das sind zwei Welten, die man nicht vermischen darf. Mag sein, dass du dir keine Gedanken darüber machst. Aber wenn du ihn hierherbringst, machst du mich zu einem Schwein. Zu einem Riesenarschloch, das seinen Vater mit Scheiße abfüllt. Und das will ich nicht sein.«
»Ich wusste nicht, was ich sonst mit ihm machen sollte. Ich bin ja …«
»Er ist bestimmt ein lieber Junge, das ist es nicht. Mach es einfach nicht noch mal, man darf die Dinge nicht vermischen. In meinem Auto steht ein Kindersitz. Die Leute machen sich darüber lustig. Also bin ich gezwungen, noch härter zu sein, wenn ich hart sein muss.«
Er gibt mir ein kleines, weißes Tütchen. Immer kleine Tütchen und immer nur eins. Wird man damit erwischt, kriegt man nur ein Buß-

geld aufgebrummt. Ich zähle vierhundert ab, den Rest stecke ich zurück in die Tasche.
»Du schuldest mir noch zweihundert, erinnerst du dich?«
»Kann ich dir die nicht nächstes Mal geben?«
»Nein.«
»Übermorgen. Übermorgen kriegst du die.«
»Nein.«
Sonst kann ich bei ihm immer Schulden machen. Nur nicht heute. Das ist meine Strafe. Ich habe gegen eine Regel verstoßen.
Ich gebe ihm das Geld.

Martin lacht laut. Der junge Typ im Sofa lächelt mich an.
»Dein Sohn ist verdammt gut, er hat mich dreimal geschlagen.« Ich glaube, er hat Martin gewinnen lassen.
»Können wir nicht noch einmal spielen?«, fragt Martin und sieht zu mir auf.
»Heute nicht, Schatz.« Ich strecke den Arm in seine Richtung und er nimmt meine Hand. Auf dem Weg nach draußen klopft der Albaner mir auf die Schulter. »Und denk an das, was ich dir gesagt habe.«
Ich gehe, habe kein Geld mehr, aber ein kleines, weißes Tütchen. Martin hält meine Hand. Nimmt zwei Stufen auf einmal, schwebt kurz und landet wieder.
Wir gehen auf die Straße. Es hat geregnet.
»Meinst du nicht, dass Papa dir selbst so ein schickes Zorro-Kostüm machen kann? Wir suchen uns schwarzen Stoff und dann mach ich dir eine richtige Maske. Ich schnitze dir einen Degen aus Bambus, den male ich schwarz an. Und du bekommst natürlich einen schwarzen Umhang.«
»Papa, ich hätte aber gern ein echtes Zorro-Kostüm.«
»Das wird schön, viel schöner als die, die man im Laden kaufen kann.«
»Aber Papa, alle anderen haben ein richtiges Zorro-Kostüm, so eines wie das, das ich dir gezeigt habe.«

Er ist schon die ganze Woche mit dem Spielzeugkatalog herumgelaufen, hat ihn mit ins Bett genommen.
»Natürlich kriegst du ein richtiges Zorro-Kostüm.«

Wir kommen in den Spielzeugladen.
»Willst du nicht draußen warten, während Papa dir das Zorro-Kostüm kauft?«
»Ich will lieber mit reinkommen.«
»Nein, Schatz, bitte, warte hier. Papa beeilt sich.«
»Aber Papa.«
»Warte hier auf mich …«
Ich gehe in den Laden. Er ist voller Menschen. Kleine Jungen, die ihre Mütter quälen, weil sie auch dieses bestimmte Auto wollen und das Flugzeug mit dem Actionhelden und dem Flammenwerfer. Vor den Kassen stauen sich die Menschen. Ungeduldig. Ich gehe die Regale entlang, ruhig, bin ein Vater, der nach einer Verkleidung sucht. Es gibt Superman, Batman und ein letztes Zorro-Kostüm.
Ich schiebe es unter die Jacke, drücke mit der Hand dagegen. Gehe langsam zum Ausgang. Ich hab doch nichts gefunden. Sie hatten nicht das Richtige.
Vor der Ladentür frage ich mich, was passieren würde, wenn sie mich jetzt schnappten, mich am Arm festhielten. Dann würde ich Martin verlieren. Ihn nie wiederkriegen.
Als ich aus dem Laden komme, ist er weg. Ich sehe ihn nicht. Ich rufe und finde ihn schließlich zwischen zwei Kästen mit Spielzeug. Er lässt einen Ball auf den Boden fallen und fängt ihn wieder.
Ich nehme seine Hand und ziehe ihn weg.
»Hast du mein Zorro-Kostüm?«
»Ja.«
»Wo denn?«
»Sie hatten keine Tüten mehr.«
Ich lasse ihn einen Zipfel sehen, damit er nicht traurig ist.

Den ganzen Weg bis nach Hause fürchte ich, eine Hand auf meiner Schulter zu spüren.

Daheim kann er die Verpackung nicht schnell genug aufmachen. Er setzt sich im Wohnzimmer auf den Boden und reißt das Plastik auf. Ich will erst sehen, wie er es anzieht, bevor ich ins Bad gehe. Ich glaube, ich habe ihn noch nie so glücklich gesehen.
Er reitet durch die Wohnung und springt vom Pferd, um mich zu erstechen. Ich gehe tödlich getroffen zu Boden. »Nein, Papa, du bist nicht tot, bloß verwundet!«
Am Ende des Degens steckt ein kleines Stück Kreide. Bald sind unsere Wände voller weißer »Z«.
Er behält das Kostüm den ganzen Tag an, sieht Zeichentrickfilme mit gezücktem Degen. Nachts schläft er damit und am Sonntag reitet er weiter.

3

An dem Tag, an dem sie es mir erzählte, waren wir im Zoo. Es war Frühling und wir waren beinahe glücklich.
Hatten Geld gehabt für eine große weiße Tüte und brauchten uns längere Zeit keine Gedanken um Stoff zu machen. Wir gingen Arm in Arm. Ein junges, verliebtes Pärchen. Sie sagte: »Sollen wir heute nicht mal in den Zoo gehen?« Und da es niemanden gab, der uns daran hinderte, und wir auch nichts erledigen mussten, taten wir es. Wir waren ganz knapp davor, glücklich zu sein. Ich stand lange vor dem Giraffengehege und beobachtete die Tiere. Sie lachte mich aus, aber ich fand Giraffen fantastisch. Hatte über zehn Jahre keine mehr gesehen. Im Fernsehen schon, aber keine echten, die nach wildem Tier rochen. Es hatte etwas Unwirkliches, als wären sie aus meiner Fanta-

sie in die Wirklichkeit hinübergetreten. In die afrikanische Savanne. Es gab zwei Giraffen. Wenn sie nicht gerade ihre langen Hälse oben in der Baumkrone hatten, rannten sie langsam hintereinander her. Wir teilten uns eine Portion Zuckerwatte, rissen kleine, rosarote Büschel ab und steckten sie uns in den Mund. Wie damals, als Kind, klebte mein Gesicht vor Zucker.

»Es gibt was, über das ich gerne mit dir reden würde.«

Ich glaube, so hat sie sich damals ausgedrückt. Ihr Gesicht war ernst. Wir setzten uns auf eine Bank mit Blick auf die Seelöwen.

Jetzt ist Schluss, dachte ich. Das kann nichts Gutes heißen. Wir hatten es schön zusammen. Aber das war nicht genug, jetzt war Schluss. Vielleicht gab es einen anderen. Aber das war egal, wenn Schluss war, war Schluss, ich musste etwas falsch verstanden haben. Das mit ihr war einfach zu gut gewesen, nicht mehr normal. So konnte es nicht weitergehen.

Sie lächelte mich an und nahm meine Hand, hatte bereits begonnen, mich zu trösten. Ein Tierpfleger in blauem Overall kam mit einem Eimer und begann die Seelöwen zu füttern. Er warf ihnen immer wieder einen Fisch zu, sie begannen zu heulen und rangen um das Futter. Warum konnte er den Eimer nicht einfach auskippen? Der Sache ein Ende bereiten?

»Ich bin schwanger«, sagte sie.

»Es ist fast ganz sicher. Ich war gestern beim Arzt. Ich wollte dir nichts sagen, bevor ich nicht ganz sicher bin.«

Ich schwieg.

»Es sieht so aus, als würden wir ein Kind bekommen.«

Der Mann warf den Seelöwen immer weiter Fische zu. Einzeln.

»Natürlich kann ich es wegmachen lassen, wenn du es nicht haben willst. Wenn wir es nicht haben wollen. Ich weiß ja, dass das nicht gerade geplant war.«

Ich sah sie an, dann den Mann mit den Fischen und die Seelöwen, die im Wasser kämpften.

Alles war ganz einfach.
»Ich möchte gerne ein Kind haben«, sagte ich. »Ich möchte gerne ein Kind mit dir haben.«
Ganz einfach und klar, mit Augen, die sich ans Licht gewöhnt hatten.
Alles andere war jetzt nicht mehr wichtig.
Wir saßen zusammen auf dieser Bank, und wir würden ein Kind bekommen.
Wir umarmten uns schweigend. Meine Augen wurden feucht. Ich küsste ihren Hals, ihre Stirn und drückte sie an mich.
Die Seelöwen hatten ihr Fressen bekommen. Die, die nicht nach Fischköpfen tauchten, legten sich faul auf den Beckenrand.
Auf dem Weg nach draußen liefen wir am Affenkäfig vorbei.
Einer hatte einen großen roten Arsch und eine Menge Kinder. Und alles war einfach und klar.
Auf dem Heimweg kauften wir groß ein. Gutes Essen, guter Wein. Wir tranken und lachten und kochten zusammen. An diesem Abend fixten wir wie die Bekloppten, drückten so viel wie möglich, ohne zu sterben. Den Rest kippten wir ins Klo. Es würde ja unser letzter Schuss sein.

Die nächsten anderthalb Monate waren die Hölle. Wir konnten nachts nicht schlafen. Gingen nicht mehr raus.
Hörten auf, mit unseren Freunden zu reden. Lebten von Fertiggerichten und stritten über Nichtigkeiten. Zerschlugen Tassen und Teller und schrien uns an. Wenn einer von uns leer vor sich hinstarrte, musste der andere brüllen und lärmen. Nicht daran denken, nicht darüber sprechen. Überleben.
Als der Sommer kam, war das Schlimmste überstanden. Wir erfuhren, dass wir einen kleinen Sohn bekommen würden.

4

Ich lasse meine Arme lange in Ruhe. Unberührtes Gebiet. Bin jeden Tag auf Entdeckungsreise, auf der Suche nach neuen dunkelblauen Flüssen auf der Innenseite meiner Schenkel. Ich überwinde mich selbst. Das Unbehagen, mir in die Leiste zu stechen, wird von der Wärme aufgewogen, die sich ausbreitet, wenn der Stoff ins Blut gelangt. Mit der Menge bin ich vorsichtiger. Die blauen Flecken an den Armen verschwinden langsam. Bald kann ich kurzärmelige Hemden tragen.
Jetzt sind da nur noch winzige Narben, die auch Muttermale sein könnten.
Nachts wache ich auf. Sehe einen Plastikbecher auf einem weißen Schreibtisch und eine freundliche, aber entschiedene Sozialarbeiterin, die mich bittet, damit aufs Klo zu gehen.

Martin hält sich an meiner Hand fest, als wir die Treppe hochgehen. Er trägt das neue, dunkelblaue Nike-Sweatshirt, das wir gestern gekauft haben.
»Papa, deine Hand ist nass«, sagt er und wischt seine Finger am Sweatshirt ab.
Wir müssen durch mehrere Türen und werden über einen langen Flur geschickt.
Wir sitzen ganz vorne und warten nicht lange, bis ich hereingebeten werde. Martin soll draußen bleiben. Eine Sekretärin gibt ihm eine Limo und ein altes Donald-Heft. Er kennt es, hat es zu Hause, aber das macht nichts.
Ich setze mich ihr gegenüber an den weißen Schreibtisch. Kein Plastikbecher, jedenfalls sehe ich keinen. Sie tippt etwas in ihren Computer und studiert dann die Papiere, die vor ihr liegen. Oben muss ein Rechteck mit meinem Namen und meiner Personennummer sein. Dann blickt sie auf. Lächelt.

Ob ich finde, dass es gut läuft? Ja, ich denke, es funktioniert ganz wunderbar. Es ist hart. Natürlich ist es hart, allein mit ihm zu sein. Natürlich vermisst er seine Mutter. Das würden wohl alle kleinen Jungen tun.

Ob er weint? Manchmal weint er. Er weint, wenn er an seine Mutter denkt; er weint, wenn er sich weh getan hat. Oder wenn ihn jemand ärgert. Dann tröste ich ihn. Papa ist immer da, um ihn zu trösten.

Ob es mir schwer fällt, keine Drogen zu nehmen? Ja, doch, es fällt mir schwer. Natürlich. Man hört ja nie auf, abhängig zu sein, man nimmt nur keine Drogen mehr. Aber ich lebe einen Tag nach dem anderen. Und ich habe Martin. Das macht es leichter. Außerdem geht es jeden Tag etwas besser. Nein, ich würde das niemals wieder tun. Ich will Martin ja nicht verlieren.

Ob es ihm im Kindergarten gefällt? Ja, da gefällt es ihm richtig gut. Natürlich war das am Anfang ein bisschen schwer für ihn. Aber jetzt läuft es richtig gut. Die anderen Kinder mögen ihn. Er ist sehr sozial. Sie können gerne die Erzieherinnen fragen, die werden Ihnen bestätigen, dass es ihm gut geht. Er ist ein lieber Junge. Beliebt. Nein, natürlich ist es nicht nötig, die Erzieherinnen zu fragen. Aber …

Ob ich sie hasse? Ich liebe sie. Ich liebe sie noch immer. Nein, ich sehe mich nicht nach anderen Frauen um. Ob mir die Frage unangenehm ist? Nein, nicht doch. Ob ich mir nicht vorstellen könnte, andere zu treffen? Doch, natürlich, aber mit Martin und der neuen Arbeit habe ich einfach keine Zeit dafür. Aber das macht nichts …

Bei der neuen Arbeit läuft es richtig gut. Es gefällt mir. Ich bin ja nicht ungeschickt. Sie mögen mich da.

Nein, ich finde, es war nicht okay, was sie gemacht hat, ganz und gar nicht. Wirklich. Ob ich es verstehe? Ja. Vielleicht. Ein bisschen. Jetzt. Ob ich sie hasse? Ja, ich hasse sie. Ist es das, was ich sagen soll? Ich hasse sie. Ich könnte sie wirklich … Ich habe sie nie geschlagen.

Ob ich Martin manchmal schlage? Nein. Nie. Das kommt mir nicht in den Sinn. Nie. Sie können ihn fragen. Nein, Sie vertrauen mir. Es ist wichtig, dass wir einander vertrauen. Ja, das verstehe ich. Nein, es stört mich nicht, hierherzukommen. Nein, es ist ja auch nicht so oft. Jetzt nicht mehr. Ja, klar, Sie wollen nur das Beste für Martin, das verstehe ich. Ja, reden wir jetzt mit ihm.

Sie öffnet die Tür einen Spaltbreit und ruft ihn herein. Er hat seine Limo halb ausgetrunken. Natürlich darf er das Glas mit hereinnehmen. Er setzt sich neben mir auf den Stuhl. Seine Füße baumeln. Er ist schüchtern, als die fremde Frau ihn anspricht und versucht, seinen Kopf in meiner Armbeuge zu vergraben. Ich halte seine Hand und er traut sich aufzublicken. In der Tasche hat er seine Zorro-Maske. Ich habe ihm gesagt, dass er sie aufsetzen darf, wenn ihm etwas Angst macht.
»Wohnst du gerne bei deinem Papa?«
Ja, das tut er. Er hat seinen Vater lieb.
»Habt ihr es schön zusammen?«
Ja, neulich waren wir im Zoo. Er durfte ein Lamm streicheln. Aber es hat gemäht, als er es auf den Arm nehmen wollte, so dass er richtig erschrocken ist. Und die Vogelspinne war schrecklich eklig, aber auch ganz schön spannend. Er hat eine Zeichnung von ihr gemacht.
»Wie gefällt es dir im Kindergarten?«
Da ist es sehr schön. Er spielt immer mit einem Jungen, der Gustav heißt. Bald darf er einmal bei ihm übernachten.
»Hast du eine Lieblingsspeise?«
Ja, Spaghetti mit Fleischsoße, so wie Papa sie kocht. Und McDonald's. Zu McDonald's geht er auch gerne.

Sie lächelt und steht auf. Ich glaube, es ist gut gelaufen. Wir haben bestanden. Sie begleitet uns zur Tür. Am Empfang soll ich einen neuen Termin machen, in einem halben Jahr. Aber alles scheint ja gut zu funktionieren. Das freut sie, wie sie sagt. Auf dem Weg nach draußen versucht sie, mir auf die Schulter zu klopfen.
Wir gehen zu McDonald's. Er isst alles auf.

Dann muss Papa noch kurz seinen Freund besuchen. Martin wartet auf der Straße. Aber es geht schnell.
Ich habe das Geld bei der Hand. Zu Hause sehen wir uns Zeichentrickfilme an. Wir feiern ein bisschen. Er isst Schokolade, bis er Bauchweh hat, und schläft auf meinem Schoß ein. Ich trage ihn ins Bett. Bringe es nicht übers Herz, ihn zu wecken, damit er sich die Zähne putzt. Dann gehe ich zu meiner großen weißen Tüte, die noch immer in meiner Jackentasche wartet. Ich nehme viel. Mehr als üblich, fast alles. Ein neues Abzeichen auf meinem Unterarm.

5

Ich arbeite auf dem Dach. Bin jeden Tag dem Tode nah. Stehe oben auf der fünften, sechsten oder achten Etage. Schwitzend und mit zitternden Händen, weil mir der Stoff fehlt.
Ist noch etwas vom Vortag übrig, ein kleines bisschen, zu wenig für einen Fix, etwas Staub, der sich in den Falten des Papiers abgesetzt hat oder den ich mit einer Rasierklinge vom Tisch gekratzt habe, weil er vom Löffel gefallen ist, drehe ich mir das in die Zigarette, die ich in der Mittagspause rauche. Ich hole gerne das Essen. Melde mich freiwillig, wenn einer in die Bäckerei oder Pizzeria gehen muss. Auch wenn ich selbst nichts esse. Dann rauche ich meinen Joint unterwegs. Nach dem Mittagessen geht es mir dann besser. Mein Körper hat etwas Stoff bekommen. Nicht genug, um zu fliegen oder glücklich zu sein, aber er hat ihn wenigstens geschmeckt. Weiß, dass bald mehr kommt, dass ich meine Gewohnheiten nicht aufgebe, und entspannt sich ein wenig. Danach geht es leichter. Oft erledigen wir das meiste schon frühmorgens, bevor es zu heiß wird und die Sonne in den Augen brennt. Arbeiten wir im Akkord, sind wir gegen eins fertig. Dann rennen wir da oben ziemlich schnell rum. Werden wir nach Stunden

bezahlt, brauchen wir auch den Nachmittag, um das Dach zu sichern. Damit nichts runterfällt.

Jeden Tag bin ich dem Tode nah. Bin immer wieder kurz davor, einen Schritt ins Leere zu machen. Das Gleichgewicht zu verlieren.
Manchmal bin ich gesichert, dann hänge ich an einem Seil.
Aber das geschieht nur selten, nur wenn sich jemand von der Baubehörde angekündigt hat.
Wir verschwenden nicht viel Zeit mit so etwas. Wir wollen nach Hause.
Sie sagen: Wer Angst hat runterzufallen, muss sich einen anderen Job suchen.
Sie sagen: Sicherheit. Was soll das sein? Pass einfach auf, Mann.
Sie sagen: Hör lieber auf, so viel Shit zu rauchen.
Sie glauben, ich würde viel rauchen. Das tun auch etliche andere, daran ist nichts falsch, aber man raucht nicht bei der Arbeit, sondern zu Hause. Nach einem langen Tag oben auf dem Dach. Eine Pfeife. Guter Tabak, guter Rausch. Man verdient gut, da oben auf den Dächern, und es wird viel geraucht und getrunken. Guter Sprit, gutes Essen, rotes Fleisch.
Mein Lohn geht für Heroin drauf, aber das habe ich keinem der anderen je erzählt.

Ich denke an meinen Sohn, wenn ich hier oben stehe. Frage mich, ob es besser für ihn wäre, wenn ich runterfiele.
Ich weiß es nicht.
Ich bin nicht vorsichtig. Gehe Risiken ein. Halte das Tempo hoch. Keiner soll auf mich warten. Mein Chef fragt, ob es mir gut geht. Ja, antworte ich. Er sagt, ich schwitze. Ich sage, mir ist warm. Er sagt, ich sehe krank aus. Ich sage, ich muss etwas Falsches gegessen haben. Ein paar Wochen lang nervt er mich immer wieder. Keiner soll meinetwegen warten. Keiner soll später nach Hause kommen, weil ich Angst habe runterzufallen.

Ich sterbe, wenn ich aus dieser Höhe abstürze. Ich bin nicht gelähmt, kein Krüppel, den die Leute anstarren. Sitze nicht sabbernd in meiner vollen Windel, ohne einen Pfleger weit und breit. Ich sterbe.
Ob Martin dann was kriegt? Von der Versicherung? Oder wird von meinen Überresten dann noch eine Blutprobe genommen? Stinkt mein Blut nach Heroin und Dreck, nach alten Nadeln?

Verdammt, was machst du?, ruft einer. Verdammt, was machst du? Ich habe einfach rumgestanden und habe vor mich hin gestarrt. Reiß dich zusammen, verdammt, wir sind nicht hier oben, um die Aussicht zu genießen. Ich gebe Gas. Kann sehen, dass sie mich beobachten. Aber solange ich meinen Job mache, kann mir keiner was. Ich bearbeite das Dach mit dem Hochdruckreiniger, kriege Salzsäurelösung ins Auge, spüle mit Cola nach. Ich suche kaputte Dachziegel zusammen und schmeiße sie in einen Eimer. Ich gehe nicht, ich laufe, den First zwischen den Beinen. Keiner soll was sagen. Keiner arbeitet härter als ich. Keiner braucht das Geld dringender. Keiner gibt es schneller aus. Noch immer nur Wochenendjunk, nicht das wirklich Richtige. Ein bisschen natürlich, werktags. Aber wirklich nicht mehr als ein einziger kleiner Abendfix und ein bisschen brauner Tabak tagsüber. Eigentlich fast nichts. Ich schwitze und laufe. Manchmal, aber wirklich nur ganz selten, wenn ich eine Scheißnacht hatte, weil Martin nicht schlafen konnte, und ich es wirklich brauche, suche ich mir in der Mittagspause eine Toilette. Aber dann nehme ich immer nur so viel, dass ich hier sein kann und auch hier bleibe. Nicht so viel, dass ich wirklich weg bin und mir die Leute etwas anmerken.

Als mir der Eimer aus den Fingern rutscht, weiß ich, es ist vorbei. Sofort, schon bevor er Erik getroffen hat, der unten steht und raucht, noch bevor er ins Krankenhaus muss. Kaum ist der Henkel von meinen Fingerkuppen gerutscht, weiß ich, dass es das war. Es spielt keine Rolle, dass der Eimer leer ist, das war's.

Ich darf meine Arbeit an diesem Tag noch beenden. Feierabend, wir rauchen, und sie erzählen mir, mit wie vielen Stichen Erik genäht worden ist und dass er eine leichte Gehirnerschütterung hat, dieser Idiot. Warum hat er keinen Helm getragen?
Ich verabschiede mich von den anderen, wünsche ihnen einen schönen Abend und will gehen, als Henning mich noch kurz zu sich ruft. Henning, der hier das Sagen hat und für den wir arbeiten. Keine Dramatik, keine großen Gesten. Es ist einfach besser, wenn ich nicht mehr komme.

6

Nach der Geburt. Wie kaputt wir auf dem Rückweg vom Krankenhaus waren! Glücklich und kaputt. Rote Augen, müdes Lächeln. Ich war zwischendurch nur einmal kurz zu Hause gewesen, um meine Sachen zu wechseln und den Babysitz zu holen, den wir in der Eile nach den ersten Wehen vergessen hatten. Ich konnte es kaum erwarten zurückzukommen. Der Weg zum Krankenhaus war weit.
Dann saßen wir im Bus, zwischen uns der Babysitz. Ein winziger, kleiner Junge. Die Gesichtszüge hatten sich zu entfalten begonnen, so dass man den Menschen erkennen konnte. Kleine, wache Augen, die jetzt geschlossen waren, in den Schlaf gewiegt vom Schaukeln des Busses.
Wir waren müde und glücklich. Dachten beide das Gleiche. Sagten aber nichts. Trotzdem dachten wir es, dachte ich es. Dass wir glücklich waren. Jetzt. Müde und glücklich. Sehr glücklich. Und nun ein kleiner Fix, eine klitzekleine Spritze. Nicht der große Rausch, bei dem man kurz vor dem Tod steht und sich die ganze Welt öffnet und wieder schließt. Nur einfach eine klitzekleine Spritze. Wie glücklich würden wir dann erst sein? Wenn wir jetzt schon so glücklich waren?

Wenn man in einem Treppenhaus glücklich werden konnte, das Leben hinter sich, die Spritze in der Hand auf der Suche nach einer noch nicht entzündeten Vene, wie glücklich konnten wir dann jetzt werden? Mag sein, dass nur ich so dachte. Vielleicht bildete ich mir ein, dass es in der Luft lag.
Als wir nach Hause kamen, war der Augenblick vorbei.
Wir hatten genug andere Dinge zu erledigen. Praktische Dinge. Fläschchen, Abendessen, Strampler und Babykram.
Als wir nach Hause kamen, war der Augenblick vorbei.
Ich schämte mich, so gedacht zu haben. Hatte nur noch Augen für den Kleinen.

7

»Kann ich den nicht mitnehmen?«
Er steht mit seinem großen Stoffdinosaurier im Arm vor mir. Ein Fleischfresser, dem weiße Plüschzähne aus dem Maul ragen. Er hat gebadet, frische Sachen angezogen. Wir haben eine Tasche für zwei Tage gepackt. Ein paar Kleider sind noch feucht. Ich habe nicht mehr alles trocken gekriegt, wollte aber sicher sein, dass seine Sachen sauber sind.
Ich versuche, den Dinosaurier in die Tasche zu stopfen. Er ist viel zu groß.
Hand in Hand laufen wir am See entlang. Ich trage die Tasche, er hat seinen Dinosaurier unter dem Arm. Wollte ihn nicht zu Hause lassen. Er war vorher noch nie über Nacht von zu Hause weg, ist nervös, freut sich aber auch. Redet unablässig davon, was er mit Gustav machen wird, und dass Gustav eine PlayStation hat. Dass sie damit spielen wollen. Gustav hat unheimlich viele Spiele, auch eins mit Zombies, aber Gustavs Mutter mag nicht, wenn sie damit spielen,

dabei ist das doch egal, jetzt hat er ja seinen Dinosaurier mit und Dinosaurier kommen doch wohl mit Zombies klar, oder? Natürlich, Schatz, so ein großes fleischfressendes Tier wie das unter deinem Arm schafft das.

Ich halte seine kleine Hand fest, drücke sie, so fest ich kann, ohne ihm weh zu tun. Die Autos fahren schnell vorbei. Er wird drei Tage weg sein, zwei Nächte.

Es wird langsam dunkel, die Luft ist kalt, und der See verwandelt sich. Von einem netten Ort, an dem man Enten füttern und spazieren gehen kann, in einen, an dem Dinge geschehen, von denen ich hoffe, dass sie Martin in den nächsten zehn Jahren noch verborgen bleiben.

Wir laufen durch eine Straße mit Einfamilienhäusern, dann durch eine weitere, bis wir vor ihrem Haus sind. In der Einfahrt steht ein Toyota, rote Klinker, ein kleiner Erker, Licht, das freundlich durch die Fenster fällt. Ein Zuhause, in dem man gerne wohnt, in das man an einem kalten Winterabend gerne zurückkommt.

Ich klopfe an. Es vergeht ein bisschen Zeit, dann kommt Gustavs Mutter heraus. Sie ist blond, Mitte dreißig, eine schöne Frau. Ihr Kinn ist vielleicht ein bisschen zu groß und sie hat breite Hüften, die sie unter teuren Kleidern versteckt. Sie lächelt uns an. Ich bin mir sicher, dass sie eine verdammt teure Faltencreme benutzt. Es duftet nach Lasagne. Gustav kommt angerannt und zieht Martin ins Haus hinein.

»Und Sie wollen wirklich nicht mitessen?«

Ich lehne dankend ab. Martin will ja versuchen, ein bisschen allein zu sein. Das geht ohne mich bestimmt besser. Außerdem habe ich noch eine Verabredung. Ich reiche ihr die Tasche. Aus dem Wohnzimmer höre ich die Dinosauriergeräusche der Jungen. Gustavs Vater kommt zur Tür. In der Hand ein Glas Rotwein. Auf der Schürze ein grinsender Hummer mit Grillgabel. Er macht mir das gleiche Angebot wie seine Frau. Nein danke, ich bin verabredet. Was noch nicht einmal gelogen ist. Bevor ich gehe, kommt Martin angelaufen. Ich gebe ihm einen Abschiedskuss. Sage, er soll sich ordentlich benehmen. Weiß nicht, was ich ihm sonst sagen soll. Dass ich ihn vermissen werde, muss er jetzt nicht unbedingt hören.

Ich gehe am See entlang zurück, mache einen Umweg, um beim Albaner vorbeizuschauen. Kaufe für meinen letzten Lohn Heroin. Mehr als üblich, so dass er mir einen guten Preis macht. Kaufe den letzten Stoff, den er hat. Für den Rest kriege ich Cetobemidon und Hasch. Gehe in einen Kiosk und kaufe mir für einen Zwanziger, der sich im Futter versteckt hatte, Bier. Ich bin gut vorbereitet.

Zu Hause fühlt sich die Wohnung leer an. Das Fertiggericht, das ich aus dem Kühlschrank genommen habe, wartet noch immer auf dem Tisch auf mich. Ich habe weißes H. Heroinchlorid. Gute Qualität, Stoff, den man nicht erst durch nasse Watte ziehen muss, sondern den man sich direkt spritzen kann. Ich hätte mich vorbereiten können, mir einen Joint drehen und das Essen warm machen. Aber ich habe weißes Heroin. Auf dem Weg ins Bad wird mir klar, dass das gar nicht nötig ist. Ich kann mir meine Spritze einfach im Wohnzimmer setzen, ohne Angst, dass Martin hereinplatzt.

Ich fixe, rauche Zigaretten und sehe mir ein Quiz im Fernsehen an, in dem Prominente Lieder raten müssen. Fixe wieder und sehe eine Sendung, in der Prominente kochen. Zwischen den Spritzen weiche ich den Rausch mit Bier und Hasch auf. Ich hätte Martin anrufen können, ihm sagen, dass ich ihn liebhabe. Man hört nicht, dass ich high bin. Aber wenn ich so denke, sollte ich besser niemanden anrufen.

Am Samstag wache ich erst spät auf. Ich rufe Gustavs Eltern an und erreiche nur den Anrufbeantworter.

Sie sind sicher im Wald. Ordentliche Menschen mit einem Einfamilienhäuschen. Bestimmt passen sie gut auf Martin auf. Also fixe ich weiter, den ganzen Tag. Setze mir alle paar Stunden neue Spritzen. Ein Schuss am Oberschenkel geht mir daneben. Das wird morgen wahnsinnig weh tun, aber jetzt kümmert es mich nicht, außerdem habe ich ja Cetobemidon. Und Martin hat es gut. Ist bei guten Menschen. Auch Papa hat es gut. Alles ist gut.

Am Sonntag bin ich tot. Habe alles verfixt, was ich konnte. Mir wie ein Sportler einen Schuss nach dem anderen gesetzt und bin jetzt tot. Das Telefonklingeln holt mich zurück ins Leben. Ich brauche lange, um zu kapieren, dass es Gustavs Mutter ist. Sie fragt, ob es mir gut gehe. Ob etwas nicht in Ordnung sei. Doch, es ist alles in Ordnung.

Ich gehe ins Bad. Rasiere mich und rauche die Reste aus den kleinen Päckchen, die überall auf dem Sofatisch liegen.
Ich laufe ein bisschen komisch, wegen dieser verfehlten Vene am Oberschenkel. Habe es noch gar nicht gewagt, mir die Scheiße anzusehen. Bin mir sicher, dass da eine entzündete rote Blume ist.
Es ist weit bis zu Gustavs Eltern, und als ich ankomme, muss ich mich am Türrahmen festhalten, um nicht umzukippen. Gustavs Mutter öffnet und sieht mich schockiert an. Horrorfilm, große Augen. Ich huste. Bin krank. Habe Grippe. War im Bett. Es fing an, als ich nach Hause kam. Ich habe das ganze Wochenende gelegen. Ferngesehen. Den Arzt habe ich nicht gerufen, nein, so schlimm ist es nun auch wieder nicht. Es geht jetzt auch schon wieder etwas besser, habe Unmengen Kamillentee getrunken. Knoblauch, das hilft wirklich?
Sie fragt, ob es nicht besser wäre, wenn Martin auch noch diese Nacht bliebe. Ich kann ihn morgen im Kindergarten abholen. Wenn es mir wieder besser geht.
Ja, wenn das nicht zu viel Aufwand ist. Ist das nicht zu viel für Sie? Nein, überhaupt nicht. Er war so lieb, sie hatten viel Spaß. Ob sie ihn nicht eben holen soll? Sie sitzen im Wohnzimmer und spielen. Das ist nicht nötig, wenn sie gerade so schön spielen …
Ich gehe wieder nach Hause. Am See verliere ich das Gleichgewicht, falle in einen Busch und bleibe liegen. Ich rieche nasse Erde und spü-

re die Feuchtigkeit. Erst zwanzig Minuten später komme ich wieder hoch.
Hinke nach Hause und denke an Tütchen. Irgendwo muss doch noch was sein. Ein Tütchen mit weißem Pulver. Vielleicht ist eines zu Boden gefallen? Das könnte doch sein. Wirklich, das könnte doch sein.

8

Bratwurst mit Grünkohl. Martin mag es nicht und stochert auf seinem Teller herum. Hält das Grüne erst für Spinat, an den ich ihn endlich gewöhnen konnte. Mit Müh und Not. Doch als er den Kohl im Mund hat, muss ich ihn lange ansehen, damit er ihn nicht wieder ausspuckt. Ich lege meinen rechten Arm um ihn, eine liebevolle Bewegung, und ziehe ihn an mich. Im Schutz der Tischkante spuckt er mir den Kohl in die linke Hand. Meine Mutter bemerkt es nicht. Sie ist zu sehr damit beschäftigt, die Beatmungsschläuche aus der Nase zu nehmen, zu kauen, zu schlucken und die Schläuche wieder einzuführen. Es riecht nach Feuchtigkeit und Tod. Das ganze Haus vermodert. Ein kleines Holzhaus unweit der Fernsehstudios, eingeklemmt zwischen zwei Backsteinhäusern. Während des Krieges gebaut und vermutlich als vorübergehende Unterkunft für Kriegswitwen oder Invaliden gedacht. Und dann haben sie vergessen, die Baracke abzureißen. Es gibt nicht viel Licht, eine einzige Lampe über dem Esstisch, die zu hoch hängt und blendet. Darum sollte sich ein Sohn wahrscheinlich kümmern. Die Werkzeugkiste in der einen Hand und den kleinen Enkel in der anderen. Hier alles regeln. Ich sehe sie selten. Sage mir selbst, dass ich sie Martin zuliebe besuche, er soll seine Großmutter wenigstens kennen. Dabei ist er nicht gerne hier. Will nicht mit ansehen, wie seine Großmutter in Zeitlupe stirbt und sich dabei wie Darth Vader anhört.

Zwischen dem Schlucken und dem Sauerstoffgerät spricht Mutter mit uns.
Sie fragt, wie es uns geht. Gut, antworte ich. Sie sagt, wir sollen sie öfter besuchen. Ja, antworte ich. Ihre Stimme ist rauh und brüchig. Sie sagt, wir sollen meinen Bruder einladen. Ich sage, ich weiß nicht ... Bringe den Satz nicht zu Ende. Sie lächelt. Jedes Lächeln endet in einem Hustenanfall, bei dem sie fast den Löffel abgibt. Und dann schiebt sie sich wieder die Schläuche in die Nase.
Meine Mutter fragt Martin, ob es ihm gut geht. Er nickt nur und starrt auf seinen Teller. Gut. Er ist schüchtern. Man muss doch bei seiner alten Oma nicht schüchtern sein, nicht wahr? Und es ist gut möglich, dass im Kühlschrank noch ein Nachtisch steht. Man kann ja nie wissen. Sie fragt ihn, wie es im Kindergarten läuft. Er geht gern hin. Hat einen richtig guten Freund gefunden. Gute Freunde sind wichtig, wie er denn heißt. Gustav. Ob er auch eine Freundin hat. Nein! Was soll er denn mit einem Mädchen? Nein.
Ich räume den Tisch ab. Martin hat nichts gegessen, die Sachen bloß mit seiner Gabel auf dem Teller hin und her geschoben, damit es aussieht, als würde etwas fehlen. Ein kluger Junge. Ich schmeiße alles in den Mülleimer unter der Spüle.
Die Küche sieht aus wie bei allen alten Leuten. Ohne sichtbaren Dreck, aber ein seltsam süßlicher Geruch liegt in der Luft und eine dünne Schicht aus Fett und Staub auf allen Oberflächen.
Ich gehe aufs Klo, pisse und nehme so viele Pillen, wie ich finde. Alte-Frauen-Pillen von einem Arzt, der sich nicht scheut, seinen Rezeptblock zu zücken.

Als ich zurückkomme, wird Martin noch immer ausgefragt. Gleich weint er. Er hat die Beine unter dem Tisch verknotet, den einen kleinen Fuß über dem anderen. Was willst du werden, wenn du groß bist? Welche Spielsachen magst du am liebsten? Magst du den Teddy, den Oma dir geschenkt hat? Er nickt, blickt aber nicht auf.

Ich helfe ihr in den Sessel. Martin drückt sich auf dem Sofa so dicht an mich wie nur möglich. Er hat sich eine Schokomousse aus dem Kühlschrank geholt. Ich helfe ihm, das Silberpapier vom Becher zu ziehen. Habe einen Löffel aus der Schublade geholt, ihn erst einmal gespült und an meinem T-Shirt abgetrocknet. Meine Mutter holt dreimal tief Luft und zieht sich dann die Beatmungsschläuche aus der Nase, um sich eine rote Cecil anzuzünden. Diese Marke raucht sie schon, seit ich denken kann. Wenn man nicht rauchen darf, hat das alles doch keinen Sinn. Nur eine kleine zum Kaffee. Wenn man die nicht mehr darf, kann man gleich sterben. Sie beginnt zu husten. Kräftig und lange. Martin sieht sie ängstlich an. Er weiß nicht, was geschieht. Ich will ihr auf den Rücken klopfen, habe aber Angst, sie mit meiner Hand zu zerbrechen. Sie streckt die Finger aus und ich reiche ihr das Sauerstoffgerät. Nach ein paar tiefen Zügen atmet sie wieder richtig. Dann nimmt sie die Zigarette aus dem Aschenbecher. Wir trinken Kaffee, rauchen und gönnen uns ein Schnäpschen dazu. Martin isst seine Schokomousse. Eine richtige kleine Familie.

Sie braucht nicht aufzustehen, wirklich nicht, sie will es aber, und ich muss sie stützen. Wir stehen in ihrem schmalen Flur und sie wühlt in ihrer Tasche. Die braunen, mit einer Jutetapete verkleideten Wände riechen nach Schimmel.
Sie gibt mir zweihundert Kronen. Drückt sie mir in die Hand. Und lächelt mich an, als wollte sie sagen: Nimm, das ist doch nichts, du musst dich nicht bedanken. Wie recht sie hat. Das reicht weder zum Fixen noch zum Leben. Ich überlege mir, sie um Geld zu bitten, weiß aber, dass sie mir nichts geben wird. Ich muss einfach warten. Aber so schnell stirbt sie nicht. Die alte, vertrocknete Schachtel. Wofür braucht sie schon Lungen? Sie lebt von Feuchtigkeit, Tabak und trockenen Kuchen.
Sie muss wieder husten und hält sich die Hand vor den Mund. Martin versteckt sich hinter meinen Beinen, hat Angst, dass sie jetzt wieder

diese schrecklichen Geräusche macht. Doch es geht vorbei. Sie ruft Martin zu sich und er kommt langsam hinter meinem Bein zum Vorschein. Sie schenkt ihm dreißig Kronen. Damit er sich etwas kaufen kann. Betont, dass das sein Geld ist und er sich damit selbst etwas kaufen darf.
Wir gehen zum Bus.
Müssen wir Oma noch einmal besuchen? Nicht so bald. Er hat Hunger. Ich verspreche ihm etwas Leckeres, wenn wir zurück in Tingbjerg sind. Oder an der erstbesten Imbissbude, die wir zu Gesicht bekommen. Schawarma oder Pizza. Und, nein, er muss nicht mit seinem Geld bezahlen, das macht Papa schon.

9

Sie sagte: »Jetzt komm schon ins Bett. Komm schon. Wir machen ihm eine kleine Schwester.« Dann lachte sie. Ich stand in der Tür und sah ihm beim Schlafen zu. Ließ ihn nicht aus den Augen. Wenn sie schlief und mich nicht zu sich lockte, konnte ich stundenlang in der Tür stehen und ihn ansehen. Manchmal schlich ich zu ihm und schob meine Hand ganz vorsichtig unter seinen Strampler. Spürte seine Haut. Seine Brust, die sich hob und senkte, sein Herz, das schlug. Dann ging ich zurück zur Tür, ließ ihn aber nicht aus den Augen.
Und manchmal nahm ich seine Hand und drückte sie ganz zart. Nicht fest, nur so, dass es ihn ein bisschen störte und er sich mit einem leichten Seufzen im Schlaf umdrehte. Dann zurück zur Tür. So war es von Anfang an. Seit wir ihn bekommen hatten, klein und noch ein bisschen lila, mit Augen, die die Decke absuchten. Die Wehen hatten abends begonnen und am Morgen waren wir mit einem Taxi zum Krankenhaus gefahren. Die Geburt dauerte elf Stunden. Sie wollte keine Schmerzmittel nehmen, hatte Angst, dadurch wieder auf den

Geschmack zu kommen. Elf Stunden, ich trank Kaffee und hielt ihre Hand.
Der kleine Junge wurde in ein weißes Handtuch gewickelt, auf dem unten in der Ecke der Name der Klinik stand. Wie klein er war. Es war kaum vorstellbar, dass dieser kleine Körper sie so ausgebeult hatte. Wir wurden in ein Zimmer geschoben. Sie auf einem Krankenhausbett, die Beine leicht angewinkelt. Der kleine Junge fand ihre Brust mit geschlossenen Augen und hielt sie fest. Dann kam er ins Babybettchen. Ich hatte eine Art Lager auf dem Sofa an der Wand. Sie schlief schnell ein. War erschöpft, das waren wir beide. Er war so klein, ich sah ihn an, ein winziger, kleiner Junge. Er atmete ganz ruhig. Ich musste mein Ohr über seinen Mund halten, um zu hören, dass er Luft holte. Ich sah ihn die ganze Nacht an. Hatte Angst, er könnte verschwinden, wenn ich einen Augenblick wegsähe. Konnte kaum verstehen, dass etwas so Kleines in der Lage war zu überleben. Ich musste einfach dasitzen, als Zeuge. Durfte ihn nicht aus den Augen lassen. Musste zusehen, wie er atmete. Zug um Zug.

Wenn er weinte, wurde sie traurig. Was kann ich denn tun, Schatz, willst du wieder an die Brust? Es ärgerte sie, wenn ich lächelte. Tote Kinder weinen nicht. Er weinte und die Tränen kullerten über seine Wangen.
Sie fand mich seltsam und sagte das auch. Komisch hat sie mich, glaube ich, genannt. Aber das war später. Wir bekamen Besuch von Freunden, einer kleinen Gruppe Auserwählter, die kein Heroin nahmen. Verwandte von ihr. Sie brachten Geschenke mit und ich sagte ihnen: »Wenn ihr lächelt, lächelt bitte mit geschlossenem Mund. Ohne die Zähne zu zeigen. Raubtiere fletschen die Zähne.«
Ich sagte: »Wascht eure Hände, bevor ihr ihn berührt.«
Nachts beobachtete ich ihn. Ließ ihn nicht aus den Augen.

10

Sie sagen, dass Martin ein kleines Mädchen gehauen habe. Dass er nicht teilen wolle. Und nicht ordentlich esse. Plötzlich packen sie alles auf den Tisch. Die beiden Erzieherinnen. Ich weiß nicht, ob sie damit rechnen, dass ich zuschlage. Wie Martin. Der langhaarige Kindergartenpraktikant lässt mich auf jeden Fall nicht aus den Augen, als ich vor einem kleinen Jungen hocke und ihm die Schuhe anziehe. Dieses schwule Arschloch. Bereit einzuspringen. Sollte ich vollständig ausflippen. Martin steht da und klammert sich an mein Bein. Ich nicke ihnen zu, ich werde mit ihm reden. Er darf andere Kinder nicht schlagen, nein, das darf er nicht. Und die Schokolade darf er erst zum Schluss essen. Ich nicke. Wir werden noch einmal darüber reden. Beim Elternabend soll das zur Sprache kommen. Ich nicke. Weiß nicht, was wir jetzt noch tun können, wahrscheinlich wird es nicht reichen.

Auf dem Weg nach Hause leihen wir uns einen Film aus. Belegen eine Aufbackpizza mit allem, was wir im Kühlschrank haben. Mit Salami und Käsescheiben und für Martin mit gerösteten Zwiebeln. Nach dem Essen frage ich ihn, wen er denn geschlagen habe.
»Ein Mädchen«, antwortet er, »ein richtig dummes Mädchen.« Ich glaube ihm. »Und warum hast du es gemacht?«
»Weil sie dumm war.«
»Hat sie dich geärgert?« Er nickt. »Man darf keine Mädchen schlagen«, sage ich. »Auch nicht, wenn sie dumm sind oder dich aufziehen.«
Er denkt einen Moment nach. »Papa, darf man denn Jungen hauen?«
Ich weiß nicht, was ich antworten soll. Dort, wo ich herkomme, schlägt man oder man wird geschlagen.
»Du darfst keine Jungen hauen, die viel kleiner sind als du. Das ist unfair, die haben ja keine Chance.« Wieder denkt er nach. Ich werde so stolz, wenn ich sehe, wie sich die Gedanken hinter seinen Augen

formen. Sieh doch, jetzt bildet sich eine Antwort oder die nächste Frage.
»Dann darf man also Jungen schlagen, die größer sind als man selbst?«
»Ja, das darf man, aber schlau ist es nicht.«
»Weil man dann verprügelt wird.«
»Hm, genau.«
Klug ist er, verdammt klug. Er denkt nach, und als er die nächste Frage stellt, kommen die Worte so schnell, dass sie sich selbst im Wege stehen. Das Spiel gefällt ihm.
»Und was ist, wenn da ein kleiner Junge ist, der einen richtig, richtig ärgert? Also so richtig doll … Darf man den denn dann hauen?«
»Nein, außer du musst unbedingt jemanden schlagen, dann solltest du den nehmen.«
Er grinst.
»Mein kleiner Schatz«, ich drücke ihn an mich, »du sollst aber gar nicht hauen, weißt du.« Er sieht zu mir auf. »Okay, Schatz? Mir zuliebe. Ruf einfach einen Erzieher. Im Kindergarten sagen sie doch auch, ihr sollt einen Erwachsenen holen, nicht wahr?« Er nickt.
»Oder erzähl es mir. Dann überlege ich, was man tun kann.«
Ich strecke den Arm aus, nehme die Fernbedienung und schalte ein. Das Disney-Logo erscheint auf dem Bildschirm.

11

Ich klingle noch einmal. Sie wohnt im vierten Stock. Ich habe meine Mappe unter dem Arm und die Sporttasche über der Schulter. Trage meine besten Kleider. Ihre Stimme krächzt durch die Gegensprechanlage.
»Hallo … Hallo …«

»Haushaltshilfe.«
»Aber …«
»Hier ist die Haushaltshilfe.«
»Aber die war doch gerade erst …«
Dann brummt das Türschloss. Ich gehe die Treppe hoch. Vier Etagen. Ich beginne zu schwitzen. Sie steht in der halb geschlossenen Tür und wartet.
»Heute ist aber nicht der richtige Tag. Das muss ein Missverständnis sein.«
Ich schaue in meine Mappe, lasse meinen Blick über das leere Blatt Papier schweifen. Nehme den Kugelschreiber und wiederhole den Namen auf dem Klingelschild.
»Ja«, antwortet sie, »das bin ich.«
»Dann sind Sie heute an der Reihe. Putzen, wenn ich das richtig sehe. Wird bei Ihnen für gewöhnlich gesaugt?«
»Ja, ja, das stimmt. Aber Lene war gerade erst hier. Das ist erst … drei Tage her.«
»Ja, aber Lene ist krank, und wir wissen nicht, wie lange. Deshalb soll ich ihre Runde übernehmen, zusätzlich zu meiner natürlich. Sie wissen ja, wie das ist …«
»Was ist denn mit Lene? Sie war doch gerade erst …«
»Ein Bandscheibenvorfall, ein richtig übler. Sie hat einen Schrank abgekriegt. Besser gesagt, sie wollte einen Schrank festhalten, der sonst umgekippt wäre. Das sollte man nicht tun …«
»Das ist aber schade. Lene ist so ein nettes Mädchen …«
»Ja, das ist ärgerlich, aber bis es ihr besser geht …«
»Könnten Sie dann nicht nächste Woche wiederkommen?«
»Nein, leider nicht. Entweder jetzt oder erst wieder in vierzehn Tagen. Das entscheiden Sie.«
Sie zögert kurz und denkt nach. Dann öffnet sie mir die Tür. Auf dem Weg durch den Flur beklagt sie sich, dass das System so kompliziert sei. Immer müsse sie so lange auf die nächste Hilfe warten. Ich gebe

ihr recht. Sage, dass sie anrufen und sich beschweren oder, noch besser, einen Brief an die Stadt schreiben soll.

Sie sitzt im Sessel und kneift ihre kurzsichtigen Augen zusammen, damit sie sehen kann, was ich tue. Ich habe ihr den Rücken zugewandt. Stehe vor der Kommode und fülle meine Tasche mit königlichem Porzellan und handbemalten Wandtellern. Wenn ich die Fotografien aus den Silberrahmen lösen kann, mache ich das. Sonst nehme ich sie komplett. Alles kommt in die Tasche.
»Was tun Sie denn da? Was machen Sie da drüben?«
»Ich klaue Ihre Sachen.«
»Wie bitte?«
»Ich klaue Ihre Sachen. Ich bin dabei, Sie auszurauben.«
Sie sagt nichts, bleibt einfach sitzen.
Meine Hände arbeiten schnell. Jetzt am Schrank. Ich beginne mit den Schubladen, der untersten. Immer die unterste zuerst und dann weiter nach oben. Die mittlere ist verschlossen. Ich nehme den Schraubenzieher aus der Tasche, so brauche ich sie nicht zwingen, mir den Schlüssel zu geben. Ich kippe das Silber aus der Schublade in die Tasche und mache mich an die nächste Schublade.
Sie hat ihren ganzen Mut zusammengenommen, versteht jetzt, was passiert.
Mitleid:
»Wie können Sie nur eine alte Frau ausrauben? Ich habe doch selber fast nichts, und mein Mann ...«
»Wenn Sie einfach Ihren Mund halten, dann bin ich sofort wieder weg, okay? Dann passiert Ihnen auch nichts.«
»Das sind meine Sachen, meine Sachen, ich habe ...«
»Sie sehen sie doch sowieso nicht mehr.«
»Ich weiß, dass sie da sind ... meine Sachen, wie können Sie ...?«
»Halten Sie Ihren Mund, Sie können ja doch nichts tun.«
Sie sitzt im Sessel, die Finger in die Armlehnen gekrallt. Die Spitzen

ihrer orthopädischen Schuhe zeigen nach innen wie bei einem kleinen Mädchen, das nicht in die Hose machen will.
Stur:
»Ich kann schreien. Laut schreien, ich bin zwar alt, aber ich kann laut schreien. Jemand wird mich hören, bestimmt.«
»Und ich könnte Ihnen ein Messer in die Lunge stechen.«

Ich gehe zu ihrer Plattensammlung. Manchmal hat man ja Glück. Ich blättere sie durch, werfe die Platten auf den Boden. Bis jetzt ist nichts Brauchbares dabei. Für Nana Mouskouri kriegt man nicht viel Stoff. Dann reiße ich das Telefon aus der Wand, gehe auf den Flur und ins Bad. Ich lasse die Tür offen, damit ich sie im Blick habe. Sehe einen Fuß und ob sie aufsteht. Ich leere ihren Medizinschrank, lauter Alt-Weiber-Junk. Die sind immer einen Schritt voraus, füllen sich mit mehr Scheiße ab als selbst die schlimmsten Junkies vor der Marienkirche. Dann gehe ich wieder zu ihr ins Zimmer. Jetzt ist sie wütend. Versucht, es nicht zu zeigen.
»Wo ist Ihr Geld?«
»Ich habe nichts. Nicht in der Wohnung. Ich bin eine alte ...«
»Sie kriegen Rente, verdammt. Geben Sie mir Ihr Geld und ich rufe auch die Polizei, wenn ich weg bin. Sonst breche ich Ihnen die Beine und lasse Sie hier liegen.«
»Das würden Sie nicht ... würden Sie nicht tun ...«
»Wollen Sie es wirklich darauf ankommen lassen?«
Sie sagt mir, wo sie im Schlafzimmer das Geld versteckt hat. Eine Hutschachtel im Kleiderschrank. Alte Damen haben ihr Geld immer irgendwo im Schlafzimmer. Da sucht man nicht, das wäre ja unverschämt. Ich stopfe die Scheine in die Tasche. Alles in allem ein paar Tausend, fünf vielleicht. Große und kleine Scheine.
Dann leere ich das Schmuckkästchen, das vor dem Schminkspiegel im Schlafzimmer steht. Fast nur Strass, ein bisschen Silber und ein paar goldene Ohrringe.

Ich gehe wieder zu ihr.
»Bedeuten die Ihnen was?«
»Das alles bedeutet mir etwas. Das sind meine …«
»Antworten Sie mir, verdammt …!«
»Was haben Sie denn da …«
Ich halte ihr die Brosche dicht vor das Gesicht. Sie zieht ihr Gesicht zurück, als hätte sie Angst, ich wollte sie schlagen, wirft dann aber doch einen Blick auf das Schmuckstück.
»Die habe ich von meinem Mann …«
»Danach habe ich nicht gefragt. Bedeutet die Ihnen etwas?«
»Ja.«
Ich lege die Brosche auf den Tisch neben ihr. Lasse sie im Sessel sitzen und spüre ihren Blick auf meinem Rücken, als ich die Tür hinter mir zuziehe.

12

Sie kam aus dem Bad, ihre Haut war warm und feucht. Ich zog den Bademantel zur Seite und küsste sie unter dem Nabel auf den Bauch.
»Ist es okay, wenn ich heute zu Louise gehe?«
Sie zog sich an. Martin spielte im Wohnzimmer mit seinen Autos. Ich sah sie die schwarzen Strümpfe anziehen. »Ich komme nicht so spät, wir wollen nur Kaffee trinken und ein bisschen darüber reden, was Männer doch für Schweine sind.« Sie küsste mir auf die Wange und wischte mit dem Daumen den Lippenstift weg.

Etwa so stelle ich es mir vor:
Sie stolpert auf unsicheren Beinen die Treppe hinunter. Ihre Kleider sind durcheinander, der Lippenstift verschmiert. Sie knickt um und muss sich ans Geländer klammern. Dritte, zweite, erste Etage, un-

glaublich, dass sie sich auf der Treppe nicht den Hals bricht. Ihre Augen sind vollkommen blank. Sie ist unterwegs nach Hause. Sie weiß, dass es nicht gut ist, was sie getan hat. Sie fummelt an der Tür herum, kriegt sie kaum auf. Dann geht sie nach draußen, die Sonne blendet, alles ist weiß. Klipp, klapp, klipp, klapp, ihre Schuhe auf dem Bürgersteig. Über den Fahrradweg und auf die Straße. Ich glaube wirklich, dass sie das Auto nicht gesehen hat.

Wir saßen am Tisch und aßen Brot und Käse. Etwas Besseres gab es für ihn nicht. Havarti, den er immer Hawaii nannte. In Hawaii gibt es Palmen und da scheint immer die Sonne, deshalb heißt der Hawaii-Käse. Im Fernsehen lief *Tom und Jerry*. Die Folge mit dem Entenküken, das gefressen werden möchte, weil es sich für schlecht hält. Die Maus muss es die ganze Zeit retten. Wir lachten zusammen, er immer an den richtigen Stellen. Danach zog ich ihm Schuhe an, wir wollten einkaufen, damit das Essen auf dem Tisch steht, wenn Mama nach Hause kommt. Ich suchte gerade die Schlüssel, als das Telefon klingelte.

Wir saßen in einem langen Krankenhausflur und warteten. Ich hatte ihn mitgenommen, konnte ihn ja nicht allein lassen und die Nachbarin war nicht zu Hause. Er fuhr mit dem neuen Spielzeugauto über seinen Oberschenkel. Hin und her. Ein englischer Rettungswagen mit Blaulicht.

Dann holten sie mich. Auf dem Boden und an den Wänden Fliesen. Ein scharfer Geruch nach Chemie. Sie führten mich an einen Metalltisch. Sie hatte eine Decke über sich, die sie zur Seite schlugen. »Ja, das ist sie.« Sie sah vollkommen falsch aus. Entstellt. Blut auf den Schläfen und eingefallene Wangen. Wie schade, dachte ich, wo sie ihre Wangen doch so mochte. Sie immer mit Rouge und Puder betonte. Ja, das ist sie. Bevor man sie zudeckte, sah ich den Einstich in der Armbeuge. »Ich weiß nicht, ob es Sie tröstet«, sagte er. »Aber wir haben ihr Blut

abgenommen, und wenn sie nicht vor dieses Auto gelaufen wäre, hätte das Heroin sie umgebracht.« Ich wusste auch nicht, ob mich das tröstete. Wir hatten drei oder vier Jahre nicht mehr gefixt. Hatte sie dieses Jucken im Arm? Wollte sie es ein letztes Mal probieren?
Ich ging wieder zu Martin. Kommt Mama nicht mit uns nach Hause? Ich nahm ihn auf den Arm, presste ihn fest an mich.

13

Ich habe Kaffee bekommen und Martin ein Glas Saft. Verdünnter roter Sirup, der auf dem Tisch vor ihm steht, neben den Buntstiften. Wir sitzen im Aufenthaltsraum der Erzieher. Dort essen sie und blättern durch alte Magazine, die in einem Korb neben dem Regal liegen. Martin gegenüber sitzt der Psychologe. »Es ist nicht schwer«, sagt er, »du sollst nur ein paar Dinge für mich zeichnen.« Martin sieht zu mir herüber. Ich sitze an der Wand. Bin mir sicher, dass sie mich gerne draußen vor der Tür hätten, damit sie richtig loslegen können – dieser Psychologe und Marianne. Ihn wirklich ausfragen. Wie läuft das eigentlich zu Hause? Und was macht dein Vater?
Wie sehen denn die Unterarme deines Vaters aus?
Ist er ein guter Vater?
Schlägt er dich?
Nein, ich sitze hier und rühre mich nicht von der Stelle. Solange sie keine Anweisung von der Stadt haben, können sie mich nicht rausschmeißen.
Du sollst nur zeichnen, sagt der Psychologe zu Martin, zeichnen, wozu du Lust hast. Er ist Ende dreißig. Sein professionelles Gesicht drückt aus, wie gut er es mit den Kindern meint und dass er ihr Freund ist. Er trägt Jeans und einen dünnen Wollpullover. Leger.
»Zeichne doch mal euer Zuhause, was meinst du?

Wie es da aussieht.
Euer Haus oder eure Wohnung.
Wie sieht das Gebäude aus?«
Martin weiß noch immer nicht, was er tun soll. Er trinkt Saft, einen ganz kleinen Schluck. Nippt am Glas wie ich, um Zeit zu gewinnen und um etwas in den Händen zu halten. Dann greift er nach den Farbstiften.
Marianne beobachtet ihn, starrt ihn an. Lauert darauf, dass er Totenköpfe zeichnet, Motorsägen, die sich durch Fleisch graben, den Vater mit der Kanüle im Arm. Martin greift von einem Stift zum anderen, kann sich nicht entscheiden. Ich denke, nimm nicht den schwarzen. Das ist sicher nicht gut.
Ich weiß, worauf sie mit dieser Übung hinauswollen, und Schwarz ist bestimmt kein gutes Zeichen. Wenn er nur mit dem zeichnet oder mit dem roten, stimmt etwas ganz und gar nicht. Dann verliere ich ihn. Martin nimmt den blauen Stift. Dunkelblau. Mir wäre der hellblaue lieber gewesen, aber das ist in Ordnung. Besser als schwarz. Er fängt an. Zeichnet ein paar Striche und blickt auf. Er weiß genau, dass wir ihn alle ansehen. Der Psychologe versucht, die Stimmung aufzuheitern, sagt, wie schön es hier ist, wie nett, dass das ein ganz besonderer Kindergarten sein muss. Dann will er wissen, ob das Klettergerüst draußen neu ist. Ja, das ist es. Marianne freut sich besonders, denn es ist ein wahrer Kampf gewesen, die Mittel bewilligt zu bekommen. Ich glaube, für einen kurzen Moment etwas zu sehen. Ein Zucken im Gesicht des Psychologen. Auf seiner Wange. Kampf ist bestimmt kein Wort, das man vor Kindern verwenden sollte. Ein Wort, das man vermeiden muss, weil es sich ins Unterbewusstsein der Kinder graben könnte und diese davon geisteskrank und unglücklich werden und sich für Geld verkaufen. Vielleicht bilde ich mir das aber auch nur ein, ich schwitze, ärgere mich, dass ich mir vorher keinen Schuss gesetzt habe, nur einen kleinen, nur ein halbes Briefchen, nicht mehr. Aber ich habe mich nicht getraut. Psychologen sehen ja alles.

Martin hat ein Haus gezeichnet, unser Haus, den Block, in dem wir wohnen. Die Mauern sind blau und die Wohnzimmerfenster, unsere Fenster, sind sehr groß. Ein kleines Strichmännchen in dem einen Fenster und ein großes in dem anderen. Draußen vor dem Haus steht ein Hund, ein großer brauner Hund. Der Psychologe fragt Martin, ob er seinen Namen schreiben kann. Martin nickt. Er darf ihn unten auf das Blatt schreiben. Der Psychologe lächelt, nimmt die Zeichnung vom Tisch und bedankt sich. Dann lässt er sie in seiner Mappe verschwinden. Es ist eine gute Zeichnung, die Martin da gemacht hat, finde ich. Kein bisschen merkwürdig. Nur der Hund ist vielleicht etwas groß, aber Martin mag Hunde. Das sind im Moment seine Lieblingstiere. Da ist es doch klar, dass er den Hund übertrieben groß zeichnet. So etwas müssen Psychologen doch auch erkennen.
Dann legt er das nächste weiße Blatt vor Martin und bittet ihn lächelnd, seine Familie zu zeichnen.

14

Ich treffe Nick vor der Klinik.
Er begrüßt Martin, als hätte er sich mit ihm verabredet. Dann folgt er uns durch die Schwingtüren. Nick wirkt wütend. Im Fahrstuhl auf dem Weg nach oben würde ich ihm gerne sagen, ihm erklären, dass es nicht meine Schuld ist, dass unsere Mutter in der Klinik gelandet ist. Sie liegt im Sterben, ist aber noch nicht tot. Doch als wir in die Pulmologie kommen, ist er anscheinend auch auf die Schwester wütend. Und auf dem Weg zum Zimmer unserer Mutter scheint er wütend auf den Flur zu sein, auf die Handläufe an der Wand und auf den Mann im Gehwagen, der sich langsam auf dünnen, behaarten Stelzenbeinen an uns vorbeischiebt.
Die Schwester führt uns ins Zimmer.

Jetzt sitzen wir hier. Jeder auf einem Stuhl. Schweigend. Martin sieht sich neugierig um.
Nick tritt ans Fußende ihres Bettes.
»Warum hast du mich angerufen? Es geht ihr doch gut!«, ruft er und blickt auf unsere Mutter.
Sie ist so dünn, dass man ihr Herz durch das weiße Krankenhaushemd schlagen sehen kann. Eine Maschine atmet für sie. Fast wirkt es, als läge eine dünne Schicht Staub auf ihren geschlossenen Lidern.
Nick tritt ans Fenster und schaut nach draußen.
Seine Haare sind kurzgeschoren. Eigentlich heißt er Nikolaj, den Namen haben sich unsere Mutter und ein anderer ausgesucht, so wurde er allerdings nie genannt, jedenfalls nicht, seit ich ihn kenne. Er trägt einen schwarzen Trainingsanzug, in dem andere erbärmlich aussehen würden. Doch bei ihm spannt sich der Stoff straff über seinen Rücken. Er setzt sich hin, nimmt eine Zigarette, denkt nach und steckt sie wieder zurück.
»Ich hasse Krankenhäuser. Verdammt, Mann, ich hasse Krankenhäuser.«
Er sieht sich um, als könnten die Wände jederzeit einstürzen. Dann blickt er zu mir.
»Du doch bestimmt auch, oder?«
Ich antworte nicht, lasse seine Worte im Raum hängen.
Der Gestank des Todes liegt in der Luft. Unsere Mutter, das da ist also von ihr übrig, falls da jemals mehr gewesen sein sollte. Ich nehme Martins Hand und gehe mit ihm nach draußen. Setze ihn in den kleinen, leeren Aufenthaltsraum und suche ein Kinderprogramm auf dem Fernseher an der Wand. Gebe ihm ein Glas roten Saft aus dem Kühlschrank auf dem Flur. Ich sage ihm, dass er sitzen bleiben soll, was auch immer passiert, sitzen bleiben.
Noch bevor ich die Tür von Mutters Zimmer öffne, höre ich die Stimme meines Bruders. Als ich hereinkomme, sehe ich, wie er sich vor einem jungen Assistenzarzt aufspielt. Er hat glatt zur Seite ge-

kämmtes braunes Haar und rote Augen nach einer langen Doppelschicht, die gerade noch länger wird.
»Sie dürfen sie nicht sterben lassen, Sie dürfen das nicht …«
»Wir hoffen natürlich alle das Beste, aber so wie es jetzt aussieht …«
»Haben Sie nicht gehört, was ich gesagt habe? Es ist mir egal, wie es jetzt aussieht, Sie dürfen sie einfach nicht …«
»Das liegt wirklich nicht immer in unserer Hand, manchmal kann man nur warten und …«
»Tun Sie alles, was möglich ist, verdammt! Führen Sie ihr Schläuche ein, nutzen Sie Maschinen, egal was. Oder geben Sie ihr Medizin, Sie dürfen sie nicht sterben lassen.«
»Glauben Sie mir: Wir tun, was wir können, wirklich, aber Ihre Mutter …«
»Sie hat das nicht verdient. Sie hat es nicht verdient, nur einfach so zu sterben.«
Ich glaube nicht, dass der Arzt das gehört hat. Dass er kapiert hat, warum dieser Satz so verkehrt klang. Nick hat ein falsches Wort eingebaut. *Nur.*
»Wie gesagt, wir tun alles, was wir können, uns bleibt aber nichts anderes übrig, als …«
»Verdammt, Mann, Sie lassen sie nicht sterben, es ist mir vollkommen egal, ob sie hirntot ist oder langsam verschimmelt. Ist das klar?«
Der Arzt hebt abwehrend seine Hände. Es ist bestimmt schon eine Weile her, dass er im Studium den Umgang mit schwierigen Angehörigen gelernt hat. Diese Situation ist ihm neu, wurde in keinem Rollenspiel geübt. Er sieht zu mir herüber, jetzt soll ich ihn retten. Eigentlich würde ich gerne wissen, wie es weitergeht, aber draußen wartet Martin auf mich.
»Was ist passiert?«
»Die Haushaltshilfe hat sie gefunden. Es ist schwer zu sagen, wie lange sie schon … verwirrt war.«
»Und was jetzt?«

»Es steht alles auf Messers Schneide. Sie war bei ihrer Einlieferung stark dehydriert. Das allein reicht schon, um einen alten Menschen …«
»Und was passiert jetzt?«
»Wir können nur abwarten. Es ist gut möglich, dass sie wieder aufwacht, aber …«
»Nick, hast du noch eine Frage?«
Er hat sich wieder hingesetzt und schüttelt den Kopf. Der Arzt erklärt kurz, dass ihr jetziger Zustand eine Folge ihrer Lungenkrankheit ist und dass man vorläufig wirklich nicht mehr sagen kann. Alles ist offen.
Dann entschuldigt er sich und sucht schnell das Weite.

Nick starrt vor sich in die Luft. Es war angenehmer hier im Zimmer, als er den Arzt anschrie und die Geräusche der Herz-Lungen-Maschine übertönte. Jetzt sind wir wieder allein. Erst in diesem Moment fällt mir auf, wie dünn ihr Haar geworden ist. Man sieht die graue Kopfhaut darunter. Die Haut, die auf den Knochen klebt. Dabei hat sie sich immer so viel aus ihren Haaren gemacht. Auch wenn wir nichts zu essen hatten, ein teures Shampoo stand immer im Badezimmer.
Nick steht auf.
»Ruf mich an, wenn sie tot ist.«
Er geht zur Tür.
»Nick.«
Er dreht sich um und sieht mich fragend an.
»Ist es nicht schwer, die ganze Zeit so wütend zu sein?«
Er starrt vor sich hin, weiß nicht, ob er mir eine knallen soll. Dann lächelt er. Das erste richtige Lächeln, das ich seit Jahren bei ihm gesehen habe.
»Es wird täglich leichter.«

15

»Du musst ja eine verdammt große Familie haben.«

Er lächelt mich an. Ich brauche ihm nicht zu antworten, er weiß ganz genau, wo die Sachen herkommen.

»Komm mit nach hinten.«

Man könnte seine Bude einen Trödelladen nennen, aber das würde der Sache nicht gerecht. Er heißt Sørensen, mehr weiß ich nicht. Wer über seinen Laden redet, redet immer nur von Sørensen, auch wenn das nicht der Name auf dem Türschild ist. Er klappt einen Teil des Tresens hoch und ich folge ihm nach hinten. Überall stehen Sachen. Ich weiß nicht, ob die im Laden keinen Platz haben oder zu heiß sind, um öffentlich ausgestellt zu werden. An der Wand lehnt ein Rennrad und auf dem Tisch steht ein Laptop, daneben türmen sich DVDs. Sørensen ist zwischen 60 und 70, vielleicht älter. Sein Name ist mir ein Begriff, seit ich angefangen habe zu fixen. Er zieht den Bauch ein und schiebt sich auf die andere Seite des Schreibtisches. Setzt sich und gibt mir ein Zeichen, das Gleiche zu tun.

An der Wand hängt ein vier Jahre alter Kalender mit nackten Mädchen. Es riecht sauer nach billigem Tabak. Vor ihm steht eine zerkratzte Thermoskanne.

»Nimm dir, wenn du willst …«

Ich schraube den Deckel ab und gieße mir etwas in ein gesprungenes Wasserglas. Das alles passt irgendwie hierher.

»Nun: Sollen wir uns die Sachen ansehen?«

Ich reiche ihm die Tasche. Er legt sie vor sich auf den Tisch und nimmt vorsichtig die einzelnen Stücke heraus.

Neben ihm liegt eine runde Lupe, die er sich vor das Auge klemmt, wenn er nicht sicher ist, was unter einer Porzellantasse steht, oder wenn er die Qualität des Silbers prüfen will.

Als ich mir eine Zigarette anzünde, sieht er mich irritiert an, richtet seinen Blick dann aber wieder auf die Waren auf dem Tisch.

»Stört es Sie, wenn ich hier rauche?«
Er schüttelt den Kopf, und ich weiß, dass der Preis gerade um 200 Kronen gefallen ist. Hier drinnen hat nur einer das Recht zu rauchen.
Als er alles begutachtet hat, sieht er mich an und sucht in der Brusttasche seiner Wollweste nach einer Kippe.
»1500, mehr kann ich dir nicht geben.«
»Was?«
»Ja.«
»Aber das Silber ist doch allein …«
»Ja, das Silber hat einen Wert und der Schmuck auch, einen gewissen zumindest. Deshalb gehe ich so hoch. Aber das Porzellan …«
»Dieses Zeug ist doch scheißteuer.«
Ich höre mich selbst. Ich klinge wie ein Drogenabhängiger, rede wie ein richtiger Junkie.
Jetzt komm schon, Mann.
Komm schon, Mann.
»Dieses Zeug ist doch scheißteuer.«
Er sitzt da und dreht einen Eisbären aus königlichem Porzellan zwischen den Fingern.
»Nur amerikanische Touristen kaufen noch so einen Kitsch, und die kommen nicht hierher, die wollen das neu. Kapiert? Und die Sammler wollen nur wirklich seltene Sachen. Und das sind die nicht. Nichts davon.«
»Ach, komm. Wie wär's mit 25?«
»Jetzt hör aber auf. Ich habe 15 gesagt, da kannst du doch nicht mit 25 kommen. So geht das nicht.«
»Und wie wär's mit …«
»Heh, jetzt hör mir mal zu. Versuch's wenigstens. Ich geb dir tausend für das Silber, und den anderen Kram und die Tiere und die Hirtenmädchen nimmst du wieder mit. Ich weiß echt nicht, was ich damit soll. Sieh dich doch mal hier um, der Laden ist knallvoll damit.«
»22.«

»Jetzt reiß dich mal zusammen. Ich gebe dir … Weißt du was? Ich will doch nur nett sein. Damit du den Scheiß nicht durch die ganze Stadt schleppen und dir überall das Gleiche anhören musst.«
Ich ertappe mich dabei, wie ich auf die Uhr schaue. Decke sie mit dem Ärmel zu. Sehe ihm in die Augen. Sieh mich an, wenn ich mit dir rede.
»Was? Du hast es eilig?«
»Nein.«
»Dann kannst du nämlich mit deinem Scheiß gleich wieder abhauen.«
»Ich habe es nicht eilig.«
»Ich habe heute einen guten Tag: Du kriegst 1800. Aber damit tue ich dir wirklich einen Gefallen …«
»2000. Ich will 2000 dafür. Keine Krone weniger. Weniger nehme ich nicht.«
Er sieht mich an. Lange. So fühlt es sich zumindest an. Ich sage nichts. Halte meinen Mund. Dann beugt er sich über den Tisch und drückt meine Hand.
»Aber erzähl niemandem davon, ich bin doch nicht der Weihnachtsmann.«

Ich haste über die Straße. Renne zum Bus. Sørensens Laden liegt weit draußen in Amager und ich muss noch zum Albaner und Stoff kaufen, bevor ich Martin im Kindergarten abhole. Ich weiß schon, wie sie mich anschauen werden, wenn ich heute schon wieder zu spät komme.

16

»Aber Papa, was ist denn mit all den Sachen im blauen Zimmer? Die, die da beim Elefanten liegen?«
Wir sind unterwegs zu Martins neuem Kindergarten. Der Kindergar-

ten ist viel besser, das weißt du doch, nicht wahr, Schatz? Das Spielzeug ist neuer und du wirst ganz schnell richtig gute Freunde finden. Außerdem gibt es da einen viel besseren Spielplatz mit einem Piratenschiff mitten im Sandkasten, und Schaukeln gibt's da und Dreiräder. Ja, schon, die gab's auch im alten Kindergarten, aber hier sind die Dreiräder viel besser, ganz neu. Weißt du noch, wie langsam die anderen immer waren? Die waren alt und abgenutzt. Und im neuen Kindergarten sind die Erzieherinnen richtig nett; Papa hat mit ihnen gesprochen und die sind sicher ganz lieb zu dir. Das ist ein richtig guter Kindergarten. Der ist viel größer als der alte, da kann man viele Freunde finden und da fragen sie auch nicht so viel. Was dein Papa arbeitet, wie es zu Hause läuft, ob du genug zu essen bekommst oder ob Papa dich schlägt. Da musst du auch nicht mit Puppen spielen, weil sie glauben, dass Papa dich anfasst. Und da fragen sie auch nicht, warum Papa so blass ist. Das ist ein richtig guter Kindergarten, nicht wahr, Schatz?

»Und was ist mit den Gummistiefeln?«

»Den roten?«

»Hm.«

Es war ein Sonderangebot aus dem Supermarkt. Ich hatte ewig in der Schlange gewartet, umringt von Frauen mit Kopftüchern, die für die ganze Familie einkauften, und als ich dann endlich vor den Schuhen stand, gab es in seiner Größe keine Gummistiefel in Jungenfarben mehr. Nur noch in Rot. Ich musste sie kaufen, konnte mir die aus den Schuhgeschäften nicht leisten, also kriegte er rote.

»Die haben dich ausgelacht, nicht wahr?«

»Ja.«

»Dann brauchst du wohl andere.«

»Ja, aber ... sie hänseln mich nicht mehr. Ich mag die Stiefel jetzt gern. Gustav hat Totenköpfe an die Seiten gemalt. Die sehen jetzt gar nicht mehr wie Mädchenstiefel aus. Jetzt sind die richtig ...«

»Ich kaufe dir ein paar richtig schicke ...«

Wir gehen durch eine Straße mit Einfamilienhäusern. Der Himmel ist grau. Es ist kalt und ich denke daran, dass er noch immer keine gute Winterjacke hat.

Ich habe mir die Adresse aufgeschrieben. Habe zurzeit kein gutes Gedächtnis. Wenn ich die Sachen nicht aufschreibe, sind sie nach fünf Minuten aus meinem Kopf verschwunden.

»Und was ist mit dem Schwert, Papa?«

Ich weiß ganz genau, wovon er redet. Letzte Woche haben sie Schwerter aus Moosgummi gebastelt und angemalt. Ihr komischer Praktikant, einer, der aussieht, als hätte er noch nie ein nacktes Mädchen gesehen, hat sie mit ihnen gemacht. Wahrscheinlich liest er nur Bücher über Drachen und Ritter. Er hat eine dicke Brille, langes Haar, schlechte Zähne und trägt immer so einen lächerlichen Thorshammer an einer Kette. Aber er hat ihnen versprochen, zum See zu gehen und ein großes Rollenspiel mit ihnen zu machen.

»Ich geh noch mal hin und hole das Schwert. Vielleicht kannst du auch mitkommen, wenn sie zum See gehen. Ich kann ihn ja fragen.«

Natürlich sage ich das nur. Ich gehe bestimmt nicht noch mal zu diesen Ärschen in seinem alten Kindergarten. Das heißt aber, dass ich ihm etwas richtig Teures kaufen muss. Irgend so ein Fantasyzeug, das er immer im Fernsehen sieht. Aus buntem Plastik. Etwas, das ihn das Schwert vergessen lässt, die Drachen und den See.

Im Kindergarten gibt es drei Gruppen. Martin kommt in die im ersten Stock. Da gab es einen freien Platz.

Sie freuen sich schon auf den neuen Jungen, hat die Erzieherin bei unserem Gespräch gesagt. Sie heißt Lone. Ich habe ihr eine Unmenge kluger Fragen über ihre pädagogischen Prinzipien gestellt und erzählt, dass sie am anderen Ort nicht so nett zu Martin gewesen seien. Die haben da anscheinend einige Probleme mit Jungs. Aber so sind Jungs nun mal, auch wenn sie es natürlich nicht zu wild treiben dürfen. Sie hat mich verstanden.

Lone empfängt uns, als wir nach oben gehen. Sie lächelt freundlich.

Sie ist um die vierzig, trägt Jeans und einen Pulli mit V-Ausschnitt. Wir kommen an einer kleinen Küche vorbei. Ich sehe vier Kinder und ein Mädchen Anfang zwanzig, das sich mit dem Unterarm die Brille auf die Nase schiebt. Sie ist von Kopf bis Fuß mit Mehl bedeckt, wie auch die Kinder neben ihr. Ein Junge streckt ihr einen Klumpen Teig entgegen: Man kann damit auch eine Pistole machen, sagt er.
Heute ist Backtag, erzählt die Erzieherin. Also für die, die Lust haben, wir zwingen hier niemanden. Dann lacht sie und ich lache mit.
Im Gruppenraum sitzt eine andere Erzieherin und macht mit den Mädchen Perlenbilder. Auf dem Boden sitzen ein paar Jungen und bauen eine Kugelbahn, während wieder andere mit Flugzeugen durch das Zimmer rennen. Lone bittet sie, ein bisschen langsamer zu laufen. Als sie uns sehen, verschlägt es ihnen die Sprache.
»Das hier ist Martin, der neue Junge, von dem ich euch erzählt habe.«
Lone nimmt Martins Hand und führt ihn zu den Jungen an der Kugelbahn. Er sieht mich an. Diesen Blick kenne ich. Ich war selbst in unzähligen Kindergärten und an mehreren Schulen und immer war es Scheiße, irgendwo neu anzufangen. Ich denke: Ich hätte einen Kuchen kaufen sollen, irgendetwas. Das darf ich morgen nicht vergessen. Morgen muss ich etwas mitbringen.
Ich werfe ihm einen Kuss zu, flüchtig, damit nur er ihn bemerkt. Damit die anderen ihn nicht auslachen. Lone begleitet mich nach draußen. Es sind wirklich nette Kinder, sagt sie mir. Er wird schon Anschluss finden. Es wird ihm sicher gefallen.

17

Ich suche sie mir nach Namen aus. Wähle einen zufälligen Hauseingang nicht zu nah an meiner eigenen Wohnung. Ein anständiges, etwas älteres Backsteinhaus. Keinen dieser neuen Betonbauten und

keinen aus den 60ern, da wohnen doch nur Ausländer und Alkoholiker. Ein solide gemauertes Haus mit dicken Wänden, durch die man nicht alles hört.
Ich gehe entschlossen zum Hauseingang. Ein Mann mit einem Auftrag. Lese mir die Namen durch. Suche einen, der allein steht. Stehen da zwei Namen, überspringe ich die Schilder sofort. Suche Namen wie Alma, Margarethe oder Tove. Das sind keine Studentinnen, die die Wohnung von ihren Eltern haben. Das sind Witwen. Immer. Witwen, die ihr ganzes Leben für mich gesammelt haben.

Die, die ich gerade ausraube, heißt Margarethe Pedersen. Sie ist lauter als die anderen. Gerade habe ich unter ein paar alten Telefonbüchern ihre Münzsammlung gefunden. Sie rechnen beim Verstecken nicht damit, ausgeraubt zu werden; jedenfalls nicht so. Sie denken an Einbrecher, die nachts kommen, mit Taschenlampen und schwarzen Masken. Sie denken an Putzfrauen, die etwas mitgehen lassen. Aber ich nehme mir viel Zeit; finde beinahe alles. Hier sind es Münzen in Plastikhüllen. Drei Sammelmappen. Und natürlich sind die nicht versichert. Das würde ein Vermögen kosten, und ihre Kinder müssten dann Steuern zahlen, wenn es so weit ist.
»Ich habe Geld, Sie können mein Geld haben, aber nicht die.«
»Natürlich nehme ich die.«
»Lassen Sie das doch bitte. Ich gebe Ihnen auch meine EC-Karte und den Code, aber lassen Sie mir die, bitte!«
»Ich nehme sie mit und basta.«
Sie sieht mich an. Ihr Blick verrät mir, was sie von mir hält. Ansonsten hat die alte Frau den Überfall erstaunlich gelassen hingenommen. Hat nur wie befohlen in ihrem Sessel gesessen, während ich durch die Wohnung gerannt bin und versucht habe, alles einzusammeln. Auf meine Frage, ob sie noch mehr habe, hat sie brav auf die Tasche mit den dreihundert Kronen gezeigt. Und als ich mehr gefordert habe, hat sie einfach nein gesagt, und ich habe ihr geglaubt.

»Wie können Sie nur? Warum machen Sie das?«
»Ich bin drogenabhängig. So ist das.«
»Ich habe ein paar Nervenpillen im Bad, die können Sie ...«
»Die habe ich schon. Brauchen Sie eine oder mehrere?«
»Ich will nichts nehmen ...«
Sie steht auf und verstößt gegen die Regeln, macht es mir schwer. Dabei ist sie eigentlich eine von den Netten, eine, an die ich später denke. Als ich ankam, schmierte sie sich gerade ein Brot, mit Leberwurst und Senfgurke. Hatte Verständnis dafür, dass ich den Dienst ihrer Haushaltshilfe übernommen hatte. Bedauerte, überhaupt Hilfe zu brauchen. Eigentlich, sagte sie, ginge es ja ohne. Sie käme durchaus noch alleine zurecht. Nur die Höhe einiger Möbel mache ihr zu schaffen, da könne sie einfach nicht mehr Staub wischen und auch das Staubsaugen unter dem Bett gehe nicht mehr so wie früher. Aber dass es ihr noch so gut ging, hatte sie der Stadt natürlich nicht gesagt. Außerdem komme Dorthe, ihre übliche Haushaltshilfe, ja auch gerne zu ihr. Dorthe sei es ganz recht, dass sie nicht zu viel zu tun habe, auch das könne sie verstehen, schließlich sei das ja eine harte Arbeit, die durch die Quoten in letzter Zeit noch schlimmer geworden sei. Als alter Mensch bekomme man ja bald einen Strichcode in den Nacken. Das wäre dann ein hübscher Anblick, nicht wahr? Manchmal unterhält sie sich auch einfach nur mit Dorthe. Ich dürfe gerne bei ihr anrufen, wenn ich mal einen richtig harten Tag hätte. Sie würde dann schon sagen, dass ich da gewesen bin, sollte jemand fragen.
Dann fragte sie, ob ich auch ein Brot wolle, mit oder ohne Gurken. Ich lehnte ab.

Sie greift nach den Mappen mit den Münzen. Ich stoße ihr gegen die Brust, nicht hart, aber fest genug, damit sie ein paar Schritte nach hinten taumelt. Sie weint vor Wut. Steht da und starrt mich an, während ich ihre Sachen einpacke. Das Silber, eine Brahms-CD-Sammlung in einem Schmuckschuber, alles verschwindet in meiner Tasche. Ich ver-

suche nachzudenken. Habe ich etwas vergessen? Sie starrt mich noch immer an, ist zu klug, um zu schreien. Ihr müder Körper sammelt Energie. Ich haste durch den Flur und hätte beinahe meine Jacke vergessen. Verdammt, warum habe ich die auch ausgezogen? Ich ziehe doch sonst nie meine Kleider aus. Ich weiß genau, warum. Hat mir Himbeersirup eingegossen, den ich gar nicht wollte, und gesagt, ich solle doch meine Jacke ausziehen. Es war zu schwer, es nicht zu tun, und einen Moment lang wünschte ich mir, tatsächlich ihr Helfer zu sein.
Ich will gerade die Tür hinter mir schließen, als sie kommt. Eine alte Frau, die sich mit Morgengymnastik und Abendschule fit hält. Mit guten Freundinnen und Wasserbällen, die sie sich lachend zuwerfen. Sie hält meine Tasche fest, hat ihre faltige Hand um den Griff geschlungen. Ich gehe weiter. Sie muss doch einsehen, dass es sinnlos ist, muss doch loslassen. Erst als ich sie auf den Treppenabsatz gezogen habe, merkt sie, dass sie die Tasche nicht mehr festhalten kann. Sie stürzt. Alles geht sehr schnell und dauert doch eine Ewigkeit. Wie der Moment, in dem *sie* mit ihrer Überdosis vor das Auto lief.
Dann liegt sie da, das Gesicht zum Boden, reglos. Ich mache einen großen Schritt über sie und gehe weiter. Still und ruhig. Laufe die nächste Treppe nach unten und beginne zu rennen. Als ich aus dem Haus bin, werde ich wieder langsamer. Gehe, so schnell ich kann, ohne zu rennen.

18

»Ich habe eine Überraschung für dich«, sagte die Frau im Heim an jenem Morgen zu mir.
Eine Überraschung …
»Wirklich, du kannst dich schon mal freuen.«
Was konnte das sein?

Vielleicht kamen die Clowns wieder. Einer von ihnen hatte nach Zwiebeln gerochen und war ständig über seine eigenen Füße gestolpert.
»Michael, kriegst du auch eine Überraschung?«
Davon wusste er nichts.
»Vielleicht sind das die Clowns, Michael. Vielleicht kommen die wieder.«
»Einer von denen soll gestorben sein, der ist auf seine Flöte gefallen.«
Ich dachte an seine Clownfamilie. Clownmama und Clownkinder. Saßen sie jetzt zu Hause, weinten und stolperten über ihre Füße, während ihnen die weiße Schminke über die Wangen rann?
Eine Überraschung.
Ich fragte die anderen, aber ich war der Einzige, der überrascht werden sollte.
»Vielleicht habe ich ja Geburtstag?«
»Du hast doch schon Geburtstag gehabt.«
»Ja, aber ich habe nicht gekriegt, was ich wollte.«
»Was hast du dir denn gewünscht?«
»Einen Hund, vielleicht kriege ich ja einen Hund.«
»Du kannst keinen Hund bekommen. Rasmus ist allergisch gegen Hunde.«
»Dann muss er halt im Schrank unter der Treppe schlafen, der soll nicht bestimmen, ob ich einen Hund kriege oder nicht.«
»Sein Kopf schwillt dann an und wird rot wie eine Tomate.«
»Dann begraben wir ihn im Garten, bei den Himbeeren. Ich will einen Hund!«

Dann kam ich plötzlich drauf. Das Preisausschreiben. Dieses Donald-Heft mit dem Preisausschreiben.
»Gewinne eine Begegnung mit Tarzan«, hatte da gestanden. Klar wollte ich Tarzan treffen und hatte meinen Namen eingetragen. Später half mir dann ein Erzieher, den Brief abzuschicken.

Das musste es sein. Ich sollte Tarzan treffen. Tarzan würde aus Afrika kommen, um mich zu besuchen. Cheetah und Jane würden zu Hause im Dschungel sitzen und auf Tarzan warten, während er mich besuchte.

Die anderen Kinder würden staunen, wenn Tarzan mich besuchte.

»Tarzan ist mein Freund. Das habe ich euch doch gesagt, oder? Tarzan und Michael. Mein Vater kennt Tarzan auch. Der wohnt in Afrika bei Tarzan. Er hilft ihm mit dem großen Elefanten.«

Vielleicht wollte Tarzan mich mit nach Afrika nehmen.

Davon sagte ich den anderen aber nichts. Ich legte mich im Schlafsaal auf mein Bett, die Finger im Nacken verschränkt, und lächelte vor mich hin. Was würden die anderen für Augen machen, wenn Tarzan plötzlich hier war? Nur ich wäre nicht überrascht, würde einfach zu ihm gehen und »Hei, Tarzan« sagen. »Gut, dass du kommen konntest. Soll ich dir den Garten zeigen?«

Dann würden Tarzan und ich einen langen Spaziergang machen. »Hier sind die Apfelbäume, Tarzan, die sind nicht so hoch wie die Bäume in Afrika, aber wenn man ganz nach oben klettert, kann man den Wasserturm sehen.« Die anderen Kinder würden ihre Nasen an die Scheibe pressen.

Eine der Erzieherinnen kam zu mir und nahm meine Hand.

»Jetzt ist es Zeit für deine Überraschung ...«

Ich ging mit ihr ins Büro. Dort saß der Heimleiter mit einer fremden Frau. Also nicht Tarzan, nicht einmal Jane. Sie war zu alt und auch nicht hübsch genug.

»Das ist deine Mutter«, sagte der Leiter des Heims. »Sag deiner Mutter guten Tag.«

Ich blieb stumm.

»Du kannst heute mit deiner Mutter nach Hause.«

Die fremde Frau lächelte mich an.

Sie begleiteten mich zurück in den Schlafsaal.

»Ich soll gehen«, sagte ich Michael.
Die anderen Kinder beobachteten, wie ich meine wenigen Sachen packte. Die Frau, die meine Mutter war, blickte zu Boden, dann sah sie auf und lächelte wieder. Draußen wartete ein Auto. Mein Koffer kam in den Kofferraum. Dann fuhren wir weg. Ich sah Michael winken.
Das Auto fuhr uns zum Bahnhof. Die Frau, die meine Mutter war, hielt meine Hand und lächelte mich an. Sie hatte feuchte Finger, roch aber gut. Wir warteten nicht lange, dann kam der Zug und wir stiegen ein. Sie half mir mit meinem neuen Koffer. Ein schöner Koffer. Dunkelblau. Im Abteil saßen wir uns gegenüber und die fremde Frau, die meine Mutter war, lächelte weiter. Ich sah aus dem Fenster, ich wurde nicht gerne angestarrt. Sie begann zu reden. Sprach darüber, dass wir jetzt endlich zusammen seien und glücklich miteinander sein würden.

Im Flur roch es nach Frikadellen. Sie öffnete die Tür und sagte: »Jetzt sind wir zu Hause.«
Auf dem Sofa saß ein anderer kleiner Junge. »Das ist dein Bruder«, sagte sie. »Jetzt sind wir zusammen, jetzt sind wir eine richtige kleine Familie. Wir werden glücklich sein miteinander. Eine richtige Familie.«

19

Jedes Mal, wenn ich den Briefkastendeckel höre, bin ich sofort im Hausflur, weiß nicht, ob ich lachen oder weinen soll, dass es nur Pizzareklame oder Supermarktwerbung ist. Ich fixe erst, wenn die Post da war. Ist die Lokalzeitung endlich da, blättere ich sie schnell durch. Suche auf jeder Seite eine Überschrift oder eine Kurzmeldung. Über eine Frau, die tot auf einer Treppe gefunden wurde. Über eine

Frau, die brutal eine Treppe hinuntergestoßen wurde, über einen rücksichtslosen Raub. Ich finde nichts.

Jetzt sitze ich in der Bibliothek, lese alle Zeitungen. Bin auf die Überschrift vorbereitet: »Ermordet« oder »Im Koma«. Ich atme durch die Nase. Meine Bewegungen sind langsam. Ruhig ist das Wort. Ein Mann, der Zeitung liest; ein Mann, der sich informiert; ein Mann, der gerne Zeitung liest. Viele Zeitungen. Kein Mann, der jemanden getötet hat. Kein Mann mit einer Apotheke im Blut. Wenn ich die Überschrift finde, werde ich ruhig bleiben. Ruhig ist das Wort. Den Artikel zu Ende lesen, so schnell, wie normale Menschen lesen, und die Zeitung zusammenfalten. Nicht zerknüllen, nicht den Kopf tief darin vergraben oder laut schreien. Ich werde nicht anfangen zu zittern, die Zeitung aus der Hand gleiten und die anderen, die sich über die Schulter umsehen, spüren lassen, dass ich gefunden habe, wonach ich gesucht habe. Wenn ich mit dem Artikel fertig bin, werde ich weiterblättern, werde denken, diese verdammten Zigeuner, es ist schon schrecklich, wie wir unsere älteren Mitbürger behandeln. Dann werde ich weiterlesen. Über Studenten, die ein Fahrrad aus kompostierbaren Materialien gebaut haben, über die Verschärfung der Ausländergesetze und über den Elefanten, der mit dem Rüssel malen kann. Vor ein paar Tagen war ich zum ersten Mal seit vielen Jahren wieder in der Bibliothek. Ich dachte, die Leute wissen ganz genau, warum ich komme, sehen mich an und denken: Das ist er.
Jetzt bin ich ruhig. Blättere ruhig, meine Hände zittern nicht mehr. Beinahe. Ich bereite mich vor. Vertraue nicht ganz auf meine eigene Reaktion. Ruhig ist nicht das Wort. Ich lege die Zeitung weg, gehe aufs Klo und trinke etwas Wasser. Auf der Toilette brennt Drogenlicht. Eine gedämpfte, gelbe Beleuchtung, bei der man die Venen im Arm nicht findet. Mir zu Ehren. Sie haben gewusst, dass ich komme. Deshalb glotzen mich die Bibliothekare nicht an, sie sind Obdachlose gewöhnt, die hier ihre Zeit totschlagen, Drogenabhängige.

Aber ihr Drogenlicht funktioniert nicht. Jeder gute Junkie weiß, dass – wenn es darauf ankommt – ein Fehlschuss besser ist als gar kein Schuss. Jeder gute Junkie weiß, dass man dann einfach ins gleiche Loch spritzt. Man braucht gar keine Ader zu finden, man nimmt einfach die letzte Wunde. Morgen nehme ich mein Besteck mit. Fixe hier, weil ich kann. Weil ich ein Junkie bin. Und wenn sie sich beschweren, fixe ich draußen vor dem Haupteingang, schiebe mir die Spritze mit einer dreckigen Kanüle vor den Augen der Kinder in den Hals und blute ihre Petzi-Hefte voll.

Ich sitze beinahe den ganzen Tag dort. Komme, nachdem ich Martin in den Kindergarten gebracht habe, und gehe, wenn ich ihn wieder abhole. Auf Zeitungen muss man warten, von jeder gibt es nur ein Exemplar, und Rentner lesen langsam. Also lese ich auch alte Ausgaben. Überprüfe, ob ich nichts übersehen habe. Der Mann, der mir gegenüber am Tisch sitzt, hat eine Lesebrille auf der Nase. Er hat sich eine Thermoskanne mitgebracht, das darf man sicher nicht, aber niemand hat etwas gesagt, er trinkt ja nur Kaffee und spritzt kein Blut auf die Sachen oder andere Leute. Er liest zwei Seiten, langsam, so dass ihm nichts entgeht. Dann wird der Daumen mit Spucke befeuchtet und die nächste Doppelseite ist dran.
Er trägt eine Wollweste und über seiner Stuhllehne hängt ein Lodenmantel. Seit ich begonnen habe, Zeitung zu lesen, war er jeden Tag hier. Inzwischen frage ich nicht mehr und er auch nicht, er schiebt einfach die Zeitung zu mir, wenn er fertig ist. Er liest keine Boulevardblätter, nur richtige Zeitungen, will keine nackten Brüste. Die kann ich also durchblättern, während er die Zeitung liest, die er vor mir erwischt hat. Aber später schiebt er sie mir über den Tisch. Geht zum Zeitungsregal und holt sich die nächste richtige Zeitung, gießt sich Kaffee ein und befeuchtet den Daumen.

Ich finde den Artikel auf Seite 3. Eine halbe Seite, darunter eine Annonce für ein Online-Pokerspiel. Sie liegt im Koma.
Sie drücken sich etwas vage aus, aber es werden wohl die Nachbarn verdächtigt, in ihrer Wohnung gewesen zu sein. Sie haben die alte Frau allem Anschein nach da liegen sehen und sind bei ihr eingedrungen. Gibt es jemanden, der ihre Platten gesehen hat? Ihr Silber? Gibt es jemanden, der einen Eisbären gebrauchen kann? Die Leute unter ihr sind Türken. Sie haben den Krankenwagen gerufen. Der Junge ist siebzehn. Er ist vorher schon auffällig geworden, Kleinkriminalität. Was genau, wird nicht gesagt. Die Polizei hat ihn befragt. Direkt danach. Vielleicht hat er sie auch nur aus Spaß getreten, damit sie die Treppe hinunterfällt. Vielleicht hat er sie ausgeraubt. Vielleicht hat er sie die Treppe hinuntergestoßen und vielleicht haben die Nachbarn dann gedacht, warum nicht die Wohnung ausräumen, wenn sie ohnehin schon die Augen verdreht? Aber davon steht da nichts. Nicht direkt.
Außer dem Siebzehnjährigen haben sie keine Verdächtigen. Sieht man mal von ein paar Zigeunern ab, Rumänen, die im Viertel gesehen worden sind.
Ich bin ganz ruhig. Habe nicht geschrien, nicht gezittert.
Morgen werde ich wiederkommen. Nachlesen, ob sie noch immer im Koma liegt. Stirbt sie, schreiben die das sicher. Der Mann vor mir feuchtet seinen Daumen an. Wieder zwei Seiten.

20

Er sagt mir, dass man vier Stunden braucht, um die Treppe zu putzen, das heißt, dass man für vier Stunden bezahlt wird und dass die Treppe sauber sein muss.
Er sagt mir, dass das kein Job für Weiße ist, kein Job für Leute mit

Papieren und dass ich der Erste bin, den er einstellt, der Dänisch spricht, der Erste, der nicht seinen Cousin oder seine Frau zum Dolmetschen mitgebracht hat. Aber das ist ihm egal, solange nur die Treppe sauber wird. Ich soll nicht zu ihm kommen und jammern. Soll mich nicht beschweren, wenn der Rücken weh tut oder ich Blasen an den Händen habe.

Und ich soll nicht mal davon träumen, ihn um Sozialabgaben oder Urlaubsgeld zu bitten.

Wir verlassen sein kleines Büro, damit er mir die Treppenhäuser zeigen kann, die ich schrubben soll. Er knallt die Tür hinter sich zu, sucht in der Tasche nach seinen Zigaretten und bietet mir eine an. Ich rauche. Er ist ein paar Jahre älter als ich, hat eine hohe Stirn. Er sagt, er heißt Morten, trägt eine Jeansjacke mit verdrecktem Plüschfutter und hat sich eine Sonnenbrille ins Haar gesteckt.

Er fragt, ob ich schon einmal Treppen geputzt habe. Ich zögere etwas zu lange, und er sagt, ich bräuchte nicht zu lügen, es sei nicht schwer, und im Übrigen sei es ihm scheißegal, was ich mache oder wie ich das mache. Seinetwegen kann ich mir den Schrubber in den Arsch schieben, solange am Ende nur alles sauber ist und sich niemand beklagt. Er sagt, von den Somaliern habe er die Nase voll. Die klauten Waschmittel. Und Lappen. Behaupten, die seien kaputtgegangen, dabei haben sie die einfach mit nach Hause genommen. Denen ist es vollkommen egal, wie viel Scheiße daran klebt. Sogar Türmatten klauen die, wenn sie die irgendwie mitnehmen können. Einen hat er dabei erwischt, wie er in den Keller geschissen hat. Aber davon werden die Treppen verdammt noch mal nicht sauber. Sitzt einfach da und scheißt. Auf eine Zeitung.

Gegen Pakis hat er nichts. Die arbeiten gut. Riechen stark. Aber das ist das Essen. Arbeiten tun sie gut.

Er zeigt mir die Treppenhäuser, sie sind alle in der Nähe meiner Wohnung. Ich werde im Supermarkt und beim Kaufmann die Leute treffen, die morgens an mir vorbeigehen, wenn ich ihre Treppen schrubbe. Mir ist das egal. Ich bekomme Bargeld. Einmal in der Woche, sagt er. Am Freitag soll ich an seine Bürotür klopfen. Dann bekomme ich Geld. Was ich damit anstelle, ist ihm scheißegal. Kauf dir Huren oder Kinderpornos, Hauptsache, die Treppen sind sauber. Dann gibt er mir einen Schlüssel für den Keller unter seinem Büro. Da sind Schrubber und Putzmittel. Komm früh. Such dir einen guten Schrubber. Ich habe schließlich auch mal Treppen geputzt, auch wenn das ein paar Jahre her ist. Es ist wichtig, einen guten Schrubber zu erwischen. Sonst brauchst du ewig und es wird doch nicht sauber. Du kannst auch einen mit nach Hause nehmen und ein paar Putzmittel. Warum nicht? Du scheinst ganz in Ordnung zu sein. Aber verdammt, sieh zu, dass die Treppen sauber werden. Du kannst von zu Hause aus anfangen. Ist mir sowieso recht, wenn ich dich erst nächsten Freitag wiedersehe. Es muss aber alles laufen. Dann kriegst du am Freitag Geld.

21

Als ich Martin abholen will, spielt er mit einem rothaarigen Jungen. Sein erster Freund im neuen Kindergarten. Er heißt Kasper, erfahre ich von seiner Mutter. Sie wartet schon eine Weile darauf, dass die Kinder keine Lust mehr haben, so dass sie Kasper ohne allzu viel Weinen mitnehmen kann.

Eine Erzieherin kommt zu mir und berührt mich an der Schulter.

»Martin hat mir von Ihrer Mutter erzählt.«

»Ja.«

»Ich wollte nur sagen, dass wir … Es tut uns allen sehr leid, das zu hören.«

»Ja.«

»Und wir wünschen ihr gute Besserung.«

Ich spüre, dass ich etwas sagen sollte, weiß aber nicht, was. Wir blicken uns eine Weile an, dann lächelt sie mitfühlend und geht wieder. Kurz darauf höre ich, wie sie die kleine Küche sauber machen, Teller klappern und eine Spülmaschine eingeschaltet wird.
Kaspers Mutter sieht zu mir auf.
»Was ist denn mit Ihrer Mutter?«
»Sie ist im Krankenhaus. Mehr nicht.«
»Etwas Ernstes?«
Ich zucke mit den Schultern. Wir beobachten die Kinder.
Die Mutter streicht sich die Haare aus dem Gesicht, sie hat die gleiche Haarfarbe wie ihr Sohn.
»Sie können bei uns zu Hause weiterspielen. Ich meine, wenn Sie Zeit haben.«
Als wir aus dem Gruppenraum gehen, kommt uns die Erzieherin mit Kehrblech und Handfeger entgegen. Wieder lächelt sie mich mitfühlend an.

Wir laufen durch eine Wohnstraße, die Kinder vor uns her. Bei jeder Querstraße bleiben sie stehen und warten auf uns.
Sie fragt, was ich so mache. Treppen putzen, sage ich. Das ist eine Arbeit. Ja, antwortet sie, eine Arbeit.

Sie wohnen in einer kleinen Wohnung. Man muss um das Haus herumgehen, um den Eingang zu finden.
Wir sitzen in der Küche und trinken Kaffee, während die Jungen im Wohnzimmer spielen. Kasper zieht eine große, rote Wanne durch das Zimmer und holt Plastikfiguren und Flugzeuge heraus. Der Kaffee aus der Thermoskanne ist gerade mal lauwarm. Wir rauchen, unser Gespräch stockt. Wie lange geht Kasper schon in den Kindergarten? Gefällt es ihm dort? Wie lange wohnen Sie schon hier?
Die Kinder haben vier große Raumschiffe auf dem Boden aufgereiht.

Dann steht sie auf, geht um den kleinen Esstisch herum und nimmt meine Hand. Ich folge ihr ins Badezimmer. In einen winzigen Raum mit hellblauen Fliesen. Es riecht feucht und nach Pisse, Kasper trifft vermutlich nicht immer ins Klo. Sie stellt sich direkt vor mich und presst ihre Lippen auf meine. Sie schmecken nach Zigaretten und kleinen Schnapsfläschchen in Damenhandtaschen.
Als sie sich auszieht, sehe ich die Druckstellen, die ihre Jeans hinterlassen hat. Ich habe die Finger in ihr, bewege sie kreisend, während wir uns küssen. Platz für zwei Finger und nach ein paar Minuten schiebe ich auch noch den dritten hinein.
Sie füllt hellrotes Shampoo in ihre Handfläche und schmiert damit mein Glied ein. Als ich komme, dreht sie mich zur Toilette, als wäre mein Schwanz ein Handgriff. Mein Samen spritzt ins Klo und an den hochgeklappten Deckel.
Ich will gerade aus dem Bad gehen, als sie meinen Arm packt, mir Haarbalsam auf die Finger tropft und meine Hand wieder in ihren Schritt presst.
Sie sagt mir, ich solle sie kommen lassen; sagt, bring mich dazu, jetzt. Fordert mich auf, meine Finger schneller zu bewegen. Härter, schneller. Mein Arm verkrampft sich beinahe und meine Schulter tut weh.

Als wir aus dem Bad kommen, spielen die Jungs auf dem Fußboden *Krieg der Sterne.*
In der Küche wasche ich mir die Hände. Schrubbe meine Fingernägel mit Spülmittel. Sie sagt, ich könne jetzt gehen. Ich ziehe Martin seine Pilotenkleidung an, während sie rauchend in der Küche sitzt und Kasper bittet, sein Spielzeug zusammenzupacken. Genug gespielt für heute.

Auf dem Weg nach Hause erzählt mir Martin von Kaspers Raumschiffen und fliegenden Untertassen. All die Sachen, die sonntagmorgens im Fernsehen laufen. Die kann man kaufen. Er erzählt mir von einem Raumschiff, das er gerne haben würde, ein richtig großes, das Kasper nicht hat.

22

Unsere neue Mutter sagte uns, wir seien Brüder. Ich sollte der ältere sein, der andere mein kleiner Bruder. Er war größer als ich und hatte breitere Schultern. Erst glaubten wir ihr nicht, es musste andersherum sein. Diese fremde Frau wusste sicher nicht, was sie redete. Andererseits war das nicht wichtig, wir waren beide Heimkinder und daran gewöhnt, dass Größe wichtiger als Alter war.
Wir fühlten uns nicht wie Brüder.
Er stand auf meinen Haaren, pisste mir auf die Brust und ich musste anschließend mein T-Shirt im Waschbecken waschen.
Das ist zweimal passiert.
Ich brach ihm die Nase mit einer Colaflasche.
Das ist nur einmal passiert.

Nach einiger Zeit fanden wir uns damit ab, nicht weil wir uns wie Brüder fühlten. Ich weiß heute noch nicht, wie sich das anfühlt. Nein. Wir gewöhnten uns daran, weil wir auf der Straße von den anderen Jungs immer wieder hörten, dass wir Brüder waren:
Dein Bruder hat das Schaufenster des Chinesen eingeschlagen.
Dein Bruder hat meiner Schwester in die Möse gekniffen.
Dein Bruder hat mein Fahrrad geklaut/meine Schleuder/meinen Walkman.
Wir waren also Brüder.

Wir saßen am Esstisch und aßen. Immer am Esstisch. Eine richtige Familie. Bekamen gebratenen Dorschrogen und Kartoffeln, Hack-

steaks mit brauner Soße, Gemüse aus der Dose, mehlige, graue Erbsen und geriffelte Karotten. Am Ende des Monats Spaghetti mit Ketchup und gebratenen Zwiebeln.
Mein Bruder und ich hatten einen üblen Ruf. Es gab keinen Erwachsenen, der uns nicht schon einmal angeschrien hätte.
Doch beim Essen benahmen wir uns anständig, waren still und beobachteten unsere Mutter, wenn sie nicht uns beobachtete. Sie roch schwach nach Essig und ihre Hände zitterten ein bisschen, wenn sie uns Salz und Pfeffer reichte. Wir saßen ganz ruhig. Wenn sie lachte, lachte sie etwas zu laut und wenn sie lächelte, lächelte sie etwas zu breit.
Eine richtige Familie, sagte sie.

An unseren ersten gemeinsamen Weihnachten verpfändete sie ein paar Möbel. Wir bekamen Schweinebraten, Rotkohl und glasierte Kartoffeln. An unseren Geburtstagen kochte sie das Gleiche. Die Möbel kamen im nächsten Monat wieder. Oft fehlte etwas. Eine Anrichte, eine Wanduhr. Die Wohnung leerte sich langsam, von den verschwundenen Sachen blieben nur die Umrisse an der Tapete.

23

Ich kann mich selbst reden hören, klinge wie ein richtiger Junkie. Entschuldigungen. Jemand hat mir meine Matratze geklaut. Mein Hund war krank. Mein Lover ist zurückgekommen, ist gerade rausgekommen. Und er ist krank, ist Psychopath, hat meine Mutter beklaut.
Ich stehe beim Albaner. Es ist Freitag. Nachdem ich alle Treppen geputzt habe, bin ich zum Putzfirma-Morten mit der hohen Stirn gegangen. Aber er war nicht im Büro. Ich habe ihn angerufen, aber er ist nicht drangegangen. Jetzt stehe ich beim Albaner. Er ist alleine.

Seine Bude ist verraucht, der letzte Joint gerade erst ausgemacht worden. Aber nicht von ihm, seine Augen sind wach. Über seiner Stuhllehne hängt ein kamelfarbener Mantel und es macht den Anschein, als wollte er für heute Schluss machen. Der Albaner ist sauer. Er fragt nach Martin. Immer wenn er das tut, hat er schlechte Laune. Wie geht es Martin? Er ist wütend auf mich.
»Martin geht es gut. Er sitzt zu Hause und sieht fern.«
»Er sitzt zu Hause?«
»Ja, mit Süßigkeiten und allem Drum und Dran.«
»So ein kleiner Junge?«
»Ja.«
»Allein zu Hause? Während du hier bist?«
»Er ist ein kluger kleiner Junge. Er kann gut … Ich bin ja nicht so lange weg …«

Wir sitzen an seinem großen Holzschreibtisch. Er hat mir eine Zigarette angeboten. Ich mache einen tiefen Zug, meine Hand zittert jedes Mal, wenn ich die Zigarette an die Lippen führe.
»Und was willst du, während Martin zu Hause sitzt?«
»Na, was kaufen.«
»Ach ja?«
»Ja.«
»Und wo ist dein Geld? Zeig mir erst dein Geld.«
»Darüber wollte ich ja mit dir …«
»Zeig es mir. Ganz einfach. Wir wollen doch handeln, oder? Leg ein bisschen Geld auf den Tisch, und ich hol ein bisschen Gift für dich. Ganz einfach …«
»Das habe ich dir doch gerade erklärt. Ich habe nichts, heute nicht. Ich habe etwas verdient, und dieser Typ, Morten, schuldet mir das. Ich war da, aber …«
»Ein Typ, der Morten heißt und den ich nicht kenne, schuldet dir Geld, das du verdient hast. Stimmt das?«

»Ja.«
»Und was geht mich das an?«
Ich asche in die Hand, will ihn nicht noch mehr aufregen. Will nicht um einen Kaffee bitten, ein Glas Wasser, Eiswürfel oder einen Aschenbecher.
»Was geht mich das an?«
»Gar nichts …«
»Stimmt.«
»Aber ich dachte. Also, verdammt, ich kaufe doch jede Woche bei dir. Mehrmals pro Woche. Du kriegst das Geld am Montag. Spätestens Dienstag. Du kannst auch Zinsen verlangen. Du kannst …«
»Das weiß ich doch. Und es geht auch nicht darum, dass ich dir nicht vertraue.«
Er steht auf. Ich bleibe sitzen, warte, denke: Jetzt wird er mich schlagen. In solchen Situationen schlägt man doch zu, oder? Habe ich nicht genug Filme gesehen, um das zu wissen? Jetzt schlägt der Dealer den armen Junkiesklaven. Ist das nicht immer so? Im Film? Ich bleibe sitzen. Soll er mich durchprügeln, Hauptsache, ich kann mir heute Abend meinen Schuss setzen. Zu Hause.
Er setzt sich auf die Ecke seines großen Schreibtischs. Nimmt mir die Zigarette ab und schmeißt sie in eine Kaffeetasse, die auf dem Tisch steht. Ich spüre seinen Blick auf mir. Er redet nicht, bevor ich ihn ansehe.
»Das ist genau das, was ich hier nicht will … Verstanden?«
Ich antworte ihm nicht.
»Das ist genau das, was ich hier nicht will. Dass du mir Geld schuldest, du oder irgendein anderer. Ich vertraue dir, das ist es nicht. Dabei weiß ich ganz genau, dass es keine gute Idee ist. Schließlich bist du süchtig, und Süchtigen kann man nicht trauen … Aber … du bist schon lange mein Kunde. Und obwohl ich dir dieses Zeug verkaufe, glaube ich dir, dass du zurückkommen und bezahlen wirst. Trotzdem will ich das nicht, verstanden? Ich will niemanden mit Baseballschlä-

gern verprügeln, keine Zigaretten auf Armen ausdrücken oder Finger brechen. Doch sobald dir die Leute etwas schulden, musst du auch bereit sein, so etwas zu machen.«

Ich nicke.

Glaube, dass es besser ist, jetzt nur zuzuhören. Dabei schaffe ich das eigentlich gar nicht. Ich denke bloß an weißes Pulver. An Qualitäts-Heroinchlorid. Ich frage mich, wo er es wohl versteckt hat und wie viel er hat. Ob er mir etwas geben wird? Oh mein Gott, lass ihn mir etwas geben. Er kann reden, so lange er will, wenn er mir nur etwas gibt. Mir in den Mund pissen, wenn er mir nur etwas gibt.

»Ich war vielleicht mal so. So ein harter Kerl, der ganz schnell viel Geld verdienen wollte. Vermutlich habe ich deshalb immer noch etwas von dem weißen Pulver. Verstehst du mich?«

Ich nicke wieder. Er steht auf.

»Komm, lass uns gehen.«

Er nimmt seinen Mantel, hat es aber nicht eilig, sondern schlägt in aller Ruhe den Kragen hoch. Deutet mit einer Handbewegung an, dass ich ihm folgen soll.

»Wir können auf dem Weg zum Auto reden.«

Er schließt die Tür hinter uns ab und wir gehen nach unten. Dann nimmt er eine Zigarette aus der Tasche, zieht vier- oder fünfmal. Erst als wir am Auto stehen, beginnt er wieder zu reden.

»Ich muss jetzt gleich zu neuen Leuten. Die verlangen einen echt guten Preis. Du kannst mitkommen. Als Versuchskaninchen. Dann kriegst du einen Schuss.«

Ich nicke ihm zu, ich würde überall hingehen, um einen Schuss zu bekommen. Er lehnt sich mit dem Rücken an sein Auto, einen silbergrauen Opel Vectra.

»Aber überlege dir gut, wozu du ja sagst. Diese Kanaken haben keine Ahnung von Heroin. Und ich will nicht selbst probieren. Ich weiß nicht, wie das Zeug schmecken muss oder was die da reingemischt haben. Vielleicht Rattengift. Ich fass diese Scheiße nicht an. Aber du.

Du kannst meine Laborratte sein. Aber nur, wenn du das willst. Dann kriegst du einen Schuss, gratis.«
Er zieht dreimal hektisch an seiner Zigarette und schnippt sie weg. Ich gehe um das Auto herum und setze mich neben ihn auf den Beifahrersitz. Auf der Rückbank steht ein Kindersitz.

Auf dem Weg dorthin wiederholt er, was er schon oft gesagt hat. Er ist Dealer und kein Pusher. Das ist ein Unterschied. Er steht nicht vor Schulen rum und versucht, neue Kunden zu werben. Die Leute kommen zu ihm, wenn sie etwas brauchen. Und sie wissen, was sie wollen.
Er erzählt mir, dass er zu Beginn seiner Dealerkarriere den ganzen Tag über erreichbar gewesen ist. Am Wochenende auch nachts. Er war nie zu Hause, hat aber richtig Geld gemacht. Hat in seiner Bude gesessen, bis keiner mehr kam, der etwas brauchte. Heute kommen die Leute, kaufen und gehen wieder. Ist es jemand, den er kennt – also wirklich gut kennt, ein alter Stammkunde oder ein netter Landsmann –, kann er natürlich bleiben und bei ihm rauchen oder ein bisschen probieren. Wichtig ist aber, dass er jetzt zu anständigen Zeiten nach Hause kommt. Er hat eine Frau und zwei Kinder. Da will er nicht die ganze Nacht in seiner Bude hocken, bloß weil die Leute es nicht erwarten können, irgendetwas einzuwerfen.
Er unterbricht seinen Monolog, tippt eine Nummer in sein Handy und sagt jemandem, dass er nicht zu kommen braucht, um sein Essen zu probieren. Dass er jemand anderen gefunden hat. Er bittet ihn aber, das Geld parat zu haben.
Dann redet er weiter mit mir. Er ist Dealer, kein Pusher.
Als wir an einer roten Ampel halten, holt er einen Kugelschreiber und einen weißen Briefumschlag aus dem Handschuhfach. Er legt mir beides auf den Schoß, legt den Gang ein und fährt.
»Schreib mir deinen Namen und deine Adresse auf.«
»Warum das denn?«

»Wenn du stirbst, fahre ich zu dir nach Hause und hole deinen Jungen.«
Er hält in einer Seitenstraße der Nørrebrogade. Parkt.
Wir bleiben sitzen und warten. Er blickt auf sein Handy, öffnet das Fenster, raucht eine Zigarette und hält zwischen den Zügen den Arm nach draußen.
Dann sieht er mich noch einmal an und bricht die Stille. Es klingt wie eine Erklärung.
»Das, was ich heute einkaufe, hole ich für einen Freund. Du weißt schon. Ich will das nicht bei mir liegen haben …«
Ich glaube ihm. Ich habe beobachtet, wie sich sein Geschäft verändert hat, seit ich bei ihm einkaufe. Seine Klientel ist jetzt zweigeteilt. Da gibt es zum einen die lokalen Kunden, die schon immer bei ihm eingekauft haben. Die, die er kennt. Sie wohnen in der Nähe und brauchen Stoff fürs Wochenende. Oder einen anderen Tag. Die, die beim Fernsehen rauchen und sich dabei unterhalten. Zum anderen die neuen Kunden, wie dieser Friseur, der auf Umwegen zum Albaner gekommen ist; er war der Erste. Kam von einer Plattenpräsentation oder so. Eines Abends, als sich jeder auf den anderen verlassen hatte, bis sie nach der ersten Line plötzlich feststellen mussten, dass sie keinen Schnee mehr hatten, nichts. Nach einigen hektischen Telefonaten waren sie schließlich beim Albaner gelandet. Und dann kam eins zum anderen. Der Friseur nahm ein Taxi in den Nordwesten und kaufte alles, was der Albaner an Koks hatte.
Ich habe diese Geschichten aufgeschnappt, als ich beim Albaner gewartet und ferngesehen habe. Habe den Leuten zugehört. Manchmal war ich auch da, wenn einer dieser VIP-Kunden kam. Junge Männer in teuren Klamotten. Einmal ein junges Mädchen mit langen Beinen und professionellem Make-up. Die fahren gerne mal in den Nordwesten. Spielen mit dem Feuer, um hinterher etwas erzählen zu können. Der Albaner behandelt sie gut.
Dann klingelt es. Er klappt das Handy auf, wirft einen Blick auf die

Nummer, nimmt das Gespräch aber nicht an. Es klingelt dreimal, dann ist es wieder still. Der Albaner fährt die Scheibe hoch und wir steigen aus.

24

Ich sitze auf dem Bett. Habe den Gürtel des Albaners um den Arm. Nur ich sitze. Die anderen fünf Männer im Raum stehen. Ich breche den Filter von einer Zigarette, aber sie sagen, das sei nicht nötig. Das Heroin ist weiß und ich muss ihnen wohl vertrauen, Verunreinigung hin oder her. Ich nehme alles wie durch einen Nebel wahr. Ich denke kurz an Mars, ein Lied, das ich als Kind gehört habe, als ich auf einer Schaukel gesessen habe. Doch sofort kreisen meine Gedanken um den Stoff, der im Löffel brodelt.

»Jetzt wird's spannend: Ob Martin dich wohl wiedersieht?« Es ist der Albaner, der mit mir spricht. Er sieht aus dem Fenster.

Einer der Pakistani grinst. Sein Dänisch ist schlecht, die einzelnen Wörter sind schwer zu verstehen.

»Wer ist Martin? Ist der schwul, oder was?«

Der Albaner starrt ihn an und sagt beinahe tonlos: »Halt's Maul, Affe.«

Der Pakistani tritt ein paar Schritte vor, die Hand in der Tasche, es ist möglich, dass da ein Messer ist. Ein anderer ruft ihm etwas zu, dann reden sie laut auf Urdu. Der Albaner sieht nach draußen, als langweile er sich, und zieht den Reißverschluss seiner Jacke zu, als wolle er gehen. Der große Typ mit dem nach hinten gekämmten, glatten Haar, der uns empfangen hat, legt dem Albaner beruhigend die Hand auf die Schulter.

»Wir machen hier ein Geschäft, okay? Beruhig dich. Geschäfte. Wir sind Freunde.«

»Okay, Mann, aber sag deinem Affen, er soll den Mund halten. Und vergesst nicht, wo ihr hier seid. Wir sind hier in Nørrebro, vergesst das nie.«

Sie reden auf den wütenden Pakistani ein, bis er mit einem kurzen Nicken den Raum verlässt und im Nebenzimmer verschwindet, vermutlich die Toilette. Bei all der Aufregung versuche ich nur, den Stoff so schnell wie möglich in die Spritze zu ziehen. Wenn das hier schiefgeht, will ich wenigstens high sein.

»Okay, wir kommen ins Geschäft?«

»Noch nicht.«

Der Albaner deutet auf mich.

»Erst will ich sehen, ob er stirbt.«

»Wie du willst …«

Ich finde die Vene. Sauge Blut in die Kanüle. Der Albaner tritt zu mir und spricht so leise, dass nur ich ihn höre.

»Denkst du jetzt an Martin? Bist du jetzt in Gedanken bei ihm?«

Er sieht mir in die Augen, blinzelt nicht.

Ich drücke mir das Heroin in den Arm. Einen kurzen Augenblick lang glaube ich, das war's, jetzt gebe ich den Löffel ab. Ich spüre Schweißperlen auf der Stirn und es fühlt sich an, als stünde jemand auf meiner Brust. Der Stoff ist sauber, denke ich, verdammt sauber. Dann schlägt mein Herz wieder. Alles ist gut. Ich versuche mir eine Zigarette anzuzünden, fingere lange herum, bis ich es schaffe und mich nach hinten aufs Bett fallen lasse. Ich kann nicht anders. Rein, so verdammt rein.

Einer der Pakistani lacht.

»Der ist weit weg! Na, was habe ich gesagt? Echte Qualität. Das kannst du unendlich strecken.«

Die nächsten fünf Minuten sind eine Postkarte. Eine Postkarte, auf der der Albaner sein Handy nimmt und jemanden anruft. Eine Postkarte, auf der der Freund des Albaners mit einer Sporttasche auftaucht. Eine Postkarte mit Geldscheinen in Gefrierbeuteln.

Der Albaner und ich fahren über die Nørrebrogade. Er hat nicht mit mir gesprochen, seit wir das Hotel verlassen haben, seit er mir die Treppe hinuntergeholfen hat. Er nimmt seine Kreditkarte heraus. Als wir an einer roten Ampel halten, schaufelt er Stoff in einen anderen Umschlag aus seinem Handschuhfach und stopft ihn in meine Jackentasche. Ich habe genug bis nächsten Dienstag.

Martin und ich essen Dosen-Hackbällchen in brauner Soße und Pommes. Ich schlafe vor dem Fernseher bei einer alten dänischen Komödie ein. Als ich nachts aufwache, trage ich Martin ins Bett und setze mir noch einen Schuss.

25

Am Telefon sagen sie mir, ich solle mich setzen. Sie hätten schon vorgestern versucht, mich zu erreichen. Meiner Muter sei es nicht gut gegangen. Ihr Zustand habe sich verschlechtert. So bauen sie es auf. Kommen nicht direkt zur Sache, sondern reden so lange drum herum, bis ich mich an den Gedanken gewöhnt habe, vorbereitet bin auf das, was kommt. Ich erinnere mich. So machen die das, so hat man ihnen das beigebracht. Ich setze mich hin, halte den Hörer ans Ohr und beobachte, was Martin in der Küche macht, sehe, wie er Milch in seine Haferflocken gießt, beinahe etwas verschüttet, aber nur beinahe. Sie sagen mir, dass meine Mutter tot ist. Dass sie versucht haben, mich zu erreichen. Und fragen, ob ich heute ins Krankenhaus kommen könne. Erst sage ich, ich hätte heute keine Zeit. Dass sie meinen Bruder anrufen sollten. Weil es mir schlecht passt. Sie meinen, es wäre gut, wenn ich heute käme. Ein paar Formalitäten müssten erledigt werden, und mein Bruder sei nicht erreichbar. Sie würden es mir gerne erklären, wenn ich komme. Heute.

Im Krankenhaus fragen sie mich, ob ich sie noch einmal sehen möchte. Eine freundliche Krankenschwester mit hochgesteckte Haar kümmert sich um mich. Ich antworte nicht. Weiß nicht, ob ich meine Mutter noch einmal sehen will.
Sie führen mich in die Kapelle. Nehmen das weiße Laken weg, das ihr Gesicht bedeckt. Da liegt sie. Tot. Fast grau. Auf der Wange ein Abdruck des Schlauches, der für sie geatmet hat.
Anschließend kriege ich eine Tasse Kaffee. Die Krankenschwester redet mit mir. Klärt mich über die Formalitäten auf. Gibt mir eine Telefonnummer, die ich anrufen kann, wenn ich Fragen habe.

Wir sitzen auf dem Sofa. Gerade habe ich ihm erzählt, dass Oma tot ist. Oma ist eingeschlafen, sie hat nicht gelitten. Wenn er älter ist, wird er wissen, dass man das so sagt, immer. Keiner leidet, alle schlafen friedlich ein.
»Was heißt das, dass sie eingeschlafen ist, Papa? Ist sie tot?«
Er sitzt mit seinem roten Feuerwehrauto da und fährt auf der Lehne hin und her. Die kleinen Plastikräder graben sich durch Krümel und ein paar Reiskörner von unserem gestrigen Essen. Chinesisch. Ich habe noch nicht aufgeräumt.
Er sieht zu mir auf und blickt dann zu Boden. Ist er traurig? Vielleicht. Ist Papa traurig? Vielleicht. Wo kommt sie denn jetzt hin? Er fragt, die Augen auf das Feuerwehrauto gerichtet, spielt an der Leiter herum. Mit dem kleinen Rädchen an der Seite kann man sie nach oben kurbeln und Eingeschlossenen zu Hilfe eilen. Wo kommt sie hin?
Als seine Mutter starb, fragte er nicht, und ich konnte nicht darüber sprechen. War zu wütend und wusste nicht, was ich sagen sollte. Ich weiß nicht, ob Junkies in den Himmel kommen, Schatz! Kommen Mütter, die ihren Arm nicht in Frieden lassen können und sich um den Verstand fixen, in den Himmel? Die sich die Nadel in den Arm stechen, obwohl ihr Lebensgefährte und ihr Sohn zu Hause sitzen

und auf sie warten? Und dann in ein Auto rennen? Kommen die in den Himmel?
Das grenzt doch schon an Selbstmord, was meinst du, Schatz? Und Selbstmörder kommen doch nicht in den Himmel, oder? Ist das nicht sogar schlimmer als Selbstmord? Sich tot zu fixen und einen Scheiß auf die zu geben, die einen lieben? Ein Kind zu haben, Liebe, und trotzdem nur an ein paar Stunden Frieden zu denken? An den Rausch, wenn das Heroinchlorid ins Blut geht und in Herz und Hirn explodiert?
Und Oma? Kommt die in den Himmel? Sollte sie eigentlich nicht. Aber wenn deine Mutter dahingekommen ist, wird deine Oma wohl auch in den Himmel kommen. Aber dann können sie die Pforte auch gleich ganz weit offen stehen lassen. Dann ist alles egal.
Sie ist jetzt an einem Ort, an dem sie es besser hat, sage ich. Mehr muss er nicht wissen. Er spielt weiter mit seinem Feuerwehrauto, fährt die Leiter aus und wieder ein. Ich habe ihn nicht angelogen, heute nicht. Wenn er älter ist, wird er wissen, dass das alles ohne Bedeutung ist. Dass das alles nur Worte sind. Menschen schlafen friedlich ein, Menschen kommen an Orte, an denen es ihnen besser geht.

26

»Ihr werdet Mamas neuen Freund kennenlernen«, sagte sie.
»Nächsten Samstag kommt Henrik zum Essen.«
Er war ein großer Mann mit einem kräftigen blonden Schnauzer.
Hatte gewaltige Hände und redete laut.
Sehr männlich, er drückte Mutter lange an sich.
Eine wunderbare Frau.
Ihr seid doch lieb zu eurer Mama, nicht wahr?
Sonst bekommt ihr es mit mir zu tun.

Dann wedelte er mit der geballten Faust durch die Luft und lachte laut.
An diesem Abend aß er vier Hacksteaks.
Sechs große Kartoffeln. Und Soße, viel Soße.

Unsere Mutter kam spät nach Hause, manchmal mit Henrik, manchmal ohne.
Fröhlich und angetrunken, häufig mit Geschenken.
Sie lachte viel, kaufte neue Sachen. Sommerkleider.
Wir gingen zusammen essen. Henrik lud uns ein.
Der große Henrik.
Er brachte seine Tochter mit. Ein zwölfjähriges Mädchen. Ihr Blick ruhte nie lange auf einem Punkt. Als beobachtete sie eine Fliege, die nur sie sehen konnte.
Er nahm sie oft in den Arm.
Große Umarmungen für ein kleines Mädchen.
Papas kleines Mädchen.
Wir saßen in der Sonne und aßen Fischfilets.
Er trank drei große Biere.
Noch eins, solche Tage machen durstig. Drückte seine Tochter an sich und kratzte sie, so dass ihre Wange ganz rot wurde.
Ich bin doch dein Papa, jetzt sei doch nicht so störrisch.
Dann kniff er sie durch das T-Shirt in die Brustwarze und lachte laut.
Die wachsen schon noch, Schatz, du wirst schon sehen, wie die Jungs sich dann die Hälse verrenken.
Dann wollen sie plötzlich alle was von dir.
Ficken, ficken.
Er lachte laut.
Sie wurde wütend, wollte nichts mehr sagen.
Die Augen rotierten in ihrem Kopf, wütendes, kleines Weibsstück.

Henrik spendierte.
Wir fuhren Karussell.
Geisterbahn.
Die große Rutsche.
Mein Bruder durfte Henriks Tochter zwischen die Beine fassen, hinter der Tombola. Für eine Zigarette.
Ich roch anschließend an seinen Fingern.

Noch ein Bier, solche Tage machen durstig.
Henrik konnte nicht mehr gerade gehen und Mutter stopfte uns alle in ein Taxi.
Er lag halb über seiner Tochter, eingeklemmt.
Ficken, ficken, flüsterte mein Bruder mir zu. Wir lachten.

Als der Sommer zu Ende ging, sagte unsere Mutter zu uns:
»Ihr werdet Onkel Henrik nicht wiedersehen.«
Mutters Freund, Onkel Henrik.
Sie saß einen Monat lang auf der Bettkante und weinte, jammerte und rauchte.
Kommt, Jungs, zündet eurer Mutter eine Zigarette an.

Als sie dann endlich wieder aus dem Haus ging, blieb sie lange fort. Tagelang.
War fast nie mehr zu Hause, und wenn sie kam, hatte sie überall blaue Flecken und roch sauer.
Knallte die Klotür zu.
Kotzte und pisste anschließend hart in die Schüssel.
Wie ein Wasserfall.
Wir aßen Makrele in Tomatensoße und trockenes Roggenbrot.
Roggenbrot ist nie zu alt.
Eines Abends stand Henrik unten im Hof und brüllte zu uns hoch.
Brüllte, unsere Mutter sei ein Luder.

Eine Psychopathin.
Dass sie wegbleiben solle.
Sie sei ja geisteskrank.
Wir nahmen ihn nur zu gerne beim Wort.

Nach ein paar Monaten konnte sie ihren Bauch nicht mehr verstecken, Henrik war gegangen, hatte ihr aber ein Abschiedsgeschenk gemacht.

27

»Was können Sie mir über sie erzählen?«
Ich sitze vor dem Pastor. Er ist kaum älter als ich, trägt ein Hemd mit weißem Kragen und darüber ein Sweatshirt, ordentlich, aber nicht zu steif. Sein dunkler Holzschreibtisch sieht aus wie der des Albaners. Vor ihm liegt ein Block, auf dem er sich zierliche Notizen macht. Bis jetzt hat er das Datum und den Namen meiner Mutter notiert. Mit einem schwarzen Stift, den er in der Schublade gefunden und vorher auf einem anderen Zettel ausprobiert hat.
Neben ihm steht ein Computer, aber zu solchen Anlässen schreibt man anscheinend mit der Hand. Kleine Rituale, die uns zeigen sollen, dass wir in guten Händen sind und uns keine Sorgen machen müssen. Dass sie Erfahrung mit so etwas haben und es nicht peinlich ist, tote Menschen zu kennen.
Er ist sehr sorgfältig, hat den Block leicht schräg gelegt, das kenne ich sonst nur von Mädchen.
Ich weiß nicht, was ich ihm über sie sagen soll. Er beendet mein Schweigen.
»Ich verstehe das, es muss hart für Sie sein.«
»Ich weiß nicht …«

Vielleicht bin ich ehrlich, weil er ein Pastor ist.
Er legt den Kopf zur Seite. Befänden wir uns in einer anderen Situation, würde ich sagen: schmeichlerisch.
»Es muss ein … großer Verlust für Sie sein.«
»Nein.«
Er sieht mich lange an. Jetzt kommen ihm seine Ausbildung und seine Erfahrung als Seelenhirte zugute.
»Das stimmt nicht.«
»Nicht?«
»Nein, ich sehe Ihnen an, dass das nicht stimmt. Mag sein, dass Ihre Beziehung nicht die beste war, das liegt ja auf der Hand. Aber das bedeutet nicht, dass Sie … dass Sie sie nicht geliebt haben. Manchmal kommt einem einfach das Leben dazwischen. Verstehen Sie, was ich meine?«
»Ich bin mir nicht sicher.«
»Das Leben kann einem dazwischenkommen. Das Leben mit all den Details, den Dingen, die wir erlebt haben. All das kann einem im Weg stehen, so dass man nicht mehr erkennt, was man eigentlich füreinander empfindet.«
»Wir beide?«
Er sieht erst mich an und starrt dann auf seinen Block. Spricht mit seinem Papier.
»Humor kann auch ein Bollwerk sein. Das ist in Ordnung. Aber dieses Bollwerk, diese Schutzmauern sind nicht immer gleich stark. Sie sollten wissen …«
Ich stehe auf, ziehe meine Jacke an.
»Sagen Sie einfach irgendwas. Es spielt keine Rolle, das sind nur Worte …«

Es ist der dritte Sarg, den wir ansehen. Wir haben mit den teuren angefangen, Mahagoni, sechsfach lackiert. Messinggriffe. Jetzt stehen wir vor einem einfachen, weißen Sarg. Er klopft dagegen, um mir zu zeigen, dass er nicht aus massivem Holz besteht und vorsichtig getragen werden muss. Dass man eben bekommt, was man zu bezahlen bereit ist. Er hebt den Deckel vom Sarg, er klemmt. Ich sehe das Innenleben. Hellgrauer Kunststoff, der an den Seiten schlaff herabhängt. Ich frage ihn noch einmal: »Und das ist der billigste, den Sie haben?« Der Pastor hat mir diesen Bestatter empfohlen. Weil sein Geschäft nah bei der Kirche ist. Der Transport ist dann günstiger. Sein Haar ist frisch frisiert und sein Schnurrbart kurz geschnitten. Er hat eine dünne, ölartige Schweißschicht auf der Haut, keine, aus der sich jemals Tropfen bilden könnten. Ich bin mir sicher, dass seine Hände klamm sind, habe ihn bei meinem Kommen aber nicht mit Handschlag begrüßt. Er war sehr verständnisvoll, hielt eine Hand mit der anderen, sein Beileid bekundend. Sprach angemessen, ist Trauer gewohnt. Er hat die Frage »Was kann ich für Sie tun?« vermieden, und ich bin mir ziemlich sicher, dass er am Ende auch nicht fragen wird: »Haben Sie sonst noch einen Wunsch?«

Hier ist alles sehr sauber, die Beleuchtung gedämpft, kleine Halogenspots, die die Topmodelle ins rechte Licht rücken. Der Bestatter wischt die Hände diskret an der Hose ab und legt sie dann wieder ineinander.

»Ich verstehe natürlich, dass man auch an den ökonomischen Aspekt denken muss. Beerdigungen haben ja auch eine praktische Seite. Ich möchte Sie aber darum bitten, die Erinnerung an die Person nicht außer Acht zu lassen. Wie werden Sie an Ihre Mutter denken? Wie an diesen Tag des Abschieds? Wenn die Familie kommt, Blumen auf dem Boden der Kirche liegen. Ist das nicht eine Erinnerung, die man bewahren will?«

»Einäscherung«, sage ich ihm.

Erst jetzt bin ich darauf gekommen.

»Einäscherung, dazu brauche ich doch wohl so, so … einen Krug.«

»Eine Urne.«

»Ist das nicht so eine Art Krug mit Deckel?«

Er will etwas erwidern, nickt aber nur. Begleitet mich dann zu der hinteren Wand des Geschäftes, an der alle Urnen stehen. Es gibt weiße, schwarze und einige diskret gemusterte.
Er sagt mir, dass sie aber trotzdem einen Sarg braucht, einen billigen, in dem sie verbrannt werden kann.

28

Der Friedhof fällt leicht ab, wir stehen am Gemeinschaftsgrab. Sehen, wo sie beerdigt worden ist, dort ist ein kleines Loch in der Wiese. Frisch aufgeworfene Erde. Es regnet. Das Gras ist nass. Der Pastor trägt einen Plastikmantel über dem Talar. Er liest aus der Bibel, dem Alten Testament, mehr weiß ich nicht.
Martin trägt zwei Sweatshirts und einen Regenmantel. Ich einen zerknitterten braunen Anzug, der einmal schön war, und darüber die Windjacke. Den Anzug hat sie mal gekauft. Bei Martins Taufe habe ich den schon getragen. Das Gute an Heroin ist, dass man nicht zunimmt.
Ich gebe meinem Bruder die Hand, bin überrascht, dass er gekommen ist. Er lächelt Martin zu. Versuche, es ihm nicht schwer zu machen.
Dann wenden wir uns wieder dem Pastor zu, er redet von Jesaja. Mein Bruder fragt:
»Warum eine Trauerfeier?«
»Sie ist tot.«
»Ja, aber warum eine Trauerfeier? Sie hat die Kirche doch gehasst. Die Pastoren …«
Ich antworte ihm nicht. Er zündet sich eine Zigarette an, hält sie in der hohlen Hand. Dann dreht er den Kopf und nickt langsam.
Wir sind nicht allein. Ein paar alte Frauen mit Plastikhauben und Lodenmänteln. Sie stehen dicht beieinander, als wollten sie sich gegenseitig wärmen. Wenn sie sich nicht die Tränen abwischen, lächeln sie.

Sagen mit den Augen, so ist das Leben, es ist hart, aber wir müssen es ertragen und an die guten Stunden denken. Sie müssen sie aus dem Seniorenzentrum gekannt haben, als alte Frau, die Marmorkuchen gebacken, Bridge gespielt und um Atem gerungen hat. Die ihr Geld in Briefmarken investiert und Dean-Martin-Platten gehört hat. Die das Königshaus mochte und die, als es ihr noch besser ging, zum Schloss gelaufen ist, um die Königin vom Balkon winken zu sehen.
Sie mussten sie nie aus Kneipen nach Hause schleppen wie wir. Mussten sie nie sturzbetrunken zwischen sich stützen, sind nie fast zusammengebrochen unter ihrem Gewicht, wenn sie zur Seite kippte. Haben nie gesehen, wie sie auf dem Sofa kollabiert ist, das Kleid über den Ohren, ohne Unterhose, weil sie die auf einer Herrentoilette gelassen hat, für ein Getränk, ein Bier, ein bisschen Gesellschaft. Und haben deshalb auch nie ihre behaarte Fotze erwachen und die Polster vollpissen sehen.
Oder beobachtet, wie sie einen ganzen Nachmittag unablässig geblinzelt hat, wenn sie zu viele Medikamente geschluckt hatte. Ich will einen Regenbogen haben, sagte sie, Mama will einen Regenbogen. Immer wenn sie die roten mit den blauen und den gelben mischte. Damals hatten die Pillen noch viele verschiedene Farben, magische Pillen mit magischer Wirkung. Und magischen Namen. Secobarbital, sag es langsam und mit tiefer Stimme. Valium, sag es, und schwing deinen Zauberstab.
Als ich zum ersten Mal etwas genommen habe, war ich kaum älter als Martin jetzt. Das war zu Hause, ich bediente mich an Mutters Sammlung. Magische Pillen, die diesen Nachmittag zu einem ganz besonderen gemacht haben.
Der Pastor sagt, sie habe ein hartes Leben gehabt. Dass es zu ihrer Zeit noch nicht leicht gewesen sei, seine Kinder allein aufzuziehen. Dass sie aber trotzdem, trotz all der Widerstände, versucht habe, ihren Söhnen die bestmögliche Kindheit zu schenken. Ich höre nicht mehr zu.

29

Martin trinkt Cola und ich halte unter dem Tisch seine Hand. Mein Bruder sitzt uns gegenüber. Er blickt durch die dreckigen Fenster mit den Spitzengardinen. An den Wänden hängt der Boden eines Tuborg-Fasses. Wir sitzen in einer Kneipe unweit des Friedhofs.
Es hat wieder zu regnen begonnen. Ein heftiger Schauer, die vorbeieilenden Passanten verstecken sich unter ihren Zeitungen und schlagen die Mantelkrägen hoch.
Unser Leichenschmaus. Die alten Tanten haben wir nicht mitgenommen. Sie haben ihre eigene Veranstaltung im Seniorenzentrum in der Nähe. »Belegte Brötchen«, sagten sie, »kommen Sie doch mit, es gibt belegte Brötchen.« Aber weder mein Bruder noch ich hatten Lust, irgendwelche Lügen über unsere Mutter zu hören. Leberwurst zu essen und nette Sachen zu sagen.
Wir trinken Elefantenbier zu ihrem Andenken. Die Jukebox spielt John Mogensen. *So lange wir leben, so lange schlägt mein Herz.* Wir stoßen an und mein Bruder blickt wieder auf die Straße.
»Ihr Haus hat vielleicht einen gewissen Wert …«, sage ich, um etwas zu sagen. Er winkt ab, ohne mich anzusehen.
»Ich will nichts haben, nichts von ihr.«
Martin macht mit seinem Strohhalm gurgelnde Geräusche. Saugt die Cola in den Mund und versucht, sie durch den Strohhalm wieder ins Glas zu pusten. Er schafft es nur fast. Ich wische die Flecken mit der Hand vom Tisch.
Mein Bruder zieht sich den Ärmel hoch und kratzt sich am Unterarm. Sein Trainingsanzug ist ihm eine Nummer zu groß, trotzdem sieht man die Gewichthebermuskeln darunter. Er kratzt sich so lange, bis er rote Streifen auf der Haut hat. Kratzt sich über eine Stelle, die wie ein großes Muttermal aussieht, dabei ist es eine Tätowierung, ein kleines A in einem Kreis. Von ihm selbst gestochen. Das A steht nicht für Anarchie, sondern für seine Ex.

Ich würde meinem Bruder gerne sagen, dass er es ist, der eine erbärmliche Figur macht. Der der Schwächere von uns ist. Dabei sehe ich ihm an, dass er weiß, dass ich wieder an der Nadel hänge. Er sieht zu Martin, dann zu mir und ich kann seine Gedanken lesen. Am liebsten würde ich ihn anschreien. Hör auf zu jammern! Sie hat dich bloß verlassen, sie ist nicht tot. Er hat sie nicht verloren, an einem Dienstag, an dem die Vögel gezwitschert haben und die Leute an den Strand gefahren sind. Hat keinen Jungen, den er jeden Tag ein bisschen mehr vernachlässigt. Keine teure Sucht. Keinen Grund zum Jammern. Er ist erbärmlich, weil er das nicht sehen kann.
Als mein Bruder aufsteht, glaube ich, er will gehen. Stattdessen tritt er an die Jukebox und füttert sie mit Münzen. Stellt sich an die Bar und wartet darauf, bedient zu werden. Einer der Stammgäste sagt etwas zu ihm. Ich kann nicht verstehen, was, sehe aber, dass der Mann über seinen eigenen Witz lacht und sich umsieht. Mein Bruder antwortet etwas, das ihn verstummen lässt. Ich kann die Worte bei der lauten Musik nicht genau verstehen, glaube aber, dass mein Bruder ihn gebeten hat, nach Hause zu gehen und seine Tochter zu ficken.
Das weiße T-Shirt des Mannes spannt über seinen Bierbauch, der von einer Lederweste umrahmt wird. Er rutscht vom Barhocker und stellt sich breitbeinig, wie in einem Western, vor meinen Bruder. In der Luft liegt eine Spannung, wie man sie nur vor einer Prügelei spürt.
Dann sagt mein Bruder wieder etwas. Diesmal leise. Ich höre nicht, was er sagt, glaube aber, dass er diesem Mann beschreibt, was er mit ihm machen wird. Der Typ klettert auf seinen Barhocker zurück. Mein Bruder ist nicht nur glaubwürdig, wenn er so etwas sagt, er ist auch ehrlich.
Er stellt die Cola für Martin und die beiden Elefanten für uns auf den Tisch. Wir stoßen an. Dann beginnt das Lied, das er ausgesucht hat. Elvis: *In the Ghetto*.
Sie mochte Elvis gern.
Ich spreche das laut aus, hatte es tatsächlich vergessen. All die Platten,

die sie aufgelegt hat, wenn sie zu Hause war. *Jailhouse Rock*, zu dem mein Bruder tanzte, um sie zum Lachen zu bringen. Tief in den Knien und die Hüfte kreisend. Manchmal war sie so kaputt, dass sie nicht einmal geblinzelt hätte, wenn er sich eine Katze aus dem Arsch gezogen hätte.

Er sieht mir in die Augen.

»Wenn ich gleich durch diese Tür nach draußen gehe, will ich nicht mehr an sie denken. Nicht mehr über sie reden. Lass uns damit abschließen, jetzt.«

Es ist ziemlich verqualmt in der Kneipe und mein Bruder und ich rauchen. Martin hustet.

»Du kannst rausgehen und ein bisschen frische Luft schnappen, Schatz.«

»Es regnet doch.«

»Das ist doch nicht schlimm. Aber geh nicht so weit weg, okay?«

Er nickt. Ein großes, deutliches Nicken. Ich helfe ihm, die Jacke anzuziehen. Er nimmt die Cola, geht zur Tür und stemmt sich dagegen, bis ihm die Frau, die am einarmigen Banditen neben der Tür steht, hilft.

Mein Bruder und ich haben unsere Biere schon halb ausgetrunken, als er wieder etwas sagt. Er nimmt einen tiefen Zug von seiner Zigarette, atmet den Rauch durch die Nase aus und sagt:

»Denkst du manchmal an ihn?«

Ihn.

Mehr braucht er nicht zu sagen, ich weiß sofort, von wem er spricht. Unser Bruder, der kleine.

»Ja«, antworte ich ihm. »Ja, manchmal.«

»Ich auch.«

Er kratzt sich wieder am Unterarm.

»Manchmal«, sagt er.

»Ich habe schon mal überlegt, dich anzurufen. Mit dir zu sprechen. Darüber, was damals passiert ist.«

»Ja.«
»Aber …«
Er zieht den Ärmel herunter, als hätte er erst jetzt bemerkt, dass er kurz davor ist, sich blutig zu kratzen.
»Aber … ich weiß nicht, was wir bereden sollten. Ob es darüber etwas zu reden gibt. Es ist passiert. Aus und vorbei.«
Er sieht wieder aus dem Fenster, leert sein Bier. Draußen hüpft Martin durch die Pfützen. Ich denke, dass ich nicht vergessen darf, ihm trockene Sachen anzuziehen, wenn wir nach Hause kommen.
Ich betrachte meinen Bruder.
Er ist hier, ohne wirklich hier zu sein. Und ich rede mit ihm, damit er nicht verschwindet.
»Bist du sicher, dass du nichts willst?«
»Was?«
Er sieht mich an. Die gleichen Augen wie morgens, wenn ich ihn geweckt hatte.
»Was?«
»Das Erbe.«
Er lächelt.
»Ja, ich bin sicher. Bier ist nicht so teuer.«
Er steht auf und geht zur Tür.

Durch das Fenster sehe ich, wie er Martin durch das Haar fährt, bevor er über die Straße verschwindet.

30

Ein Bagger wälzt den weißen Staketenzaun einfach um. Die Bretter werden zu Boden gedrückt, einige splittern. Er fährt weiter über die kleine Rasenfläche und hinterlässt tiefe Spuren in der weichen Erde.

»Nur weil der Markt gerade so ist, wie er ist, geht der Abriss auf Kosten des Käufers«, hat der Makler gesagt.
Die Handwerker sehen zu. Bestimmt nicht das erste Mal, sind aber trotzdem fasziniert. Das Monster nennen sie die Maschine. Zähne und Kehrblech die Schaufel.
Der Bagger bleibt vor dem Haus stehen und hebt langsam die Schaufel. Als sie nach vorne schwenkt und sich durch das Fenster ins Haus schiebt, klirrt Glas. Dann hebt sich der Arm und reißt die vordere Wand weg. Man sieht den alten Teppich im Wohnzimmer, verblichene rote Blumen auf orangefarbenem Hintergrund.
Ihr Haus. Das Haus unserer Mutter. Sie war so stolz darauf.
Der Mann im Bagger legt den ersten Gang ein. Der Motor hustet und die Maschine fährt vorwärts durch das Wohnzimmer und weiter ins Schlafzimmer, bis das ganze Haus zusammenbricht.

Mein Bruder hat die Papiere zurückgeschickt. Unterschrieben. Ich hatte nichts damit zu tun. Ich habe bloß dem Anwalt gesagt, dass mein Bruder das Erbe ausschlägt, und der hat mich um seine Adresse gebeten und ihm alles geschickt.
Der Bagger steckt fest, im Schlafzimmer. War zu schwer für die Fußbodendielen. Morsches Holz, Fäulnis. Die Kette dreht sich in höchster Geschwindigkeit und wirft Erde, Teppichfetzen und Tapetenschnipsel hinter sich.

31

Nachdem Henrik Schluss gemacht hatte, war unsere Mutter richtig fertig.
Sie verpfändete oder verkaufte alles. Kam mit einer Flasche Rum oder fünf Flaschen Starkbier nach Hause.

Und ihr Bauch wurde von Tag zu Tag dicker.
Verschwand etwas aus dem Haus, sahen wir es nicht wieder. Morgens sah es immer so aus, als wären nachts still und heimlich die Möbelpacker da gewesen.
Hatten wir Hunger, suchten wir sie in den drei Kneipen, in denen sie immer war.
Dann gab sie uns einen Zwanziger. Makrelen in Tomatensoße und Roggenbrot.
Am Monatsanfang spendierten uns manchmal auch die anderen Gäste etwas.
Ein Zwanziger hier, ein Zwanziger da.
Abends lagen wir im Bett und stellten uns vor, die Zimmerdecke wäre ein riesiger Fernseher. Überlegten, was sie wohl zeigen würden. Was wir gerne sehen wollten. In vielen Nächten sahen wir *Auf dem Highway ist die Hölle los.*

Das sind die schönsten Erinnerungen an meinen Bruder. Wie wir in unseren Betten lagen, uns gemeinsam vorstellten, wie die Autos so schnell über den Highway rasten, dass wir beinahe die Reifen auf dem Asphalt quietschen hörten. Natürlich hätten wir lieber einen richtigen Fernseher gehabt. Und wir machten das auch nur, um nicht miteinander reden zu müssen. Trotzdem denke ich viel lieber daran, wie wir unsere Blicke zur Decke richteten, als daran, wie er auf meinen Haaren gestanden und mir auf die Brust gepinkelt hat. Später kriegten wir einen Fernseher. Den hat Nick besorgt, und keiner von uns hat gefragt. Und auch als unsere Mutter mit einem Videorekorder nach Hause kam, stellten wir keine Fragen. Auch wenn sie den mitgebracht hatte, um uns eine Freude zu machen, war es kein schöner Gedanke, dass sie auf irgendeiner Toilette die Beine breit gemacht hatte, damit wir *Tom und Jerry*, Bruce Lee oder Ninja-Filme gucken konnten.

32

Der Bus ist rot. An der Seite steht in großen, gelben Buchstaben »Esbens Busse«. Der Chauffeur lässt den Motor laufen, bis einer der Erzieher bittet, ihn auszumachen. Sie müssten erst noch die Kinder zählen und wollten nicht die ganze Zeit die Abgase einatmen.
Auf der anderen Straßenseite hält ein Citroën. Ein Vater steigt aus, läuft um das Auto herum, zerrt die Koffer heraus und küsst seine Tochter, sichtlich erleichtert, rechtzeitig gekommen zu sein, auf die Wange. Martin hält meine Hand, fest. Er war noch niemals zuvor so lange weg. Ihr werdet richtig Spaß haben, Schatz. Und außerdem – du kannst doch anrufen. Ich flüstere ihm ins Ohr, damit die anderen nicht mitbekommen, dass er nervös ist. Und ein bisschen Angst hat.
»Und wenn ich gerne nach Hause will? Kommst du mich dann holen?«
»Wenn du anrufst und mir sagst, dass du nach Hause willst, hole ich dich, Schatz.«
»Versprochen?«
»Ja, versprochen.«
Ein Kindergartenhelfer zählt Apfel- und Orangensaftpäckchen ab.
»Wir hatten doch 27 gesagt, oder?«, ruft er zu einer Erzieherin hinüber.
»Ja, 27, aber nimm ein paar mehr mit. Wir brauchen ja auch etwas.«
Ein Mädchen kommt auf uns zu. Anfang zwanzig, sie stellt sich als Mona, die neue Praktikantin, vor. Sie ist hübsch, hat einen breiten Hintern, ist aber richtig hübsch.
Sie hockt sich vor Martin.
»Wir werden richtig Spaß haben, wir zwei, meinst du nicht?«
Martin nickt.
Sie steht auf, lächelt und sagt: »Auch für mich ist das die erste Kindergartenfahrt, ich bin schon ein bisschen nervös.«
Sie streichelt Martin über den Kopf.

»Das ist ganz in Ordnung.«
Ihrem Dialekt nach stammt sie nicht aus Kopenhagen und auch nicht aus Jütland. Ich kann ihn nicht einordnen, irgendwie erinnert er mich aber an Heuballen und Buttermilch.
Ich gebe ihr zwei Umschläge, möglichst diskret, damit Martin es nicht bemerkt. Im größeren sind Postkarten, sechs Stück, eine pro Tag. Damit jeden Morgen beim Frühstück eine neue Postkarte vor ihm liegt. Neben seinem Teller. Sie werden fragen, wer hat denn heute Post gekriegt? War der Postbote schon da? Im anderen Umschlag sind achtzig Kronen in Münzen. Für Süßigkeiten. Genau achtzig, mehr darf es nicht sein. Alle sollen gleich viel haben, darauf hat man sich vorher geeinigt. Wir haben das alles an einem Elternabend vor zwei Wochen erfahren. Über Süßigkeiten wurde lange diskutiert, weil sie ja sonst eine recht rigide Einstellung dazu haben – aber auf Reisen ist eben alles anders, da gehörten auch Süßigkeiten dazu. Außerdem würden die Kinder sich bestimmt reichlich bewegen und nachts gut schlafen. Dann haben sie gelacht.
Ich habe die letzten Nächte dagesessen und Postkarten geschrieben. Habe versucht, sie so unterschiedlich wie möglich zu schreiben. Wie mag es ihm am dritten Tag gehen? Was würde er gerne hören? Auf einer der Karten ist ein Bild der Kleinen Meerjungfrau, auf einer anderen ein dicker Teddy und auf der dritten ein Mädchen im Bikini mit einem roten Wasserball am Strand und der Aufschrift »Greetings from Denmark«. Bei dem Elternabend sprach ich die fehlenden Briefmarken an, aber die Erzieher garantierten mir, dass das keines der Kinder bemerken werde.
Der Bus fährt los, und ich sehe sein Gesicht durch die getönte Scheibe. Erst ganz ernst, dann winkt er mir lächelnd zu. Ein kleines Mädchen sitzt neben ihm. Ich kann mich nicht an ihren Namen erinnern, aber er hat von ihr erzählt. Man muss ja nicht verliebt sein, nur weil sie ein Mädchen ist, oder? Nein, Schatz. Das kleine Mädchen winkt jetzt auch. Hinter mir steht seine Mutter.

Ich gehe langsam. Die Wohnung wird leer sein. Ich kann ihn rufen, aber er wird nicht da sein. An einer Würstchenbude esse ich einen französischen Hotdog. Mache einen Umweg um den See.
Sitze auf dem Sofa und sehe fern. Es laufen alte Krimiserien. In der ersten klären sie einen Mord auf, in der zweiten eine Brandstiftung mit Todesfolge.
Ich überprüfe noch einmal das Telefon, möchte mir sicher sein, dass alles in Ordnung ist und das Kabel wirklich in der Dose steckt. Der Albaner will heute anrufen. Am Nachmittag. Also jetzt. Hat gesagt, ich solle mich bereithalten. Am liebsten würde ich noch einmal ins Zimmer gehen und das Geld in der Sporttasche zählen. Aber ich habe es bereits fünfmal gezählt. Ich pisse bei offener Tür, die Augen aufs Telefon gerichtet. In der nächsten Krimiserie müssen zwei Kommissare den Mord an einem Koch aufklären. Ein Gourmetpapst mit eigener Fernsehsendung. Nachdem er die Soße gekostet hat, ist er zu Boden gegangen. Ein stiller, unmittelbarer Tod, wie man ihn nur im Fernsehen stirbt. Jetzt müssen sie den Mörder finden. Wer hat das Gift ins Essen getan?
Ich überprüfe das Telefon noch einmal, bis mir in den Sinn kommt, dass es für ihn besetzt ist, falls er anruft, während ich den Hörer in der Hand halte. Und dass er dann vielleicht aufgibt und die ganze Sache abbläst.
Ich lasse das Telefon in Ruhe. Bin bereit. Parat. Habe mir selbst eingebleut, nicht zu fixen, bevor er angerufen hat. Um einen klaren Kopf zu behalten, selbst klar zu bleiben. Aber mein Arm juckt und der Puls ist mittlerweile so hoch, dass ein bisschen Stoff wohl besser wäre. Vielleicht sollte ich noch einmal darüber nachdenken. Man soll ja auch nicht mit leerem Magen einkaufen. Und wenn sie mir erst ansehen, dass ich auf Turkey bin, steigt der Preis. Das steht fest. Ich kann nicht wie ein zitternder Junkie dasitzen und mit dem Stoff nur noch nach Hause wollen. Vielleicht sollte ich ein bisschen rauchen. Aber nur ein bisschen. Ich mache mir einen guten Heroinjoint, rolle eine

Zigarette so lange zwischen den Fingern, bis der Tabak herausrutscht. Fülle sie dann vorsichtig wieder mit Tabak und ein bisschen Heroin. Nur so viel, wie auf die Spitze eines Nagels geht. Zünde sie vorsichtig an, während dem Schwager des Kochs im Fernsehen Handschellen angelegt werden. Er schreit, er habe nicht verkraftet, dass der Fernsehkoch ihm das Rezept geklaut hat. Dass er ihn bestohlen hat und auf seine Kosten berühmt geworden ist. Dass er der Erste war, der Steinpilze mit Meerbarsch kombiniert hat, an reduzierter Weißweinsoße. Das sei sein Gericht.
Als das Telefon klingelt, kriege ich fast einen Schock. Der Albaner sagt, er sei in ein paar Minuten da, und erkundigt sich nach dem Essen. Damit meint er das Geld. Ich sage ihm, dass ich nach unten komme. Als ich aufgelegt habe, denke ich das Ganze noch einmal durch. Woran muss ich denken? Schlüssel, Sporttasche. Sonst noch was? Meine Jacke. Die müssen nicht sehen, wie dünn ich bin, dass ich selbst drücke. Oder die Einstiche auf meinem Arm. Das ist alles. Ich nehme die Tasche und gehe hinaus.

33

Ich stehe an der Ecke und warte. Hasse es, mit so viel Geld unterwegs zu sein. Alle Säufer oder arbeitslosen Loser, die an mir vorbeigehen, sehen mir doch an, dass ich hier mit mehr Geld herumstehe, als sie jemals in ihrem Leben zu Gesicht bekommen werden. Wüssten sie es sicher, würden sie mich in Stücke reißen. Ich blicke auf die Tasche, vergewissere mich, dass der Reißverschluss zu ist, und stelle mir vor, wie ein unerwarteter Windstoß die Tausender aus der Tasche reißt und sie wie Herbstblätter über die Straße weht, während Junkies, Alkoholiker und Arbeitslose hinter den immer herumwirbelnden Scheinen herjagen.

Der Reißverschluss ist zu. Ich will die Tasche nicht mehr anstarren. Rauche eine Zigarette. Rauche sie langsam.
Der Albaner kommt in seinem Auto und hält neben mir. Still und ruhig, mit flüsternden Bremsen, als wäre es das Normalste der Welt. Ich steige ein. Nehme die Sporttasche auf den Schoß. Er wirkt ruhig. Sehr ruhig, dreht am Radio herum, blickt in den Spiegel und fährt wieder los. »Schnall dich an«, sagt er.
Als ich das letzte Mal in seinem Auto saß, war ich ein Junkie, der sich einen Schuss erbettelte, zu allem bereit, bereit für den Abgang. Heute bin ich der Mann mit dem Geld. Die Hauptperson. Lägen meine Nerven nicht blank, wären meine Knöchel nicht so weiß und meine Hände nicht so verschwitzt, dass sie Streifen auf dem dunkelblauen Nylon der Sporttasche hinterlassen, würde mich dieser Gedanke glücklich machen. Aber meine Nerven machen mir zu schaffen, der Heroinjoint hat nur ein ganz klein bisschen geholfen.
Der Albaner dreht am Radio herum. Springt von Popsender zu Popsender und verweilt einen Moment bei einer Reportage über einen Künstler, der Seeräuberpornos macht. Dann wechselt er zu einem Sender, auf dem ein Elvis-Song läuft: *Wooden Heart.*
Er sagt: »Weißt du, dass er eine Pistole hatte? Dass er immer mit einer Waffe herumgelaufen ist?«
»Elvis?«
»Ja, ich habe eine Sendung über ihn gesehen. Das war Nixon, weißt du, Präsident Nixon.«
»Was?«
»Der hat ihm die Erlaubnis erteilt, eine Waffe zu tragen. Hat ihn zum Vize-Sheriff ernannt oder so etwas Ähnlichem. Mit Papieren und allem Drum und Dran. Deshalb durfte er eine Waffe tragen, immer, sogar im Flugzeug oder auf der Bühne. Der hatte immer eine geladene Waffe in der Hose. Stell dir mal vor, der hätte jemanden erschossen; einen Fan, der ihm zu nahe gekommen ist ...«
Der Albaner wirkt ruhig. Sehr ruhig. Fast zu ruhig. Ich denke, dass er

das nur sagt, um mich abzulenken, damit ich mich entspanne. Dabei werde ich dadurch nur noch nervöser.

Er parkt den Wagen in einer Wohnstraße in Rødøvre. Scheint zu wissen, wohin wir müssen. Trotzdem ertappe ich ihn dabei, wie er auf ein Straßenschild schaut, als wir eine etwas befahrenere Straße erreichen.

»Die Leute, zu denen wir jetzt gehen, sind Kroaten. Keine Serben, keine Albaner. Aber das ist egal, du solltest nicht viel reden. Halt einfach den Mund. Wenn du irgendwann Zweifel hast, sieh mich einfach an.«

»Und was, wenn sie mich etwas fragen?«

»Was sollten sie dich denn fragen?«

»Woher ich das Geld habe.«

»Das fragen sie nicht. Ganz sicher nicht.«

»Oder an wen ich verkaufen will.«

»Antworte so kurz wie möglich. Es gibt keinen Grund, ihnen deine Lebensgeschichte zu erzählen.«

Der Albaner bleibt vor einem kleinen, zwischen zwei Hauseingängen eingequetschten Friseurladen stehen. Das goldene Schild mit den schwarzen Buchstaben ist von Wind und Wetter etwas mitgenommen. Ich lese »Salon Zaza«. Dem Schild mit den Öffnungszeiten nach zu urteilen ist heute geschlossen. Im Salon ist es dunkel.

Als der Albaner mit seinem Autoschlüssel gegen die Glastür klopft, steht eine Gestalt aus einem der Friseurstühle auf. Bei den Reflexionen des Sonnenlichts auf den Scheiben und der Dunkelheit drinnen kann man ihn von außen nicht sehen, außer man steht dicht vor der Scheibe. Er geht langsam zur Tür, schiebt den Riegel beiseite und öffnet die Tür. Er hat kurzes dunkles Haar und trägt ein Fußballtrikot. Er umarmt den Albaner überschwänglich, trotzdem sieht es eher geschäftlich als herzlich aus. Dann schließt er die Tür hinter uns.

Der Albaner sieht sich um.

»Wo ist Goran?«
»Du weißt doch, dass er es liebt, Menschen warten zu lassen …«
»Aber er kommt?«
»Ja, ja. Er hat gesagt, ich soll euch reinlassen.«
»Und jetzt sollen wir rumsitzen und vor uns hin starren?«
»Der Kaffee ist gleich fertig.«
Der Typ mit dem Trikot tritt an eine weiße Kaffeemaschine, die auf einem niedrigen Schränkchen steht. Sie spuckt gerade den letzten Rest heißes Wasser in den Filter. Er bückt sich, öffnet die Schranktüren und findet nach einer Weile, was er sucht. Einen Stapel weißer Plastikbecher. Er sieht mich an.
»Kaffee?«
»Ja, bitte.«
Noch habe ich meine Lebensgeschichte nicht erzählt.
Ich setze mich mit dem Albaner auf das Sofa, das an der Wand gegenüber den Friseurstühlen steht. Auf dem Clubtisch vor uns liegen Frauenmagazine.
Der Raum riecht nach Shampoo, Zigarettenrauch und Dauerwellen. An den Wänden hängen Bilder von Modellen mit hochgestecktem Haar. Ältere Fotos mit Frisuren, die längst aus der Mode sind. Frauen, Männer und Kinder, die in die Kamera lächeln oder selbstbewusst vor sich hin blicken, das Haar voller Gel. Die neuesten Bilder sind große, mit Klebeband aufgehängte Fotografien von Bräuten mit Blumen im Haar, in weißen Kleidern und mit dickem, farbenfrohem Make-up. Der große Tag.
Ich zwinge mich, die Tasche loszulassen. Sie steht neben mir auf dem Boden. Ich kann sie sehen, wenn ich den Kopf drehe, der Griff ist direkt unter meiner rechten Hand. Ich blättere durch ein Frauenmagazin. Lege es auf meinen Schoß, damit meine zitternden Hände die Seiten nicht auf und ab tanzen lassen. Ganz entspannt. Ich lese etwas über das Königshaus, Promis, Fernsehstars.
Der Albaner pustet in seinen Kaffee.

»Habt ihr das Problem mit Mirko gelöst?«
»Ja, ja … aber erst vor kurzem.«
»Wo war er?«
»Fuck, Mann, hast du das denn nicht mitbekommen?«
»Nein, ich habe schon lange niemanden mehr gesehen.«
»Zu beschäftigt als Familienvater?«
»Das auch. Wo war er?«
»In Oslo. In fucking Oslo. Er hat Familie da oben, einen Onkel. Aber sie haben ihn natürlich geschnappt. Es ist aber auch blöd, nach Oslo zu fahren.«
»Zu viele Jugos da oben?«
»Ja, verdammt. Kaum hat ihn einer gesehen, hat er Goran angerufen.«
»Haben sie ihn mit zurückgenommen?«
»Nein. Das … Ich glaube, die haben das da oben geregelt. Aber um ehrlich zu sein, so genau weiß ich das auch nicht … Seit sie ihn gefunden hatten, wurde es irgendwie …«
»… nicht mehr darüber gesprochen.«
»Ja … Und du weißt ja, Goran will mich da eigentlich raushalten.«

Wir trinken Kaffee, ich blättere noch immer durch das Magazin. Der Schweiß meiner Finger lässt die Seiten kleben. Ich habe Druckerschwärze auf den Handflächen. Aber verdammt, es ist auch heiß heute. Der Albaner sieht auf die Uhr.
»Wenn er nicht bald kommt …«
»Er kommt. Du kennst ihn.«
Die Stimme des jungen Kroaten ist ruhig. Seine Augen sind nicht ganz so überzeugend. Er nimmt sein Handy und telefoniert. Spricht eine Sprache, die ich nicht verstehe. Er kommt? Ja, ja, er ist unterwegs. Wir rauchen. Der Typ im Trikot grinst nervös.
»Ich hätte Sofia bitten sollen, heute hier zu sein. Sie hätte uns die Haare schneiden können, während wir warten.«

Der Albaner antwortet nicht. Er sieht aus dem Fenster, als hätte er ihn nicht gehört.

Zehn Minuten später hält ein schwarzes Geländefahrzeug mit getönten Scheiben auf der anderen Straßenseite. Vier junge Männer steigen aus. Der älteste geht vor. Ich tippe, dass das Goran ist. Wenn ich nicht so nervös wäre, würde ich diesen Augenblick genießen. Vier Männer, die die Straße überqueren, langsam, ohne Eile. Wie in einem Film. Ihre Selbstsicherheit strahlt wie der Lack des Autos hinter ihnen.

Aber es ist kein Film und an meinem Bein klebt auch kein Aufnahmegerät. Ich bin der, der auf Schulhöfen die Drogen verkaufen soll.

Ich lege das Magazin weg und meine Hand greift beinahe automatisch nach der Tasche. Ich sehe die Situation vor mir, mich selbst, verdammt, wie kindisch, der reinste Kindergarten. Stelle mir vor, wie sie mir die Tasche aus der Hand reißen. Sagen, dass sie jetzt ihnen gehört. Aber nein, das ist doch meine. Nein, jetzt nicht mehr. Das ist meine, meine.

Die Tür geht auf. Der, den ich für Goran halte, tritt als Erster ein. Er lächelt uns an. Ein warmes Lächeln.

Sehr männlich, denke ich. Ein attraktiver Kerl. Anfang dreißig.

Er ist groß, bewegt sich wie ein Sportler, ein Boxer. Seine Armbanduhr sieht teuer aus, er trägt keinen Schmuck. Ich hatte ihn mir mit etwas mehr Gold vorgestellt.

Er schüttelt uns die Hand. Lacht den Albaner an. Lange her.

Dann dreht er einen der Friseurstühle um und setzt sich. Die anderen Männer bleiben stehen, der Raum wirkt schnell voll. Goran sagt:

»Sollen wir es nicht hinter uns bringen? Ich würde gerne einfach mit euch Karten spielen, aber das sollten wir wohl ein andermal machen.«

Er sieht mich an.

»Und du hast was für mich?«

»Ja.«
»Lass mich sehen …«
Ich nehme die Sporttasche vom Boden. Einer der Männer nimmt sie mir aus der Hand. Stellt sie Goran auf den Schoß. Er zieht den Reißverschluss auf und wirft einen Blick hinein. Blättert kurz durch die Scheine.
»Woher stammt das Geld?«
»Meine Mutter ist vor kurzem gestorben.«
Sie lachen. Alle.
»Okay, okay, du hast geerbt. Verdammt, Mann, du brauchst nicht zu antworten.«
Er stellt die Tasche wieder auf den Boden.
»Hör jetzt zu, das läuft jetzt folgendermaßen ab. Dejan geht nach nebenan und zählt das Geld. Er verschwindet nicht, er haut nicht ab. Und wenn die Summe stimmt, ist alles gut. Dann kriegst du, wofür du bezahlt hast.«
»Warum kann er nicht …«
»Es gibt hier niemanden, der dich betrügen will. Darauf gebe ich dir mein Wort. Und Dejan studiert Mathematik. Er zählt richtig. Menschen werden schnell nervös, wenn plötzlich so viel Geld vor ihnen auf dem Tisch liegt.«
Er nickt Dejan zu, der die Tasche nimmt, ins Nebenzimmer geht und die Tür hinter sich schließt.
Ich starre die Tür etwas zu lange an, rutsche nervös auf dem Sofa hin und her und suche in meinem Päckchen nach einer Zigarette. Versuche, ruhig zu wirken. Wie ein Geschäftsmann zu denken. *Bizness.*
Goran lächelt.
»Ganz ruhig. Alles easy. Wenn Dejan fertig gezählt hat und die Summe stimmt – und natürlich tut sie das –, kommt er zurück. Und dann kriegst du, wie gesagt, die Ware.«
Er kratzt sich über den Handrücken und redet weiter. Es klingt, als hätte er das schon hundertmal gesagt.

»Der Preis steht nicht zur Diskussion. Du kriegst die Menge, die mit deinem Freund hier vereinbart war, und bezahlst ihn aus deiner Tasche, aber das weißt du ja wohl schon. Damit haben wir nichts zu tun.«

Ich nicke.

»Wenn nicht alles Geld da ist …«

Ich ziehe an der Zigarette. Spüre mein Herz in der Brust. Es wundert mich, dass die anderen es nicht hören.

»Wenn nicht genug Geld da ist, schießen wir dir nicht ins Knie. Wir lassen auch keinen Kampfhund auf dich los oder schneiden dir die Achillessehne durch, so dass du nicht mehr laufen kannst. Das alles tun wir nicht … Wir behalten nur 50.000 für unseren Aufwand ein, und du kannst wieder gehen. Du bekommst keine Ware und wir werden nie wieder mit dir Geschäfte machen.«

Ich nicke wieder. Jetzt kenne ich die Regeln. Es hätten auch die Spielregeln eines Kartenspiels sein können oder die Worte des Ringrichters, bevor der Gong ertönt, kein Schlag unter die Gürtellinie, keine Stöße mit dem Kopf, ich will einen guten, sauberen Kampf sehen.

Wir sitzen und warten. Goran nippt an seinem Kaffee. Er sucht in der Tasche nach einer Zigarette. Einer der anderen reicht ihm rasch sein eigenes Päckchen. Er sieht den Albaner an.

»Wie geht's deinem Jungen? Schießt er schon Tore?«

»Jedes Mal.«

Goran nickt zu mir hinüber.

»Du hast ihm gesagt, dass er im Westen nichts verkaufen darf?«

»Habe ich.«

Er sieht mich an.

»Und du weißt, von welcher Gegend ich spreche?«

»Ja.«

»Nur damit wir das geklärt haben … Hast du schon mal das Baklava von seiner Frau gegessen?«

Ich schüttle den Kopf.

»Das solltest du, es ist fantastisch.«
Die Tür geht auf und Dejan kommt herein. Er nickt Goran wortlos zu. Einer der Kroaten tritt an die Glasfassade des Salons und macht ein Zeichen mit der Hand. Gleich darauf öffnet sich die Autotür und ein anderer junger Mann kommt heraus. Er schaut nach links und rechts und überquert die Straße. In der Hand hält er eine Sporttasche.

Ich gehe die Straße entlang, neben mir der Albaner. Halte die Tasche in meiner Hand. Meine Beine können mich kaum tragen. Ich sehe mich um. Erwarte ständig das Heulen der Polizeisirenen. Einen Streifenwagen, der vor uns auf den Bürgersteig fährt. Einen Hund an der kurzen Leine mit Schaum vor dem Mund. Aber ich höre nur die Geräusche des Sommers, Vogelgezwitscher und das Gemurmel der Radios, das durch die geöffneten Fenster nach draußen dringt.

Ich sitze lange auf dem Sofa und starre vor mich hin. Mein Herz schlägt mit doppeltem Tempo. Ich sitze einfach da und starre vor mich hin. Habe weder Licht noch den Fernseher angemacht. Oben höre ich jemanden staubsaugen, ansonsten ist es vollkommen still. Ich weiß, dass ich die Tür hinter mir abgeschlossen habe. Ich greife nach der Tasche. Blicke noch einmal hinein. Volle Gefrierbeutel, verschlossen mit kleinen Gummis. Es könnte Mehl sein oder Babypuder. Ich sitze gut zehn Minuten so da, bis ich wieder zusammenhängend denken kann. Es hat geklappt. Wir waren erfolgreich. Meine Wohnungstür ist nicht von Beamten in Kampfuniform eingetreten worden. Ich wurde nicht betrogen, niedergestochen oder erschossen. Meine Kehle wurde nicht durchgeschnitten und ich wurde nicht in einem alten Kühlschrank auf dem Schrottplatz entsorgt.
Ich stehe auf und trage die Tasche zum Tisch. Lache laut. Verdammt, ist die schwer. Und das ist alles Heroin. Vorher ist das nichts gewesen, was ein Gewicht gehabt hat, sondern kleine Briefchen, auf die man gut achtgeben muss, damit sie nicht verloren gehen. Ich stelle die Ta-

sche auf den Tisch und nehme die Beutel heraus. Lege sie nebeneinander. Setze mich hin und sehe sie an. So viel. So unglaublich viel. Wieder lache ich laut.

Ich reihe die Beutel vor mir auf. Öffne einen vorsichtig und hole dann mein Besteck. Per Augenmaß messe ich etwas ab, ich weiß, wie viel man für einen Schuss braucht. Bin vorsichtig, sehr vorsichtig. Sage mir immer wieder, dass das, was ich gewöhnlich kaufe, ein- oder zweimal gestreckt worden ist. Dass es viel weniger stark ist als der Stoff vor mir auf dem Tisch und es schiefgehen kann, wenn ich mir die normale Menge spritze. Ich lege ein bisschen zurück in den Beutel. Nehme das Besteck aus der Schachtel. Stelle ein Glas Wasser vor mich. Mache mich bereit.

Das hier ist der Traum jedes Junkies, und ich hätte von mir erwartet, Amok zu laufen. Hereinzukommen und mir so viel wie möglich in den Arm zu schießen. Zu lachen wie ein Wahnsinniger und nur um Haaresbreite am Tod vorbeizuschrammen. Aber ich habe es nicht eilig, sitze einfach nur da und starre den Stoff an. Bloß kein Stress. Ich bin der lebende Buddha, ein taoistischer Mönch auf dem Gipfel eines hohen Berges, erfüllt mit Frieden, Liebe und dem Wissen über die wahre Natur des Lebens.

Ich wärme ein bisschen im Löffel auf, suche mir eine gute Vene und tue, was ich am besten kann.

Als ich wieder denken kann, sitze ich auf dem Sofa. Weiß nicht, wie ich hierhergekommen bin. Die Spritze liegt auf dem Boden. Sie muss mir aus dem Arm gerutscht sein. Ich wische mir das Blut vom Arm. Es war gut, richtig guter Stoff, richtig, richtig gut.

34

Ich schiebe den Einkaufswagen vor mir her. Lächle. Ich kann nicht anders. Vielleicht ist es ein merkwürdiger Einkauf, das kann durchaus sein. Ich habe für eine gute Woche Fertiggerichte im Wagen, für die Mikrowelle. Hühnchen mit Curry, Fleischbällchen mit Curry, Fleischbällchen mit Kartoffeln.
Fünf Minuten in die Mikrowelle und ich brauche die Wohnung nicht zu verlassen. Kann wie der Drache im Märchen meinen Schatz bewachen. Ich könnte mir auch Pizza bestellen, will aber keine fremden Männer auf der Türschwelle stehen haben, die mir dann auch noch in die Wohnung glotzen.

Ich kaufe vier Packungen Gefrierbeutel und fünf Rollen Frischhaltefolie. Lege drei Packungen Drahtverschlüsse in den Wagen, diese kleinen, grünen Plastikstreifen mit dünnem Metalldraht. Ich kaufe ein Taschenmesser, drei Feuerzeuge und eine kräftige Schreibunterlage. Zwei Pakete Druckerpapier.
Auf dem Rückweg gehe ich an einer Apotheke vorbei und kaufe Laktose, um den Stoff zu strecken. Nur in Filmen macht man das mit Babypuder. Durch so einen Scheiß ist schon das beste Heroin versaut worden.
Ich kaufe eine Unmenge Süßigkeiten und Schokolade. Ich kann die Stärke des Stoffes noch immer nicht richtig einschätzen und Zucker hilft, eine leichte Überdosis auszugleichen. Aber wenn ich wirklich zu viel erwische, hilft mir auch Ritter Sport nicht mehr.

Jeder Junkie oder Exjunkie braucht nur einen flüchtigen Blick in meinen Einkaufswagen zu werfen, um zu wissen, was ich vorhabe. Mein Wagen könnte auch die Aufschrift »Der kleine Dealer« tragen. Aber man wird nicht dafür angeklagt, merkwürdige Dinge zu kaufen, jedenfalls noch nicht. Ich grinse immer noch. Von einem Ohr zum anderen. Bin der Junge, der sich zum Geburtstag eine Dampflok wünscht, tagelang von nichts anderem redet und dann an seinem großen Tag tatsächlich eine niegelnagelneue rote Dampflokomotive auspackt. Ich bin der Junge, der dem Regenbogen gefolgt ist, bis er an seinem Ende einen Schatz aus Heroin gefunden hat. Während leise sorglose Musik durch die unter der Decke versteckten Lautsprecher des Supermarktes rieselt, blicke ich mit gefalteten Händen nach oben und danke lächelnd meiner Mutter. Es ist gut möglich, dass ihr Tod das Beste war, was sie je für mich getan hat, und dafür kann ich ihr ja danken.

Wieder zu Hause. Ich packe meine Einkäufe auf dem Küchentisch aus. Zwinge mich selbst dazu, so ruhig wie möglich zu bleiben und nicht übermütig zu werden. Ich bin jetzt Unternehmer und muss mich auch entsprechend verhalten. Mache Platz für die Sporttasche und stelle sie auf den Tisch. Erst als ich die weißen Beutel sehe, kann ich wieder frei atmen.
Ich bin die Treppen beinahe nach oben gestürmt. Ich weiß nicht, was ich erwartet hatte. Vielleicht Wichtel, die alles klauen, oder dass das Heroin verschwindet.

In der Nacht kann ich kaum schlafen. Liege da und starre an die Decke. Der Stoff ist wieder in der Tasche, die ich unter das Bett geschoben habe. Zuerst habe ich sie wieder in den Schrank gestellt, aber die Geräusche der Nacht haben mich zu sehr beunruhigt. Jetzt liegt sie da, bei mir, unter mir. Ich rauche einen Joint, um mich zu beruhigen. Aber ohne Erfolg. Mein Hirn fährt Karussell. Pläne, Träume, Bilder. Ich müsste von diesem Heroin leben können. Immer. Es vorsichtig verkaufen. Mir eine Klientel von vorsichtigen, ordentlichen Drogenabhängigen suchen. Ich müsste mit diesem Geld mein Leben lang auskommen. Verkaufen, was ich habe, und vom Gewinn neue Drogen kaufen. Heroin wirft immer etwas ab. So ist das. Junk ist das

Perpetuum mobile, das es gar nicht gibt, jedenfalls haben sie das im Physikunterricht erzählt.
Drogen kaufen und verkaufen und so weiter und weiter. Dieser Stoff ist so gut, dass man ihn problemlos strecken kann, stark strecken. Ich habe also nicht nur Mengenrabatt bekommen und dadurch profitiert, sondern kann den Stoff auch noch um zwanzig oder dreißig Prozent strecken, so dass der Gewinn doppelt garantiert ist. Dieses fantastische weiße Pulver hätte mir schließlich fast die Lampe ausgeblasen, also dreißig Prozent, was dreißig Prozent mehr Verdienst bedeutet. Auch wenn ich die 60 Kronen für die Laktose abziehe. Ich lache laut. Habe schon den ganzen Tag gelacht.
Das Heroin am Ende des Regenbogens.
Ich verkaufe gegen Bares. Gebe keinen Kredit, schreie keine Leute an und drücke meine Zigaretten nicht auf ihren Armen aus.
Ich werde immer halbe Päckchen für all jene bereithalten, die einen harten Tag hatten und nicht genug Geld für einen richtigen Schuss zusammenkratzen konnten. Sie sollen mir nichts schulden, andererseits aber auch die Nacht überstehen. Diese Päckchen werde ich nicht strecken, es soll meine gute Tat sein, den wirklich Bedürftigen etwas Anständiges für ihr Geld zu geben.
Ich werde sie nicht bescheißen, was das Gewicht angeht.
Und nie irgendwelche Mädchen zu Sex zwingen, wenn sie schwitzend vor mir stehen und alles für einen schnellen Schuss tun würden. Mir nicht mal einen runterholen lassen.
Oder …
Nein, nicht mal das. Ich will ein anständiges Geschäft betreiben.
Morgen werde ich in die Stadt fahren und mir eine gute elektronische Waage kaufen. Mein letzter Ausflug, bevor ich erst einmal abtauche.
Der kleine Dealer.
Ich liege ganz still da und lächle an die Decke.

Tagsüber fixe ich, sehe Fernsehserien und teile das Heroin auf. Ich esse meine Fertiggerichte und verlasse die Wohnung nicht. Manchmal kippe ich das Fenster, aus Furcht, der Heroinchloridgeruch wäre so stark, dass man ihn im Hausflur riechen könnte.
So vergehen meine Tage. Ich stehe früh auf und fixe ein bisschen. Esse Knäckebrot.
Um zwei Uhr rufe ich Martin an. Dann ist der Vormittagsrausch verflogen und ich habe einen klaren Kopf. Martin erzählt mir von Schatzsuchen, Eulengewöllen und Taschenlampen. Ich frage ihn, ob er meine Postkarten bekommen hat. Die mit dem Briefträger hat ihm besonders gut gefallen. Wenn wir uns durch den Hörer geküsst und unsere Abschiedszeremonie beendet haben, setze ich mir den nächsten Schuss. Diesmal eine größere Portion. Eine, die für den ganzen Nachmittag reicht.
Dann noch ein Fertiggericht und noch ein Schuss. Nachts liege ich da und starre an die Decke. Lächelnd.

35

Nachdem wir unseren kleinen Bruder aus dem Krankenhaus mit nach Hause genommen hatten, jammerte unsere Mutter die ganze Nacht.
Sie behauptete, um die Medikamente betrogen worden zu sein. Dass sie viel mehr schmerzstillende Mittel hätte bekommen müssen.
Ein Bier half ihr ein bisschen.
Als sie wieder aufstehen konnte, besorgte sie sich selbst Medizin.
Ich habe meinen kleinen Bruder nie richtig kennengelernt. Er war ein kleines, weiches, feuchtes Ding, das weinte. Er lag in einem Kinderwagen, der in der Küche neben dem Backofen abgestellt worden war. Oder im Flur.

Wir fanden schnell heraus, dass warme Milch in einer Nuckelflasche gegen das Weinen half. Haben sie ihm in den Mund geschoben.
Eine Weile war es dann still. Ich weiß noch, wie Nick und ich einmal mit einer Windel gekämpft haben.
Da war Mutter schon eine ganze Weile nicht zu Hause gewesen. Ob das Stunden oder Tage waren, kann ich nicht mit Sicherheit sagen. Ich versuchte, ihm ein Fläschchen zu geben, und schob den Wagen hin und her. Aber das half nichts. Als ich die Decke zur Seite schlug, roch ich, was los war. Der Gestank trieb mir richtiggehend Tränen in die Augen. Der Kleine weinte und weinte. Ich trug ihn dann zum Küchentisch und stellte mich auf einen Hocker. Machte die Windel auf und versuchte, sie unter ihm wegzuziehen, ohne dass er auf den Boden fällt. Er trat nach mir, und ich kriegte Scheiße auf meinen Pulli und meine Arme.
Nick lachte nur, nannte ihn einen kleinen Scheißer und zündete sich eine von Mutters Zigaretten an.
Ich hob ihn ins Waschbecken. Erst war das Wasser zu kalt, und er weinte nur noch mehr. Dann zu heiß.
Mit einem Lappen bekam ich ihn schließlich sauber. Windeln fand ich keine, also wickelte ich ihm ein Handtuch um den Bauch. Als ich ihn wieder zurücklegen wollte, sah ich, dass auch der Kinderwagen vollgesaut war. Nick meinte, wir sollten ihn mit alten Zeitungen auslegen.
So macht man das mit Kanarienvögeln, und so kann man das bestimmt auch mit einem kleinen Bruder machen. Er kriegte seine Nuckelflasche, heulte aber weiter. Wir gingen ins Wohnzimmer und setzten uns vor den Fernseher. Stellten den Ton lauter.

36

Der Wecker klingelt, und ich stehe auf. Setze mir einen Schuss, esse Knäckebrot und dusche. Dann putze ich die Wohnung. Ich will nicht, dass Martin zu Hause in einem Nebel aus Heroinstaub versinkt. Dreimal laufe ich zum Laden nebenan und kaufe Putzmittel, Lappen und Gummihandschuhe. Beim dritten Mal grinst der Verkäufer. So putzen die Leuten im Viertel nur, wenn eine Hausdurchsuchung ansteht.

»Großreinemachen?«, fragt er. Ich nicke.

Alle glatten Oberflächen werden mit einer bläulichen Flüssigkeit besprüht und anschließend mit einem Lappen abgewischt. In Gedanken sehe ich überall eine hauchdünne, weiße Staubschicht.

Ich sauge. Zweimal. Wechsle den Filter dazwischen.

Dann öffne ich die Fenster und putze alles noch einmal. Den Boden in der Küche und im Klo wische ich mit Salmiakspiritus und Ajax. Ich war mir nicht sicher, für welches Produkt ich mich entscheiden sollte.

Dann sauge ich noch einmal.

Lange denke ich darüber nach, wo ich das Heroin verstecken soll. Wohin mit der Tasche? Die Vorstellung, sie unter dem Bett stehen zu haben, gefällt mir nicht. Das ist ein viel zu spannender Ort. Ich stelle mir vor, wie Martin sich dort versteckt, die Tasche entdeckt, sie unter dem Bett hervorzieht, den Reißverschluss aufzieht und die Beutel findet. Er ist ein neugieriger kleiner Junge.

Ich entscheide mich für den Küchenschrank. Für das oberste Brett, ganz hinten. Das erreicht er nie, da kann er unmöglich rankommen.

Als ich mit dem Putzen fertig bin, sind meine Hände rot und geschwollen, ich schwitze und muss noch einmal duschen. Nach dem Anziehen blicke ich auf die Uhr. In anderthalb Stunden kommt er.

Ich gehe in die Stadt und kaufe ein Handy und vier Prepaidkarten für mich. Und für Martin eine Spielzeugburg mit fünfhundert Soldaten. Sie freuen sich schon auf die große Schlacht im Wohnzimmer. Ich lege das Paket auf sein Bett.

Ich stehe zwischen den anderen Eltern und warte. Der Bus ist zehn Minuten verspätet. Ein Vater hat mir das erzählt. Schon zwei Minuten nach der angekündigten Zeit hat er einen der Erzieher angerufen und anschließend verkündet, sie hätten im Stau gestanden, seien jetzt aber wieder unterwegs. Ich weiß, wie es ihm geht, die letzten Tage waren lang, wie eine ganze Jahreszeit.

Der Bus biegt um die Ecke. Fährt langsam auf uns zu und hält mit leise stöhnenden Bremsen an. Als die Tür sich öffnet, höre ich Erwachsenenstimmen aus dem Inneren, ruhig, ruhig jetzt, immer mit der Ruhe, bitte nicht rennen, Mathias, setz dich …
Martin kommt mit Mona an der Hand die Treppe herunter. Beide braungebrannt. Martin hat ein Pflaster auf dem Knie, von der Wunde hat er gar nichts erzählt. Als er mich sieht, lässt er Monas Hand los, läuft auf mich zu und fällt mir um den Hals. Mona lächelt. Sie kommt zu uns.
»Er war richtig lieb.«
»Und ihr habt kein Heimweh gehabt?«
»Doch, aber ich hatte ja Martin, nicht wahr?«
Er lacht. Sie streicht ihm über den Kopf.

Wir gehen Hand in Hand. Ich trage seinen Rucksack mit dem Schlafsack über der Schulter, während er mir von der Reise erzählt. Er hat viel zu erzählen, und alles kommt auf einmal. Ich muss seine Gedanken immer etwas festhalten, um ihm folgen zu können.
»Ihr wart also auf Schatzsuche?«
»Ja, ja, und ich habe die erste Spur gefunden. Das heißt, nicht die erste, die war an einem Baum und den hat Simon gefunden. Aber ich habe die zweite gefunden … und dann war da ein …«

Er verstummt.
»Ich hab was für dich, Papa.«
Ich stelle den Rucksack ab, damit er darin suchen kann. Er holt eine kleine Tüte Popcorn heraus.
»Das war der Schatz. Süßigkeiten und Popcorn, aber Anders darf kein Popcorn essen, deshalb hab ich das gekriegt. Und jetzt du, Papa, ich hab das für dich aufbewahrt.«
Das Popcorn ist weich und zerkrümelt. Ich esse alles, sogar die Körner, die nicht gepoppt sind.
»Lecker«, sage ich ihm, »richtig lecker, Schatz.«

Wir fahren in die Stadt, gehen zu McDonald's. Ich habe ihn gefragt, worauf er am meisten Lust hätte.
Beim Essen – ein bisschen von allem – erzählt er mir von den Clowns und dass er genau gesehen hat, dass das verkleidete Erwachsene sind. Er erzählt mir von Wassermännern und von Feuerwehrmännern. Von Søren, der geweint hat, weil er seine Mutter vermisst hat. Von den Eulengewöllen im Wald und dem Tang am Strand. Und von Bernsteinen, die sie nicht gefunden haben.
Ich muss mich zwingen, richtig zuzuhören. Es ist so leicht, die Gedanken schweifen zu lassen, während er erzählt. So leicht, an den Stoff im Küchenschrank zu denken.

Wir gehen in den Tivoli.
Ich kaufe Eintrittskarten für uns beide und für ihn eine Tageskarte für die Karussells. Seinen Rucksack und den Schlafsack lassen wir in einem Schließfach am Eingang. Er kriegt eine Riesen-Zuckerstange und einen Ballon, der wie ein Hase aussieht. Heute ist nichts zu teuer. Heute nicht. Nie mehr. Er bekommt gebrannte Mandeln, einen Rückenkratzer aus Plastik und einen Schlüsselring mit einem Pierrot.

Wir fahren zweimal mit dem Riesenrad. Von oben sieht man die ganze Stadt. Er hält meinen Arm. Beim zweiten Mal ist er schon sicherer. Das Riesenrad gefällt ihm am besten. Besser als Autoscooter und Riesenrutsche.
Als wir wieder auf dem Weg nach unten sind, sagt er:
»Papa, können wir nicht noch mal?«
»Guck dir doch mal die Schlange an, Schatz, sollen wir nicht lieber ...«
»Bitte, Papa, bitte.«
»Okay, aber Papa muss erst mal schnell aufs Klo.«
Wir gehen am Pantomimetheater vorbei, wo der Weg leicht in Richtung der niedrigen Toilettengebäude und der Halle mit den Schließfächern abzufallen beginnt.
Ich halte Martins Hand. Versuche, langsam zu gehen.
Ich habe ein einzelnes Briefchen in der Jackentasche. Nicht mehr. Ein einziger Schuss. Manche Leute rennen mit einem Hasenpfötchen rum, ältere Damen vielleicht mit einem Hunderter, zusammengefaltet in der Hülle ihrer Monatskarte, nur zur Sicherheit. Ich habe mein Briefchen. Ich habe weder Kanüle noch Löffel oder Watte. Aber ich habe mein Briefchen. Es fühlt sich gut an in der Tasche.
In der Gondel hat es sich langsam angeschlichen. Und auch danach noch, als Martin mit der Luftpistole geschossen und ein großes rosa Kaninchen gewonnen hat. Der Körper fordert seinen Teil. Schweiß an den Haarwurzeln.
Wir stehen vor den Toiletten.
»Papa muss eben in die Kabine. Warte hier, Schatz.«
»Darf ich denn nicht mitkommen?«
»Du kannst nach mir gehen, nicht wahr?«
»Aber Papa, ich muss auch Pipi, ich hab doch die ganze Cola getrunken ...«
»Dann geh du doch zuerst ...«
»Warum können wir denn nicht ...?«

»Schatz, einer muss doch den Ballon halten. Sonst wird der noch ganz voll Pipi. Und du willst doch wohl keinen Ballon mit Pipi, oder?«
Er lacht. Stellt es sich vor.
»Beeil dich, Schatz.«
Er läuft ins Klo. Ich stehe mit seinem Ballon da. Die Hand an der Schnur beginnt zu zittern. Es geht mir wie den Diabetespatienten. Jetzt ist es so weit, ich brauche sofort etwas, sonst geht es Papa richtig schlecht.
Ich weiß, wie er da drinnen steht, richtig konzentriert. Er pinkelt nicht mehr auf die Schuhe, bemüht sich, dass wirklich alles in die Toilette geht. Ich weiß, wie er sich die Hände fast bis zu den Ellenbogen einseift.
Minuten werden zu Monaten und Jahren, und der Ballon hüpft auf und ab.
Er kommt heraus und läuft auf mich zu. Ich reiche ihm die Schnur.
»Jetzt wartest du auf Papa, ja? Bleib hier stehen. Lauf nicht weg. Der Tivoli ist sehr groß. Und auch wenn du findest, dass Papa vielleicht ein bisschen lange wegbleibt, rührst du dich nicht vom Fleck, versprichst du mir das?« Er nickt.
Ich gehe schnell hinein. Ich laufe nicht. Ruhig jetzt, ruhig. Ich nehme die Kabine ganz hinten.
Klappe den Sitz nach unten. Meine Hände zittern, als ich den Stoff vorsichtig aus dem Tütchen auf den weißen Klodeckel streue. Mit meiner Bankkarte zerhacke ich die kleinen Kristalle und rolle dann einen Hunderter zusammen. Erst das eine Nasenloch, dann das andere. Der Deckel ist leer. Ich lehne mich an die Wand. Unterdrücke den Hustenreiz.
Vor der Tür reden zwei Menschen auf Schonisch miteinander. Das Pissoir gurgelt. Ich rauche eine halbe Zigarette, bevor ich aus der Toilette gehe, wasche mir dann gründlich die Hände und spritze mir Wasser ins Gesicht. Meine Augen sind rot. Sie tränen.
Als ich hinauskomme, fragt Martin, ob ich traurig bin.

»Nein, mein Schatz.«
»Ist das … hast du an etwas gedacht?«
»Nein.«
»Hat das mit … mit Mama zu tun?«
Ich hocke mich vor ihn hin und nehme seine Hände.
»Nein, mein Schatz, … nein, ich bin glücklich. Wir sind glücklich.«
»Aber Papa …«
Er sieht zu mir auf. Ich bin stolz. Er ist ein guter Mensch, denke ich. Ein Mensch, der sich Sorgen um andere macht. Ich weiß nicht, wie, aber er ist ein guter Mensch geworden.
Ich sehe ihn an und lächle, ich spüre natürlich, wie klein meine Pupillen noch sind.
»Weißt du was, Schatz?«
»Nein.«
»Weißt du was?«
»Nein, Papa.«
»Rate mal.«
Ich sehe, wie er nachdenkt. Still. Konzentriert.
»Sollen wir uns jetzt das Feuerwerk anschauen?«
»Na klar gucken wir uns das Feuerwerk an, aber das ist erst in ein paar Stunden. Was könnte es denn sonst noch sein?«
Er legt den Kopf schief.
»Jetzt gehen wir Eis essen. Und wenn ich Eis sage, dann meine ich auch Eis. Ein richtiges, anständiges Eis.«
Er lacht.
»Ein großes?«
»Nein, Schatz, kein großes, ein richtig, richtig riesiges.«
Wir stellen uns hinter eine schwedische Familie in die Schlange.
Als wir vorne unter der roten Markise stehen und endlich an der Reihe sind, bestelle ich ihm ein King Americano. Das junge Mädchen im Eiskiosk hat bestimmt mal gelernt, wie man so ein Eis macht. Vielleicht musste sie es auch schon ein paarmal zubereiten, seit sie hier

arbeitet. Vielleicht. Aber mehr auch nicht. Dieses Eis ist etwas Besonderes und deshalb sieht man ihr auch an, wie ihr Herz einen Hüpfer macht. Es ist keine leichte Aufgabe, Neurochirurgie für Eisverkäufer, wie wenn man vier Teller gleichzeitig auf dünnen Bambusstäben balancieren muss. Dieses Eis kostet etwa so viel wie ein Steak in einem guten Restaurant oder ein dreigängiges Menü in einem ethnisch angehauchten Laden. Es ist ein Eis mit allem, und zwar mit viel von allem.

Die Schlange wird länger, ohne dass sie damit fertig ist. Sie reicht es vorsichtig durch die Luke. Martin muss es mit beiden Händen halten, so dass wir uns rasch eine Bank suchen. Mit diesem Eis kann man nicht herumlaufen. King Americano. Vier Schokoküsse, Süßigkeiten, Softeis, Schokostreusel und so viele Kugeln Eis, wie es Sorten gibt. Man kann zwanzig Minuten essen, bevor man die Rosinen und den Rum am Boden erreicht.

Nach dem Feuerwerk fahren wir mit dem Taxi nach Hause.

Martin schläft neben mir auf meinem Bett ein. Er hat von dem Eis, den Süßigkeiten und der Limo Bauchweh bekommen, lächelt aber trotzdem, bis er einschläft.

Ich schaue an die Decke.

Denke:

Ich will das Heroin nicht zu sehr strecken. Qualität verkaufen, an die, die wissen, was sie wollen. Verdammt, denke ich, ich will an die Handvoll Rockmusiker verkaufen, die noch immer etwas nehmen. Irgendwann werden sie wissen, dass sie mich anrufen müssen, wenn sie Qualität wollen. Ich werde mir neue Kleider kaufen, eine gute Lederjacke, Qualität. Neue, teure Sachen. Ich werde auf Partys gehen, Backstage. Ich werde an die Werbefuzzis verkaufen, die den ultimativen Stoff suchen, um den Drachen zu jagen. Ich werde nicht pushen, ich werde dealen. Werde der mit dem Stoff sein. Der in der Bar. Der, mit dem die Leute per Du sind. Ich werde Taxi fahren und auf Kosten anderer Leute trinken. Alle werden mich mögen, denn ich werde der sein, der etwas hat. Der an Fotomodelle und schwarze Saxophonisten verkauft.

37

Ich sitze Mikes Freundin gegenüber, Charlotte. Ich war mir nicht sicher, ob sie wirklich noch hier wohnen. Habe Mike seit zwei oder drei Jahren nicht mehr gesehen. Und vorher auch nur auf der Straße, wir haben uns die Hand gegeben und uns ungeschickt umarmt. Haben abgemacht, uns bald wieder zu treffen. Woraus natürlich nichts wurde.
»So, der Kaffee ist fertig«, sagt sie, steht schnell vom Sofa auf und geht in die Küche. Über der Armlehne hängen Mikes Jeans. Seine Zigarettenkippen, Lucky Strike, liegen im Aschenbecher auf dem Couchtisch.
Mike heißt in Wirklichkeit nicht Mike, er heißt Michael. Aber als ich ihn kannte, nannten ihn alle nur Mike. Einige auch Ziggy, nach der Bowie-Platte, aber die meisten sagten Mike.
In der Nacht musste ich an ihn denken. Als ich wach lag, an die Decke starrte und fantasierte, noch immer verliebt in das Heroin im Küchenschrank. Als ich mir ausmalte, was das weiße Pulver für mich tun konnte. An schwarze Lederhosen dachte, Zigarren und Releasepartys von Indierockbands, kam mir plötzlich Mike in den Sinn. Natürlich Mike.
Charlotte kommt wieder ins Zimmer, sie hat zwei Tassen in einer Hand und die Kaffeekanne in der anderen. Sie hat braune Augen, wirkt etwas zu dunkel, um Nielsen zu heißen, hat mir aber mal von ihrer Großmutter erzählt, einer Zigeunerin. Ich hätte mich bestimmt auch für sie interessiert, wie viele andere, wäre sie nicht Mikes Freundin gewesen. So war es halt. Sie gießt uns Kaffee ein.

»Wie läuft es denn mit deinem Jungen, äh …?«
»Martin.«
»Ja, Martin. Er muss doch jetzt schon groß sein.«
»Ja, er wächst und wächst.«
»Willst du etwas in deinen Kaffee?«
»Ich nehme gern ein bisschen Zucker, wenn du hast.«
Charlotte geht wieder in die Küche. Ich höre sie im Schrank kramen und rufe:
»Du, ist schon okay, ich kann den auch so trinken.«
»Ich weiß, dass ich hier irgendwo …«
Mike und Charlottes Wohnung liegt in Vesterbro, in der Nähe des Enghave Plads. Die Wände sind hellblau und das Sofa ist alt mit einem grünen Veloursbezug. Mikes Plattenspieler hat einen zentralen Platz in der Wohnung, große Lautsprecher und Holzkästen mit Schallplatten. Das Bild über dem Sofa stammt von einem ihrer Freunde, nur zwei Farben, Rot und Schwarz, aufgetragen mit dicken Pinselstrichen.
Sie kommt wieder ins Wohnzimmer und streckt mir die Zuckerdose entgegen. »Voilà, ich wusste doch, dass wir Zucker haben.«
Wir sitzen da und rauchen. Charlotte hat sich verändert. Ich weiß nicht, was es ist. Sie ist noch immer hübsch und schlank und hat immer noch Locken. Sie ist älter geworden, aber das ist es nicht. Irgendetwas ist anders. Sie hat nie Drogen genommen, damals, als ich sie kannte. Hat nie etwas angerührt. Mikes Sucht ertragen, selbst aber nie gespritzt. Aber das ist es auch nicht, glaube ich. Nähme sie etwas, würde ich das erkennen. Es muss etwas anderes sein. Ich weiß nicht, warum, aber es verunsichert mich. Die Tatsache, dass hier im Zimmer fast alles so ist, wie ich es in Erinnerung hatte, sie selbst aber verändert wirkt.
»Dann kommt er gleich?«
»Bestimmt. Er hat sicher nur jemanden auf der Straße getroffen und sich ein bisschen unterhalten. Du kennst ihn ja.«

Ja, Mike, ich kannte ihn einmal gut, denke ich. Mike. Den Jungen, der auf dem Schulhof seine Zigarette auf so eine verdammt selbstverständliche Weise rauchte. Er konnte seine Kippe auf tausend Arten halten, Rauchringe blasen und dann zum Abschluss in hohem Bogen wegschnippen. Versuchten wir andere das, waren wir immer nur billige Kopien. Er war der Junge, der seine Zigarette so rauchte, dass man Nichtrauchen lächerlich fand. Man musste einfach rauchen. So war Mike. Auch mit Heroin. Er würde niemals versuchen, dich zu einem Schuss zu überreden. Niemals darüber sprechen, dass er selbst fixte, oder gar Reklame machen. Aber man wusste, dass Mike drückte. Hin und wieder. Wenn wir darüber redeten, verfluchte er die Junkies vor der Kirche, die jeden Tag etwas nahmen und abhängig waren. Sagte, sie hätten den Stoff nie verstanden, seien traurige Gestalten, die sich nicht im Griff hätten. Solche Leute gebe es aber immer.
Trinkst du ab und zu mal eine Flasche guten Rotwein? Ja? Bist du deshalb Alkoholiker?
Mike kannte viele Leute, richtig viele Leute. Man konnte mit ihm zusammenstehen und er zeigte einem, wer sonst noch etwas nahm. Er sprach leise darüber, wie in einem privaten Club.
Ich würde nicht sagen, dass Mike mich verleitet hat, Heroin zu spritzen. Ich habe ihn zu einem Zeitpunkt getroffen, zu dem ich bereit war, alles zu probieren. Hätte mir jemand gesagt, es sei geil, sich Bananen in den Arsch zu schieben, hätte ich es getan. H war einfach etwas Neues, das ausprobiert werden musste. Aber Mike ließ mich im Heroin etwas anderes sehen als Fixertoiletten und Straßenstrich. Etwas Dunkles, Spannendes. Geheimes. Etwas Gefährliches. Einen Privatclub, in dem ich gerne Mitglied werden wollte.

Charlotte schlägt die Beine übereinander und lächelt.
»Wirklich nett, dass du vorbeigekommen bist, Mike wird sich freuen.«
»Ich dachte, es ist so lange her …«

»Wir sind ja auch nicht mehr so viele, aus der Zeit damals. Viele sind weggezogen, haben Kinder bekommen …«
Viele sind tot oder im Gefängnis. Aber das sagt keiner von uns.
»Und was macht Mike jetzt so?«
»Er arbeitet mit Autisten in einem Zentrum draußen in Valby. Und er schreibt für eine Zeitschrift.«
»Eine Zeitschrift?«
»Ja, du weißt schon, so eine Gratiszeitung. Musikkritiken. Er kriegt massenhaft CDs und so.«
»Klasse.«
Sie nickt.
»Es macht ihm Spaß …«
Ich gehe ans Fenster. Stelle mir vor, Mike jetzt über die Straße kommen zu sehen, rauchend, ein Brot unter dem Arm. Ich weiß nicht, warum, aber ich habe plötzlich keine Lust mehr, hier zu sein. Ich kenne Charlotte gut, habe tausendfach mit ihr und Mike zusammengesessen und Rotwein getrunken. Zugesehen, wie Mike die Gläser füllte und immer wieder die Platten umdrehte oder eine neue auflegte, die ich sicher noch nicht kannte.
»Ist doch merkwürdig, oder?«
Hinter mir höre ich Charlotte, ich drehe mich aber nicht um.
»Merkwürdig?«
»Das Viertel meine ich. Wie viele Cafés siehst du von da, wo du jetzt stehst?«
»Zwei, vielleicht drei, wenn das da …«
»Ja, das ist ein Weinlokal. Alles hat sich verändert.«
Als ich mich umdrehe, sitzt sie noch immer auf dem Sofa und lächelt. Ich bin mir aber sicher, dass sie den obersten Knopf ihrer Bluse geöffnet hat und ich mehr Schulter sehe als noch vor ein paar Minuten.

Ich hole den Umschlag aus der Jacke.
Ich hab etwas für ihn, sage ich, ziemlich aus dem Zusammenhang gerissen, und frage sie, ob sie einen Kugelschreiber hat. Sie steht auf und holt einen aus dem Regal.
Ich schreibe meine Telefonnummer auf den Umschlag. Die Nummer meines neuen Handys. Der Prepaidkarte, die ich diese Woche benutze. Der kleine Dealer. Im Umschlag liegt ein Päckchen H, ich habe »100 %« daraufgeschrieben, damit er weiß, dass das starker, ungestreckter Stoff ist, und er sich nicht versehentlich einen goldenen Schuss setzt.
»Wenn du noch zehn Minuten bleibst …«
»Ich …«
»Nur zehn Minuten.«
»Ich muss Martin aus dem Kindergarten abholen.«
Sie begleitet mich zur Tür und küsst mir zum Abschied flüchtig auf die Wange. Ich finde, sie riecht schwach nach Essig, bin mir aber nicht sicher.

38

Ich bringe Martin in den Kindergarten. Spüle, gehe einkaufen, sehe fern und löse Kreuzworträtsel. Vielleicht kümmere ich mich auch um die Wäsche. Seit dem Heim habe ich keine solche Regelmäßigkeit mehr erlebt.
Es ist nicht schwer, sich die Zeit zu vertreiben. Überhaupt nicht. Mit meinem Morgenschuss im Körper denke ich über die Zeit nach. Stelle sie mir als Gummi vor, als Zuckermasse, die sich an die Menschen heftet und Form annimmt. Manchmal gelingt es mir auch, sie auszufüllen und zu nutzen. Mit Wäsche und Taschenbüchern. Fernsehserien und Spülen.

Zum ersten Mal seit vielen Jahren habe ich zugenommen. Habe mir einen kleinen Bauch angefressen. Ich wünschte mir nur, ich könnte ihn jemandem zeigen.
Ich löse Kreuzworträtsel, sehe Fernsehserien und hole Martin früh vom Kindergarten ab.
Treffe die Praktikantin, Mona. Sie fährt Martin durchs Haar und nennt ihn einen guten Jungen. Er redet den ganzen Weg bis nach Hause nur von ihr.

Meine Heroingewohnheiten sind schnell alltäglich geworden. Wie Zähneputzen oder die Tür zuzusperren, wenn man weggeht. Hast du daran gedacht abzuschließen? Darüber macht man sich keine Gedanken. Wir essen das Gleiche wie früher, Spaghetti Bolognese, Lasagne, Burger. Aber das Fleisch ist frisch, und ich koche öfter selbst. Jetzt gibt es keine Aufbackpizzen mehr. Und wir vermissen sie auch nicht. Weder Martin noch ich.
Auch keine Fischstäbchen, Martin bettelt und fleht, dass ich die wieder mache. Keine Pommes, außer wir gehen zu McDonald's. Es ist nicht leicht, ihn dazu zu bringen, Salat zu essen. Ich kaufe drei oder vier verschiedene Dressings, bis ich eines finde, das er mag.
Nachts liege ich mit offenen Augen da, lächle und starre vor mich hin. Denke an das weiße Pulver und wundere mich. Wäge die unterschiedlichen Möglichkeiten ab.
Ich habe gedacht, dass Mike noch am gleichen Abend anruft. Ich bin nach Hause gegangen und habe gewartet. Ich hätte nicht zu Hause warten müssen, habe es aber getan. Sogar beim Essen lag das Handy neben meinem Teller. Ich habe mehrmals überprüft, ob der Klingelton auch eingeschaltet war.
Als er nicht angerufen hat, dachte ich:
Ein Wochenendjunkie wie Mike versteckt seinen Stoff bis zum Wochenende. Das ist so einfach wie ein Kinderreim. Also am Montag. Am Montag wird er anrufen, nachdem er sich den letzten Rest wei-

ßen Pulvers in die Venen geschossen hat. Ganz sicher. Wenn nicht schon Sonntagabend. »Wo hast du das her? Hast du noch mehr davon? Das war verdammt gut, was kostet das?«

Auch am Montag hat es nicht geklingelt. Ich habe das Handy aufgeladen. Löste Kreuzworträtsel, wurde aber nicht angerufen.
Jetzt liege ich auf dem Bett und starre an die Decke. Wäge ab. Denke nach. Überlege. Zerbreche mir den Kopf.
Wie früher spulen sich an der Decke ganze Filme ab.
Mike sitzt auf einem Stuhl, die Kanüle im Arm, sein Blick ist leer, die Zunge hängt aus seinem Mund. Dieser Film heißt: *Mein Superstoff hat Mike umgebracht, deshalb ruft er nicht an.*
Aber das ist ein Scheißfilm, der keinen Sinn ergibt. Irgendjemand hätte die Nummer auf dem Umschlag angerufen. Irgendjemand, die Polizei, Charlotte.

Ein anderer Film: Charlotte will nicht, dass Mike sich einen Schuss setzt, und hat den Umschlag weggeworfen, ohne ihm etwas zu sagen. Er kommt mit Baguette unter dem Arm nach Hause. Zwei Tassen auf dem Tisch, lauwarmer Kaffee. Ach, die Nachbarin von oben war gerade zu Besuch. Ihr Bruder bekommt sein Sehvermögen zurück.
Oder:
Ihr Hund hat geworfen, sollen wir ihr nicht einen Welpen abnehmen?
Auch das ist Quatsch. Warum hätte sie mich dann aufhalten wollen? Warum hat sie sich gefreut, mich zu sehen?
Eine dritte Möglichkeit:
Er ist clean. Hat Jahre dafür gebraucht und ist jetzt clean. Es war ein harter Kampf, aber er hat gewonnen. Charlotte hat ihm beigestanden, sie haben Unmengen Rotwein getrunken, sind durch die Hölle gegangen, Lächeln gegen Tränen, aber jetzt ist er clean. Und dann hat er plötzlich total reinen Stoff in der Wohnung. Wird er rückfällig oder

schmeißt er das Zeug aus dem Fenster? Charlotte schimpft: Hast du ihn gebeten zu kommen, oder ist er wirklich ganz zufällig hier aufgetaucht? Sie ist so wütend, dass Speicheltropfen aus ihrem Mund fliegen. Ein Streit bricht los, ein richtig übler. Charlotte schmeißt mit irgendetwas um sich. Ist es der dreckige Teller oder die Vase? Es ist schwer zu erkennen, was da an die Wand knallt.

Oder:

Her mit dem Popcorn und lehn dich zurück, vielleicht ist es das Hasch, das ich mir besorgt habe, aber die Bilder unter der Decke werden mit einem Mal klarer: Charlotte sitzt zu Hause. Ich bin gerade gegangen, habe nur eine Nebenrolle, und sie wartet und trinkt den restlichen Kaffee. Mike kommt in zehn Minuten. Aber Mike kommt nicht. Geht auch nicht ans Handy. Jetzt wird heftig geschnitten, moderner Jumpcut, es ist einer dieser neuen Streifen. An der Decke sehe ich, wie Mike in diversen Bars sitzt, sich nach draußen schleppt, aufrappelt, prügelt, sich einen runterholen lässt. Randvoll, high, wahnwitzig lachend, tagelang. Heh, das ist halt einfach irgendwie passiert. Ein paar Tage später schleppt er sich die Treppe hoch, fummelt an dem Schloss herum, ist aber viel zu voll, um den Schlüssel hineinzubekommen. Er lacht über sich selbst, verflucht schwer, wenn da keine Haare sind, ringsherum. Die Tür wird aufgerissen und Charlotte zerrt ihn in die Wohnung. Jetzt beginnt der wirklich üble Streit. In diesem Film ist es mit einiger Sicherheit eine Vase, die sie wirft. Sie findet sie in der Küche, noch voll faulendem Wasser von Blumen, die längst im Mülleimer gelandet sind. Eine blaue Vase mit gelben Streifen, die an der Wand zersplittert. Mike läuft aus der Wohnung, nur weg, ohne Umschlag, Heroin oder meine Nummer. Dann beginnt der Abspann.

39

Ein Reihenhaus in Herlev. Alles ist klein, die Tür, der Briefschlitz, das Namensschild. Durch das Fenster kann ich in die schmale Küche mit dem kleinen Tisch blicken. Ein Pfefferkuchenhaus. Würde ich einen Dachziegel abbrechen, könnte ich ihn bestimmt essen. Ich klingle noch einmal. Sehe, dass drinnen Licht angemacht wird und höre Geräusche. Etwas fällt um, vielleicht ein Schirmständer, so etwas steht oft bei alten Leuten. Langsam, langsam. Es ist ein Kampf, zur Haustür zu gelangen.

Ich war erst ein einziges Mal hier draußen. Vor acht oder zehn Jahren. Wollte mich damals mit Mike in der Stadt treffen, irgendwo hingehen, etwas rauchen, trinken, Musik hören. Nachdem ich eine halbe Stunde auf ihn gewartet hatte, rief ich ihn auf seinem Handy an. Er schlief noch immer, Charlotte hatte ihn rausgeschmissen, so dass er in sein altes Zuhause bei seiner alten Mutter gegangen war.

Ich sollte ihn dort abholen. Ich weiß nicht, warum ich mich überreden ließ.

Seine Mutter hatte Scones gebacken, wir tranken Tee und fühlten uns wie Konfirmanden. Erst als es Abend wurde, durften wir gehen, aber jedes Mal, wenn sie kurz aus dem Raum war, redeten wir nur darüber, wer guten Stoff hatte, wen wir besuchen wollten. Ich erinnere mich nicht mehr, was wir an jenem Abend gemacht haben, aber der Geschmack von Tee und Gebäck liegt noch auf meiner Zunge.

Die Tür geht auf und Mikes Mutter steht da. Sie ist gealtert, mehr als die zehn Jahre, die vergangen sind, seit ich sie das letzte Mal gesehen habe. Sie sieht mich wortlos an. Der Zeitpunkt ist nicht gut, aber sie hat nicht mehr viele gute Zeitpunkte.

»Ich weiß nicht, ob Sie sich an mich erinnern, ich bin ein Freund von Michael …«

»Ja.«

»Und ich habe mich gefragt, ob er vielleicht hier ist.«
»Das ist er nicht.«
»Wissen Sie, wo ich ihn finden kann?«
»Auf dem Friedhof. Vestre Kirkegård.«
Sie schließt die Tür wieder. Ich bleibe stehen.
Ich habe gehört, was sie gesagt hat, weiß, dass Mike Junkie war und dass Junkies sterben, habe es aber trotzdem noch nicht kapiert. Ich stehe noch immer auf der obersten Treppenstufe, als sie die Tür wieder öffnet.
Sie hält mich am Arm fest, zieht mich in die Küche und setzt mich an den kleinen weiß-blau karierten Küchentisch am Fenster. Stellt mir eine Tasse Kaffee hin, öffnet eine Keksdose, nimmt drei Zeitungsausschnitte heraus und legt sie vor mich. Dann lässt sie mich in der Küche allein. Ich höre, wie der Fernseher im Wohnzimmer eingeschaltet wird.
Ein kurzer Artikel und zwei Meldungen.
Man konnte nicht viel über Mike schreiben. Sein Name ist in keinem der Texte erwähnt. Die eine Meldung berichtet von einem Drogenabhängigen, der an Heiligabend auf einer Toilette im Hauptbahnhof gestorben ist. Wäre das an einem anderen Abend passiert, hätte niemand darüber berichtet. Es ist eine dieser Meldungen auf Seite 3 der Lokalzeitung, mittlere Spalte. Versuchter Raubüberfall auf Weinhandel und so weiter und so weiter … Drogenabhängiger stirbt an Überdosis … Die nächste Meldung gleicht der vorigen, ist aber detaillierter. Erwähnt, dass sie neben dem Toten eine Einkaufstasche gefunden haben, mit Johannisbeergelee, einem halben Liter Schlagsahne und einer Packung Kaffee. Dass Mikes Leben gerettet hätte werden können, gäbe es im Viertel Fixerstübchen. Auch in diesem Text steht kein Name.
Ich lege die Ausschnitte zusammen und wieder in die Keksdose. Vom Flur aus kann ich ins Wohnzimmer sehen. Mikes Mutter schläft auf dem Sofa. Ihr Kopf hängt zur Seite. Sie atmet rasselnd. Der Fernseher,

in dem ein Quiz läuft, wirft rotblaues Licht auf ihr Gesicht. Ich ziehe die Tür hinter mir zu. Vorsichtig, um sie nicht zu wecken.

40

Mutter kam nach Hause. Schloss die Tür auf und knallte sie gegen die Wand. Das Klackern hoher Absätze im Flur. Sie stürzte, stand wieder auf. Dann wurde die Tür geschlossen. Mutter lief von Zimmer zu Zimmer, sie sah uns nicht, suchte etwas. Mutter hatte angetrocknetes Blut im Gesicht, Kratzer auf ihrem Dekolleté. Sie atmete durch den Mund, so dass man ihren fleckigen Schneidezahn sah. Im Wohnzimmer stützte sie sich an die Wand und taumelte in die Küche. Schränke wurden aufgerissen, Teller zerschlagen. Dann war sie wieder im Wohnzimmer.

»Verdammt, wo ist die?«, war das Erste, was sie sagte. Sie erwartete keine Antwort. Ging in unser Zimmer. Wir hörten, wie sie die Kommode aufriss und Kleider auf den Boden warf.

Sie suchte ihre Wermutflasche. Das wussten wir beide.

Dann kam sie zu uns.

»Ich hatte eine Flasche und ein paar Kippen.«

Wir sahen sie an.

»Ich hatte eine Flasche!«, schrie sie. Der Kleine begann in seinem Kinderwagen im Flur zu weinen.

»Ich hatte eine Flasche.«

»Ich hatte eine Flasche.«

Wir sahen sie an. Sagten nichts.

Sie schrie, dass ihr der Speichel aus dem Mund flog. Fegte die dreckigen Teller vom Esstisch und schmiss Wassergläser an die Wand.

»Meine Flasche. Ich will meine Flasche.«

»Ich will meine Flasche.«

Dann knallte sie Nick eine. Er sah sie an. Hatte einen großen roten Fleck auf der Wange.
In den diversen Heimen haben wir gelernt, bloß nie etwas zuzugeben. Nie. Die Erwachsenen sagen gerne Dinge wie: Wenn sich der Betreffende meldet, wird ihm nichts geschehen. Oder: Wir lassen die Tür offen, so dass derjenige, der das Geld, die CD, die Schlüssel genommen hat, sie wieder auf den Tisch legen kann. Und dann reden wir nicht mehr darüber.
Gib nie etwas zu. Lass dich nicht verleiten. Rede nicht mit ihnen. Und wenn sie sagen: Es wäre traurig, wenn wir alle bestrafen müssten, nur weil einer …, dann halt die Klappe. Lass dir nichts anmerken. Du kannst ihnen nicht vertrauen. Wenn du sagst: Ja, ich war es, der die Scheibe eingeschlagen hat, und sie tatsächlich ihr Wort halten und dich nicht bestrafen, werden sie beim nächsten kaputten Fenster automatisch nach dir suchen. Halt dein Maul. Halt immer dein Maul.
Jetzt brüllte sie. Keine Worte mehr. Nur noch laute Geräusche. Stand da und trampelte wild auf den Boden. Wie ein kleines Mädchen.
Wir wussten, wo die Flasche war. Natürlich, wir hatten ja die ganze Woche daraus getrunken. Hatten uns damit in den Schlaf gesoffen, wenn der Kleine zu sehr weinte und es nicht reichte, einfach den Kopf in den Kissen zu begraben. Ein kleiner Rest war vielleicht noch drin. Vielleicht waren auch irgendwo noch ein oder zwei Zigaretten. Aber das waren nicht ihre, jetzt nicht mehr.

41

Stoff ist Stoff. Noch immer.
Menschen, die einen Krieg überlebt haben, schmeißen kein Brot weg, und Stoff ist Stoff.
Es waren bestimmt anderthalb Schuss. Spitzenqualität. Anderthalb

Schuss, die mir fehlen werden. Ich sehe, wie ich durch die Wohnung laufe, nach Wattebäuschchen suche, um den letzten Rest auszukochen, mit roten Augen und zitternden Händen, ohne Geld und ohne Heroin. Mit trockenem Hals. Das ist noch gar nicht lange her. Mag sein, dass ich den ganzen Schrank voll habe, aber Stoff ist Stoff.

Im Bus frage ich mich, ob ich ihr erst mein Beileid bekunden oder direkt nach dem Umschlag fragen soll. Sagen, dass er den ja nicht mehr braucht oder dass ich glaube, bei meinem letzten Besuch etwas vergessen zu haben. Sie tut mir leid, aber sie hat so lange mit einem Junkie gelebt, dass sie wissen müsste, wie das läuft. Stoff ist Stoff und ein Schuss ist ein Schuss. Die Würmer fressen jetzt Mikes Augen, doch ich denke nur an meinen Schuss, an mein Päckchen auf ihrem Couchtisch.

Sie trägt einen Bademantel, hat aber trockene Haare. Sie sieht mich an. Blickt sich um und dann zu Boden.
»Willst du nicht reinkommen?«
Wieder sitze ich in diesem Sessel. Ginge ich jetzt zu der Jeans, die noch immer über der Sofalehne hängt, könnte ich den Staub sehen. Und im Badezimmer würde ich sein Besteck finden, sein Rasierzeug und seine trockene Zahnbürste.
Charlotte fragt, ob ich einen Kaffee will, ich lehne ab.
Sie setzt sich aufs Sofa, der Bademantel öffnet sich und ich kann eine ihrer Brüste sehen. Sie tut nichts, um das zu verhindern. Ihre traurigen dunklen Augen, die wirken, als hätte sie gerade erst von Mikes Tod erfahren, stehen in einem merkwürdigen Kontrast zu der Art, wie sie auf dem Sofa sitzt. Die reinste Einladung.
»Es tut mir leid, was ich über Mike gehört hab.«
»Ja, ich dachte mir schon, dass du deshalb gekommen bist. Wer hat …?«

»Seine Mutter.«
Sie nickt.
Wenn ich hier sitze, fällt es mir schwer, der Dealer zu sein und mich zu verhalten, wie ich mir das im Bus vorgestellt habe. Ich habe hier so oft gesessen, so oft Kaffee mit Mike getrunken, über gemeinsame Freunde oder Musik geredet, während Charlotte um uns herumschwirrte. Sie konnte nie stillsitzen, goss immer irgendwelche Blumen, kochte Kaffee oder fragte, ob ich mitessen wolle. Und wenn ich ja gesagt habe, legte sie in der Küche los. Wir lachten über uns, unser Verhalten, wie fünfzigjährige Männer, das Frauchen in der Küche. Irgendwann wollten wir sie mal in einen Sessel setzen, ihr ein Buch oder eine Zeitschrift in die Hand drücken und ein super Dreigängemenü für sie kochen. Nur für sie.

Charlotte zündet sich eine Zigarette aus dem Päckchen an, das auf dem Sofatisch liegt. Redet leise, ohne mich anzusehen.
»Als du das letzte Mal hier warst … Erst dachte ich ja, du wüsstest es. Dass du es gehört hast und gekommen bist, um mir Gesellschaft zu leisten. Aber als du angefangen hast, über Michael zu reden. Ich weiß nicht … Ich dachte, dass du sicher sofort gehen würdest, wenn ich es dir sagte … Und … es war schon seltsam von mir, oder? Zu sagen, dass er irgendwo unten auf der Straße ist und sicher gleich die Tür zuschlagen würde. Ich habe ihm immer gesagt, dass er die nicht so knallen soll, der Nachbar unten … ein seltsamer Gedanke.«
»Ja.«
»Aber ein andermal. Wenn du in der Nähe bist. Du bist hier sehr willkommen. Ich würde mich wirklich freuen …«
Sie hat mir Beine und Busen gezeigt, und jetzt kommen die Worte. Es ist so, als beobachtete man einen ganz langsamen Autounfall. Auch wenn Mikes Augen längst gefressen sind. Auch wenn wir die Einzigen sind, die sich an ihn erinnern, habe ich Lust, mit ihr zu schlafen. Auf dem Sofa, den Bademantel halb hochgehoben. Es ist so lange her,

dass ich diese Trockenheit im Mund gespürt habe. Ich spüre, wie sich die Hose strafft. Mache meinen Körper schwer und bleibe sitzen. Ich weiß, was passiert, wenn ich jetzt aufstehe. Ich kann das nicht, denke ich, nicht diese Verantwortung. Wenn sie in ein paar Tagen aufs Dach steigt, über die Stadt schaut und sich dann fallen lässt. Ich habe keinen Platz dafür.

»Ich würde mich wirklich sehr, sehr freuen«, wiederholt sie. »Wenn du in der Nähe bist oder einfach …«

»Der Umschlag, kann ich den Umschlag wiederbekommen?«

Sie verstummt, mitten im Satz, als hätte ich ihr eine Ohrfeige gegeben.

»Der Brief! Der Schuss, das Heroin, das ich ihm mitgebracht habe.«

»Das habe ich nicht mehr.«

»Wie meinst du das?«

Ich denke: Der Albaner, wie würde er jetzt vorgehen?

Sie kratzt ihr nacktes Knie.

»Ich habe es nicht mehr.«

»Gib es mir und ich verschwinde.«

Sie sieht mich an, blickt mir in die Augen, zieht den Bademantel hoch und zeigt mir einen großen roten Fleck am Oberschenkel. Eine falsch gesetzte Spritze.

»Ich weiß nicht, warum ich das getan habe …«

Ich gehe.

42

Sonntag stehe ich früh auf. Setze mir meinen Morgenschuss, bevor Martin aufwacht und die Zeichentrickfilme beginnen. Ich rauche eine Zigarette am Fenster und rühre den Teig für die Pfannkuchen. Jetzt kann ich ihn in seinem Zimmer rumoren hören. Ich lege Butter in die

Pfanne und sehe zu, wie sie schmilzt. Martin läuft ins Wohnzimmer und sagt im Vorbeigehen guten Morgen. Zieht seine Decke hinter sich her und hat den Hut auf dem Kopf. Den Hut, der wie ein Tier aus den Zeichentrickserien aussieht, die er sehen will. Ein Hundekopf mit Sonnenbrille und langen Schlappohren. Die Zunge hängt ihm halb aus der Schnauze.

Während wir Pfannkuchen mit schwarzer Johannisbeermarmelade essen, sehe ich ihn ernst an. Er treibt mit seiner Gabel eine einzelne Beere über den Teller. Er spürt meinen Blick, sieht aber nicht auf.

»Hast du über das nachgedacht, was wir besprochen haben?«

Er starrt wieder auf seine Beere, fängt sie mit Daumen und Zeigefinger und steckt sie sich in den Mund. Ich räuspere mich, um seine Aufmerksamkeit zu erlangen, achte darauf, dass meine Stimme ernst klingt.

»Und? Zu welchem Ergebnis bist du gekommen?«

»Drachensteigen.«

»Ich hab eben aus dem Fenster geguckt, es scheint verdammt windig zu sein.«

»M…uss es denn nicht windig sein, ist das denn nicht gut?«

»Doch, aber nicht zu windig. Es weht richtig doll heute.«

»Können wir dann nicht?«

»Wir können es versuchen, aber ich kann dir nichts versprechen.«

Während ich den Drachen aus dem Schrank hole, zieht er sich an. Ich habe ihm gesagt, dass er sich etwas Warmes anziehen soll, und wenn ich mich nicht irre, zieht er gerade ein T-Shirt über ein T-Shirt. Es fehlt nur noch, dass er sich Zeitungen unter den Stoff schiebt, um auszusehen wie ein Minipenner. Aber er darf die Sachen anbehalten. Heute wird ihn doch niemand sehen. Ich ziehe ihm ein Sweatshirt über den Kopf, und wir machen uns auf den Weg.

Über den Parkplatz, vorbei am geschlossenen Supermarkt und den Alkoholikern, die mit hochgeschlagenen Krägen auf den Bänken kauern, die Bierflaschen in die Ärmel geschoben. Wären sie nicht da, könnte man sich vorstellen, Martin und ich seien die letzten Menschen auf der Welt.

Der Himmel ist dunkel, als wir zum See kommen.
Die Bäume drücken sich zu Boden.
Dreht der Wind, richten sie sich auf, um dann wieder vom nächsten Windstoß zu Boden gezwungen zu werden.
Ein Mann mit einem Labrador kommt uns entgegen. Er geht, so schnell er kann, das Gesicht ist von seinem Jackenkragen fast verdeckt. Der Hund macht unruhig sein Geschäft. Er merkt dem Wetter an, dass eine Spannung in der Luft liegt.
»Beim ersten Donner packen wir den Drachen zusammen. Dann gibt es Videos und Popcorn.«
Der Hund ist noch fast ein Welpe, er kackt ins Gras, kratzt mit den Hinterbeinen die Erde auf, bis sich das Halsband strafft. Danach rennt er wieder so weit vor seinem Herrchen her, dass die Leine gespannt ist, und läuft gleich darauf auf der anderen Seite zurück, so dass er ihn einwickelt. Der Mann bleibt stehen, macht ein Paar Schritte wie ein Tänzer mit Kinderlähmung und ist wieder frei.

Wir gehen den Weg entlang und blicken über das dunkelgrüne, unruhige Wasser. Die Wellen sehen aus, als hätte jemand eine unsichtbare Gabel auf die Wasseroberfläche gedrückt. Die Enten sitzen am Ufer, die Köpfe unter die Flügel geschoben. Nur die Füße sind zu sehen. »Denen fehlt nur noch ein Bier«, sage ich zu Martin. Er sieht mich an und ich versuche gar nicht, es zu erklären.
Wir sind halb um den See herum und biegen rechts ab, um auf die Anhöhe zu kommen. Grünes Gras und ein sanfter Hang, auf dem die kleinen Kinder Schlitten fahren, wenn Schnee liegt.
Die Autobahn ist weit weg, kaum zu erahnen, man hört nur noch ein leises Rauschen.

Martin nimmt sein Halstuch ab und hält es in den Wind. Es flattert von seiner Hand weg.
»Wir haben guten Wind, Papa, richtig guten Wind.«
»Zieh dein Halstuch wieder an.«
Ich bemühe mich, den Drachen aus der Tasche zu bekommen, ohne die Stäbe zu zerbrechen.
Martin kommt zu mir gelaufen und fragt, ob er ihn nicht selbst steigen lassen darf. Ich gebe ihm den Drachen. Er will damit loslaufen, aber der kräftige Wind presst den Drachen zu Boden, als er loslässt. Er versucht es noch einmal, und wieder geschieht das Gleiche.
Ich nehme den Drachen, halte ihn hoch über meinen Kopf und nehme Fühlung auf. Bleibe so stehen, bis der Wind so kräftig ist, dass er mir den Drachen fast aus der Hand reißt.
Er ist gelb mit roten Sternen und zwei Schnüren, damit man ihn lenken kann. Aber heute lässt er sich nicht steuern, er wird herumgerissen und ist immer nur ganz kurz in der Luft, bevor er wie ein abgeschossener Bomber auf die Erde zurast. Martin läuft zu ihm, die Spitze hat sich in die Erde gebohrt, es ist aber noch alles ganz.
Ich baue mich erneut auf, ertaste den Wind und lasse ihn fliegen. Als er in der Luft ist, beeile ich mich, Martin die Schnüre zu geben. Er soll es auch probieren. Eine der Schnüre rutscht ihm aus der Hand, er kriegt sie aber noch zu fassen und sieht zu dem Drachen auf, der in der Luft knattert. Es ist unglaublich, dass er hält. Der Plastikschwanz macht hohe und durchdringende Geräusche.
Der Himmel über uns ist jetzt fast schwarz, ein paar Tropfen klatschen auf uns nieder. Dann rast der Drachen im Eiltempo zu Boden.

Am Abend schläft Martin vor dem Fernseher ein. Ich räume den Tisch ab. Stelle den Rest seiner Pizza in den Kühlschrank und trage ihn ins Bett. Er schläft tief. Ich ziehe ihm die Decke mit den Robotern bis zu den Ohren. Er hat den Daumen im Mund, ist eigentlich viel zu groß dafür. Ich bringe es aber nicht übers Herz, ihn zu wecken. Dann gehe

ich in die Küche und bereite meinen Abendfix vor. Betrachte den Beutel mit dem Stoff. Sehe deutlich, dass er dünner geworden ist. Besonders, wenn ich ihn neben die anderen halte. Dabei nehme ich so wenig. Wie eine Maus, aber eine, die jeden Tag frisst. Mehrmals täglich ein bisschen. Irgendwann wird nichts mehr da sein.
Wie wenn man ein Kilo Salz kauft und denkt, dass das ewig reicht.
Ich habe versucht, etwas zu verkaufen.
Zuerst Mike.
Mike, der nicht zurückgerufen hat.
Mike mit den toten Augen, die von den Würmern auf dem Vestre Kirkegård gefressen werden.
Ich war in der Stadt.
Ein paarmal war ich sogar auf dem Rathausplatz. Habe mein Vorhaben dann aber aufgegeben und bin stattdessen ins Kino gegangen, wo ich so getan habe, als sähe ich mir den Film an, nur dass ich mich mit so viel Stoff in den Taschen nicht entspannen konnte. Ich spürte die kleinen, harten Päckchen auf den Rippen. Wie die Prinzessin die Erbse, klein, aber drückend und spitz. Am nächsten Tag ging ich ein bisschen weiter. Richtung Vesterbrogade und Istedgade. Aber als ich zur Kirche kam, war mein Puls zu hoch und mir war übel. Ich glaubte wirklich, kotzen zu müssen. Ich bin dann an den Junkies vorbei bis zum Enghave Plads gelaufen. Habe dort einen Kaffee getrunken und bin schließlich mit dem Bus nach Hause gefahren.
Ich habe es versucht.
Ich packe das Päckchen wieder ein, verstaue es in einer alten Metalldose mit der Aufschrift »Mehl«. Stelle sie zurück auf das oberste Schrankbrett, bereite meinen Schuss über dem Waschbecken vor und nehme ihn dann mit ins Bad. Schließe die Tür ab und suche eine gute Vene.

Wenn das Mäuschen weiter so frisst, ist der erste Beutel bis Weihnachten leer.

43

Wir haben darüber gesprochen, sie umzubringen. Haben uns damit die Zeit vertrieben, wenn sie nicht da war. Wir hassten sie nicht. Noch nicht. Waren erfinderisch.
Ein kleines Boot. Sie in Handschellen. Festgekettet. Sie sollte da liegen, bis die Möwen sie auffraßen. Aber was, wenn sie jemand entdeckte? Weit, weit draußen auf dem Wasser?
Bestimmt würde sie da draußen niemand finden.

Auf der Müllkippe. Wenn wir genug Flaschen in einen alten Kühlschrank stellen, würde sie von ganz allein dahingehen. Würde hineinklettern. Dann müssen wir bloß noch abschließen ... Nur, dass sich ein Kühlschrank nicht abschließen lässt. Nein, klar, aber man könnte die Tür verbarrikadieren, so dass sie drinnen sitzt, nach saurem altem Käse stinkt, säuft und stirbt.

Oder mit Honig, Unmengen von Honig. Und Ameisen. Winzige Bisse. Wie in diesem ...

In der Sahara. Dort bräuchten wir gar nichts tun, dort ginge das ganz von allein. Aber ... sie kann bestimmt so viel trinken wie ein Kamel ...

Erinnerst du dich an den Zoo? An den großen Löwen?

Sie setzte sich auf den Küchenboden, lehnte den Rücken an die Schranktür. Saß da und schniefte. Redete mit sich selbst, Worte, die man unmöglich verstehen konnte. Hatte sie etwas zu trinken, konnte sie lange da unten sitzen. Wir fanden sie dann abends, wenn wir den Maisbrei für den Kleinen aufwärmten, mit nach vorn gesunkenem Kopf in ihrer eigenen Pisse. Um sie herum Flaschen. Wir machten das Wasser warm, streuten die Flocken hinein und rührten um.

Man könnte sie auch unter Strom setzen, sagte Nick. Er schaltete den Toaster ein, aber das Kabel war nicht lang genug.

Wir testeten den Brei mit der Hand, ehe wir ihn dem Kleinen gaben. Vergaßen wir es einmal, meldete er sich sofort.

44

Der Gemeinschaftsraum ist mit einfachen Girlanden, die die Kinder selber gebastelt haben, weihnachtlich geschmückt. Von Martin weiß ich, dass sie seit Wochen mit dieser Deko beschäftigt sind. Martin zeigt nach oben auf den Weihnachtsschmuck, den er ausgeschnitten hat. Er hängt zwischen vielen anderen, trotzdem sage ich ihm, dass ich seinen deutlich erkenne. Er ist wunderschön, Schatz.

Auf einem der extra dafür aufgestellten Tische stehen Glühwein, eine Schale mit Apfelscheiben und eine mit Puderzucker. Als ich das sehe, kriege ich Lust auf einen Schuss. An einem anderen Tisch verkaufen Eltern Selbstgebasteltes, Plätzchen mit Orangeat und gebrauchtes Spielzeug.

Dann sollen wir alle leise sein, und als sich die Flügeltüren öffnen, drücken wir uns an die Wände.

Einer der Väter hat sich als Weihnachtsmann verkleidet. Mit langem weißem Bart, Kissen auf dem Bauch und rotem Mantel. Die Kinder beginnen zu schreien, als er mit seinem großen Sack hereinkommt, und laufen ihm entgegen. Er hat zu viel Glühwein getrunken und stolpert fast über seine rote Hose. Dann verteilt er Süßigkeiten und Spielzeug an die Kinder, die ihn beinahe zu Boden zerren. Sie bekom-

men Puzzles, Plastikflugzeuge, Hüpfbälle, kleine Puppen mit geflochtenen Haaren. Billige Sachen im Wert von maximal zwanzig Kronen. Das weiß ich genau, wir haben es selbst bezahlt.
Ich esse eine Apfelscheibe und Martin trinkt einen Saft, als sich Mona zu uns gesellt. Sie trägt eine Nikolausmütze und einen roten Rock. Ein weiblicher Weihnachtsmann mit braunen Augen und breiten Hüften. »Fröhliche Weihnachten!«, sagt sie. »Danke, das ist nett«, erwidere ich. Ich weiß nicht, was ich sonst sagen soll. Mona war noch nicht hier, als ich immer panisch mit weit aufgerissenen Augen herumgelaufen bin und Martin jeden Tag zu spät abgeholt habe. Immer. Als er Hotdogs in seiner Brotbüchse hatte. Damals hatte ich für alles Entschuldigungen.
Wo sind die Wechselkleider? Entschuldigungen.
Wo sind die Gummistiefel? Entschuldigungen.
Aber das ist jetzt vorbei. Ich weiß, was die Erzieher sagen, weiß, dass sie darüber reden. Er hat jetzt Arbeit. Einen festen Job. Was für eine Veränderung, manchmal reicht das schon.
Mona sagt, dass sie Weihnachten bei ihren Eltern verbringen wird. Sie wohnen in Seeland, in einer kleinen Stadt, von der ich noch nie gehört habe. Logisch, meint sie, niemand kennt diesen Ort. Wir lachen, mehr als eigentlich nötig. Dann drückt sie mir ganz diskret einen Zettel in die Hand.
Ein kleiner, dicker Junge verschüttet Saft. Mona eilt zu Hilfe, dreht sich aber noch einmal um und wirft mir ein rasches Lächeln zu.

An diesem Tag essen wir nicht zu Abend. Wir sind beide noch voll von Apfelscheiben und Weihnachtskeksen.
Martin beginnt sein Puzzle, breitet alle Teile auf dem Tisch aus und fängt mit der oberen, linken Ecke an. Irgendwann ruft er mich.
Es ist nicht leicht, ihm so zu helfen, dass er glaubt, er selbst setze die Teilchen an die richtige Stelle. Manchmal lege ich ein Stück so auf den Tisch, dass er es unmöglich übersehen kann, oder ich halte es in

der Hand, starre ratlos darauf und sage: »Puh, wo könnte das denn hingehören?« Und dann probiert er mit seinen kleinen Fingern, ob es passt. Und das tut es. Jedes Mal.

Nach meinem Abendfix und einem Joint zur Entspannung liege ich auf dem Bett.
Ich blicke auf den kleinen Zettel, den sie mir zugesteckt hat. Die Nummer. Lese sie Ziffer für Ziffer und schaue mir an, wie sie ihren Namen geschrieben hat, Mona. Das M lehnt sich über das o, zierlich. Ich lächle.
Sie hat mir ihre Nummer gegeben.
Mir.
Hat gedacht: Dem gebe ich meine Nummer.
Natürlich werde ich sie nicht anrufen. Es wäre nicht gut für Martin, wenn ich mit einer seiner Erzieherinnen ins Bett ginge, auch nicht mit einer Praktikantin, die bald wieder weg ist. Außerdem wage ich es nicht, meine Gewohnheiten aufs Spiel zu setzen, der Aufwand wäre zu groß.
Aber sie hat sie mir gegeben. Ich liege da und halte sie in der Hand.
Wäre ich in einer anderen Welt, ein anderer Mensch, würde ich sie anrufen. Natürlich.
Aber das ist nicht so einfach.
Ich habe nicht oft an Frauen gedacht, seit sie aus unserem Leben verschwunden ist. An Beziehungen. Hab hin und wieder vor dem Klo onaniert, in Gedanken an ein schönes Mädchen aus dem Fernsehen oder dem Bus, aber nicht oft. Ist man auf Heroin, hat man keine Zeit, an das zu denken, was man zwischen den Beinen hat. Man denkt: Wo kriege ich das Geld her? Wie viel kann ich mir leisten? Wann kann ich mir den nächsten Schuss setzen?
Seit ich mein eigenes Depot habe, ist das anders.
Ich kann sie nicht vergessen. Aber das ist auch nicht nötig.
Fände ich jetzt ein Mädchen, müsste sie einen gewissen Wochenend-

verbrauch haben, nicht viel, aber genug, um mich nicht schief anzusehen, wenn ich mir einen Schuss setze. Eine Wochenendfixerin. Die damit klarkommt und nicht jeden Tag etwas braucht, kein Speed nimmt, kein Cetobemidon, nicht mehr Heroin nimmt, als auf einen Fingernagel geht. Und diese Menge könnte sie von mir bekommen.

Ich habe die Kontaktanzeige schon vor Augen:
Er, Ende zwanzig, mit süßem, knapp sechsjährigem Sohn, sucht junge, attraktive, schlanke Nichtraucherin für gemeinsame Aktivitäten und vielleicht mehr.
Interessen: Spaziergänge in der Natur, Musik, Kino, Candellightdinner und Heroinchlorid.
Zuschriften mit Bild an ...

Ich falte Monas Nummer und lege sie auf das Nachttischchen. Ich weiß nicht, warum ich sie nicht wegschmeiße.

Ich liege auf dem Bett. Es fühlt sich nicht an wie ein Traum. Alle Möbel stehen, wo sie immer stehen. Durch die dünne Wand höre ich die Bornholmer Uhr des Nachbarn schlagen. Ich stehe auf, mit nackten Füßen. Schaue nach Martin. Er schläft, in seinen Armen hält er einen großen, gelben Teddy, so als wollte er ihn erdrosseln. Ich gehe in die Küche und freue mich, dass ich gespült habe, bevor ich ins Bett gegangen bin. Öffne die Schranktür und hole den Beutel mit dem Heroin heraus.
In diesem Moment muss ich mich bereits stöhnend im Bett gewälzt haben, denn ich verstehe nicht, was los ist. Den Beutel – Einzahl –, nicht mehr mehrere Beutel. Ich halte ihn gegen das Licht, das von der Straße hereinfällt. Er ist leer. Am Boden ein kleiner Rest weißes Pulver, nicht genug für einen Schuss. Ich setze mich an den Tisch, stütze den Kopf auf die Hände und weine. Starre auf den leeren Beutel. Im Traum weiß ich ganz genau, was das bedeutet. Weiß, dass die

Hölle nicht erst nach dem Tod anfängt, weiß, dass die Hölle nicht die anderen sind. Es ist die Hölle, an einem Tisch zu sitzen und auf einen leeren Beutel zu starren, während nebenan ein kleiner Junge schläft.

Ich sitze auf der Bettkante und verstehe noch immer nicht, dass das alles nur ein Traum war. Fühle mich noch immer wie der Mann mit dem leeren Beutel, gehe in die Küche, ohne das Licht einzuschalten, und suche im Dunkeln nach der Blechdose mit dem Heroin. Nachdem ich einen Blick hineingeworfen und die Beutel an mich gedrückt habe, bleibe ich am Küchentisch sitzen, rauche und versuche, mich zu beruhigen, gleichmäßig zu atmen. Morgen werde ich verkaufen. Morgen. Ich schalte das Licht ein und hole die elektrische Waage heraus.

Den Rest der Nacht wiege ich kleine Päckchen mit weißem Pulver ab. Nie mehr will ich der Mann aus meinem Traum sein.

45

»Du kommst dann um vier, ja?«

Ich habe ihn wohl etwas zu lange festgehalten und an mich gedrückt. Er spürt, dass etwas nicht so ist wie sonst.

»Ja, Schatz, ich bin um vier Uhr hier.«

Ich habe ihm versprochen, ihn nicht als Letzten abzuholen, ihn nicht bei einer verärgerten Erzieherin sitzen zu lassen, die nach dem Fegen nur noch darauf wartet, nach Hause zu kommen.

»Ja, Schatz, ich werde da sein.«

Er klammert sich an meinen Hals, ich drehe mich hin und her, schüttle ihn ab und stehe auf. Papa wird da sein.

Auf dem Weg zum Bus beginnen meine Hände zu schwitzen. Am Rathausplatz steige ich aus und gehe ein paar Meter in die Istedgade.

Habe einen langen Weg vor mir. Keiner sieht mich, keiner starrt mich an, ich bin den Menschen egal. Ich gehe die Straße hinunter, taste meine Innentasche ab. Sie sind da, alle vier. Kleine Päckchen Heroin, weiße Briefchen, zusammengefaltet und mit Plastikfolie versiegelt. Ich habe es so wie die anderen gemacht.

Als ich kurz vor der Kirche bin, nehme ich sie in die Hand, bereit, sie wegzuschmeißen oder runterzuschlucken. Ich hasse diesen Ort. Hasse die Kirche und die Junkies, die davor herumlungern. Hasse es, hier zu stehen. Immer wenn wir etwas auf der Straße kaufen mussten, hat sie das gemacht. Ihr war das egal. Du willst einen Schuss? Ja? Und warum willst du dann nichts kaufen? Ich wusste keine Antwort. Keine, die ich laut auszusprechen wagte. Solange ich eine Wohnung hatte, solange ich die Leute im Supermarkt an der Nase herumführen konnte, war ich nicht so wie die, wie die Junkies auf der Straße.

Ich bin nicht so wie sie.

Auch jetzt nicht. Ganz und gar nicht.

Ich darf das nicht vergessen.

Ich bin der Hai. Der Wolf. Das Ungeheuer unter dem Bett.

Bin der, der den Stoff hat. Und sie sind die, die ihn haben wollen. So ist das.

Es ist noch früh. Nur fünf Leute stehen in einer kleinen Gruppe vor der Kirche. Zwei reden miteinander, die anderen sitzen einfach da und starren vor sich hin. Kneten sich die Hände. Bereiten sich auf einen Tag vor, der schlimm werden kann oder sehr schlimm. Als ich auf sie zugehe, starren sie mich an, als wäre ich ein Tourist, der sich verlaufen hat.

Ich habe Stoff. Gute Qualität. Einer beißt sofort an. Wir gehen um die Kirche herum. Brauchen so früh nicht weit zu laufen, noch ist wenig Polizei unterwegs. Das Zeug ist fast rein. Mörderischer Stoff. Aber nur heute. Er trägt eine Jeansjacke über einem dreckigen T-Shirt. Hat eine Entzündung am Hals, falsch gesetztes Cetobemidon. Er sieht mich misstrauisch an.

»So braune Nagerkugeln?«
»Nein, gute Qualität.«
Der Preis steht auf der Straße immer fest. So ist das. Da wird nicht verhandelt, nicht über einen einzelnen Schuss. Der kostet immer zweihundert. Drei Päckchen fünfhundert. So ist das. Nicht weil sich alle Dealer verbündet haben, sondern weil dann alle das Geld gleich parat haben. Es ist Unsinn, über den Preis zu verhandeln oder Geld zu wechseln, während die Streifenwagen langsam vorbeifahren.
Was auf der Straße variiert, ist die Qualität des Stoffes. Die ist nie so gut wie bei dem, den man in einer Wohnung kauft. Aber wer auf der Straße einkaufen muss, hat es sich mit seinem festen Dealer verscherzt. Der hat keinen Kredit mehr, hat Probleme gemacht, sah zu fertig aus, um regelmäßig bei irgendeiner Privatadresse aufzutauchen. Diese Leute landen dann auf der Straße, vor der Kirche. Einen anderen Ort gibt es nicht. Für sie nicht. Nicht mehr.
»Wenn du es nicht willst, ist das dein Problem.«
Ich tue so, als wollte ich gehen. Ich bin der Hai, der Wolf.
»Heh, Mann, warte.«
Als ich mich umdrehe, hat er das Geld aus der Innentasche seiner Jacke gefischt. Er streckt mir die zerknitterten Scheine entgegen und ich sehe, dass das Dunkle auf seinen Fingern keine Tätowierungen, sondern Wunden sind. Ich stecke das Geld ein und gebe ihm ein Päckchen.
»Sag den Leuten, dass es heute gute Qualität gibt!«
Er sieht mich nicht an, hat bereits einen Gang höher geschaltet und sich im Schutz eines Müllcontainers an die Mauer gehockt. Auch das ist eine der Regeln auf der Straße. Steck dir die Kanüle so schnell wie möglich in die Wunde, die Nadel in den Hals. Schnappt die Polizei dich mit dem Stoff, nehmen sie ihn dir ab. Hast du die Nadel in der Haut, lassen sie dich drücken.

Ich bleibe auf der Straße, ohne mich zu lange an einem Ort aufzuhalten. Gehe auf und ab. An der Kirche vorbei und versuche, Augenkontakt zu bekommen. Beobachte, ob es die Runde gemacht hat, dass es heute gute Qualität gibt. Ob die Polizei mich für einen Junkie oder einen Touristen hält, der sein Hotel nicht findet, ist mir egal, solange sie mich nicht für einen Dealer hält. Nach einer halben Stunde verkaufe ich wieder etwas. Diesmal wird nicht diskutiert, nicht irgendein Scheiß gefragt. Der Stoff soll gut sein, sagt der Junkie und zeigt mir lächelnd seinen zahnlosen Mund. Er ist höchstens fünf Jahre älter als ich. Ich nicke. Er bekommt sein Päckchen, und ich gehe weiter. So leicht kann das also sein, denke ich. Habe schon vierhundert in der Tasche. So leicht kann das sein.
Es vergeht eine Stunde, bis wieder jemand anbeißt. Ich bin aber auch nicht der Einzige. Die meisten haben ihre festen Dealer. Leute, von denen sie wissen, dass sie sie nicht sehr bescheißen. Den Stoff nicht sehr strecken.
Sie kommt zu mir, als ich vor der Kirche stehe, um mir eine Zigarette anzuzünden.
»Bist du der, der was hat?«
Ich nicke.
»Gute Qualität?«
Ich sage, dass sie mir folgen soll. Gehe, ohne mich umzudrehen. Ich könnte immer weiter gehen. Bis Roskilde, sie würde mir nachlaufen. Ein Hinterhof mit überfüllten Mülltonnen. Werfen die Anwohner jetzt einen Blick aus dem Fenster, sehen sie, was sie immer sehen. Ich drehe mich um und schaue in ihre gierigen Augen. Die kurze Strecke und der Gedanke an den Stoff haben ihr das Wasser im Mund zusammenlaufen lassen. Sie ist kaum zwanzig. Trägt hochhackige Stiefel. Friert bestimmt in den dünnen Strümpfen. Eine kurze Jacke bis zur Taille. Die Haare sind fettig, das Gesicht unter der Schminke fast grau. Wie Gartenmöbel, die bei Wind und Wetter, Sonne und Schnee im Freien gestanden haben.

Sie nimmt 150 aus einem Stiefel und reicht sie mir.
»Mehr habe ich nicht.« Ihre Stimme ist heiser.
Diese Scheine hat sie sich erfickt. Mit ihrem ersten Kunden.
»Mehr habe ich nicht.«
Ein Mann, der auf dem Weg zur Arbeit durch die Skelbækgade gefahren ist. Nicht, weil er es nicht woanders bekommen oder sich sonst nichts leisten könnte, sondern weil er auf diese Frauen steht. Sie sind so müde und verbraucht, dass er mit ihnen machen kann, was er will. Ihre Münder auf sein Glied pressen, bis sie fast ersticken. Bezahlt man sie, kann man sie mit dem Zigarettenanzünder abfackeln.
»Das reicht nicht«, sage ich ihr. »Dir fehlt ein 50er. Und es ist gute Qualität.«
»Ich blas dir einen. Ich blas dir einen, das kann ich gut. Richtig gut. Du wirst ganz schnell kommen. Du darfst auch deine Finger in mich stecken.«
Sie ist schon auf den Knien, legt ihre Hände auf meine Hüften. Ringt mit meinem Gürtel. Lässt mich gar nicht zu Wort kommen. Hat sie meinen Schwanz erst im Mund, haben wir eine Abmachung. Ich muss sie hart am Arm packen, um freizukommen. Sie konzentriert sich noch immer auf meinen Schritt, denkt nicht an ihre Knie auf dem Asphalt. Ich nehme das Geld und werfe ihr das Päckchen zu. Es landet unter einer der Mülltonnen.
Als ich gehe, liegt sie auf dem Boden und versucht es unter der Tonne hervorzufischen. Ihr kurzer Rock ist hochgerutscht, ich sehe ihren nackten Schritt, die schwarzen, krausen Haare.

Es ist kurz nach eins und ich habe noch ein Päckchen. Ich könnte nach Hause gehen, habe mehr als tausend Kronen in der Tasche. Aber ich will auch noch das letzte Päckchen verkaufen. Vielleicht mache ich morgen frei und komme erst danach wieder. Ich habe noch ein Päckchen. Stehe an der Ecke auf der anderen Seite der Kirche und zünde mir langsam eine Zigarette an, damit sie mich sehen.

»Hast du was? Es heißt, du hättest was.«
Ich drehe mich um. Dieser Typ ist kein Junkie. Aber auch kein Polizist, dafür ist sein Bierbauch zu dick und die Tätowierung am Hals zu auffällig. Vielleicht will er Koks.
»H.«
»Ja.«
Er folgt mir. Seine Freundin muss an der Nadel hängen, vermutlich ist es das. Eine kleine, dumme Junkietussi, die mit ihm schläft, und die nicht daran denkt, ihn zu verlassen, solange ihr großer, starker Mann ihr etwas mitbringt. Ich gehe auf den gleichen Hinterhof wie vorher, was nicht sonderlich klug ist. Ich sollte lieber variieren. Aber es ist nicht weit, und das ist mein letztes Päckchen. Danach geht's nach Hause. Was macht das dann? 1350. Und dabei ist es erst eins.
Ich rauche meine Zigarette langsam. Ich bin das Monster unter dem Bett. Der mit dem Stoff.
»200.«
Er gräbt in den Taschen seiner Kansas-Jacke und holt einen Fünfhunderter heraus.
»Kannst du wechseln?«
Als ich das Wechselgeld aus der Tasche nehme, rutschen auch die beiden zerknitterten Scheine des ersten Junkies heraus. Ich bücke mich, um sie aufzuheben. Als ich wieder aufblicke, sehe ich es. Sein Gesicht. Die Augen. Der Gedanke nimmt Form an.
»Ich will dein Geld, gib mir den Stoff und das Geld.«
Er reißt mir die zerknitterten Scheine aus der Hand. Presst mich hart gegen den Müll-Container, durchsucht meine Taschen und nimmt mir ab, was ich habe. Dann grinst er breit. Was für eine gute Idee. Ich habe keine Chance. Er ist mindestens doppelt so schwer wie ich.
Als er auf die Hofeinfahrt zugeht, pfeift er. Wirklich. Geht ganz lässig und ruhig. Ich nehme eine leere Weinflasche, die neben der Mülltonne steht. Knalle sie ihm an den Kopf, so dass die Flasche zerbricht.

Er geht in die Knie, stützt sich ab. Doch im nächsten Moment ist er schon wieder oben.
Ich liege auf dem Boden und er steht über mir und tritt. Seine Schläfe blutet, aber er tritt und tritt. Ich liege zusammengekrümmt auf dem Boden und versuche meinen Kopf zu schützen. Er tritt lange.

46

Wir hatten früher auch schon gestohlen. Jeder für sich. Hatten uns manchmal unsere Beute gezeigt, aber nie geteilt. Wir waren Heimkinder, so war das. Wir klauten CDs, T-Shirts, Süßigkeiten, Unmengen von Süßigkeiten. Wir klauten alles, was nicht niet- und nagelfest war. Staubsaugerbeutel, Gebissreiniger, Schuhcreme. Schilder, Lampen von Kühltruhen, Silberputzmittel. Käsehobel. Unter das T-Shirt damit und raus aus dem Laden. Wir klauten alles. Weil es spannend war und weil wir nie etwas geschenkt bekommen hatten.
Seit der Kleine auf der Welt war, klauten wir gemeinsam.
Jetzt stahlen wir nicht mehr nur für uns selbst. Wir klauten für den Kleinen. Ein gutes Gefühl. Sauber. Jetzt konnten wir mit Stolz unsere Taschen füllen, unsere T-Shirts. Es war ja für unseren Bruder.
Wir gingen langsam die Regale entlang. Einen Zettel in der Hand, die Einkaufsliste von Mama und Papa. Hatten die sauberen Kleider angezogen. Das Gesicht gewaschen.
Der Puls stieg. Einer von uns stand am Ende des Regals. Ein Finger hinter dem Rücken bedeutete freie Bahn, zwei Finger »Warte, warte.«
Wir klauten Milchpulver, Maisbrei, Sauger und Babyfläschchen. Windeln waren am schwersten. Das war schon große Kunst. Die holten wir immer in kleineren Läden. In den Supermärkten ging das nicht, aber auch beim Kaufmann war das ein Coup. Wir planten den Ablauf, akribisch. Einer von uns musste ein Glas Marmelade oder eine

Flasche Ketchup fallen lassen, auf jeden Fall etwas, das Lärm und Dreck machte. In der Regel übernahm Nick diesen Part, er hatte breitere Schultern und konnte eher zum Problem werden. Lief der Kaufmann dann mit Küchenrolle und Lappen durch den Laden, machte ich mit den Windeln die Biege.

Zu Hause hatten wir dann Diskussionen wie: Mann, pass doch auf, die hier sind erst ab dem vierten Monat! Verdammt, guck doch genauer hin! Hast du denn die Süßigkeiten, das Bier und den Kirschlikör?

Nachdem wir unserem kleinen Bruder eine saubere Windel verpasst, ihn mit ein paar Löffeln Brei gefüttert hatten, setzten wir uns in den Garten. Den Kirschlikör tauschten wir mit den Alkis auf den Parkbänken gegen Zigaretten, die waren nämlich beinahe unmöglich zu stehlen. Wir rauchten und tranken Limo oder Bier, wenn wir denn etwas gekriegt hatten. Der Geschmack war mir egal. Nick grinste. Runter damit. Wir teilten uns die Zigaretten. Sahen die Blicke der Erwachsenen, wenn sie am Garten vorbeiliefen. Wir waren Zigeunerkinder geworden, mit denen niemand etwas zu tun haben wollte.

Wir redeten über Mädchen. Über ihre Fotzen. Und über den Kleinen. Wie er heißen sollte.

Unsere Mutter sahen wir nicht. Oder nur selten. Sie war mal ein, zwei Tage da, um dann wieder zu verschwinden.

47

Früher Morgen. Martin muss angezogen werden, Schneeanzug und Winterstiefel. Als wir nach draußen kommen, ist es noch dunkel, kaum jemand auf der Straße. Der Atem steht dick und weiß wie Zigarettenrauch vor dem Mund. In der Nacht hat es geschneit, jetzt taut es und man muss aufpassen, wohin man tritt.

Wir gehen Hand in Hand am See entlang zum Kindergarten. Ich halte ihm die Tür auf und er rennt die Treppe hoch. Als ich zu seinem Gruppenraum komme, hat er den Overall bereits abgestreift und sucht unter seinem Platz nach den Hausschuhen. Er zieht sie an und hastet weiter. Ich halte ihn kurz fest und gebe ihm einen Kuss auf die Stirn. An einem der Tische sitzt Peter, sein neuer bester Freund, so wird es heute also bestimmt keinen tränenreichen Abschied geben. Ein älterer Erzieher sitzt mit einigen der Kinder, die wie Martin früh kommen, am Tisch und isst Haferflocken. Martin läuft zu ihnen.

Mona kommt aus der Küche, sie hat einen Liter Magermilch in der Hand und lächelt mich an.

»Hast du den Aushang wegen der Wechselkleidung gesehen?«

»Ja.«

Ich hole die Sachen aus meinem Rucksack. Unterhose, Strümpfe, ein gestreiftes Sweatshirt und eine Jeans mit einem Piraten auf dem Knie. Ich reiße die Preisschilder von den Klamotten und reiche sie ihr. Gebe ihr auch die Brotbüchse, die Martin im Flur liegen gelassen hat.

»Und keine Süßigkeiten mehr«, sage ich ihr lachend.

»Nein, wir werden sonst noch dick von all dem Konfiszieren.«

Ich winke Martin zum Abschied, aber er ist viel zu beschäftigt, um mich zu sehen. Mona begleitet mich bis zur Treppe, ein kleines Mädchen klammert sich an ihren Oberschenkel. Ihre blonden Zöpfe wippen bei jedem von Monas angestrengten Schritten.

»Rufst du mich bald mal an?«, fragt sie lächelnd.

»Ja.«

»Nein, das tust du nicht.«

»Doch, ich rufe an.«

»Wann?«

»Bald.«

Auf dem Weg nach unten schalte ich das Handy ein. Es dauert nicht lange, bis die erste SMS kommt. Einer der Stammkunden fragt:

»Wann macht der Bäcker auf?«
Ich sende ihm die Nachricht »9 Uhr«. Das müsste ich schaffen. Auf dem Weg nach Hause bekomme ich noch eine SMS und schicke die gleiche Nachricht zurück. Es ist langsam Routine. Eine kleine Narbe am Kiefer, die noch etwas weh tut, wenn ich den Kopf zurücklege. Aber das ist normal, so etwas passiert beim ersten Mal. Immer. Das haben sie mir gesagt. Jetzt ist es fast schon Routine.
Ich gehe in meine Wohnung und schalte als Erstes den Fernseher ein. Ohne Martin ist hier alles viel zu still. Ist hier kein Lärm, kriege ich manchmal Panik und frage mich, was passieren würde, wenn er nicht käme. Was, wenn ich ihn nicht mehr wiedersehe? Diese Panikattacken dauern nie lange, ich sage mir immer, dass er ja nur im Kindergarten ist. Der Fernseher hilft. Verjagt die Gespenster. Ich höre einen Koch erzählen, wie man Steinbutt mit Petersilie zubereitet, dass man mehr Wurzelgemüse essen sollte, dass die Menschen vergessen haben, wie gut es schmeckt. Ich stehe mit einer Schale Cornflakes am Küchentisch und sammle die Ware zusammen, kleine weiße Päckchen, die ich in der Nacht gemacht habe. Nicht zu viele. Ich zähle sie noch einmal. Dann spüle ich die Schale, stelle sie ins Waschbecken und hole mir mein eigenes Besteck. Ich bereite mir einen Schuss vor. Sorgsam, während ich zu Ende kaue. Ein ganz kleiner Schuss auf dem Sofa vor dem Fernseher. Ich drücke das Heroin ins Blut, während eine junge Köchin den Steinbutt mit Olivenöl einreibt.

Nach zwanzig Minuten bin ich wieder klar. Ich untersuche das Sofa auf Blutflecken und nicke zufrieden. Wieder ein Tag ohne Zwischenfall.
Ich nehme die Kanüle mit in die Küche, verpacke sie umständlich in Alufolie und werfe sie weg. Dann hole ich meine Jacke aus dem Flur und stecke den Stoff in die Innentasche. Schalte den Fernseher aus, als ich aus der Wohnung gehe.

Die Busfahrt ist der schlimmste Teil des Tages.
Wie ein Zahnarztbesuch, eine Nierensteinoperation. Ein HIV-Test. Alles auf einmal.
Ich sitze im Bus, die Taschen voll Stoff.
Viel zu viel Heroin. So viel, dass ich Martin erst wiedersehen würde, wenn ihm Flaum auf der Oberlippe wächst. Wenn er sich nicht mehr daran erinnert, wer ich bin. Wenn ich in einen Beutel scheiße, der an meiner Hüfte hängt.
Weil Junkies im Gefängnis Schulden machen.
Weil Junkies im Gefängnis verprügelt werden.
Am Rathausplatz steige ich aus. Gehe mit sicheren Schritten, während sich Schweiß am Haaransatz sammelt. Kommt mir ein Hund entgegen, muss ich mich darauf konzentrieren, keinen allzu großen Bogen um ihn zu machen, aus Angst, er könnte früher einmal Drogenspürhund gewesen sein.
Die ganze Zeit über glaube ich, die Hand zu spüren, die sich auf meine Schulter legt. Die Stimme im Ohr: Wir würden gerne mit Ihnen reden. Keine Dramatik, aber das Leben würde danach nie wieder dasselbe sein. Mit der Zeit wird diese Angst verschwinden.
Das weiß ich.
Mit der Zeit wird das alles so gewöhnlich werden wie das Onanieren an einem Maimorgen, während draußen die Vögel singen und die Brötchen im Ofen verkokeln.
Aber nicht jetzt.
Ich werfe einen Blick auf die Uhr, fünf vor neun. Ich werde langsamer. Habe keine Lust, zu lange zu warten. Komme lieber ein paar Minuten zu spät. Das erste Päckchen verkaufe ich vor dem Hauptbahnhof. Hier ist eigentlich zu viel Polizei, aber wir sind schnell und der Deal sieht aus wie ein Händedruck. Ich kenne den Kunden gut, und wir brauchen nicht viel miteinander zu reden. Er weiß, dass ich Qualität verkaufe, und er kennt den Preis. Wir nicken uns zu und gehen weiter.

Ich ziehe die frühen Morgenstunden vor. Da muss man nicht so aufpassen. Die Polizisten sind, wie alle anderen Menschen, um diese Uhrzeit noch müde. Noch nicht richtig aus den Federn gekrochen, im Gegensatz zu den Junkies, die Stoff brauchen. Die ersten Käufer haben entweder gerade Geld gemacht oder noch etwas von gestern übrig. Oder es sind ordentliche Junkies, die vor der Arbeit noch schnell etwas kaufen. In knapp einer Stunde kommen die Huren die Skelbækgade hoch. Mit dem Geld von ihren ersten Freiern, den Morgenfreiern, die es sich auf dem Weg ins Büro schnell noch haben besorgen lassen, um sich dann den ganzen Tag wie der große Macker zu fühlen.
Ich versuche, in Bewegung zu bleiben. Noch ein Deal, wieder ein bekanntes Gesicht, ich setze mich in ein Café und trinke eine Tasse Kaffee. Bin gerne etwas weg von der Straße. Wenn ich die ganze Zeit auf und ab laufe, sehen alle, dass ich deale, oder sie halten mich für einen Sozialarbeiter, und das ist noch schlimmer.
Der Kaffee ist gut und stark, und die Leute um mich herum frühstücken und rauchen. Ich genieße den Moment, ziehe ihn in die Länge und gehe dann wieder auf die Straße. Verkaufe zwei Päckchen an eine Hure, eins für sich, das andere für ihren Mann.
Ein letzter Handel vor der Marienkirche. Ein junger Norweger in einer kurzen Lederjacke, der immer wieder nach dem Preis fragt und mich überreden will, einen 50er runterzugehen. Als ich ablehne, holt er das Geld heraus.

48

»Wenn das Telefon abgehört wird, hörst du kein Klicken.«
Jimmy erzählt mir das, als wir in einer Bar sitzen.
»Du hörst überhaupt nichts. So dumm sind die nicht. Wenn du abge-

hört wirst, sie dich auf dem Kieker haben. Aber du kannst es spüren. Wenn du durch die Straßen läufst und dich nicht allein fühlst. Wenn dein Nacken brennt, während du über die Straße gehst.«

Jimmy Gule kauft bei mir. Er drückt nicht. Jimmy Gule heißt auch Jimmy Thorsen. Die Leute nennen ihn so oder so. Keiner sagt einfach nur Jimmy. Mich fragen sie: Hast du Jimmy Gule gesehen?
Oder: Jimmy Thorsen sucht dich. Er hat Geld.
Es dauerte ein paar Tage, bis ich kapierte, dass das derselbe Mann ist.
Heute hat Jimmy Geld.
»Normalerweise würde ich niemals auf der Straße kaufen«, sagt er, als ich ihm drei Päckchen in die Hand drücke.
»Aber mein fester Dealer ist aufgeflogen und sitzt.«

Er fand mich oben an den Gleisen, war ein einziges, breites Lächeln, als er mich sah.
»Gestern habe ich Scheiße gekauft. Wenn ich den Typ erwische …«
Wenn du Heroin kaufst und eine zerdrückte Dolviran kriegst, Kreide oder Zementstaub, dann reden die Leute von einem linken Päckchen. Dann hast du ein Placebo gekauft. Und bist gelinkt worden. Leute, die solche Tütchen verkaufen, sollten schnell laufen, verdammt schnell. Das sind die größten Arschlöcher, die es gibt. Schlimmer als die Polizei, Pia Kjærsgård, Hitler.
Weiße Menschen verkaufen kleine Päckchen, die wie Briefe aussehen. Winzig kleine Briefe, die man Päckchen oder Tütchen nennt. Das sagen sie dir auf der Straße. Sie raten dir: Kauf bei Weißen. Da ist das Risiko, gelinkt zu werden, geringer. Die Schwarzen verkaufen keine Tütchen, sondern Negerkugeln. So heißt das wirklich. Die haben die im Mund und laufen damit rum. Manchmal sogar mehrere gleichzeitig. Nur dass da eben nicht immer Heroin drin ist. Deshalb soll man bei Weißen kaufen.

Ich bin kein Rassist. Auch diesen Satz hört man auf der Straße. Ich bin kein Rassist, ich will nur kein Placebo kaufen.
Jimmy hat heute Geld. Er drückt mir die Scheine in die Hand, ist ein guter Kunde, handelt nicht.
Fragt, ob ich ein Bier will. Verdammt, er hat wirklich Geld heute.

»Für wen verkaufst du?«, fragt Jimmy und kratzt das Etikett von der Bierflasche.
Die Bar liegt an einer Straßenecke in der Nähe des Hauptbahnhofs. Die Scheiben sind dunkel, die Luft voller Rauch. Wir sitzen auf Barhockern und trinken Carlsberg aus der Flasche. Jimmy hat heute Geld.
»Sie dürfen den Hund hier nicht mit reinnehmen«, ruft der Kellner einer Frau in der Tür zu.
»Der ist ganz ruhig.«
»Haben Sie das Schild nicht gelesen? Gehen Sie mit dem Köter raus.«
Sie macht kehrt und zieht den Schäferhund an der Leine hinter sich her.
Die Jukebox spielt John Mogensen und dann Rolling Stones.
»Also, für wen bist du unterwegs?«, fragt Jimmy leise, während er einen Tabakkrümel von der Unterlippe zupft.
Die ersten paar Male, die Jimmy bei mir eingekauft hat, war ich mir sicher, er würde Handschellen aus seiner Tasche ziehen und kein Geld. Er war einfach zu gut in Form. Sah nicht aus wie ein Junkie. War nicht dünn genug.
Jimmy Gule ist ein echter Mann, heißt es.
Jimmy Thorsen schnieft, heißt es. Er mag keine Nadeln.
Jimmy Gule kann gut mit Frauen, der findet immer eine Dumme, die sich um ihn kümmert.
Jimmy hat jetzt schon öfter von mir gekauft, aber sicher war ich mir nie. Erst als wir in einer Bar zusammen auf die Toilette gegangen sind und ich gesehen habe, wie er sich ein ganzes Tütchen reingezogen

hat. Ohne zu zögern, zu zittern oder sich wie ein Verrückter zu kratzen. Ein verdeckter Ermittler hätte niemals ein ganzes Tütchen geschafft. Er wäre daran verreckt. Jimmy schaut mich über das Bier hinweg an, kratzt am Etikett.

Ich habe ihm nicht geantwortet, jedenfalls nicht schnell genug. Versuche, mir einen Namen auszudenken. Jimmy kommt mir zuvor.

»Der Stoff gehört dir? Das ist deiner?«

Ich antworte nicht.

»Fuck …« Jimmy trinkt einen großen Schluck Bier.

»Versprich mir etwas«, sagt er gutgelaunt, die Drogen wirken. »Versprich mir, das niemandem zu sagen. Versprich mir das.«

Ich nicke.

»Die Leute dürfen nicht wissen, dass du das Zeug hast. Wirklich nicht.«

Er zieht die Nase hoch und wischt sie mit dem Handrücken ab.

»Du solltest lieber jemanden für dich verkaufen lassen, denk darüber nach.«

Jimmy bestellt noch zwei Bier. Legt das Geld auf den Tisch. Er hat die ganze Tasche voll Münzen. Hätte ich ihn immer noch verdächtigt, Bulle zu sein, die Tütchen ausgetauscht und mir zuliebe Laktose oder Talkum geschnieft zu haben, um mich dann auszufragen, würde ich jetzt nicht mehr an ihm zweifeln. Er ist high, glücklich und high. Reagiert auf den Stoff ähnlich wie ich. Diese ruhigen Augen. Das Lächeln auf den Lippen. Alles ist gut.

»Ich habe selbst mal gedealt«, erzählt Jimmy. Jimmy Gule. »Das ist jetzt viele Jahre her. Ich war nicht vorsichtig genug. Deshalb sage ich das, Mann, ich weiß, wovon ich rede. Ich hatte damals dieses Gefühl im Nacken, dieses Brennen. Aber ich habe gedacht, da ist nichts. Jimmy, habe ich mir gesagt, du bist paranoid. Da ist nichts, wegen dem bisschen Stoff bleibt die Welt nicht stehen. Und ich habe weitergemacht. Und war nicht vorsichtig genug. Sei vorsichtig, Mann«, sagt er. »Mein Dealer ist gerade in den Bau gegangen, ich brauche dich.«

Auf dem Heimweg gehe ich in einen Supermarkt. Ich kaufe lieber in der Stadt ein, da ist die Auswahl größer und das Gemüse und Fleisch frischer. Bezahle bar, nehme nicht die ganze Rolle Scheine heraus, sondern bloß, was ich brauche.
Dann mache ich einen weiten Umweg. Denke an das, was Jimmy gesagt hat. Spüre ich nicht auch schon etwas? Kribbelt es nicht ein bisschen im Nacken?
Ich fahre mit dem Bus nach Amager. Gehe ein Stück und steige um. Fahre nach Østerbro und nehme von dort ein Taxi.

Zu Hause stelle ich den Einkauf in den Kühlschrank, lese Zeitung und trinke Kaffee, der Fernseher läuft. Dann checke ich ein letztes Mal die Wohnung. Versichere mich noch einmal, dass nirgendwo Drogen rumliegen.
Ich hole Martin als einer der Ersten ab. Trinke noch eine Tasse Kaffee mit den Erzieherinnen, bis Martin zu Ende gespielt hat und wir gehen können. Manchmal will er zu jemandem nach Hause und dort spielen. Aber heute nicht.
Ich helfe Martin in den Overall, der ist wirklich schwer anzuziehen. Nein, Papa, das ist das falsche Bein. Er fragt, was es zu essen gibt. Lasagne, sage ich. Au ja, natürlich darf er mir kochen helfen.

49

Martin liest mir aus seinem Katzenlexikon vor. Er sitzt auf dem Sofa. Liest: »Die norwegische Waldkatze ist an den hellen Haarbüscheln auf den spitzen Ohren zu erkennen. Die norwegische Waldkatze hat einen schönen, kräftigen Pelz, häufig in Grautönen mit weißer Brust.«
Er liest nicht, folgt den Zeilen aber sorgsam mit dem Finger, während

er die Wörter langsam ausspricht. Er hat den Text über die Waldkatze so oft gehört, er kann ihn auswendig.
Es klingelt an der Tür. Normalerweise würde ich jetzt Panik kriegen. Ich kenne niemanden, der auf die Idee kommen würde, abends um sieben bei mir zu klingeln. Würde versuchen, den Stoff im Klo runterzuspülen oder in die Nase zu ziehen, wäre es nicht so viel.
Aber heute weiß ich, wer das ist.
Ich drücke auf den Türöffner. Kurz darauf kommen zwei Männer in Overalls die Treppe hoch. Sie tragen ein dickes Paket. Einen großen Sessel, in Pappe eingepackt. Auf der Seite steht in blauen Buchstaben Ikea. Sie können ihn ins Wohnzimmer stellen.
Wir haben einen ganzen Tag damit verbracht, Möbel auszusuchen. Ein neues Sofa, einen neuen Sofatisch. Einen Esstisch. Haben die Nummern aufgeschrieben. Gefällt dir das auch wirklich, Martin? Sollen wir lieber das gelbe oder das blaue nehmen? Dann haben wir Fleischbällchen gegessen. Ich habe eine Tasse Kaffee getrunken und Martin hat ein großes Eis mit Schlagsahne bekommen. Danach sind wir zu den Kinderzimmermöbeln gegangen.
Das große, wie ein Rennauto geformte Bett aus hellblauem Holz. Da war er sich gleich sicher. Die Vorhänge hat er ausgesucht, weil der Stoff Vilda Hund heißt.
Jetzt tragen sie das Sofa hoch, sie können es erst einmal in die Küche stellen. Ich werde später Platz machen.
Als das Wohnzimmer und der Flur voller großer Pakete stehen, unterschreibe ich die Quittung.
Ich beginne mit dem Sofa. Martin hilft mir, die Pappverpackung herunterzureißen. Wir haben uns für ein schwarzes Ledersofa entschieden. Kramfors. Zwei Sofas waren in der engeren Wahl. Dieses und Hamra in braun. Aber dieses hier ist größer. Besser zum Schlafen. Und teurer. Wenn wir uns nicht entscheiden konnten, haben wir das teurere genommen. Uns fehlt ja auch eine Frau, die uns die Entscheidungen abnehmen könnte. Wahrscheinlich war das geschmacklos.

Welches sollen wir nehmen, Schatz? Das Teurere. Dafür sind wir aber auch jahrelang geschmackvoll arm gewesen.
Er hilft mir, die Beine an das Kramfors-Sofa zu schrauben. Das alte stellen wir auf den Flur.
Martin sagt, dass er müde ist, und fragt, ob er nicht eine kleine Pause machen darf. Er sitzt auf dem neuen Sofa.
Großes Sofa, kleiner Knirps.
Ich sage, dass ich eine kleine Überraschung für ihn habe. Er soll sitzen bleiben. Als ich das Päckchen aus dem Schrank geholt habe und zu ihm gehe, sitzt er auf dem äußersten Rand des Sofas und macht große Augen. Er packt es aus.
Natürlich hat er schon mal PlayStation gespielt, aber das hier ist seine.
Er kämpft gegen Zombies, während ich den Ivå-Sofatisch aufbaue. Er rast viel zu schnell mit einem roten Rennwagen über eine regennasse Straße, als ich die Beine an unseren neuen Edefors-Eichenholz-Esstisch schraube, und er schläft tief und fest, die PlayStation-Fernbedienung in der Hand, als ich die Rollenfüße am Friel-TV-Tisch anbringe, der angeblich eine Medieneinheit ist. Morgen werde ich freimachen, damit wir seine Möbel zusammenbauen können.
Seit ich Heroin verkaufe, sind wir die Familie geworden, die wir immer gerne sein wollten.

50

Die Päckchen liegen in meiner Tasche.
Carsten wartet am Hauptbahnhof auf mich. Er wirkt nervös. Scheint wirklich zu brauchen, was ich bei mir habe. Er hat das Geld parat und kommt gar nicht erst auf die Idee zu feilschen. Heute nicht. Wir gehen gemeinsam über die Straße. Er sagt:
»Wo warst du?«

»Das geht dich nichts an.«
»Nein, ... nein ... Ich dachte nur ....«
»Was?«
Er sagt: »Ich kann für dich verkaufen. Zehn bis zwölf pro Tag. Vielleicht mehr. Dann brauchst du nichts mehr zu tun, oder? Ich übernehme das für dich.«
»Ja«, sage ich. »Ich denk drüber nach.«
Ich gehe allein weiter. Erst jetzt spüre ich, wie müde ich bin. Dass ich nicht geschlafen habe.
Ich überlege, in ein Hotel zu gehen. Habe genug Geld in der Tasche, um mich irgendwo ein paar Stunden hinzulegen und ein bisschen zu schlafen. Später kann ich dann immer noch den Stoff verkaufen. Das, was ich dabeihabe, bevor ich nach Hause fahre und Nachschub hole. Nur ein bisschen schlafen. In einem Stundenhotel. Den Kopf auf die Kissen legen und das kräftige Reinigungsmittel riechen, mit dem sie Sperma und Blut wegwischen.
Aber ich bin nicht hier, um zu schlafen. Bin nicht hier, um Geld auszugeben. Ich bin hier, um noch mehr zu verdienen.
Für rote Rennautos.
Für ein Leben, in dem Papa die Spritze nicht in einer Pfütze ausspült und sie sich dann in den Hals sticht.
Ich verkaufe an eine Hure in der Istedgade. Sie sieht genauso müde aus wie ich. Ist ziemlich abwesend. Irgendwie ausgelöscht. Fragt nach dem Stoff, kriegt ihn und bezahlt. Hat heute noch nicht gefixt und musste sich mit ihrem ersten Kunden beeilen, damit sie nicht anfängt zu zittern. Der Gedanke erinnert mich an einen Witz. Irgendetwas mit Zittern ..., aber ich kann mich nicht richtig erinnern.
Ich gehe weiter. Am Enghave Plads will ich mir einen starken Kaffee holen und dann den gleichen Weg zurücklaufen. Vielleicht trinke ich auch zwei. Ich gehe langsam. Die Leute sollen mich sehen und zu mir kommen können, ohne zu rennen. Für Junkies bin ich so deutlich zu erkennen, als trüge ich ein Schild vor Bauch und Rücken.

Dann ist es so weit.
Ich fühle es.
Jemand geht hinter mir. Jemand, der nichts kaufen will.
Ich spüre bereits seine Hand auf der Schulter.
Das ist der Schlafmangel. Ich bin mir fast sicher. Als ich heute Morgen losgegangen bin, hatte ich das gleiche Gefühl.
Ich denke an meine zwei Tassen Kaffee. Die Belohnung, wenn ich das Ende der Straße erreicht habe. Ein Croissant. Vielleicht ein Croissant. In einem dieser Cafés, in denen man immer ein kleines Stück Schokolade zum Kaffee kriegt. Dunkle Schokolade aus Italien.
Ich zwinge mich, langsamer zu gehen. Nur nicht laufen, nicht laufen.
Es ist kalt, aber ich spüre, wie mir der Schweiß ausbricht, als ich das Café erreiche. Als ich den Kaffee zu dem Tischchen am Fenster trage, gelingt es mir nur mit Mühe, nichts zu verschütten.
Ich trinke große, warme Schlucke, lese Zeitung.
Hole mir noch einen Kaffee und schaue aus dem Fenster.
Was auf der anderen Straßenseite passiert, erscheint mir vollkommen unrealistisch.

Unrealistisch, unglaublich.
Ich habe noch immer das Gefühl, dass mich jemand beobachtet, jemand da draußen.
Ich brauche den Kopf nicht in den Nacken zu legen und an die Decke zu starren, um diesen Film hier zu sehen:
Ich laufe.
Renne weg.
Meine Knochen rotieren in der Jeans. Meine Schuhe sind viel zu flach.
Nach wenigen Metern spüre ich es schon in der Lunge.
Höre Rufen hinter mir. Andere Füße auf dem Asphalt.
Das Krächzen eines Funkgeräts.
Der Bär.

Der Bär hat zu laufen begonnen.
Die Oehlenschlægersgade führt weiter Richtung Enghave.
Der Bär läuft.
In diesem Film blicke ich mich nicht um. Laufe einfach weiter, über die Straße, höre das Quietschen von Bremsen. Metall und Gummi.
Ich renne in eine Seitenstraße, schmeiße die Tütchen über einen hohen Zaun und renne weiter.
Haste über einen Hof.
Vorbei an einem Spielplatz.
Am Planetarium.
Bin unten beim Wasser, laufe, laufe weiter.
Der Seepavillon, meine Lungen brennen. Ich huste und laufe …

Ich muss diesen Film nicht zu Ende sehen. Ich gehe auf die Toilette, nehme die restlichen Tütchen heraus. Für das, was ich tue, werde ich mich später hassen. Aber jetzt ist es eine Erleichterung.
Ich treffe Carsten unten an der Kirche. Er trinkt einen Joghurt. Die Wirkung des Schusses, den ich ihm vorhin verkauft habe, lässt langsam nach. Er macht einen klaren Eindruck.
»Du willst für mich verkaufen?«
»Ja, ja, verdammt, Mann. Du wirst es nicht bereuen.«
»Ich hoffe, du hast recht. Find Jimmy Gule und sag ihm, dass ich mit ihm reden muss.«

51

Er ist krank, sagte ich. Er muss krank sein.
Nick sagte: Der stellt sich nur an.
Der Junge lag im Kinderwagen im Flur. Er weinte, seit wir aufgestanden waren.

Wir hielten ihm den Haferbrei vor die Nase, aber er heulte nur weiter. Weinte und weinte. Heulte und schrie.
Wir stopften ihm ein Stück Roggenbrot in den Mund, aber er hustete nur und heulte weiter.
Nick fragte mich: Hast du jemals was geschenkt bekommen? Ich meine, einfach so?
Nein.
Denk doch mal ans Heim, wenn du da nicht gegessen hast, was ist dann passiert?
Dann hatte man Hunger.
Ja, dann hattest du Hunger. Der Kleine da ist es bloß gewohnt, alles immer gleich gebracht zu kriegen. Er muss lernen, dass man essen muss, wenn man etwas angeboten bekommt. Dass man die Gelegenheit nutzen muss, dass es sonst eine verdammt harte Nacht wird.

Mein Bruder hatte eine Sendung über bolivianische Straßenkinder gesehen, die Feuerzeuggas und Klebstoff schnüffelten.
Aber Mutter war seit vier Tagen nicht zu Hause gewesen, wir konnten uns keinen Klebstoff leisten und der Weg zu einem Laden, in dem man uns noch nicht kannte, war zu weit.
Wir saßen auf dem Boden, den Kopf in Plastiktüten, und schnieften die Farbreste, die wir im Keller gefunden hatten. Wir tranken Wermut. Pisang Ambon und grünen Kiwilikör. Das Zeug hatten wir im Küchenschrank gefunden, vergessen oder einfach zurückgelassen.

Am Nachmittag hörten wir Elvis. Drehten die Lautstärke voll auf, bis das Heulen und Schreien unseres Bruders Teil der Musik wurde. Wie die kleine Trommel, die man auch nur erahnen konnte. Während der kurzen Pausen zwischen den Liedern redeten wir laut miteinander, und beim Umdrehen der Platte klirrten wir mit den Flaschen.
Wir fragten:
Wie ist die rote Farbe? Ist die genauso gut wie die grüne?

Dann lachten wir. Laut. Und so lange, bis die Musik wieder den Raum erfüllte.

Ich sagte zu Nick: Vielleicht ist er krank.
Nick war hellblau. Bis zum Sofatisch waren es viele Kilometer.
Es war unvorstellbar, dass er mich hören könnte.
Er sagte:
Warten wir's ab. Wenn er in einer Stunde noch weint, wenn Elvis wieder *Wooden Heart* gesungen hat. Wenn er die Strophe auf Deutsch gesungen hat, dann sehen wir nach. Wenn er dann noch weint, gehen wir Mutter suchen. Irgendwo muss sie doch sein. Im Affen, im Eisbären oder im Clown. Oder sie macht gerade die Beine breit. Wie ein Rennwagen beim Reifenwechsel.
Pit Stop.
Eine Stunde?
Ja, dann gehen wir sie suchen.

Am nächsten Morgen wachten wir auf dem Boden des Wohnzimmers auf. Der Pisang Ambon war leer, die Farbe in den Tüten eingetrocknet. Als wir nach unserem Bruder sahen, weinte er nicht mehr.
Nicht mehr.

52

Drei Wochen. So lange braucht man, drei Wochen. Dann hat man sich daran gewöhnt.
Drei Wochen.
Heute Morgen habe ich mir in einem schicken Restaurant Chorizo in den Mund gestopft. Ich bin früh dran gewesen und konnte noch einen Espresso trinken, bevor ich Carsten und Jimmy treffen sollte.

Drei Wochen.
Wenn Menschen sagen, es sei bloß ein Geschäft, *bizness*, hält man sie schnell für kalt, rücksichtslos und geldgierig.
Jetzt verstehe ich das.
Es ist wirklich ein Geschäft. Schließlich bin ich es, der abends mit Papier und Kugelschreiber dasitzt und den Umsatz ausrechnet, der kalkuliert, wie viel Stoff ich noch habe, wie sehr ich ihn strecken kann, wie viel ich pro Gramm verdiene, gestreckt oder pur.
Schließlich bin ich es, der jede Nacht dasitzt und Tütchen produziert.
Drei Wochen und man hat sich daran gewöhnt.

Carsten wartet auf einer Bank vor der Glyptotek. Wie abgemacht. Er ist zehn Jahre älter als ich und nimmt Drogen, seit er vierzehn ist.
Er bekommt zwölf Tütchen. Ich habe sie in einer DVD-Hülle verstaut. *Die Drei Tenöre in Leipzig.*
Carsten steckt die DVD in seine Innentasche. Ich biete ihm eine Zigarette an und wir rauchen. Zwei alte Freunde, Opernliebhaber, auf einer Bank vor der Glyptotek. Er hustet trocken in seine Hand und sagt dann:
»Ich hab doch diesen Freund, Henning, du weißt schon.«
»Ja und?«
»Der ist in Ordnung, wirklich. Ich kenne ihn schon lange, sechs oder sieben Jahre.«
»Ja.«
»Als ich ihm sagte, dass ich jetzt für dich verkaufe, war er ganz aus dem Häuschen.«
»Kann man ihm wirklich trauen?«
»Ich kenne ihn schon lange …«
»Bring ihn um zwölf mit.«
Carsten zeigt mir seinen nach oben gestreckten Daumen und steht auf. Er ist unterwegs in die Istedgade, zur Kirche, zum Strich.

Zehn Minuten später treffe ich Jimmy. Wir sitzen am Gammeltorv neben dem Springbrunnen. Auch er bekommt eine DVD. Hat gute Laune. Sagt, dass er eine Frau kennengelernt hat. In einer Bar, mit richtig rundem Hintern. Einem Riesending. Und dass sie kochen kann. Jimmy grinst. Ich frage ihn, ob er Henning kennt, Carstens Kumpel. Er schüttelt den Kopf.

Ich kaufe ein paar Hemden. Der Laden hat gerade aufgemacht und der Verkäufer steht noch hinter der Kasse und kämpft mit der Kompaktanlage. Es sieht aus, als könnte er jeden Moment einschlafen. Dann gehe ich nach Hause und mache noch ein paar Päckchen. Ich muss sie bis zwölf fertig haben. Es ist nicht leicht, das mit dem Bus zu schaffen, aber ein dünner junger Mann, der auf der Straße ein Taxi nimmt, riecht förmlich nach Dealer.

Carsten wartet auf der Bank. Er gibt mir die DVD zurück, die Hülle lässt sich kaum schließen, so viele Scheine klemmen dazwischen.
Er fragt mich, ob ich seinen Freund Henning noch treffen will. Ich nicke. Wir gehen um die Glyptotek herum. Er ist in meinem Alter, trägt eine dreckige Wildlederjacke und hat eingefallene Wangen. Als Carsten von ihm sprach, dachte ich erst an einen Polizeispitzel mit Mikrofon im Stiefel. Aber der Typ, der jetzt vor mir steht, ist eindeutig ein echter Junkie.
Fehlschüsse und Anzeichen von Hepatitis.
»Carsten sagt, du willst verkaufen?«
»Ja, Mann, verdammt, ja.«
»Und dass man dir trauen kann?«
»Ja.«
»Ich hoffe, Carsten hat recht.«
Ich gebe jedem von ihnen eine neue DVD.
Die Drei Tenöre in Leipzig.
Die Drei Tenöre in München, Christmas Special.

Henning kriegt die letzte.
»Dann sehen wir uns um drei hier. Nicht Viertel vor und auch nicht Viertel nach.«

Ich treffe mich wieder mit Jimmy. Dieses Mal im H.C. Ørstedsparken. Auch wir tauschen DVDs aus. Er sagt, er habe einige Leute nach Henning gefragt. Manche hielten ihn für einen guten Kerl, andere meinten, er sei unberechenbar.
»Bescheißt er?«
»Ach, weißt du, die Leute sagen doch alles Mögliche, um selbst dealen zu können. Das ist einfach so. Probier's aus mit ihm.«
Wir schauen noch eine Weile den Enten zu, ehe wir in unterschiedliche Richtungen weggehen.

Ich gehe noch einmal in die Boutique, in der ich am Morgen war, tausche etwas um und kaufe ein schwarzes Hemd. Ein schwarzes Hemd kann man immer gebrauchen. Auf dem Weg nach draußen denke ich, dass ich dann wohl auch ein Bügeleisen brauche. Ich gehe ins Kino und sehe mir einen Film über einen Jagdflieger an, der das Flugzeug seines besten Freundes abschießt, weil ihn die Sonne blendet.

Carsten und ich sitzen wieder auf der Bank vor der Glyptotek. Es ist zehn Minuten nach drei. Henning ist nicht da. Wenn Carsten nervös ist, steht sein Mund offen, dann zieht er sich am Ohrläppchen und kratzt seinen Handrücken. Er hat sich für diesen Typ eingesetzt und ist jetzt nervös. »Lass uns einen kleinen Spaziergang machen«, sage ich.
Carsten will sagen, dass er schon noch kommen wird. Sollte Henning geschnappt worden sein, ist es nicht ratsam, hier sitzen zu bleiben und zu warten.
Wir gehen um die Glyptotek herum. Carsten spricht von Drogen, erzählt mir seine Junkgeschichten. Er kennt viele. Aus den 80ern, als

ein Schuss Heroin noch das Gleiche kostete wie eine Nummer mit den Mädchen in der Skelbæksgade. Der Preis war jahrelang gekoppelt. Wurde das Heroin teurer, wurden auch die Mädchen teurer. Die Huren brauchten nur drei Kunden am Tag. Einen Nachmittagsfix, einen Abendfix und einen für den nächsten Morgen. So lief das damals. Hatten sie einen Lover, machten sie vielleicht ein oder zwei Kunden mehr. Damals verstanden die Dealer noch nicht, dass sie in Wirklichkeit das Sagen haben und den Preis jederzeit anheben können. Dass die Mädchen dann einfach ein paar Nummern mehr schieben müssen. Dass ihnen der Markt gehört.

Er sieht mich entschuldigend an.

»Ich sage damit ja nicht …«

»Ist schon okay.«

Er lacht etwas vor sich hin und ich muss mit ihm lächeln. Ich bin jetzt Dealer. Habe aber kein gutes Gefühl dabei, nenn es, wie du willst.

»Weißt du, wo Henning sein könnte, wenn er nicht geschnappt worden ist?«

»Er hat eine Freundin, aber … wir können es bei ihr versuchen. Nur bei denen läuft es gerade nicht so gut. Und ich glaube nicht, dass sie Lust hat, uns zu sehen.«

»Du glaubst gar nicht, wie egal mir das ist.«

Wenn Henning jetzt nicht bei den Bullen sitzt, eine Zigarette raucht und ihnen beschreibt, wie ich aussehe, meine Haare, meine Hose, meine Schuhe, dann läuft er irgendwo mit meinen zehn Tütchen durch die Stadt. Ich bin wütend, wütend auf mich selbst. Ich dachte, mir gehörte die Welt.

Wir sind zweimal um die Glyptotek gelaufen, als wir Henning sehen. Er sitzt auf der Bank und wartet. Redet laut und schnell.

»Tut mir verdammt leid. Ich habe drei Schuss verloren. Ich habe das Geld gezählt, bevor ich hergekommen bin, habe versucht, das auszurechnen. Und ich muss drei Schuss verloren haben. Irgendwie aus der Tasche.«

»Du hast sie verloren?«
»Ich weiß wirklich nicht, wo die geblieben sind. Vielleicht hat sie mir einer geklaut, aber …«
»Gib mir das restliche Geld.«
Er holt ein Bündel Scheine aus der Jeansjacke und reicht es mir.
»Du sollst das in die Hülle stecken.«
»In die was …?«
»*Die Drei Tenöre*, die DVD, du Idiot!«
Er nimmt die Schachtel aus der Tasche und will die Scheine hineinstopfen. Ich nehme ihm beides aus der Hand und lasse es in die Plastiktüte mit meinen neuen Sachen fallen.
Er steht da und knetet seine Finger.
»Hast du den Rest verkauft?«
»Ja, Mann, das verkauft sich ja wie von selbst. Ist verdammt gute Qualität, du hättest sehen sollen, wie schnell das ging. Ich sollte Autos verkaufen.«
»Heh, jetzt komm mal runter, beruhig dich.«
Nicht, dass jemand stehen geblieben wäre oder zu uns herübergeschaut hätte, aber ich stehe hier mit zwei Typen vor der Glyptotek. Man muss kein Experte sein, um zu erkennen, dass wir drogenabhängig sind.
Ich setze mich auf die Bank und klatsche mit den Handflächen neben mich. Henning setzt sich und will weiterreden. Ich hebe die Hand.
»Du hast drei Päckchen verloren, meine drei Päckchen …?«
«Ja, das sage ich doch, und ich weiß, verdammt noch mal, nicht, wo. Ich war überall. Glaube, dass sie mir irgendwo aus der Tasche gerutscht sind oder so.«
»Jetzt hör mir mal zu. Du kriegst noch eine Chance. Morgen. Wenn du die versaust und ich das Gefühl habe, dass du mich bescheißt, schnappe ich mir fünf kräftige Leute aus Gambia und gehe zu deiner Freundin. Die dürfen sich dann so lange mit ihr beschäftigen, bis ich mein Geld habe. Und glaub bloß nicht, dass du billig davonkommst.

Wenn du wieder nach Hause kommst, wird von ihr außer Blut, Zähnen und Haaren nicht mehr viel übrig sein. Hast du das kapiert?«

53

Ich wache von einem fremden Geräusch in der Wohnung auf. Zuerst denke ich an Einbruch. An meinen Stoff. Dass jemand bei mir eingedrungen ist, um mir meinen Schatz zu klauen. Dass sie es riechen konnten. Gewusst haben, wie viel ich habe. Junkies haben bessere Nasen als Drogenhunde, sie wissen, wo es was zu holen gibt. Sind an den Hauswänden entlanggeschlichen, immer der Spur nach, und stehen jetzt in meiner Küche. Ich sehe mich im Schlafzimmer um. Ein richtiger Dealer hätte irgendwo einen Baseballschläger, ein Messer oder eine Pistole. Oder sonst etwas Scharfes. Ich nehme die Nachttischlampe, rolle das Kabel auf, hebe sie über den Kopf und öffne langsam die Tür.

Niemand.

Niemand im Wohnzimmer und auch niemand in der Küche. Dann höre ich das Geräusch wieder und blicke zu Boden.

Es ist Martins Fuß, der über das Linoleum kratzt. Er hat Schaum vor dem Mund.

Wir sitzen im Taxi. Ich halte seinen Kopf, wische ihm den Mund ab, sein kleiner Körper zittert. Seine Augen sind fahl und rot, dann drehen sie sich in den Höhlen, so dass ich nur noch das Weiße sehe. Ich schüttle ihn, bis ich wieder seine Pupillen sehen kann, er starrt geradeaus, ohne zu fokussieren.

Der Fahrer rast über gelbe und rote Ampeln. Konzentriert, nach vorn gebeugt, das Lenkrad in beiden Händen. Kümmert sich nicht mehr um das Radio, seit wir eingestiegen sind. Sie spielen Lieder an und

die Hörer müssen anrufen und den Song erkennen. Als er über die nächste rote Ampel schießt, begleitet uns das Hupen eines anderen Autos über die Kreuzung.
Der Taxifahrer hat erst gezögert, als er uns gesehen hat. Ein junger Pakistani mit einer Narbe am Kinn. Ich habe an die Scheibe geklopft, er hat uns nur angestarrt und überlegt, ob er öffnen soll. Dann ist er aus dem Wagen gesprungen, um das Auto herumgelaufen und hat mir geholfen, mit Martin einzusteigen.

Im Krankenhaus stellen sie eine Unmenge Fragen. Die meisten kann ich mit Ja oder Nein beantworten. Der Arzt muss Anfang vierzig sein, sein Haar ist früh ergraut.
Martin wird auf einem Krankenbett über den Flur geschoben, ich halte seine Hand. Wir gehen schnell, ohne zu laufen, der Arzt fragt weiter. Irgendwo hinter uns höre ich die Sandalen der Krankenschwester.
Der Arzt fragt:
»Hat er irgendwelche Allergien?«
»Nein.«
»Nussallergie?«
»Nein.«
»Hat er heute oder gestern Nüsse gegessen?«
»Das weiß ich nicht.«
»Hat er eine Penicillinallergie?
Oder reagiert er auf Milch, Fisch oder Gluten?
Hausstaubmilben?
Katzen?
Hunde?
Nimmt er irgendwelche Medikamente?
Ist er Diabetiker?
Hat er gegessen?
Hühnchen, Schalentiere oder rohes Eigelb?

Was hat er gegessen? War etwas dabei, das er nicht gewohnt ist?
Leidet er an Epilepsie?
Narkolepsie?«
Sie haben ihn ins Behandlungszimmer geschoben, lange Schläuche in seinen Hals eingeführt und ihm Spritzen gegeben. Viele. Haben ihm Blut abgenommen.
Ein Arzt steht zwischen mir und Martin. Er versucht, meinen Blick einzufangen, als er fragt:
»Ist es denkbar, dass er Reinigungsmittel getrunken hat? Sie haben ihn in der Küche gefunden, nicht wahr? Bewahren Sie da Ihre Reinigungsmittel auf?«
»Ja, unter der Spüle. Das ist doch immer so. Dort tut man die doch hin, oder?«
»Denken Sie nach, lagen da Flaschen am Boden? War etwas geöffnet? Was für Flaschen standen dort, Ajax oder andere Reiniger mit Chlor? War etwas draußen? Es ist sehr wichtig, dass Sie genau nachdenken.«
Ich denke.
Denke.
Und sehe weißes Pulver. Martin, der es findet. Der im Küchenschrank nach etwas Essbarem sucht. Er ist ja ein großer Junge, macht sich sein Frühstück selbst. Muss Papa nicht mehr wecken, bloß um etwas zu essen. Hat die Decke mitgenommen und sich aufs Sofa gesetzt und plötzlich Hunger gekriegt. Nach Brot gesucht oder Haferflocken. Irgendetwas in den Mund gesteckt. Ist auf einen Stuhl geklettert und hat gesucht. Musste sich auf die Zehenspitzen stellen, um herauszufinden, was in dieser Blechkiste ist. Neugierig, immer neugierig. Aber irgendwie ist er drangekommen und hat sie aus dem Schrank genommen. So muss es gewesen sein. Vielleicht hat er es für Puderzucker gehalten, es in den Mund gesteckt. Ein hungriger Junge, eine ganze Handvoll.
Ich schüttle den Kopf.

»Nein, ich weiß nicht. Weiß nicht, was er genommen hat, ob das Ajax war oder was anderes.«
Der Arzt sieht mich an, blickt mir in die Augen, starrt mich an. Als würden die Antworten auf seine Fragen auf meiner Stirn stehen. Dann dreht er sich um und beachtet mich nicht mehr.
Die Maschine wird in Betrieb genommen, und ein Gurgeln ist zu hören. Martins Körper windet sich auf dem Bett und wird dann wieder ruhig. Eine Schwester hält seinen Arm.

Ich sitze draußen auf dem Flur und warte. Sie haben mich gebeten, hier zu warten. Das wäre leichter so. Sie behandeln ihn jetzt seit zwanzig Minuten. Ein zweiter Arzt ist hinzugekommen, dann aber schnell wieder gegangen, als müsste er irgendwohin.
Ich sitze hier. Starre auf meine Hände. Schwitze.
Wenn er stirbt, denke ich, wenn er stirbt …
Manchmal muss man auf seine eigenen Lügen hören.
Er wird es schon schaffen.
Das ist eine davon.
Eine andere: Es ist doch nicht so wichtig, was er genommen hat. Sie pumpen bloß seinen Magen aus. So läuft das, es ist gar nicht so wichtig. Ich glaube daran, glaube wirklich daran.
Ich glaube daran.
Wenn er stirbt …
Ich weiß, dass sofort Schluss ist, wenn ich ins Behandlungszimmer stürme und schreie, dass sie ihm Naloxon oder irgendein anderes Gegenmittel gegen Heroin geben sollen …
Dann ist Schluss, dann wird es nie wieder gut.
Dann sehe ich ihn nie wieder.
Dann ist er nicht mehr mein Sohn, dann gehört er zu niemandem mehr.

In dieser Nacht sitze ich neben seinem Bett. Die Maschine atmet für ihn. Früh am Morgen sieht er sich um. Seine Augen fokussieren noch immer nicht. Ich küsse seine Stirn.

Nach drei Tagen fahren wir in einem Taxi nach Hause. Seine Stimme ist heiser von den Schläuchen, die er im Hals hatte. Den ganzen Weg redet er darüber, was er gerne essen würde: Pizza, Burger, Pommes. Ich habe Ja gesagt. Ja, Schatz, das kriegst du. Habe es nicht übers Herz gebracht, ihm zu sagen, dass es ihm in den nächsten Tagen noch zu weh tun wird, um etwas anderes als Suppe zu essen.

Unter dem Stuhl in der Küche finde ich die Flasche mit dem Bleichmittel, sie ist umgekippt, ausgelaufen und hat einen Fleck auf dem Linoleum hinterlassen, der nicht weggehen wird.
Er sieht sich einen Zeichentrickfilm an. Hat die Decke um sich geschlagen.

54

Ich gehe mit Martin in den Kindergarten. Es ist sein Wunsch. Er hat gesagt, dass er dahinwill, er muss nicht.
Unter seinem Arm klemmt sein neues, ferngesteuertes Auto. Es fährt dreißig Stundenkilometer schnell, das steht jedenfalls auf der Packung.
»Das stimmt doch, Papa, oder?«
»Ja, Schatz.«
Er trägt es die halbe Strecke, dann wird es ihm zu schwer und ich übernehme.
»Eine Sache musst du wissen. Wenn du das Auto mit in den Kindergarten nimmst, dürfen die anderen Kinder auch damit spielen, nicht wahr, Schatz? So sind da die Regeln.«

Er nickt. Wir gehen weiter. Meine Schulter beginnt langsam zu schmerzen, ich kann kaum fassen, dass er das Auto so lange schleppen konnte. Ein großes, rotes Rennauto mit einer langen Antenne. An der Seite des Wagens Werbung für Tankstellen und Zigaretten. Teurere gibt's nicht, außer man nimmt welche mit Benzin. Aber die sind eigentlich für die Erwachsenen, deren Träume nicht erfüllt wurden, als sie klein waren.
Martin bleibt stehen. Ich laufe ein paar Schritte, bis ich bemerke, dass er nicht weitergegangen ist. Er sieht mich ganz entschieden an: Wütend. Traurig. Besorgt. Alles.
Ich hocke mich vor ihm hin.
»Was ist denn los, Schatz?«
»Ich will nicht dahin.«
Er ist noch immer heiser, seine Stimme klingt zwar besser, aber noch schwach und brüchig. Anfangs hat er gefragt: Werde ich jetzt immer so reden wie Onkel Nick? Nein, Schatz, das wird vorbeigehen.
Er hat die Arme vor der Brust verschränkt.
»Warum denn nicht, Schatz? Warum willst du jetzt doch nicht hin?«
»Darum.«
»Das ist in Ordnung, Schatz. Du musst nicht in den Kindergarten. Ich dachte aber, dass du …«
»Die machen das sonst kaputt.«
»Auch das ist okay, Schatz …«
»Aber ich …«
»Dann kriegst du ein neues.«
»Wirklich?«
»Das verspreche ich dir, Schatz. Und wenn die das auch kaputtmachen, dann noch eins.«
Er blickt zu Boden, ist sich noch immer nicht sicher.
»Und wenn die das dann auch kaputtmachen, … dann kriegst du wieder ein neues.«
»Und, Papa? Wenn die das dann auch wieder kaputtmachen?«

»Dann kriegst du ein neues.«
Er lacht.
Wir gehen Hand in Hand weiter.
Ich stelle das Auto ab und nehme die Fernsteuerung aus der Tasche. Das Auto fährt vor uns über den Bürgersteig und hüpft über die unebenen Platten.

Mona empfängt uns, als hätte sie auf uns gewartet. Sie nimmt meinen Arm. So leicht, dass ich mir nicht sicher bin, ob es vielleicht nur meine Jacke ist.
»Geht es ihm wirklich wieder gut?«, fragt sie.
»Besser …«
»Ich war total entsetzt, als ich es gehört habe …«
»Ja, … das war wirklich ein Schock.«
Martin rennt in den Gruppenraum. Eine knappe Woche und die anderen Kinder empfangen ihn, als wäre er nach Amerika und zurück gereist. Es riecht nach Modelliermasse und geschmolzenem Plastik von den Bügelperlen.
Ich folge ihm in den Gruppenraum, stelle das Auto auf den Boden und drücke Martin die Fernsteuerung in die Hand. Er gibt sie sofort einem kleinen Mädchen mit Brille und Pferdeschwanz.
Das Auto fährt gegen Stuhl- und Tischbeine.
»Du hättest mich anrufen sollen«, sagt Mona.
Sie sieht mich ernst an. Erst jetzt bemerke ich, wie dunkel ihre Augen sind. Mehr schwarz als braun.
»Ich habe nicht gleich gedacht, dass …«
»Nein«, sagt sie. »Ich meine nicht … Ich hätte euch vielleicht irgendwie helfen können. Also wenn …«
»Wir haben das schon geschafft … Aber trotzdem danke.« Ich lächle sie an.
»Ich werde dich schon noch anrufen.«
»Nein«, sagt sie.

»Nein?«
»Nein. Nicht, wenn ich dich vorher anrufe, deine Nummer steht ja auf der Liste am Aushang.«

Ich fahre in die Stadt. Habe vier Tage nichts verkauft. Unten am See treffe ich mich mit Carsten und Jimmy, gebe ihnen die Hand, eine Handvoll Päckchen für jeden, so dass sie einige Zeit auskommen. Dann laufe ich zurück.

Die letzten Tage habe ich bei Martin gesessen. Seinen Schlaf bewacht. Am frühen Morgen sind mir die Augen zugefallen, und ich habe geschlafen, bis die Zeichentrickfilme begonnen haben. Anfangs hat er sich darüber gefreut, nur Eis essen zu können, aber trotzdem immer nach den Waffeln gefragt, die er nicht schlucken durfte. Dann hat er Spaghetti mit Spinat bekommen und einem kleinen Berg Käse obendrauf, Würstchen, weiches Essen, das im Hals nicht weh tut.

Nachdem ich den Affen ihr Morgenjunk gebracht habe, trinke ich Kaffee. Dann gehe ich auf der Fußgängerzone in einen Spielzeugladen und kaufe ein neues ferngesteuertes Auto. Einen Jeep, so groß wie ein Hund. Schwarz mit großem, verchromtem Bullenfänger. Sollte von dem Rennwagen noch etwas übrig sein, können wir um die Wette fahren.

Unweit des Sees gibt es ein Stück Autobahn, das sie erst gebaut und später gesperrt haben. Ein Stück flacher Asphalt, auf dem wir Rennen fahren können. Ich werde versuchen, ein paar T-Shirts und Mützen aufzutreiben, Lamborghini, Ferrari. Das ganze Zeug.

55

Als der Arzt kam, war sie ein anderer Mensch. Trug saubere Kleider. Hatte ihr Haar hochgesteckt.

Am besten erinnere ich mich aber daran, wie sie das weiße Baby umgezogen hat.

Unser Bruder lag ganz still da, während sie ihn wusch und ihm einen sauberen Strampler anzog.

Obwohl er gar nicht mehr da war. Und ganz sicher nicht mehr strampelte.

Daran erinnere ich mich am besten.

Wir redeten nicht über unseren kleinen Bruder.

Nach der Beerdigung war dieses Thema tabu. Für immer.

Der Kinderwagen verschwand.

Sein Spielzeug, die Schnuller, alles weg, verschwunden.

Sie bekam Antabus. Eine Entwöhnungstablette. Fand aber rasch heraus, dass sie die Wirkung abschwächen konnte, wenn sie gleichzeitig fiebersenkende Mittel nahm und unmittelbar darauf Buttermilch trank. Stand im Hof und kotzte sich die Seele aus dem Leib. Trotzdem hat sie irgendwann aufgehört zu trinken. Sie wurde zwar hin und wieder rückfällig, das kam aber immer seltener vor. Dann tauschte sie den Alkohol gegen Pillen ein. Viele verschiedene Pillen. Unmengen. Sie hatte schon immer gerne etwas geschluckt, aber seit sie nicht mehr trank, interessierte sie sich wirklich sehr für Tabletten. Sie hatte zwei Ärzte. Das weiß ich, denn ich musste immer mit. Mit nass gekämmten Haaren und sauberen Kleidern. Zu Dr. Schmidt. Nicht zu ihrem eigentlichen Arzt, Dr. Paulsen. Der verschrieb ihr nur, was sie nehmen sollte, manchmal vielleicht ein bisschen mehr. Aber das reichte nicht. Dr. Schmidt verschrieb ihr die richtig starken Sachen. Das Besondere, das Gute, das Salz in der Suppe.

Sie sagte: Paulsen ist krank, oder Paulsen ist in Urlaub, deshalb dachte ich, ich könnte vielleicht zu …
Und Dr. Schmidt nickte, die Lesebrille auf der Nase. Er war alt, nett und ihm war alles egal, er hatte Bonbons in der Schreibtischschublade. Eukalyptus. Er rief Dr. Paulsen nicht an, um zu überprüfen, ob er wirklich krank, in den Ferien oder auf einer Konferenz war, sondern verschrieb Mutter einfach, was sie wollte. Aber natürlich erst, nachdem sie in ihrer Tasche ein altes Rezept gesucht hatte, das irgendwie verschwunden war, vielleicht noch zu Hause, vielleicht von der Katze gefressen, dem Hund, im Vogelkäfig oder im Bus verloren.
So war das in Ordnung.
So lief es, denn so stellte er ihr ein schickes, neues Rezept aus. Manchmal riss er sogar zwei Zettel von seinem Rezeptblock, so dass sie mit einem fertig ausgestellten und einem Blankorezept aus der Praxis stolzierte.
Auf dem Weg zum Bus heulte sie dann vor Freude.
Die Pillen standen nicht im Badezimmerschrank, da war kein Platz. Sie standen auf der Kommode neben ihrem Bett. Aufgestellt in drei Reihen unter dem Spiegel. Einige Gläser waren durchsichtig, andere grün oder gelb. Eine richtiges Depot.
Daneben stand immer ein volles Glas Wasser auf dem Nachttisch. Pillen werden nicht zu alt, sagte meine Mutter. Die schreiben was an die Seite, aber das darf man nicht glauben. Pillen haben kein Verfallsdatum.
Und wie andere Mütter Platten oder Porzellanfiguren sammelten, sammelte unsere Mutter Pillen. Einige Gläser wurden schnell leer, und sie musste wieder zu Dr. Schmidt. Andere blieben länger stehen. Neben dem Bett meiner Mutter stand immer ein Eimer. Falls sie mal zu viele von den gelben genommen hatte oder von den gelben und den roten. Wenn sie abends mit triefenden Augen am Esstisch saß, die Lippen rot verschmiert, aber nicht von Lippenstift, sondern von

in der Sommerhitze geschmolzenen Pillen, schaffte sie es oft nicht mehr aufs Klo. Das war zu weit. Oft war es aber auch zu weit zum Eimer.

Dr. Schmidt starb. Wurde tot in seiner Praxis gefunden. Einige tuschelten, mit einer Manschette um den Arm. Andere sagten nichts. Schmidt war tot und unsere Mutter war bestimmt nicht die Einzige, die darunter litt. Er hatte ein Alter erreicht, in dem es hart geworden war, Körper zu untersuchen, Rücken abzuhören, Mägen abzuklopfen, zu kratzen und zu spateln. Viel einfacher war es, den Block zu zücken und etwas zu verschreiben.

Nach Dr. Schmidt kam Dr. Riel. Unsere Mutter nahm wieder meinen Arm, kämmte meine Haare und legte mir saubere Kleider heraus. Dr. Riel musste ungefähr fünfzig sein. Das glaube ich heute. Das schätze ich. Er war jünger als Schmidt, aber deutlich älter als Mutter. Dr. Riel ging langsam. Verließ sein Behandlungszimmer nie, sondern trat nur an die Tür und rief den Namen des nächsten Patienten. Dann setzte er sich wieder.

Für unser erstes Treffen mit Dr. Riel hatte sich Mutter richtig aufgemotzt. Sie trug ein dunkelrotes Kleid. Knapp und dünn. Die Absätze der Schuhe klackerten laut auf den Platten, als wir die Straße entlang liefen. Wieder saßen wir dem netten Arzt gegenüber. Wieder suchte Mutter nach dem alten Rezept, das einfach nicht in der Tasche war. Es konnte doch nicht so mir nichts, dir nichts verschwunden sein! Von allein. Es musste doch irgendwo sein. Gestern war es doch noch da gewesen. Sie suchte und suchte.

Dr. Riel sagte: Wenn Ihnen etwas fehlt, sollte ich Sie vielleicht besser untersuchen. Wir können Sie hier ja nicht wegschicken, wenn Sie so krank sind. Vielleicht wartest du dann besser draußen, mein kleiner Freund?

Dr. Riel hatte die gleichen Comics wie Dr. Schmidt. Wieder las ich das gleiche Donald-Heft. Auf den Seiten waren noch die Flecken von dem Sirup, den ich hier mal verschüttet hatte. Ich saß neben alten

Frauen, die ihre Mäntel anbehalten hatten, die Handtasche auf dem Schoß, den Griff fest umklammert. Vollkommen still.
Dr. Riel untersuchte meine Mutter lange. Bei diesem Besuch und auch bei den nächsten. Dr. Riel hatte keine Eukalyptusbonbons. Dr. Riel untersuchte unsere Mutter immer sehr gründlich. Ich wartete.
Wenn sie aus dem Behandlungszimmer kam, ging sie immer durch das Wartezimmer und direkt in die kleine Toilette neben der Garderobe. Wenn sie wieder herauskam, hatte sie neuen Lippenstift aufgetragen und roch nach Pfefferminze. Ich dachte, dass Dr. Riel doch Bonbons hatte, aber die gab er anscheinend nur Mutter.
Mutters Pillensammlung wuchs.

56

Ich habe nicht mehr gemalt, seit ich in Martins Alter war. Jetzt halte ich jeden Tag den Block in der Hand. Einen Bleistift mit weicher Mine. Seit drei Tagen arbeite ich an Herakles, habe den Hals jetzt fast richtig. Den Bogen des Kiefers. Davor war es Dionysos. Ich sitze fast den ganzen Tag in der Glyptotek. Zwischen alten Statuen, Giacometti-Figuren und Säulen. Gegen Mittag trinke ich einen Kaffee in der Cafeteria, später esse ich ein Käse-Sandwich, etwas Billigeres haben sie nicht. Kunststudenten haben nicht viel Geld. Ich zeichne, skizziere und beginne wieder von vorne. Spitze den Bleistift über dem Mülleimer in der Ecke. Bin einer der Kunststudenten, die sich Blicke zuwerfen, wenn Schulklassen in den sonst so stillen hohen Raum stürmen. Im Schließfach in der Garderobe liegt mein Mantel und daneben zwanzig bis dreißig – manchmal auch mehr – Päckchen Heroin.
Ich zeichne Herakles' Hand, die sich auf die Hüfte stützt. Die Stellung heißt Kontrapost. Das habe ich von anderen gehört, die, wie ich,

mit dem Block in der Hand dasitzen. Es ist unglaublich schwer, Hände zu zeichnen, all die kleinen Knochen, ein falscher Strich genügt, und sie sehen deformiert aus. Mein Handy summt in meiner Hemdtasche. Ich mache noch zwei Striche und studiere die Statue. Bin noch immer nicht zufrieden. Aber ich bezweifle, dass ich das jemals sein werde. Hände.

Ich nehme das Handy aus der Tasche. Die Nachricht ist willkürlich. Der Text ist egal. Wichtig ist nur, dass sie von Carsten, Henning oder Jimmy stammt. Dann weiß ich, worum es geht. Ich antworte. Nenne einen Ort. Jedes Mal einen anderen. Vor dem McDonald's. Dem Tivoli. Hinter der Glyptotek. An der öffentlichen Toilette auf dem Rathausplatz. Ich nehme den Block mit zum Schließfach. Hole zehn Päckchen heraus, stecke sie in die Tasche. Beim Rausgehen grüße ich den Wachmann an der Tür. Er weiß, dass ich wiederkomme. Dass ich mir nur mal die Beine vertreten und ein bisschen frische Luft schnappen muss, bevor ich mich wieder den alten Römern und Griechen widme.

»Heute ist ein guter Tag. Ein guter Tag heute. Ein Blaumannjunkie nach dem anderen, wirklich ein kleiner Chaostag.«

Jimmy lächelt mich an und drückt mir 1500 in die Hand.

Ich frage nicht. Habe mich an seine Sprache gewöhnt. Viele neue Wörter, die ich nicht zu kennen brauchte, als ich beim Albaner einkaufte. Blaumannjunkies sind Männer zwischen zwanzig und dreißig, die als Telefoninstallateure, Elektriker oder Küchenmonteure arbeiten. Sie kriegen Anfang des Monats ihren Lohn und kommen immer gleich zu mehreren. In der Mittagspause oder nach einem frühen Feierabend. Überkleben den Firmennamen auf ihren Overalls mit Tape und gehen Stoff kaufen. Mit den Blaumannjunkies kommen häufig auch die Sozialhilfeempfänger und Frührentner. Freunde, die sich mal einen Schuss geliehen haben.

»Wirklich ein kleiner Chaostag heute, echt viel Geld auf der Straße.«

Jimmy sagt:
»Ach ja, und es ist ein Konfiszierungsblock im Umlauf. Ich meine, du solltest das wissen …«
»Was?«
»Das wirst du schon rausfinden.« Jimmy lächelt mich an und läuft über die Straße.

Als mein Telefon das nächste Mal brummt, ist es Carsten.
Ich bin an den Knien. Vertiefungen, Schatten.
Ich gebe Carsten zehn neue Päckchen und bekomme im Gegenzug ein Bündel Scheine.
Er sagt:
»Die Kasse stimmt nicht ganz. Kann ich dir 450 schuldig bleiben?«
»Bist du beschissen worden?«
»Nein, ich habe Kredit gegeben. Er hat mir versprochen, mir das Geld noch zu geben.«
»Das klingt ziemlich dumm, Carsten. Das sieht dir gar nicht ähnlich.«
»Ich kenne den Typen. Ich meine, ich kenne ihn wirklich. Bin mit ihm zur Schule gegangen. Ich weiß, wo er wohnt. Sehe seine Kinder jeden Tag zur Schule gehen.«
»Aber er ist nicht gekommen?«
»Nein, aber mach dir keine Gedanken darüber. Wirklich nicht. Morgen kriegst du das Geld, ganz sicher.«
Der Letzte, der mir an diesem Tag eine SMS schickt, ist Henning. Zu diesem Zeitpunkt habe ich so viel gezeichnet, dass mein Handgelenk schmerzt und ich in der Cafeteria sitze und einen Caffè Latte trinke. Ein teurer Latte, ein teurer Kuchen, die habe ich mir verdient, ich könnte ja reiche Eltern haben. Könnte ein Kunststudent aus einer wohlhabenden Familie sein. Nicht alle, die Latte trinken, sind Dealer.

Ich stehe an der H.-C.-Andersen-Statue auf dem Rathausplatz, als Henning kommt. Er ist ein paar Minuten zu spät und geht schnell. Ist aufgeregt, schwitzt.
Er beginnt sofort zu reden, laut und schnell. Ich hebe die Hand.
Er schweigt, kann aber nicht still stehen und tritt von einem Bein aufs andere.
»Henning, bevor du etwas sagst, will ich dir was …«
»Ja, aber …«
»Nein, jetzt hör mir zu.«
Ich sage ihm:
»Heute ist ein ganz besonderer Tag.«
Ich sage ihm:
»Was den Tag heute besonders macht, ist die Tatsache, dass ich keine Konfiszierungsscheine annehme.«
Er sieht mich an, den Mund halboffen, die Hand tief in der Tasche, als wollte er gerade etwas herausziehen.
Ich sage ihm:
»Wirst du geschnappt, musst du selbst dafür geradestehen. Heute ist das so.«
Er sieht mich noch immer an. In der Regel teilt man sich die Kosten, wenn jemand so einen Konfiszierungsschein bringt. Man kriegt die von der Polizei und sie belegen, dass man erwischt und auf die Wache geschleppt worden ist, wo sie einem Stoff und Geld abgenommen haben. Später kriegt man eine Buße oder eine Gerichtsvorladung, je nachdem, wie viel man dabeihatte.
Er will protestieren, gibt Laute von sich. Dann schließt er den Mund wieder. Weiß, dass ich ihn durchschaut habe.
In der Regel teilt man sich die Kosten. So sind die Regeln. Nur heute nicht.
Er geht halb um die Statue herum, fährt sich mit der Hand unter den Hosenbund und fischt die Scheine aus seiner Unterhose.

57

Die Babysitterin ist früh dran. Ihre Nummer stand auf der Infotafel im Kindergarten. Sie ist siebzehn und hat schlechte Haut.

»Du rufst jetzt aber nicht deinen Liebsten an und machst mit ihm rum, kaum dass ich durch die Tür bin?«

Sie lacht.

»Nein, natürlich nicht, ich habe ja nicht mal einen.«

»Ich hab bloß zu viele schlechte Filme gesehen. Bedien dich am Kühlschrank. Aber viel wirst du nicht finden. Neben dem Telefon liegt Geld für eine Pizza, und da ist auch ein Zettel vom Lieferservice.«

»Das ist aber echt nett von Ihnen, das wäre doch nicht nötig gewesen. Wirklich nicht.«

Ich glaube fast, dass sie mit mir flirtet. Ich weiß nicht mehr, wie das aussieht. Es ist so lange her, dass ich siebzehn war. Aber ich glaube wirklich, dass sie mir schöne Augen macht.

»Wenn Martin zufrieden ist, bin auch ich zufrieden. Wenn du deine Arbeit gut machst, gibt's einen Hunderter extra. Okay?«

»Wir werden schon Spaß haben.«

»Du kannst dir einen Film mit ihm ansehen. Wir haben eine ganze Reihe von Disney-Filmen, oder *American Ninja*, vielleicht will er den sehen, frag ihn einfach.

»Sieht er sich so was gerne an?«

»*American Ninja*?«

»Ja.«

»Er darf das gerne sehen, ja. Wir sind davon ja auch nicht drogenabhängig geworden oder so was. Also, was soll schon passieren …?«

Sie lacht. Zeigt mir die Lücke zwischen ihren Schneidezähnen. Es sieht fast so aus, als wollte sie einen Knicks machen. Tatsächlich, sie flirtet mit mir.

Um sieben Uhr hole ich Mona in Valby ab.
Wir hören den Dieselmotor des Taxis und die Reifen auf dem nassen Asphalt. Sitzen nebeneinander auf der Rückbank. Ich nehme ihren Atem wahr, rieche ihr Parfüm, ihr Shampoo, ihre Haare sind noch nass. Das Auto fährt um eine Kurve und ihr Knie berührt das meine.
Als das Taxi angehalten hat, ist sie schnell eingestiegen und hat die Tür geschlossen.
Sie trägt ein schwarzes Kleid. Der Stoff glänzt wie Samt. Schwarz, dunkelviolett, wenn das Licht der Straßenlaternen darauf fällt.

Der Kellner führt uns durch das Lokal an unseren Tisch am Fenster. Ein Hotelrestaurant in der 20. Etage. Als er uns mit der Speisekarte allein gelassen hat, drückt sie sich auf dem Stuhl hoch und sieht nach draußen.
»Man sieht ja die ganze Stadt von hier.«
Ich nicke lächelnd, freue mich, dass sie nicht cool tut. Bestimmt wären viele beeindruckt, würden sich das aber niemals anmerken lassen.
Die Speisekarte ist in schwarzes Leder eingebunden. Das Papier ist hellgelb. Auf jeder Seite stehen nur wenige Gerichte. Nicht wie in der Pizzeria, wo alles eine Nummer hat und man zwischen italienisch, indisch und mexikanisch wählen kann.
Ihre Augen huschen über die Karte und suchen nach etwas, das mich nicht ruiniert.
Ich wünschte mir, es gäbe irgendeine richtige Art, ihr zu sagen, dass sie nicht auf den Preis achten soll. Dass es nichts macht, wenn sie sich das teuerste Menü aussucht und sich einen 86er-Champagner dazu bestellt. Ich verkaufe Heroin. Die Tasche meiner neuen Anzugjacke beult sich nach außen. Ich teile gerne mit ihr.
Ich frage, ob ich für uns beide bestellen darf. Sie bejaht, sichtlich erleichtert.

Als unser Kellner zurückkommt, frage ich ihn, was er empfehlen kann.
»Unser Meerbarsch ist wirklich gut. Der Koch ist immer sehr darum bemüht, dass der Fisch so frisch wie möglich ist.«
»Ja.«
»Und natürlich unser Fünfgängemenü, Sie erlauben …«
Er nimmt mir die Karte diskret aus der Hand und blättert, bis er die Seite findet. Ich werfe nicht einmal einen Blick darauf. Nicke nur.
»Erlauben Sie mir, Ihnen dazu auch unsere Weinempfehlung ans Herz zu legen? Sie ist genau auf die jeweiligen Gänge abgestimmt.«
»Gerne.« Er nimmt die Karte mit. Keine Spur von: Verdammt, die wissen doch gar nicht, was gutes Essen ist, die haben doch keine Ahnung. Dieser Kellner respektiert, wie alle anderen auch, das Geld. Hat man genug Geld in den Taschen, braucht man sich nie zu schämen.
Ich kaufe sie. Ich besitze sie.
Ich lache.
Mona sieht mich fragend an.
»Ach nichts. Nichts … Ich musste nur an etwas denken, was Martin heute gesagt hat.«
Sie beugt sich über den Tisch. Stemmt die Ellbogen auf die weiße Tischdecke, nimmt sie aber wieder weg, als ihr ihre Haltung bewusst wird.
Lehnt sich zurück.
»Er ist ein richtig süßer Junge. Und er hat wirklich einen Riesenschritt gemacht. Seit ich im Kindergarten bin, meine ich.«
»Danke, … das freut mich zu hören.«
»Es ist sicher nicht leicht.«
»Was?«
»Na, so allein als Vater … Ich kann mir kaum vorstellen, wie das ist, ich …«

»Ach, ja. Manchmal ist es schwer. Aber … ich bin sein Vater. Das ist das Wichtigste, weißt du?«
»Ja.«

Wir essen Rehkeule. Shiitakepilze in Soja und Knoblauch unter Sesamkruste. Sie erzählt mir von ihren Eltern, die irgendwo in Seeland wohnen. Sie versteht nicht, warum sie noch immer zusammen sind. Fast würde sie sich wünschen, sie trennten sich. Ihre Mutter ist Friseurin und wäre sicher glücklicher. Ihr Vater, ein Lehrer, würde sich vermutlich erhängen, wenn er plötzlich allein wäre. Dann redet sie von ihrem Zimmer, in dem ihre Eltern nichts, aber auch gar nichts verändert hätten, seit sie ausgezogen ist. Wenn sie ihre Eltern besucht, schläft sie noch immer unter einem Bon-Jovi-Poster. An der Wand gegenüber hängt ein Delfin, der aus dem Wasser springt. Den sieht sie jeden Morgen beim Aufwachen. Manchmal hat sie dann einfach nur Lust zu weinen. Lipgloss und Labellos in der obersten Schreibtischschublade sind inzwischen eingetrocknet.
Sie erzählt vom Kindergarten. Von dem, was Eltern nicht sehen. Dem Gruppenraum der Giraffengruppe, in dem für über 30.000 Kronen eine neue vollautomatische Wickelkommode eingebaut worden ist, die man per Knopfdruck auf und ab fahren kann, obwohl Margarethe, die doch die Rückenprobleme hat, unten in der Schildkrötengruppe arbeitet.

Nach dem Kaffee und dem Bezahlen bitte ich den Kellner, uns ein Taxi zu rufen. Ich gebe ihm zweihundert Kronen Trinkgeld.
Als wir wieder in der kleinen Wohnstraße vor dem Haus halten, in dem sie ein Zimmer hat, fragt sie, ob ich mit nach oben kommen will. Auf einen Kaffee. Wenn auch keinen so guten, bloß löslichen. Ich lehne ab, Martin und die Babysitterin erwarten mich. Das verstehe sie, sagt sie, öffnet die Autotür, dreht sich um, beugt sich über den Sitz und drückt mir einen feuchten, schnellen Kuss auf die Lippen. Ein andermal.

Ich warte damit, dem Fahrer die Adresse zu nennen, und blicke ihr nach. Sie geht durch den Garten. Ihre Beine bewegen sich auf hohen Absätzen, der schwarze Samt strafft sich um ihren Po. Sie schließt die Tür auf.

Als Martin in seinem Bett schläft, gehe ich ins Bad. Ich klappe den Klodeckel hoch und beginne, die Vorhaut vor- und zurückzuschieben, fest. Im Spiegel sehe ich mein Gesicht, ich schwitze, auf der Stirn tritt eine Ader hervor. Ich schließe die Augen halb, fokussiere nicht mehr und sehe Mona. Sie sitzt mir gegenüber im Restaurant, beugt sich vor und mein Blick fällt auf den oberen Teil ihrer Brüste, eingerahmt von ihrem schwarzen Kleid. Wenn ich die Augen zusammenkneife, sehe ich die Andeutung ihrer Brustwarzen durch den Stoff. Der Schweiß läuft mir über das Gesicht in die Augen. Ich sehe sie, wie sie vom Tisch aufsteht, die Serviette zur Seite legt und sich etwas beschämt auf den Weg zur Toilette macht. Ihr Po, etwas zu groß, hinter schwarzem Stoff versteckt. Ich sehe sie mit hochgeschobenem Kleid auf meinem neuen Sofa liegen, zwischen den Krümeln von Martins Frühstück. Ich dringe in sie ein, während sie ihre Hände um meinen Nacken legt.
Ich hätte gut mit nach oben gehen können. Sie hätte Kaffee aufgesetzt, den wir nie getrunken hätten. Bestimmt hat sie kleine Kissen auf dem Bett, einen alten Computer in der Ecke, auf dem sie ihre Seminararbeiten schreibt, daneben ein Bücherregal, Amy Tan, John Irving und einen Haufen Pädagogik. Riecht es im Zimmer ein bisschen nach Rauch? Eine gewebte Tagesdecke, ein frisch gemachtes Bett, denn es könnte ja vielleicht jemand mitkommen.
Mein Gesicht im Spiegel ist rot. Ich lausche auf Martins Schritte auf dem Flur. Aber alles ist still. In Gedanken sehe ich ihn im Bett liegen, den Kopf auf dem Kissen mit dem Roboter.
Ich nehme Mona auf dem Sofa im Bungalow ihrer Eltern. Es riecht nach Selbstgebackenem und alten Möbeln. Eine Bornholmer Uhr

tickt. Sie übertönt unsere Geräusche nur knapp. Vom Sofa aus sehe ich die Heimorgel. Sie hat mir erzählt, dass sie als Sechzehnjährige darauf gespielt hat.
Ich komme in die Toilette, achte darauf, keinen Samen auf den Sitz zu spritzen, und wasche mir anschließend im Waschbecken den Schwanz. Ziehe ab und klappe den Klodeckel herunter.
Dann hole ich mein Besteck.

58

Ich bin umgeben von Fahrrädern. Dem Geruch von Kettenöl. Am Boden fettige braune Spuren.
Die Geräusche, die aus dem Mund des Fahrradhändlers kommen, klingen gedämpft. Entschuldigungen. Seine Augenbrauen formen ein umgedrehtes V. Wie ein von einem Kind gemaltes Tipi.

Jimmy sagte:
»Ich glaube, du kannst Carsten vertrauen. Der hat sich bloß noch nicht an seine neue Rolle gewöhnt. Der ist sonst immer auf der anderen Seite. Er weiß, wie es ist, wenn man mal kein Geld hat, wahrscheinlich weiß er es zu gut.«
Carsten sagte:
»Du kriegst dein Geld, das ist vollkommen klar.«
Heute kam er und meinte, dass er echt nicht verstehe, warum dieser Typ, den er kennt, ihn noch immer nicht bezahlt hat.

Ich sage zum Fahrradhändler:
»Alle zahlen, so ist das. Alle.«
Der Fahrradhändler sagt:
»Ich habe momentan kein Geld, nichts.«

Ich stehe neben der Kasse. Ich habe gehört, wie sie geklingelt hat, als wir hereingekommen sind.
Er sagt:
»Am Montag. Montag habe ich wieder was.«
Ich zeige auf die Kasse. »Es ist nicht viel. Es lohnt sich nicht, mir diese Summe schuldig zu bleiben.«
Der Fahrradhändler blickt sich um, eine Frau kommt gerade aus dem Hinterzimmer.
Er sagt: »... wenn Sie sich für Mountainbikes interessieren, habe ich ein paar gute Angebote für Sie.«
Wir begleiten ihn auf die Straße. Er breitet die Arme aus, zeigt auf Preisschilder, Kurbeln, hebt ein Rad an, so dass wir das Vorderrad schnurren hören.
Er sagt:
»Meine Frau weiß nicht, dass ich wieder rückfällig geworden bin.«
Er zeigt uns die Rennräder.
»Wenn sie das mitkriegt, schmeißt sie mich raus. Dann war's das, dann kriege ich keine Chance mehr. Ich habe sie schon zu oft enttäuscht.«
Er hält ein Rad am Sattel fest und tritt die Pedale herunter, um zu zeigen, wie leicht sich dieses Modell schalten lässt.
»Aber wenn ihr bis Montag wartet, ... dann lege ich auch noch einen Hunderter drauf, für die Umstände.«
Mir fällt ein Fahrrad auf, ein kleines, blaues Kinderfahrrad.
»Ich nehme das hier.«
Es hat silberne Blitze an den Seiten und von der Lenkstange baumeln Lederriemen.
Wir gehen zu dem Fahrrad.
»Ich nehme das hier, dann sind wir quitt.«
»Aber das kostet doch viel mehr als ...«
Und er hat recht, es kostet fast das Doppelte von dem, was er mir schuldet.

»Das ist mir egal, ich kann auch zur Kasse gehen und nehmen, was du mir schuldest. Plus Zinsen, weil du uns hängengelassen hast. Oder eben das Fahrrad.«

Es ist nicht leicht, mit dem Fahrrad in den Bus einzusteigen. Ich gehe vornübergebeugt, die Hände am Lenker. Als ich nach Hause komme, tut mir der Rücken weh. Ich schniefe schnell noch ein bisschen, bevor ich Martin hole.
Das Fahrrad steht im Wohnzimmer und er beginnt, auf und ab zu springen, als er es sieht. Wir nehmen es mit nach unten auf die Straße. Erst muss ich ihn stützen, dann fährt er allein. Er hat das schon im Kindergarten geübt. Er fährt auf dem Bürgersteig um den Block, in den paar Minuten, in denen ich ihn nicht sehe, habe ich ein merkwürdiges Gefühl im Bauch. Anschließend nehmen wir es wieder mit ins Wohnzimmer. Er will es gerne in der Nähe haben, es ansehen, bevor er schlafen geht.
Er sagt:
»Papa, wenn du auch eines hättest, könnten wir eine Fahrradtour machen. Wir könnten in den Wald fahren.«
Ich denke, es ist wohl nur eine Frage der Zeit, bis auch Papa ein Fahrrad bekommt.

59

Ich hätte nicht gedacht, dass ich meinen Führerschein jemals brauchen würde. Sie sagte damals, ich solle ihn machen. Dass eine richtige Familie auch ein Auto habe. Und ein Familienvater fahren können müsse. Wir könnten uns ein Auto leihen, wenn wir aufs Land wollten.
Mir war nicht ganz klar, warum das nötig war. Aber wir hatten das

Geld. Seit wir kein Heroin mehr nahmen, hatten wir genug Geld für alles.

Ich fahre so vorsichtig, wie ich kann. Habe die Augen auf der Straße, auf den Bodenmarkierungen.
Bleib in deiner Spur, denke ich. Fahr nicht zu schnell. Halt bei Rot an. Bleib in deiner Spur.
Meine Hände sind feucht. Die Menschen sind unterwegs zur Arbeit, wie ich. Nur dass ich das Handschuhfach voller Heroin habe. Päckchen, Unmengen von Päckchen.

Jimmy sagte:
»Und denk dran, morgen ist ein großer Chaostag.«
Er sagte das nach dem Mittagessen, bevor wir uns verabschiedeten und ich mit dem Bus zum Kindergarten fuhr. Vorher hatte ich die letzten Päckchen abgegeben und das Geld bekommen. Henning hatte sich wieder beklagt, dass ich nicht auch Koks habe, die Leute wollten Koks, dann könnte er ihnen auch das verkaufen.
Morgen ist der große Chaostag, sagte Jimmy, blickte mir in die Augen und sah, dass ich nichts verstand. Dann wiederholte er langsam: Großer Chaostag. Du weißt …

Ich fahre vorsichtig die Straße entlang. Würge das Auto ab, als ich an der Ampel losfahren will. Es hustet zweimal, bevor ich es wieder zum Laufen bringe. Es ist alt. Eine Autoleiche, ein weißer Toyota Carina mit rostigen Türen. Ich habe ihn heute Morgen geliehen. Habe meinen Führerschein gezeigt und ein paar Hunderter auf den Tisch geblättert.
»Hält das denn auch?«, fragte ich.
»Heute wahrscheinlich schon«, war die Antwort.
Aber der Wagen passt gut ins Viertel und es steht auch nirgendwo dran, dass es ein Leihwagen ist.

Großer Chaostag. Solche Tage gibt es nur ein paarmal im Jahr. Das kann man sich leicht ausrechnen. Die Schlipsjunkies kriegen als Erste ihren Lohn. Das sind die Ersten, die man gegen Ende des Monats auf der Straße sieht. Manchmal schon um den 26. Ein oder zwei Tage später kommen dann die Blaumannjunkies. Dann die Frührentner, die ihr Geld am Monatsletzten bekommen. Ein kleines Heer, das mit den Taschen voller Geld anmarschiert. Die Letzten sind die Sozialhilfeempfänger. Die bekommen erst am Monatsanfang Geld. Meistens haben sie dann bereits Schulden bei den Blaumannjunkies oder den Frührentnern.
All diese Tage sind hektisch. Kleine Chaostage nennen wir die. Tage, an denen man seinen Stoff schnell verkauft und an denen alles läuft, von Koks bis Schlaftabletten. Gute Tage auf der Straße. Alle sind glücklich.
Aber ganz selten, wenn die Sterne neue Konstellationen bilden und ein kurzer Monat mit einem Wochenende endet, fallen all diese Tage zusammen. Dann kriegen alle am selben Tag Geld. Dann wollen alle Stoff. Sofort. Das ist dann ein großer Chaostag. Jimmy erklärt mir das leise und ehrfürchtig. Erzählt mir von einem großen Chaostag, der einmal, als er selbst noch Stoff hatte, so viel abgeworfen hatte, dass er davon nach Thailand fliegen konnte, und wieder zurück. Nach einem anderen großen Chaostag konnte er sich ein gebrauchtes Motorrad kaufen, und zwar kein schlechtes.

Auf dem Rathausplatz biege ich rechts ab. Ein Fahrradfahrer zeigt mir den Stinkefinger und seinen Mundbewegungen entnehme ich, dass er mich anbrüllt. Dann sehe ich, dass ich über den Radweg fahre.
Nachdem ich den Wagen in einer Nebenstraße der Istedgade geparkt habe, bleibe ich einen Moment sitzen. Ich atme langsam, das Lenkrad ist schweißnass, aber es hat geklappt. Ich habe niemanden umgefahren und kein Verkehrspolizist hat mich angehalten. Ich blicke auf das

Lenkrad und dann durch die Windschutzscheibe nach oben. Heute ist ein großer Chaostag. Ich hole tief Luft.

Heute schicken wir uns keine SMS. Heute nicht.
Ich habe eine frische Karte im Handy und gebe bei jedem Anruf einen neuen Ort durch. Vor dem Keyholeclub. Dem Irish Pub an der Ecke. Dem Reden-Club. Einfach zwei Menschen, die aneinander vorbeigehen und wortlos Geld und Heroin tauschen. Wenn niemand Stoff braucht und ich eine Stunde für mich habe, sitze ich auf einer Bank am Planetarium und blicke über den See. Ich kaufe eine Zeitung. Lese sie langsam. Hole Brot und füttere die Enten. Als das Handy klingelt, gebe ich einen neuen Treffpunkt durch und lege auf. Enghave Plads. Gehe zum Auto und hole zehn neue Päckchen. Großer Chaostag.

Die letzten Päckchen drücke ich Henning in die Hand. Nach drei Stunden habe ich keinen Stoff mehr.
»Das ist wie Weihnachten«, sagt er, als wir aneinander vorbeigehen.

Ich setze mich ins Auto. Fahre vorsichtig aus der Parklücke heraus. Erster Gang, zweiter Gang. Dritter Gang. Alles still und ruhig. Eile mit Weile. Das hat mein Fahrlehrer immer gesagt. Ich habe keine Ahnung, warum ich jetzt daran denken muss. Vielleicht weil ich nicht mehr am Steuer gesessen habe, seit ich den Führerschein gemacht habe.

Nachdem ich geparkt habe, gehe ich in den Keller und räume unseren Kram zur Seite. Dann nehme ich einen Ziegelstein aus der Wand. Sicher nicht das beste Versteck. Bekommt die Polizei einen guten Tipp, wird sie es wohl finden. Eine oberflächliche Durchsuchung sollte es aber überstehen. Ich nehme die Tüte mit dem H heraus, stecke sie in die Tasche und gehe nach oben.

Schließe die Tür hinter mir ab, ziehe die Gardinen zu und mache Licht an.
Her mit der Elektrowaage, her mit Schneidebrett, Plastikfolie, Taschenmesser und Rasierklinge. Ich sehe auf die Uhr. Ich habe nicht viel Zeit. Großer Chaostag.
Her mit der Laktose, drei kleine Töpfchen.
Her mit den A4-Blättern.
Ich beginne mit dem Papier, nehme und schneide es mit dem Taschenmesser in Streifen. Lege drei Blätter übereinander und schneide sie in kleine Vierecke.
Bald habe ich die gleiche Fingerfertigkeit wie die chinesischen Kinder, die unseren Weihnachtsschmuck basteln.
Noch drei Blätter, die sich in Streifen und kleine Vierecke verwandeln.
Und noch drei. Erstklassiges Druckerpapier.
Dann die Elektrowaage. Her mit dem Stoff. Ich stelle ein Schälchen auf die Waage, justiere sie auf null und löffle das Heroin mit einem Suppenlöffel hinein. Erst das Heroin, dann die Laktose. So in etwa. Laktose ist nicht das Beste, aber man kriegt sie in der Apotheke, ohne dass man schief angesehen wird.
Amateurdealer zerbröseln Pillen oder nehmen irgendetwas anderes. Aspirin. Paracetamol. Babypuder. Aber das verklumpt und kann die Nadel verstopfen. Schon oft ist damit guter Stoff versaut worden. Du hast Laktose gesagt? Ich dachte, du meintest Milchpulver. Die Leute haben sich schon Heroin mit leicht nach Vanille riechendem Muttermilchersatz in die Adern gepumpt. Laktose ist das Beste, was ich kriegen kann. Aber ich würde es nicht in mein H mischen und es mir in die Adern drücken, jetzt, da ich die Wahl habe. Mannitol wäre besser, aber das müsste ich bestellen.
Ich mische es vorsichtig. Versuche, nicht zu viel Staub aufzuwirbeln. Mische Weiß mit Weiß. Habe es vielleicht etwas mehr gestreckt als sonst. Aber heute ist der große Chaostag. Da zählt Quantität. Die

Leute sind schon froh, wenn sie überhaupt etwas kriegen und keine linken Päckchen erwischen.
Wieder blicke ich auf die Uhr. Die Straße wird bald leergekauft sein. Zwei Stunden ohne Stoff. Das ist wirklich möglich, wenn ich jetzt nicht Gas gebe. Wir sind nicht die Einzigen, die verkaufen, aber ohne Zweifel die, die zurzeit am meisten verfügbar haben.
Dann beginnt das Falten. Ich knicke eines der kleinen Papiervierecke. Nehme die Rasierklinge mit der Markierung auf der Klinge. Lege etwas Stoff auf die Klinge und lasse ihn in das Papiertütchen rieseln. Nach Augenmaß. Es hat sich aber keiner beschwert. Schließlich bestimmen die Dealer den Markt.
Ich wiege schon lange nicht mehr jeden Fix ab. Das würde zu lange dauern. Augenmaß.
Ich falte die letzte Seite. Jetzt sieht es aus wie ein Minibriefumschlag, ein bisschen größer als ein Daumennagel. Als ich zwanzig Päckchen gefaltet habe, decke ich das Schneidebrett mit Frischhaltefolie ab. Lege die Päckchen in zwei Reihen darauf und decke auch sie mit Folie ab. Dann schneide ich jedes Päckchen mit dem Taschenmesser heraus und versiegle es mit dem Feuerzeug.
Anschließend mache ich mich an die nächsten zwanzig Päckchen.

»Wir sind auf der Straße geblieben«, sagt Henning.
»Damit die Leute nicht glauben, wir wären gegangen. Mein letztes Päckchen habe ich vor einer halben Stunde verkauft. Ich glaube, Carsten hat schon länger nichts mehr.«
Ich habe eine neue Ladung Päckchen an Jimmy und Carsten ausgeteilt. Sie sind schon wieder unterwegs. Lächelnd, lachend. Heute ist ein guter Tag. Für alle.
»Wir könnten das noch mehr strecken«, sagt Henning.
»Ein paar Junkies suchen jetzt schon seit Stunden nach Stoff. Ich verspreche, die wären dankbar dafür.«
»Lassen wir es, wie es ist, dann mögen sie uns.«

Er nickt. Versteht. Das Risiko, geschnappt zu werden, ist viel geringer, wenn die Leute auf der Straße einen mögen.
Du sitzt bei den Bullen und schwitzt. Hast weder Zigaretten noch Stoff. Den haben sie dir abgenommen. Du bist in einem fensterlosen Verhörraum irgendwo auf der Wache. Und dann sagt man dir, dass du ein Päckchen wiederkriegst. Vielleicht. Dass es vielleicht auf dem Tisch vor dir vergessen wird, wenn du ihm einen Namen nennst. Dann beginnt das Zittern erst richtig. Der Durchfall, die Trockenheit im Mund. Ein Name. Was hast du gesagt, wie heißt der? Jetzt hast du die Wahl, der Name deines festen Dealers, der dir die gute Ware zu einem anständigen Preis verkauft, oder der Name dieses Arschlochs, das dir für dein letztes Geld verdünntes Zeug angedreht hat? Die Leute auf der Straße müssen dich mögen.
Nach ein paar Stunden ist das Auto leer. Ich habe es nicht eilig.

60

Wir sitzen in einem Restaurant am Rathausplatz. Trinken belgisches Bier aus hohen, dünnen Gläsern. Jimmy sieht gerade anständig genug aus, um an einen solchen Ort mitgenommen zu werden. Wir haben etwas zu feiern. Schließlich haben wir heute beide gut verdient. Ich habe die Taschen voller Geldbündel. Wollte sie nicht im Auto lassen. Ich habe so viel Geld, dass ich mir alles kaufen könnte. Abgesehen von einem Haus. Diesen Satz wiederhole ich im Stillen immer wieder. Alles. So viel Geld, dass ich es in der Tasche spüre, es zieht die Jacke nach unten. Ich denke, dass ich hier an einem sicheren Ort bin. Dass dies kein Platz für Drogendealer ist, sondern für Leute mit Geld, Leute mit einem guten Job. Kein Ort, an dem die Polizei auftaucht und den Leuten den Finger in den Arsch schiebt.
Ich gebe der Frau hinter dem großen, verchromten Tresen mit

zwei Fingern ein Zeichen, noch eine Runde. Sie nickt mir lächelnd zu.
Jimmy sagt:
»Ich habe schlechte Neuigkeiten.«
Ich sehe ihn an, trinke den Rest meines Bieres.
Seine Augen sehen ganz ernst aus. Als er spricht, ist seine Stimme gedämpft.
»Ich bin Polizist. Undercover. Ich muss dich bitten, mir auf die Wache zu folgen. Leise und unauffällig.«
Ich sehe ihn an. Schlucke mein Bier nicht runter. Die Zigarette darf sich in meine Finger brennen.
»Nein, verdammt, Mann, beruhige dich. Ich verarsch dich doch nur.«
Ich schlucke und hole tief Luft.
»Verdammt, entschuldige. Ich hab dich doch nur verarscht. Du bist aber echt blass geworden.«
Ich nehme mit zitternden Händen einen Zug von der Zigarette. Versuche zu lächeln, versuche zu lachen.
»Entschuldige, verdammt, ... aber das mit der schlechten Nachricht stimmt.«
Die Bedienung kommt mit unseren Bieren. Sie ist Anfang zwanzig und hat ihr dunkles Haar in einem Pferdeschwanz gebändigt. Sie lächelt uns an. Gibt uns einen neuen Aschenbecher und geht wieder an die Bar.
Jimmy redet weiter:
»Ich habe gestern einen Brief gekriegt. Ich schulde ihnen noch vier Monate. Das wusste ich die ganze Zeit, ich dachte nur, ich müsste erst in einem Jahr wieder in den Bau. Weil es da jetzt so voll ist.«
»Das ist scheiße.«
»Ja, verdammt scheiße.«
»Wann musst du rein?«
»In vier Tagen, drüben in Jütland, ich wollte dir das erst sagen, wenn wir diesen Tag hier hinter uns haben.«

»Das ist scheiße.«
»Du kriegst das schon hin, du musst bloß darauf achten, deine beiden Affen an der kurzen Leine zu halten. Sonst gibt es andere …«
»Mit dem Geld von heute kannst du erste Klasse einsitzen, oder?«
»Ja, sonderlich hart wird es nicht werden … Du kriegst das schon hin, da bin ich mir sicher.«
Wir stoßen an. Kein frohes oder glückliches Prosit. Bloß zwei Männer in einer Bar, die anstoßen.
»Ich habe an was gedacht.« Jimmy kratzt sich am Kopf. »Ich dachte … Das ist natürlich nur ein Vorschlag, und du kannst ablehnen, wenn du willst …«
»Was denn?«
»Ich dachte, dass wir das anders weiterführen könnten, wenn ich wieder draußen bin.«
»Ja. Clean werden. Uns bei Scientology anmelden und das Zwölfstufenprogramm machen. Drogen, nein danke. Anständige Menschen werden …«
Jetzt ist es Jimmy, der überrascht aussieht.
»Hast du dir nicht dasselbe gedacht?«
»Nein, verdammt. Ich dachte, wir könnten anders dealen. Du hast doch auch einen kleinen Jungen …«
Ich kann mich nicht daran erinnern, ihm von Martin erzählt zu haben. Woher weiß er das? Habe ich selbst davon gesprochen? Wieder meldet sich meine Angst, er könnte ein verdeckter Ermittler sein. Obgleich ich weiß, dass es lächerlich ist, so oft, wie ich ihn schniefen gesehen habe. Und auch wenn Jimmy nicht drückt, besteht kein Zweifel, dass er ein Vollblutjunkie ist.
»Ich dachte, wir könnten das anders machen, wenn ich rauskomme. Dass du dann an mich verkaufst und an keinen dieser Affen. Du verkaufst mir täglich – sagen wir fünf oder zehn Gramm – und machst mir einen besseren Preis als heute. Einen guten Preis. Ich übernehme dann den weiteren Verkauf.«

»Ja, und wie …?«
»Du kannst dir selbst überlegen, wie wir das machen und wo wir uns treffen. Meinetwegen weit weg von der Straße. Hellerup Havn oder Husum Torv, wenn du willst. Du hast dann nichts mehr mit den Affen am Hut, um die kümmere ich mich, und du musst nie mehr selbst auf die Straße.«
»Ja …«
»Natürlich verdienst du dann ein bisschen weniger pro Gramm, aber du hast auch fast kein Risiko mehr. Und ich kann fünf Leute laufen lassen, fünf Leute, das habe ich früher schon hingekriegt …«
Ich denke darüber nach, während ich mein Bier trinke. Kalkuliere die Sache im Kopf. Die Rechnung scheint aufzugehen.
»Ein paar Leute finde ich bestimmt auch im Gefängnis. Wenn ich vier Monate da bin, kann ich sie ja testen. Sie kennenlernen. Zumindest ein bisschen. Aber das ist ja nicht dein Problem.«
»In vier Monaten?«
»In vier Monaten.«
Wir geben uns die Hand darauf.

61

Ich war ihr guter Junge. Erst als Nick das sagte, habe ich es verstanden.
Ich war ihr Liebling, ihr Vorzeigekind. Vorher hatte ich nie darüber nachgedacht, doch jetzt fragte ich mich: Warum musste immer ich mit zum Arzt? Warum nannte sie immer meinen Namen zuerst, wenn sie uns rief? Und warum musste immer Nick Kartoffeln schälen, wenn sie einmal kochte, während ich bloß die Soße probieren musste?
Wenn sie aufs Amt musste, sollte immer ich mit. Dann waren immer nur meine Kleider sauber genug. Und dann wurde ich nass gekämmt.

Nur bei der Elternversammlung in der Schule, wenn sie über Nick reden wollten, darüber, wie es bei ihm lief, musste er das Programm durchlaufen. Erst ins Bad. Nägel schneiden und bürsten. Dann die Kleider anziehen, die auf dem Bett lagen. Saubere Kleider und zu guter Letzt musste er sich auf den Flur stellen und sich von Mutter begutachten lassen. Zeig deine Ohren. Erst das eine, dann das andere. Mutter war in diesen Momenten nicht mehr Mutter. Sie war eine fremde Frau, wie aus einer Zeitschrift. Eine dieser Frauen, die nie ein böses Wort sagten und aus denen weder Lärm noch Pisse kam. Sie trug Kleider, die wir noch nie gesehen hatten, und im Bus und auf der Straße drehten sich die Leute nach ihr um. Mutter nahm in diesen Situationen auch nur Pillen, von denen man normal wurde, wie sie sagte, und dann lachte sie immer, allerdings ohne dass wir es lustig fanden.
Über unseren kleinen Bruder sprachen wir nicht.
Jetzt fangen wir ganz neu an, sagte Mutter.
Sie hatte ja selbst ganz neu angefangen.
Nick sah auch nicht aus wie Nick, als sie gingen.

Ich war zu diesem Zeitpunkt bis in die zweite Reihe auf der Kommode vorgedrungen, zum dritten Glas von links. Zerdrückte eine blaue Pille und rührte sie in meinen Apfelsinensaft. Ich wurde erst wieder wach, als sie zurückkamen.

Ich war noch immer benebelt, als Nick ins Schlafzimmer kam. Er knallte die Hand ein paarmal gegen die Wand, setzte sich in den Fensterrahmen und rauchte eine Zigarette.
Warum kannst du nicht ein bisschen mehr wie dein Bruder sein? Das sagte sie. Der ist still und führt sich ordentlich auf. Kriegt ganz gute Noten. Sei doch wie dein Bruder, du bist doch eigentlich anders. Bist du stolz?
In der Schule rang ich die meiste Zeit nur mit dem Schlaf. Ich kannte

mich noch nicht so gut mit Mutters Pillen aus. Probierte sporadisch eine aus. Wusste nicht so viel wie Mutter. Manchmal konnte ich meine Augen nicht von der Tafel reißen. Die Dreiecke, Vierecke, Kreise, die unser Mathematiklehrer zeichnete, waren fantastisch, so unglaublich fantastisch, dass ich mich am Rand der Tischplatte festhalten musste, damit meine Hände nicht auf und ab tanzten. Doch meistens war es schwer, nicht einzuschlafen. Meine Klassenkameraden, der Lehrer, das Zimmer glichen dem Bogen mit Farbproben, den meine Mutter mit nach Hause gebracht hatte, als wir unser Zimmer neu streichen wollten. Gelb, gelb, gelb, dann blasser gelb, hellgelb. Rot, rot, rot, blasser rot, hellrot. Ich kämpfte gegen den Schlaf an und bekam ganz passable Noten.
Aber wir waren auch auf einer Schule, in der man schon gute Noten kriegte, wenn man die meiste Zeit da war und sich nicht prügelte, wenigstens nicht im Klassenzimmer. Wenn man seine Bücher mitbrachte, meistens, die Lehrer nicht anschrie, sie nicht als schwule Arschlöcher bezeichnete, als Junkiehuren, die sich von Schäferhunden vögeln ließen, oder als Wichser, die kleine Thaijungen fickten. Solange man so etwas nicht rief, kriegte man einigermaßen gute Noten. Nick hatte nie etwas Besseres als mal eine Vier.

62

»So, so, du hast Bekim also fallengelassen?«, sagt er.
Ich rühre zwei Zuckerwürfel in den Kaffee.
»Den Zwischenhändler.«
Erst jetzt wird mir bewusst, dass Bekim der Albaner ist. Ich wusste die ganze Zeit, dass er so heißt, habe gehört, wie andere ihn so nennen, aber in meinem Kopf war er immer nur der Albaner.
Ich sitze in einem Café für Exjugoslawen. Einem Café, das vor einem

halben Jahr noch einen ganz anderen Namen hatte. Doch dann wurde ein Typ erschossen, rechts neben der Bar, und sie haben sie renoviert. Ich erinnere mich noch an die Bilder in der Zeitung. Damals waren die Wände lachsfarben, jetzt sind sie weiß. An der Wand hängt ein Bild von Tito. Ich glaube jedenfalls, dass es Tito ist. Reine Spekulation. Ein älterer Mann. Ein Schwarz-Weiß-Foto. Über ihm hängt der Fernseher. Eine Frau ruft. Der Ton ist aus.

»Ja«, sage ich. »Diesmal habe ich den Albaner nicht angerufen. Ist das ein Problem?«
Er lässt sich Zeit mit der Antwort, trinkt vorsichtig aus seiner kleinen Kaffeetasse und stellt sie weg. Wir sitzen allein am Tisch. Aber wir sind nicht allein. Am Tresen erkenne ich einen der kräftigen Kerle, die beim ersten Deal dabei waren. Er beobachtet mich im Spiegel über der Bar.

Vor ein paar Tagen bin ich zu dem Friseursalon in Rødovre gefahren, in dem ich das erste Heroin gekauft habe.
Ich erklärte der Frau, wie ich die Haare geschnitten haben wollte, und bekam eine Tasse Kaffee. Mit ihrer Kollegin redete sie in einer Sprache, die ich nicht verstand. Ich fragte mich, wem der Laden wohl gehörte. Beim Bezahlen legte ich einen Zettel mit meiner Telefonnummer neben die Kasse und bat sie, ihn Goran zu geben. Von dem Mann, der geerbt hat.

Martin war überrascht, mich mit neuer Frisur zu sehen, als ich ihn abholte. Ich musste mich mehrmals hinhocken, damit er meine Haare anfassen konnte.

»Sonderlich loyal ist das nicht. Wie lange kennst du ihn schon?« Der Jugoslawe legt den Kopf auf die Seite. Vielleicht spielt er nur mit mir, vielleicht will er mich wirklich austesten. Wie auch immer, er ist es, der die Regeln vorgibt. Er kann den ganzen Tag so weitermachen, wenn er will.

»Ein paar Jahre.«

»Und dann lässt du ihn einfach so fallen?«

»Ich kann die 10.000 auch anders verwenden.«

Er grinst. Zündet sich eine Zigarette an.

»Versteh mich richtig«, sagt er. »Ich sage das nicht, weil wir Brüder sind oder so. Verdammt, der ist Albaner, nicht wahr? Er ist in Ordnung. Aber eben Albaner. Wie viel willst du?«

»Wie beim letzten Mal.«

»Cool. Gut für dich. Ich verspreche dir, dass der Stoff gut ist. Richtig gut. Aber es wird ein paar Wochen dauern. Vielleicht drei.«

»Und der Preis?«

»Das hast du doch gelernt, oder? Der Preis ist wie immer, daran kann ich nichts ändern. Aber der Stoff ist dieses Mal stärker.«

»Wie sieht's mit Koks aus?«

»Was soll damit sein?«

»Kannst du welches besorgen?«

»Wie viel willst du?«

»Für 50.«

»Für 30 kann ich dir heute noch was geben. Den Rest in ein paar Tagen. Wie klingt das?«

Es ist keine Frage.

»Ich fasse es nicht«, sagt er und blickt aus dem Fenster.

Draußen geht ein Mann vorbei. Kurze Haare und ein Vollbart, der ihm bis auf die Brust reicht.

»Ich versteh die nicht. Das sind doch nicht alles Terroristen. Mann, wir sollen doch gerade nicht denken, dass die alle Terroristen sind, die uns in die Luft sprengen wollen. Und dann kleiden die sich so. So wie der da!«

Er sticht mit dem Zeigefinger in die Luft. Ich zucke mit den Schultern. Habe andere Sachen im Kopf.

»Jetzt sag doch mal: Wenn der da neben dir im Bus säße. Irgendwann im Sommer, mit dickem Mantel. Dann würdest du nicht denken: Armer Kerl, der hat keine Sommerklamotten, muss schwitzen, sondern du würdest dir vor Angst in die Hosen scheißen und dich fragen, wann er an der Schnur zieht oder auf seinen Knopf drückt.«

Ich hole Martin ab. Kaufe ihm ein paar DVDs und eine Pizza mit Schinken und Ananas. Als er vor dem Fernseher sitzt, rufe ich ein Taxi. Fahre zurück nach Nørrebro. Laufe vom Bahnhof zum Parkplatz hinter der Nørrebrohalle. Die Platten sind zerschlagen, manchmal fehlt eine. An den Wänden Graffiti. Niedrige Büsche säumen den Weg. Ich erkenne seinen großen Geländewagen. Als ich eingestiegen bin, macht er den Motor an. Deutet auf das Päckchen auf dem Armaturenbrett. Es sieht aus wie Fleisch vom Metzger. Weißes Papier, um das zwei Gummis gespannt sind. Ich stecke es in die Tasche und nehme das Geldbündel heraus. Er schiebt es ins Handschuhfach. Dann fahren wir vom Parkplatz.

»Hast du einen Job?«, fragt er mich, als wir in vorschriftsmäßigem Tempo durch die Stadt fahren. Von innen ist das Auto noch beeindruckender. Riesengroße, schwarze Ledersitze. Lederlenkrad und Schaltknüppel, gedämpfter Sound aus der Hi-Fi-Anlage.
»Hast du Arbeit?«
»Ich verkaufe …«
»Ja«, sagt er und grinst.
»Das meinte ich nicht, ich wollte sagen … Also mein Schwager hat eine Gebäudereinigung. Die machen vorwiegend Treppen und so. Wenn du Interesse hast.«
»Ich glaube, ich bleibe lieber beim Dealen, wenn das in Ordnung ist …«
»Jetzt hör mir doch mal zu!«
Wir sind über die Nørrebrogade gefahren und biegen hinter dem See

ab. Fahren langsam durch die Stadt. Er achtet darauf, dass der Wagen in Bewegung bleibt.

»Spürst du, dass ich mal Taxi gefahren bin?«

Er hält das Lenkrad mit einer Hand fest und gestikuliert mit der anderen beim Sprechen.

»Okay, Treppenputzen. Du musst ja nie eine Treppe putzen. Nicht eine einzige. Aber du brauchst einen Job. Ich sage dir das nur, weil du ein guter Kunde bist oder auf jeden Fall dabei bist, einer zu werden.«

»Ein Job?«

»Auf dem Papier. Sonst sieht das merkwürdig aus. Wenn du auf der Straße rumhängst, haben die dich immer auf dem Kieker. Dann wollen sie wissen, was du machst. Hast du dann einen Job vorzuweisen, lassen sie dich in Ruhe.«

»Und dein Schwager …?«

»Hat eine Reinigungsfirma. Du rufst ihn an und bestellst ihm einen schönen Gruß von mir. Dann hast du Arbeit.«

Wir fahren über den Rathausplatz. Das Auto ist groß, es nimmt sich seinen Platz auf der Straße. Ich bin mir sicher, dass niemand durch die getönten Scheiben ins Wageninnere blicken kann.

»Dann arbeitest du für ihn. Für den absoluten Mindestlohn. Das läuft so, dass du ihm jeden Monat etwas Geld gibst. Du zahlst ihm deinen eigenen Lohn. Und du gibst ihm eine Steuerkarte. Natürlich musst du dann jeden Monat ein bisschen Steuern zahlen. Aber das läuft auf Mindestlohnbasis, ist also nicht viel. Auf jeden Fall hast du dann den Rücken frei, kapiert?«

»Wie viel kriegt er dafür?«

»Nichts. Er tut mir einen Gefallen. Außerdem werden die Treppen von Leuten ohne Papiere gereinigt. Da ist es nur gut für ihn, ein paar Angestellte zu haben, die er vorzeigen kann. Eine Hand wäscht die andere und alle sind zufrieden …«

»Nur nicht die, die die Treppen putzen …«

Wir halten an einer roten Ampel. Er sieht mich an.
»Du weißt nicht, wo sie herkommen. Ein schlechtes Leben hier ist immer noch besser, als zu Hause den Kopf weggeschossen zu bekommen.«
Er dreht das Radio ein bisschen lauter. Hiphop, ich spüre den Bass, der aus den großen Lautsprechern irgendwo hinter mir kommt.
»Das Gute ist … «, sagt er und lächelt wieder. »Das Gute ist, dass es auch einen Plan gibt, wenn trotzdem mal Polizei, Zoll und Steuer auftauchen. Wenn sie deine Wohnung und deinen großen Flachbildschirm sehen, werden sie wissen wollen, wie du den bezahlen konntest. Wie kann man vom Treppenputzen …? Dann kramt mein Schwager Papiere hervor. Bedauert das Chaos in seiner Buchführung und belegt dann, dass du im letzten Monat Überstunden gemacht hast, die noch nicht als Zusatzeinkommen verbucht worden sind. Schließlich hast du doch im ganzen August jede Woche 72 Stunden lang Treppen geputzt, nicht wahr? Und davon hast du dir den Fernseher gekauft.«
Wir fahren langsam durch die Vesterbrogade. Dann weiter über die Valby Langgade. Er fragt, wo er mich absetzen soll. »Hier«, sage ich, »hier ist es gut.« Er meint, dass er mich eigentlich auch nach Hause fahren könne, schließlich sei er mal Taxi gefahren.

63

Heute ist Henning nicht gekommen. Gar nicht.
Wir haben zehn Minuten gewartet, zwanzig, dreißig. Aber er ist nicht gekommen. Dann haben wir ein Taxi gerufen.
Jetzt sitzen wir bei seiner Freundin in Sydhavnen. Carsten hat das Wort ergriffen, als sie die Tür öffnete. Sie hat uns angestarrt, als wären wir Geldeintreiber.

Carsten hat direkt gesagt, wir müssten in die Wohnung, hätten eine Verabredung mit Henning. Ich befürchte, meinen Stoff verloren zu haben, und Carsten hat eine Wahnsinnsangst, nicht länger für mich dealen zu dürfen, weil Henning sein Freund ist. Dann müsste er wieder Autoradios klauen und in Wohnungen einsteigen.
Wir sitzen um den Sofatisch. Sie besteht nur aus Haut, Knochen und einem Pferdeschwanz. Hat die Ärmel ihres Strickpullis über die Hände gezogen und fingert am Bündchen herum. Sie nippt an einer Tasse Tee. Auf dem niedrigen Sofatisch liegen verschiedene Bücher:

Kleinkindpädagogik
Spielen und Lernen
Das musikalische Kind

Sie lächelt. Es fällt ihr leichter, freundlich zu sein, so zu tun, als hätte sie netten Besuch, das Stockholmsyndrom lässt grüßen.
»Ich denke daran, wieder zu studieren. Vielleicht im Sommer. Wollt ihr einen Tee?«
Was würde der Albaner machen?
Ich bin beinahe ebenso wütend auf mich selbst wie auf Henning.
Gestern habe ich mir freigenommen. Zum ersten Mal seit langer Zeit. Hatte genug Päckchen gemacht, damit sie den ganzen Tag verkaufen konnten. Abrechnen wollten wir heute. Natürlich habe ich das aus Bequemlichkeit gemacht. Nein, weil ich mit meinem Sohn zusammen sein wollte. Heute kam Henning nicht und mit ihm verschwand viel Geld und Stoff. Wäre er geschnappt worden, hätte sie das sofort gesagt, noch in der Tür. Fast wünschte ich mir, es wäre so.

Hennings Freundin rutscht auf dem Sofa herum. Arrangiert ihre Knochen neu.
»Ihr hattet also eine Verabredung mit Henning ...?«
»Nicht hier, in der Stadt.«

»Er hat mir gar nichts davon gesagt.«
»Erzählt er dir sonst denn alles?«
Sie starrt in ihren Tee, blickt auf und versucht zu lächeln. Eigentlich reicht ihre Haut dafür nicht.
»Ich habe auch Kaffee, wenn ihr lieber wollt.«
Ich glaube, sie war einmal hübsch, vor langer Zeit, vor dem Junk, der Magersucht oder was immer ihr Problem ist.
Ich sehe auf die Uhr. Es ist halb fünf. Ich sollte Martin holen. Er ist es gewohnt, dass ich früh komme.
Hennings Freundin beugt sich über den Sofatisch und schnippt eine Zigarette aus ihrem Päckchen. Finger und Knöchel zeigen Spuren von Bulimie. Die Magensäure hat ihre Hände in die einer alten Frau verwandelt.
Sie zündet sich die Zigarette an.
Was würde der Albaner tun?
Hier geht es um viel mehr als nur um Geld, es geht darum, dass Carsten und Jimmy für mich arbeiten. Es geht darum, dass ich mir nicht von einem Arschloch auf der Nase herumtanzen lassen darf, weil ich sonst keine Chance mehr habe. Keine.
Ich halte ihren Blick fest, sage laut:
»Dein Freund schuldet mir 3500. Die hätte ich gerne.«
Sie blickt von Carsten zu mir und zurück zu Carsten.
»Das ist mein Geld, verstehst du, Henning hat mein Geld.«
»Ich glaube nicht, ich …«
»Wie viel hast du?«
»Also, wenn Henning sich etwas geliehen hat …«
»Halt's Maul und sag mir, wie viel Geld du in der Wohnung hast.«
Sie steht auf, vermeidet den Augenkontakt, geht in den Flur, holt ein Portemonnaie aus ihrer Handtasche und zieht fünf Hunderter heraus.
Ich nehme ihr die Scheine aus der Hand.
»Sag Henning, dass ich den Rest meines Geldes will.«
Auf dem Weg nach unten sage ich Carsten:

»Wenn du ihn siehst, hol dir mein Geld. Ich will das haben. Wenn ich ihn vorher sehe oder ihn suchen muss, dann …«
»Ja, ja, natürlich, natürlich.«
Carsten ist ein großer Mann, dünn, aber einen Kopf größer als ich. Trotzdem läuft er hinter mir, als wir über die Straße gehen. Ich rufe ein Taxi. Es ist Viertel vor fünf. Ich weiß, dass Martin auf mich wartet.

64

Wir suchen den ganzen Sonntag. Laufen durchs Viertel. Schauen in Hecken und biegen die Zweige der Büsche auseinander. Fragen die Alkis auf den Parkbänken:
»Habt ihr ein blaues Kinderfahrrad gesehen?«
Erkundigen uns bei den größeren Jungs an der Imbissbude:
»Habt ihr ein blaues Kinderfahrrad gesehen?«
Am Anfang ist Martin noch gefasst.
Und Papa sagt:
»Wir werden es schon finden. Die können damit ja nicht so weit gekommen sein.«
»Hat das denn jemand geklaut?«
»Ja, Schatz, aber wir werden es schon finden.«
Wir sind zum zweiten Mal durch das ganze Viertel gelaufen, als er anfängt zu weinen. Wir sind kurz vor dem Kiosk.
Ich sage ihm:
»Dann kriegst du ein anderes, Schatz.«
»Aber ich will das. Ich will mein Fahrrad.«
»Schatz, Papa kauft dir ein anderes. Wieder so eines. Ganz genau das gleiche.«
»Aber ich will mein Fahrrad wiederhaben. Mein Fahrrad.«

Ich wische seine Tränen weg. Drücke ihn an mich.
Wir gehen noch eine Runde, diesmal unten an den niedrigen Reihenhäusern entlang, wo auch der Bus fährt. Vorbei am Metzger, am Supermarkt, am Parkplatz. Ich glaube nicht mehr, dass wir es finden, aber Martin soll überzeugt sein, dass Papa alles Menschenmögliche getan hat.
An diesem Abend zeige ich ihm eine Broschüre über ein Ferienhaus in Schweden. Er hat noch nie Urlaub gemacht. Wir sind ein einziges Mal nach Berlin gefahren, als sie noch lebte, aber da war er zu klein, um sich daran erinnern zu können.
Schon ein paar Tage kurvt dieser Gedanke durch mein Hirn. Ich könnte ein Auto leihen. Nach drüben fahren. Man wird nicht auf Drogen kontrolliert, wenn man von Dänemark nach Schweden fährt, die kommen normalerweise aus der anderen Richtung. Aus Russland. Den baltischen Ländern. Ich kann genug mitnehmen, um zurechtzukommen, und muss nur darauf achten, auf dem Rückweg nichts im Auto zu haben.
Ich zeige ihm die Bilder im Katalog. Die Seen, die großen Wälder, vielleicht können wir ein Kanu mieten. Zeige ihm Bilder von tanzenden Menschen in Trachten.
Er lächelt, freut sich. Hat in ein paar Stunden sein Fahrrad vergessen. Ich will nicht wieder darüber reden, bis wir im Auto sitzen. Hab schon so viel versprochen, was ich nicht halten konnte. Ich werde seine Sachen packen, wenn er im Kindergarten ist. An einem Freitag. Ihn vor dem Losfahren fragen, ob er Pipi gemacht hat. Vielleicht sagt er dann: Ich war gerade auf dem Klo. Werde ihn früh abholen an diesem Tag. Werde Hand in Hand die Treppe mit ihm hinuntergehen. Zum Auto, das Papa gemietet hat. Im Kofferraum unser Gepäck. Er wird angeschnallt. Im Handschuhfach liegt ein Donald-Heft. Aber Papa, das ist kein Donald-Heft, das ist ein Jumbo-Comic. Er wird die ersten Seiten durchblättern, dann aufblicken und fragen, wohin wir denn fahren. Das wirst du schon sehen, Schatz. Später wird er fragen: Sind wir

jetzt in Amager, Papa? Ja, Schatz. Auf dem Weg über die Brücke wird er sich auf dem Sitz umdrehen und auf das Wasser schauen, vielleicht Schiffe sehen. Einer Möwe nachschauen. Lange. Wohin fahren wir denn?
Nach Schweden, Schatz, nach Schweden.

Ich erzähle es ihm nicht, als ich ein paar Tage später das Fahrrad finde. Kaputt, zertrümmert, mit schiefem Lenker und verbogenen Rädern. Jemand muss darauf herumgesprungen sein. Es riecht nach Pisse. Ich werfe es in die Hecke, damit er es nicht sieht, wenn er das nächste Mal hier vorbei kommt.

65

Unsere Mutter hatte Besuch von einem Mann. Das war nach den Saufeskapaden, nach dem Herumtaumeln und dem Sich-Anpissen. Nachdem unser kleiner Bruder begraben worden war. Es war ihre zweite Luft, ihr dritter Versuch, ein normales Leben zu leben. Ein Familienleben. Sie hat damals in der Stadt gearbeitet, in einer Gaststätte mit Mittagstisch, und kam immer in ihrer Kellnerinnenkluft nach Hause. Der Mann hatte kurzes dunkles Haar und trug eine Brille. Er war nervös, sagte, er freue sich, uns kennenzulernen, und dass unsere Mutter die hübscheste Bedienung des ganzen Restaurants sei. Sie musste lachen. Er war Buchhalter, lebte allein und aß vorsichtig kleine Bissen. Versuchte, nicht mit dem Besteck über den Teller zu kratzen. Nach dem Essen legte unsere Mutter eine Platte auf. Sie räumte den Tisch ab und er blieb sitzen, bis sie fragte, ob er sich nicht lieber aufs Sofa setzen wolle.
Wir fragten unsere Mutter, ob wir in den Hof gehen könnten. Ich kann mich nicht erinnern, dass wir sie zuvor schon einmal um Erlaub-

nis gefragt hätten. Sie nickte uns lächelnd zu. Es war ein Tag im Spätsommer. Der Mann hatte einen kleinen Soßenfleck auf seinem Hemdkragen.
Als die Sonne unterging, wurden die anderen Kinder der Reihe nach ins Haus gerufen. Wir blieben unten sitzen. Es wurde kälter. Als Mutters neuer Freund hinausgehen wollte, warteten wir auf ihn. Wir waren nicht sonderlich groß, trotzdem muss es weh getan haben, als wir mit Hammer und Schraubenschlüssel auf ihn einschlugen. Er fiel und wir prügelten weiter. Sagten, dass er sich nicht mehr blicken lassen und auch nicht mehr anrufen solle, und warnten ihn, sie noch einmal zu besuchen oder in dieses Restaurant zu gehen. Wir sagten ihm, dass wir nicht noch einen kleinen Bruder wollten, nicht noch einen beerdigen. Er kroch aus dem Hauseingang. Wir legten das Werkzeug zurück in den Keller, wuschen uns am Wasserhahn im Hof und sahen uns an.
Dann gingen wir wieder nach oben zu unserer Mutter. Aßen die Kekse, die sie übriggelassen hatten. Tranken den restlichen Kaffee mit Milch.

66

Ich habe Martin im Kindergarten abgeliefert. Ihm ordentlich zu essen mitgegeben. Eine Scheibe Roggenbrot mit Putenbrust und eine mit einer Frikadelle von gestern. Auf dem Weg nach Hause sehe ich auf die Uhr. Es liegt ein Hauch von Frühling in der Luft. An einem Tag wie diesem fällt es schwer, sich zu beeilen, aber Carsten wartet auf mich. Was den Stoff angeht, kann man die Uhr nach den Junkies stellen, sie vergessen ihre Sucht nie. Ich schließe die Wohnung auf, ziehe einen Mantel mit großer Innentasche an, nehme die 20 Päckchen aus der Schachtel im Schrank und stecke sie in die DVD-Hülle. Als ich auf den Bus warte, ruft Carsten an. Er sagt nur ein paar Worte, dann ist die Verbindung unterbrochen. Es ist schon meine fünfte Prepaidkarte in diesem Jahr. Der kleine Dealer. Ich sitze im Bus, als er wieder anruft.

»Ich kann heute nicht.«

»Was?«

»Ich kann heute nicht. Heute geht es nicht, tut mir verdammt leid.«

»Was redest du da?«

Als die Türen sich öffnen, steige ich aus dem Bus, ich habe keine Lust, im 5A zu sitzen und lautstark über Heroin zu diskutieren.

Ich gehe in eine Seitenstraße, weg von den Leuten.

»Was zum Teufel soll das heißen? Du kannst nicht? Du musst können.«

»Ich bin krank. Es geht mir wirklich dreckig.«

»Was? Baumwollfieber?«

Wenn man drückt, filtert man den Stoff durch einen Wattebausch. Hat man keinen Stoff mehr, sammelt man die Wattebäuschchen, kocht sie aus und drückt sich, was übrigbleibt. Bakterien, Pilze, Mikroben, all diese Scheißdinger lieben feuchte Watte. Das weiß jeder, der mal an der Nadel gehangen hat. Trotzdem riskiert man das, wenn einem das Hirn kocht. Wenn sich Gestalten aus der Wand lösen, ist man zu allem bereit.

»Baumwollfieber?«

»Nein, nein.«

Wäre es so, hätte ich ihn verflucht. Ich habe ihm einen guten Preis gemacht und wirkliche Qualität geliefert. Genug Stoff für ihn und seine Freundin, die einmal am Tag spritzt und eine kleine Wohnung am Enghave Plads hat.

»Nein, es ist mein Bauch. Ich weiß nicht, was los ist, ich hab die ganze Nacht auf dem Klo gesessen.«

»Du hast Magenschmerzen. Verdammt, trink ein bisschen warme Milch.«

»Ich habe mich angezogen, wollte gerade losgehen, aber an der Wohnungstür hatte ich schon die Hose voll.«

»Und dann?«

»Dann hat Marianne gesagt, dass ich besser im Bett bleibe.«

Ich drücke ihn weg und stecke das Handy in die Tasche.

Er ist vierzig, fast sein ganzes Leben auf Drogen, und lässt sich von seiner Freundin eine Kur mit heißer Schokolade und Fernsehen im Bett verordnen. Ich verfluche mich selbst, so freigiebig mit meinem Stoff gewesen zu sein, vermutlich konnte er etwas aufsparen, so dass er jetzt zu Hause fixen und einen Tag krankfeiern kann. Es sich gemütlich machen, während ich mit zwanzig Schuss in der Tasche durch die Stadt laufe. Verdammtes Schwein, Blutegel. Erst Henning, dann Carsten. Ich weiß gut, was da gerade abläuft. Diese Blutegel saugen sich fest und lassen nicht eher locker, bis auch ich wieder auf der Straße stehe, den gleichen wilden Ausdruck in den Augen habe wie sie. Bis sie mir Martin genommen haben und ich herumlaufe und mir mein Geld mit Arsch und Mund verdiene und Geschichten über die Zeit erzähle, in der ich vier große Beutel zu Hause liegen hatte. In einer Woche kommt der Kroate mit einer vollen Sporttasche und will sein Geld.

Ich stehe vor einer Schule, es ist Pause. Die Kinder spielen Fangen oder Ball. Auf dem Asphalt sind Hinkelkästchen aufgemalt, die von Wind und Wetter ausgewaschen sind. Aber das stört die Mädchen nicht, sie rufen und lachen: Du warst draußen. Der Strich, auf den sie zeigen, ist unsichtbar. Ein Mädchen kämpft mit seinem Kopftuch und hüpft dann weiter. Ich rauche langsam eine Zigarette. Es macht mir Spaß, die Kinder spielen zu sehen. Die Leute sollen das sehen. Ich trage saubere Kleider, meine Uhr stammt aus der Schweiz und hat einen Monatslohn gekostet. Ich sehe nicht mehr wie jemand aus, der Kinder anlockt.

Ich denke. Denke, denke und denke. Ich will nicht Carsten sein. Oder Henning. Ich will nicht Mike sein und meine Augen von kleinen Tieren fressen lassen. Der Kroate soll sein Geld kriegen.

Ich gehe zurück zur Nørrebrogade und fahre mit dem Bus in die Stadt. Zwanzig Päckchen. Mehr, als ich sonst an einem einzelnen Tag verkauft habe. Aber sicher machbar.

Ich schließe die Tasche im Schließfach in der Glyptotek ein. Nehme zehn Päckchen heraus. Sie passen gerade in meine Faust. Auf dem Weg nach draußen grüße ich den Wachmann.
Ich laufe die Straße entlang, muss heute viel verkaufen. Vielleicht doch nur zehn Päckchen, bevor ich nach Hause fahre. Morgen ist Carsten wieder gesund. Übermorgen findet er einen neuen Affen, der für mich dealen kann. Ich habe noch etwas mehr als eine Woche. Kann es gut schaffen. Ein paar schnelle Verkäufe hinter der Kirche. Es ist einfach, ich war zwar lange nicht mehr auf der Straße, aber die Leute kennen die Qualität der Ware. Ich gehe weiter.

Ich spüre die Hand auf meiner Schulter. Ganz klar. Höre ein Auto hinter mir auf den Bürgersteig fahren. Das gedämpfte Geräusch eines Funkgeräts. Rieche nach Tabak stinkende Kleider. Die Hand bewegt sich nicht. Sie ist schwer und stark.
Ich renne los. Stecke mir die Päckchen in den Mund. Ich denke: Habe ich sie auch gut genug verschlossen? Richtig versiegelt? Ich bin fast an der Kreuzung, als meine Beine unter mir verschwinden. Mein Gesicht ist so dicht vor dem Asphalt, dass ich die dunklen Flecken auf einem festgetretenen Kaugummi sehe.
»Der schluckt!«, ruft jemand. »Der schluckt!«
Dann spüre ich Hände an meinem Hals, Tabakfinger. Sie versuchen mich daran zu hindern, die Päckchen zu schlucken.

67

Sie sagen mir: »Wenn du etwas geschluckt hast, solltest du das vielleicht auskotzen. Um deiner selbst willen. Wir sagen dir das nur.« Dann geben sie mir den Sportteil einer Zeitung. Ich lese etwas über Tennis und Frauenfußball. Sie fragen, ob ich eine Tasse Kaffee will. Ich verneine. Sie holen das Päckchen Zigaretten aus meiner Jacke und geben mir zwei.

Ich kann es spüren. Ich war einen kurzen Moment lang weg und plötzlich ist mein ganzer Mund voll Schaum.
»Oh, verdammte Scheiße!«, höre ich. Der Beamte springt auf und schmeißt seinen Stuhl um. Er hält meinen Kopf, während immer neuer Schaum nach oben quillt. Er schreit.
»Ruf einen Krankenwagen! Sofort!«
Ich gurgle weiter, schäume, als hätte ich eine ganze Flasche Shampoo intus. Es kratzt im Hals und ich spüre auch, wie es aus meiner Nase quillt. Ich denke, dass es nett wäre, wenn sie mich ein bisschen schlafen ließen. Dass ich alles besser erklären könnte, wenn sie mich schlafen ließen. Und dann stehen wir da und tanzen vor und zurück. Ich auf den Knien, während der Polizist mich hält, mich, aus dem immer mehr Schaum quillt.
Im Rettungswagen scheinen sie es eilig zu haben. Sie geben mir gleich mehrere Spritzen. Ich habe schon viele Nadeln gesehen, aber keine war so lang wie die, die sie jetzt vorbereiten. Die muss für mein Herz sein. Warum sollten sie die sonst in mich stechen? Warum sollten sie mir gelbliche Flüssigkeit in die Lungen spritzen? Es muss um mein Herz gehen. Ich schäume jetzt nicht mehr, aber mein Körper zittert und sie rufen sich Abkürzungen und Fremdwörter zu, machen alles in doppeltem Tempo. Sie bewegen sich schnell auf dem engen Raum im Rettungswagen. Zwei Männer, die mit mir sprechen, mir zurufen, dass ich sie ansehen soll, aber das ist nicht leicht, der Rettungswagen

fährt, und ich kann meinen Kopf nicht mehr aus eigener Kraft halten, er schlägt hin und her. Vielleicht sind das meine letzten Minuten. Vielleicht bleiben mir nicht einmal mehr Minuten. Ich wünschte, ich könnte den Sanitätern das erklären, ihnen sagen, dass sie sich keine Mühe zu geben brauchen. Dass es nicht so wichtig ist. Ich bin nicht der erste und auch nicht der letzte Junkie, der in dieser Woche an einer Überdosis draufgeht. Ich bin die Mühe nicht wert. Denn das ist das Ende.

Dann kommt mein letzter klarer Augenblick, ich weiß, dass es vorbei ist, dass sie jetzt Martin holen, dass er wegkommen wird, nicht mehr mein sein wird. Keine Pizza Hawaii mehr. Keine Plastikraumschiffe. Keine Zeichentrickfilme. Keine Hunde mit Laserpistolen.

EPILOG

»Nick!«

Ich höre meinen Namen durch das kleine Fenster in der Zellentür.

»Nikolaj! Aufstehen! Jetzt!«

Vermutlich ist das Poul. Der rothaarige Aufseher. Er ist Mitte dreißig und neu in der Abteilung. Scheißdick, seine Wampe hängt über seinen Gürtel.

»Nick. Jetzt.«

Er fährt mit dem Schlüssel über die Gitterstäbe des Fensters. Ich drehe mich zur Wand.

Höre, wie sich seine Schritte entfernen.

Ich schlafe lange. Kann den halben Vormittag in meiner Zelle verschlafen. Ich habe ihnen gesagt, dass ich kein Frühstück brauche, und da ich in keiner der Werkstätten arbeiten kann, lassen sie mich in Ruhe. Meistens.

Bald träume ich wieder. Bin weg. Weit weg.

Wir besuchen Mutters Grab. Wir gehören zusammen. Mein Bruder und ich und Martin, sein kleiner Junge. Er ist gerade in die Schule gekommen, ist also eigentlich kein kleiner Junge mehr. Ich habe Sofie und ihren Sohn Tobias mitgenommen. Er ist ein paar Jahre jünger als Martin, es sieht aber so aus, als hätten sie Spaß miteinander. Unser kleiner Bruder kommt zu spät. Wie immer. Er ist nie pünktlich. Als er endlich kommt, schwitzt er, ist den ganzen Weg von der Bushaltestelle gerannt. Wir legen ein paar Blumen nieder, Rosen, die mochte sie. Danach quetschen wir uns in zwei Taxis. Unser kleiner Bruder hat einen Tisch in einem Restaurant am anderen Ende der Stadt bestellt. Am Jahrestag lädt immer einer von uns die anderen ein. Wir wechseln uns ab. Und natürlich hat unser kleiner Bruder ein lächerlich teures Restaurant in Christianshavn gefunden. Weder mein Bruder noch ich beschweren uns, natürlich nicht. Ohne unseren kleinen Bruder wären wir heute sicher keine Brüder mehr. Er hat uns verbunden. Uns allen bewiesen, dass wir eine Familie sind.

Als wir unseren Kaffee trinken, steht mein kleiner Bruder auf. Er hat sich Gedanken gemacht, sagt er. Will gerne ein paar Worte sagen. Ein paar Worte über unsere Mutter.

Sie habe es nicht leicht gehabt, sagt er. Verdammt, ich weiß selbst, dass das abwegig klingt. Wie ein schlechter Witz. Aber auch für sie war es nicht leicht. Ihr denkt jetzt sicher, ich hätte den Satz irgendwo geklaut. Aber ... wenn man schon etwas über sie sagen will, ... man kann ja viel Schlechtes über sie sagen. Man kann sagen, dass sie nicht die beste Mutter war. Dass sie uns nicht immer ... ein Rückhalt war. Aber man kann auch sagen, dass sie es versucht hat. Wirklich. Wir wären heute nicht hier, nicht zusammen, hätte sie es nicht versucht.

»Nick! Aufstehen, jetzt!«

Es ist Pouls Stimme. Ich schalte den kleinen Fernseher hinter der Plastikscheibe ein, der Ton ist runtergedreht. Ich will es ihm nicht zu leicht machen.

»Nikolaj, hörst du mich?«

»Ja.«

»Verdammt, ich bin nicht deine Mutter. Würdest du jetzt bitte aufstehen?«

»Nein.«

»Ich sag das nicht noch einmal!«

»Dann komm rein, mach die Tür auf. Komm.«

Es ist dumm von mir, und ich weiß das. Aber so vergehen wenigstens die Tage. Ich weiß, dass er jetzt noch einmal nachdenkt. Hat meine Akte gelesen. Weiß, warum ich hier bin und wie ich mich beim letzten Mal aufgeführt habe, als ich im Knast war. In diesem Moment

wägt er ab, ob er weitergehen oder Verstärkung rufen soll. Ob ich einen Durchgang mit Tränengas und Knüppeln brauche.
»Poul?«
»Ja.«
»Ich bin wach, okay?«
»Ja.« Höre ich da Erleichterung in seiner Stimme?
»Komm trotzdem rein.«
Wieder weiß ich, dass er überlegt. Ich höre die Stille auf der anderen Seite der Tür. Dann schiebt er den Schlüssel ins Schloss, drückt die Tür auf und zeigt mir so viel Brustkorb wie nur möglich.
»Ja, was willst du?« Er spricht laut, große Männer reden laut.
»Du bist neu in der Abteilung?«
»Ja, wieso?«
»Dann hast du meine Akte gelesen?«
»Ja, natürlich. Ich habe die Akten der meisten gelesen …«
»Ich verprügle dich nicht ohne Grund, okay? Ich habe wirklich lieber einen Grund, verstehst du?«
»Drohst du mir? Du weißt ganz genau, was dann passiert.«
»Poul, jetzt hör mir mal zu. Lass mich schlafen, okay?«
Er steht da und sieht mich an, die Hand am Türrahmen.
»Ich hole dich gleich, du sollst runter ins Büro, es geht um irgendwelche Papiere.«
Dann schließt er die Tür hinter sich.
Es gefällt mir nicht im Gefängnis. Das ist normal, aber ich komme besser damit zurecht als andere. Ich kenne die Regeln. Bin damit aufgewachsen. Mit der Gewalt, die ständig in der Luft liegt. Ein falsches Wort. Geld, das nicht zurückbezahlt wurde. Ein Missverständnis. Diese Sprache kenne ich. Ich spreche sie fließend. Auf der anderen Seite der Mauer geriet ich oft ins Stocken, zweifelte.
Ich ziehe mich an. Die Zelle ist nicht viel kleiner als mein Zimmer im Wohnheim. Ich sitze auf der Bettkante und sehe fern.
Manchmal denke ich an Ivan.

Wo er jetzt schläft. Ob er isst. Ich sehe ihn unter einer Brücke sitzen.
Er sehnt sich zurück in ein Land, in dem es leichter war zu sterben.
Ich vergesse sein Gesicht.
Meine Welt ist sehr einfach geworden. Sie besteht aus Stahl, Beton und Regeln.
Ivan ist kein Teil mehr davon.

Als die Polizei mich holte, sagte ich nichts. Auch nicht, als sie ins Zimmer stürmten, mein Gesicht auf die Matratze pressten und mir Handschellen anlegten. Nicht, als sie mich im Streifenwagen anschrien. Nicht auf der Wache, als sie sagten:
Sie haben sie ungebracht!
Sie sind doch krank.
Sie haben sie umgebracht.
Ich habe nichts gesagt.

Sie hätten mich gerne lebenslänglich verknackt. Vergewaltigung und Mord. Das ganze Programm. Schließlich war ich vorbestraft. Hätten mich gerne weggesperrt. Verwahrt, damit die anderen in Sicherheit leben können.
Ich habe nichts gesagt. Habe gewartet und die anderen reden lassen. Viele Tage. Ich bekam einen Anwalt.
Er sagte: »Die Würgemale am Hals der Toten weisen eindeutig darauf hin, dass sie mit beiden Händen erdrosselt wurde. Die Abdrücke beider Hände sind deutlich am Hals zu erkennen. Sind wir uns da alle einig?«
Er hielt eine Fotografie hoch. Sie zeigte den Hals in Nahaufnahme. Graue Haut, blaue Würgemale. Er erwartete gar keine Antwort auf seine Frage. Dann legte er die Fotografie wieder weg. Zeigte auf mich. Er war jung, trug einen teuren Anzug und redete wie die im Fernsehen.

Der Staatsanwalt sah aus, als wollte er nachsichtig sein. Er trank Kaffee. Sah auf seine Uhr. Machte mit einem teuren Stift Striche auf ein Blatt Papier.
Mein Anwalt sagte: »Wir haben eine Aussage des Arztes, der meinen Mandanten nach der Verhaftung untersucht hat. Er hat bestätigt, dass die rechte Hand des Angeklagten zum Tatzeitpunkt weitestgehend unbrauchbar war. Ich verweise auf das ärztliche Gutachten.«
Er hatte gesagt, was zu sagen war. Der Staatsanwalt zeichnete weiter.
Der Anwalt war aber noch nicht fertig, er war es noch nicht leid, seine eigene Stimme zu hören:
»Ausgehend von der körperlichen Fitness des Angeklagten gibt es wohl keinen Zweifel, dass er imstande gewesen wäre, das Opfer mit einer Hand zu erdrosseln. Sie auf dem Bett liegend, er mit seinem ganzen Gewicht auf ihr. Aber das ist hier nicht zu erkennen, nicht wahr?«
Wieder griff er zu den Fotografien, hielt sie mit der linken Hand hoch und tippte mit der rechten darauf.
Nein, wir sehen die Abdrücke zweier Hände, aller zehn Finger. Ob der Angeklagte im Raum war? Das wissen wir nicht. Und auch nicht, ob er dem Täter geholfen hat. Aber die Beweise sind eindeutig. An ihnen führt kein Weg vorbei.
Ich sagte ihnen: Ich war's. Egal ob mit Händen oder ohne. Ich habe es getan. Würde ich das sagen, wenn es nicht stimmte?
Sie sahen mich an, als spräche ich eine andere Sprache. Statt lebenslänglich bekam ich fünf Jahre wegen Beihilfe zum Mord. Mein Anwalt war zufrieden, sehr zufrieden. Sagte: »Verhalten Sie sich anständig, und Sie sind in ein paar Jahren wieder draußen.«

Sie haben mir die Hand abgenommen. Unter Vollnarkose. Der Pfleger lächelte mich an, als er mich ins Zimmer schob. Als ich aufwachte, hatte ich Kopfschmerzen. Von meinem Bett aus konnte ich die Dä-

cher von Kopenhagen sehen. Ich fragte, was geschehen war. Was schiefgelaufen war. Ob sie sich geirrt hätten. Ich spürte meine Hand doch noch. Erst als ich den Verband hochhielt, sah ich, dass wirklich etwas fehlte.
Im Krankenhaus sagten sie, ich hätte Glück gehabt. Eine Woche später und sie hätten mir den ganzen Arm abnehmen müssen. Wenn ich bis dahin nicht gestorben wäre. Ich blieb lange im Krankenhaus, dann musste ich wieder ins Gefängnis.
Der Arzt fragte: »Haben Sie sich schon Gedanken über eine Prothese gemacht? Haben Sie bestimmte Wünsche?« Er zeigte mir verschiedene Modelle. Einige aus Hartplastik, andere aus Gummi mit beweglichen Fingern, so dass man sie um eine Kaffeetasse legen kann, oder eine Gabel. Ich fragte: »Gibt es auch ein Modell, das eine Faust macht? Eine geballte Faust?« Ich war der Einzige, der lachte.

Nachdem ich Fleischbällchen mit Currysoße zu Mittag gegessen habe, gehe ich zurück in meine Zelle. Ich war im Büro und habe die Papiere unterschrieben, ohne zu fragen, was sie konkret bedeuten. Ich wusste nur, dass sie etwas mit meinem Ausgang morgen zu tun hatten.
Der Anzug hängt im Schrank. Ich nehme ihn heraus. Er riecht nach Mottenkugeln. John hat ihn besorgt, meinte, das sei am passendsten so. Er sagte, es sei nicht leicht gewesen, etwas in meiner Größe zu finden, mit so breiten Schultern.
Der Anzug stammte aus dem Nachlass eines Rockers, der Steroide genommen hatte. Ich hänge die Jacke über die Stuhllehne und lege die Hose auf den Schreibtisch.
Wache früh auf. Liege in der Zelle und starre an die Decke. Deshalb lassen sich Leute mit Lederriemen fesseln, Handschellen, Brustwarzenklemmen. Weil es manchmal leichter ist abzuschalten, wenn man keine Wahl hat.

John holt mich in der Zelle ab. Ich trage den Anzug.
»Hast du gefrühstückt?«
Ich schüttle den Kopf.
»Du kannst im Zug etwas essen.«
Wir stehen auf dem Bahnsteig. Ein junges Mädchen verabschiedet sich von seinem Freund. Er hilft ihm mit der Tasche. John sieht mich an.
»Ich werde das doch nicht bereuen, oder?«
»Nein.«
»Dir ist klar, dass keiner der anderen Aufseher mit dir gegangen wäre?«
»Ja.«
»Du versuchst nichts, okay?«
Er hält mich mit den Augen fest, bis ich geantwortet habe.
John sitzt mir gegenüber im Zug. Er begleitet mich ins Raucherabteil und liest Zeitung. Die Menschen starren auf meine künstliche Hand. Das gelbliche Plastik. Ich spüre ihre Blicke. Im Gefängnis kennen sie mich gut genug, um mich nicht anzustarren. Ich selbst denke nur an sie, wenn ich rauche oder pisse. Ich sehe aus dem Fenster. Regen klatscht an die Scheibe.

Ein Typ hat sich in der Essenausgabe an meinen Tisch gesetzt. Mir gegenüber. Dicke Gewichtheberarme, Araber oder Türke. Die Nase ein paarmal gebrochen, die Haare bis auf wenige schwarze Millimeter abrasiert. Er hat mich dabei beobachtet, wie ich langsam meinen Zitronenpudding gegessen habe, den Löffel mit der gelblichen Masse vom Teller bis zum Mund geführt habe. Ich erwiderte seinen Blick.
»Wenn du dich prügeln willst, musst du es nur sagen.«
Er zwinkerte mir kurz zu. Dann sagte er:
»Ich bin dein Freund. Wenn du es willst, bin ich dein Freund.«
»Arschloch.« Ich wischte mir den Mund ab.
Wieder zwinkerte er. Die Wimpern wuschen die Worte weg. Lan-

ge Wimpern, die in einem Gesicht, das so viel Prügel eingesteckt hatte, deplaziert wirkten. Er lächelte. Ich wusste bereits, was er sagen würde.
»Kamal sagt, du bist ein Freund. Das reicht mir. Wenn du einen Freund brauchst, frag nach mir.«
Er stand auf und verließ meinen Tisch.

John und ich steigen am Hauptbahnhof aus. Der Regen ist von draußen in die Halle geschleppt worden, die Platten sind nass und dreckig von Tausenden von Füßen. Obdachlose. Ungewaschene deutsche Punks. So wie es hier aussieht, frage ich mich, ob das Gefängnis wirklich schlimmer ist.

Ein paar Tage später setzte sich der Araber wieder an meinen Tisch. Er sagte:
»Dein Bruder ist hier drinnen. Das hat mir ein Aufseher gesagt, Familie ist wichtig. Er wird rund um die Uhr beobachtet.«
Damit meinte er, dass mein Bruder als akut selbstmordgefährdet eingestuft worden war. Einer in den Gummizellen.
»Ich sage dir das, weil du mein Freund bist.«
Dann stand er auf und ging.

In der folgenden Woche sah ich meinen Bruder. Nur für einen kurzen Moment durch den Maschendraht, der ihren Hof von unserem trennt. Er war auf dem Weg hinein, eine Wache hielt ihn am Arm. Er ging schleppend, wie ein Schlafwandler. Wie ein Mann mit unsichtbaren Fußfesseln. Er drehte langsam den Kopf. Ich sah ihn, kriegte sein Gesicht aber nicht scharf, es war irgendwie nicht da.

John und ich fahren mit dem Bus durch die Stadt. Steigen aus und gehen hinunter zum Friedhof. Meine Schuhe sind zwei Nummern zu groß, der Regen ist längst durch das Leder gekrochen.

Drei Menschen warten bei den Gemeinschaftsgräbern auf uns. Der Pastor, Martin und eine Frau, die sich als Erzieherin vorstellt. Aus dem Heim, in das Martin gekommen ist. Auch er hat Ausgang. Er sieht zu mir auf. Ich bin jetzt seine einzige Familie. Bin unschlüssig, wie ich ihn begrüßen soll. Ich klopfe auf seine Schulter, habe keine Lust, ihm die Prothese zu zeigen. Er weint nicht. Er ist dabei, hart zu werden, seine Lektion zu lernen.
Der Pastor hat einen Vollbart, ist um die 50 und trägt eine dicke Winterjacke über dem Talar.
Er hält eine Bibel in den roten Händen, sieht uns an und dann auf die Uhr. Wir werden nicht mehr.
Er hat nicht viel über meinen Bruder zu sagen, und ich höre nicht zu. Dann verabschiede ich mich von Martin. Würde gerne etwas sagen, etwas zu sagen haben.
John und ich gehen zurück zur Bushaltestelle.

John hat es mir erzählt. Ich wusste, was er sagen würde, als er in meine Zelle kam. Keine Details, keinen Zeitpunkt. Lediglich eine beruhigende Hand auf meiner Schulter. Hat nur gesagt, dass mein Bruder sich das Leben genommen hat. Mit diesen Worten.
Sie haben ihn überwacht. Aber zwölf Minuten reichten ihm, eine Wachablöse, eine Zigarette, eine Tasse Kaffee.
Die Menschen reden im Gefängnis. Sonst gibt es ja nichts zu tun.
Sie haben fast drei Liter dreckiges Klowasser aus seinen Lungen gepumpt, bevor sie es endlich aufgegeben und ihn für tot erklärt haben.
Es gehört verdammt viel Willensstärke dazu, sich selbst zu ertränken. Wirklich viel. Wenn der Kopf unter Wasser kommt, wenn man nicht mehr atmen kann, kriegt man Panik.
Ich höre den Leuten am Tisch neben mir zu, als sie über meinen Bruder reden. Ein gewaltiger Kerl. Serbe, 150 Kilo. Hat im Asylantenheim Dänisch gelernt. Er sagt: »Das Hirn explodiert. Das will nur

noch Luft. Und dann steht da so ein Arsch und drückt deinen Kopf unter Wasser. Deshalb ist das eine gute Foltermethode.«
Ich frage ihn nicht, ob er das bei anderen gemacht oder selbst ausprobiert hat.

Vor ein paar Tagen habe ich den Typ mit den Tätowierungen gesehen. Den Steroiddealer, der seine erste Lektion in der Fabrikhalle unter dem Fitnesscenter gekriegt hat. Es fühlt sich an, als wäre das zehn Jahre her. Ich habe ganz schön lange gebraucht, bis ich sein Gesicht einordnen konnte. Die Tätowierungen an Kopf und Hals haben geholfen. Er hat versucht, mich in Grund und Boden zu starren, seine Lippen haben stumm ein Wort geformt, ich habe es von der Schlange bei der Essenausgabe aus gesehen. Eines Tages werden sie mit einem Wasserrohr, einem geschliffenen Schraubenzieher aus einer der Werkstätten kommen. Mein Herz schlägt nicht schneller. Meine Hände werden nicht feucht. Sie kommen einfach. Ich habe viel Platz im Kalender, viel.

John und ich fahren mit dem Zug zurück zum Gefängnis und kommen rechtzeitig zum Abendessen. Frikadellen mit Rotkohl. Kleine weiße Kartoffeln ohne Geschmack. Ich esse schnell. Lege mich auf das Bett in meiner Zelle.

An Ana denke ich fast gar nicht. Manchmal vielleicht. Dann lache ich. Nicht so ein Lachen, das ansteckt. Ein zynisches Lachen, das andere zu mir hersehen lässt. Wenn ich in der Zelle liege und nicht schlafen kann, sehe ich in Gedanken oft Sofie. Ich denke an ihren Sohn, den ich nur ein einziges Mal getroffen habe. Ich hoffe, er glaubt mir mein Geständnis. Ich hoffe, er gibt mir die Schuld. Es wäre besser für ihn, jemanden zu haben, den er hassen kann.
Ich liege in der Zelle, kann nicht schlafen.

Ich habe Martin einen Brief geschrieben. Ich denke, jemand muss ihm das erklären. Eines Tages muss ihm das jemand erklären. Mit ihm reden. Ich komme in drei oder vier Jahren raus. Länger dauert das nicht. Vielleicht. Wenn ich bis dahin durchhalte. Wenn nichts geschieht. Ich weiß nicht, ob es richtig ist, zu ihm zu gehen. Ich denke oft darüber nach. Ob ich dann mehr Schaden als Nutzen bringe? Ob ich mich von den Menschen fernhalten sollte? Vieles spricht dafür. Deshalb habe ich den Brief geschrieben. Der wartet dann auf ihn. Jemand muss ihm das erklären.

Ein großer Dank geht an:

Jørgen Kjær
Thomas Rasmussen
Seyit Özturk
Kasper Rasmussen
ArtPeople

Jonas T. Bengtsson, Kopenhagen, März 2007